Lancer of Regina

9

## 여왕의 창기병 9
### 권병수 판타지 장편 소설

초판 1쇄 찍은 날 § 2002년 5월 14일
초판 1쇄 펴낸 날 § 2002년 5월 20일

지은이 § 권병수
펴낸이 § 서경석

편집장 § 문혜영
편집책임 § 권민정
편집 § 박영주 · 김희정 · 장상수 · 이종민
마케팅 § 정필 · 강양원 · 김규진 · 안진원

펴낸곳 § 도서출판 청어람
등록번호 § 제1081-1-89호
등록일자 § 1999. 5. 31
어람번호 § 제1-0241호

주소 § 경기도 부천시 원미구 심곡1동 350-1 남성B/D 3F (우) 420-011
전화 § 032-656-4452 팩스 § 032-656-4453
E-mail § eoram99@chollian.net

ⓒ 권병수, 2001

값 7,500원

ISBN 89-5505-097-6 (SET)
ISBN 89-5505-369-X 04810

※ 파본은 본사나 구입하신 서점에서 교환하여 드립니다.
※ 저자와 협의하여 인지를 붙이지 않습니다.

Lancer of Regina

**9**
MASSCRE

n. 학살. 도살. 대학살.

권병수 판타지 장편 소설

목 차

Chapter 15 묘비 위로 떨어지는 꽃잎 / 7

Chapter 15

# 묘비 위로 떨어지는 꽃잎

〈 1 〉

　날쌘한 몸매를 가진 화살이 바람의 틈새를 스치며 날았다. 아침 햇살에 반짝이는 은빛 수면을 박차고 튀어 오르는 무지개 송어처럼 힘차게 튀어 오른 화살은 거침없이 허공을 가르며 뻗어 나갔다. 화살이 제 몸을 살갑게 부르르 떨면서 날아가는 소리는 사람들의 신경을 사정없이 후벼 팠다. 병사들이 본능적으로 섬뜩함을 느끼며 고개를 들었을 때 화살은 이미 그들의 머리 위를 스치고 지나가 버렸다. 마치 굼뜬 병사들을 비웃듯이 휘파람 소리를 내면서 날아간 화살은 곧바로 백인대장의 왼쪽 눈 밑을 관통하고 들어가 목덜미로 비죽 튀어나왔다. 얼굴을 관통당한 백인대장은 잠시 동안 얼이 빠진 듯 멈춰 서 어깨를 한번 움츠렸다. 그는 마치 자신의 얼굴이 정통으로 화살에 맞은 건 별거 아니라고 어깨를 으쓱하는 것처럼 보였다. 병사들의 놀란 시선을 한 몸에 받던 그 백인대장은 바로 다음 순간 곁에 선 병사의 목덜미에 뜨거운 피를 한 움큼 쏟아내고는 무력하게 무너졌다.

"저기다! 저기서 날아왔어!"

누군가 저 멀리 떨어진 가옥의 지붕을 가리키며 발작적으로 비명을 질렀다. 그 비명 소리에 대답하듯 몇 대의 화살들이 그쪽으로 날아갔다. 진흙을 빚어 만든 기와를 얹은 지붕 위로 화살들이 후두두 쏟아지자 날카로운 소리를 내면서 기왓장들이 깨져 나갔다. 하지만 그곳에는 이미 아무도 없었다. 뒤늦게 날아간 화살 한 대가 머쓱함을 이기지 못하고 허공 저편으로 도망쳐 버렸다.

"이얍!! 예에에!"

화살을 날리자마자 가파르게 비탈진 지붕을 뛰어서 몇 개의 지붕을 껑충껑충 건너가 납작 엎드린 에피는 주먹을 옆구리로 가져갔다가 앞으로 쭉 뻗으며 기묘한 기합을 터뜨렸다. 에피는 일주일째 지속되고 있는 에펜도르프 시가전 동안에 자신이 죽인 백인대장 이상 급의 지휘관이 몇 명인지를 곰곰이 따져 보았다. 에펜도르프 시가전의 전체 전황은 상당히 심각했지만 에피는 그녀만이 할 수 있는 고민에 빠져 있었다.

"에, 그러니까… 어랏, 몇 명이더라? 음, 그러니까 15명? 아닌데… 25명인가? 우씨! 어느 쪽이 맞는 거지?"

에피는 햇살이 노곤하게 쏟아지는 비탈진 기와에 누워 턱을 만지작거리며 나름대로 진지하게 고민을 하다가 머리를 벅벅 긁었다. 마치 피크닉을 나와 한가하게 햇살을 쬐고 있듯이 기와 지붕의 비탈에 누워 있던 에피는 볼이 통통 부은 뚱한 얼굴로 혼자 궁시렁거렸다. 보통 사람이라면 그저 앉아 있는 것만으로도 주르륵 미끌어져 떨어질 만큼 가파른 경사의 지붕인데도 에피는 태연하게 누워 있었다. 그녀만이 보여줄 수 있는 균형 감각이었다.

"아우! 모르겠다. 한두 놈이 아니라 기억도 못하겠어… 저 짜증나는 놈들은 백인대장을 빵 굽듯이 오븐에서 구워내는 건가?"

에피는 고개를 길게 빼고서 골목길 사이로 진격해 들어오는 왕비군 병사들의 병력 배치를 살펴보다가 눈을 반짝이며 기와 지붕 위에서 완전히 일어났다. 멀지 않은 골목길로 뛰어가는 백인대장을 발견한 것이다. 짧게 심호흡을 한 에피는 단숨에 기와를 밟으며 도움닫기를 해서 도약했다. 마지막에 밟은 기와가 박살날 정도로 강하게 발을 굴러 허공으로 튕겨진 에피의 작고 탄력있는 몸은 2.5미터 정도 떨어진 골목 반대 편 지붕으로 정확하게 착지했다. 4층 높이였기 때문에 자칫 잘못해 떨어지면 심하게 다치거나 죽을 수 있는데도 에피는 별로 걱정스러운 얼굴이 아니었다. 평지에서 2.5미터를 도약하는 것과 4층 높이에서 하는 것은 전혀 다르다. 그리고 파삭파삭 부서지는 기와가 깔린 비탈 지붕에서 도약하는 것은 질적으로 전혀 달랐다.

에피는 허리를 굽히고 최대한 빠르고 조용하게 지붕을 달리며 골목길에서 발견한 백인대장을 쫓아갔다. 왕비군 지휘부에서는 계속되는 지붕 위에서의 저격에 대비하여 골목 모퉁이에서 지붕에 대한 경계를 늦추지 않을 것을 명령했지만 골목골목에서 벌어지는 난전 속에서 그럴 만큼 한가한 인간은 없었다. 활을 쏘기에 충분한 시야 각을 확보한 에피는 주저없이 걸음을 멈추고 화살통에서 화살을 뽑은 후 시위에 걸고 힘껏 당겼다.

탁 트인 개활지가 아닌 좁은 도시에서 활은 쓸모없는 무기라는 것이 그때까지 전술의 일반적인 상식이었다. 하지만 에피는 그런 상식을 깡그리 무시하는 대담성과 오히려 비좁은 도시 안에서 활은 더욱 무서운 무기라는 것을 증명해 보였다. 지붕이나 창문, 몸을 피할 공간이 없는 좁은 골목길에서 튀어나와 날리는 에피의 화살은 갑옷을 입은 지휘관들에게 끔찍스러운 재앙이었다. 에피가 쓰는 강철제 화살촉은 근거리에서는 플레이트 메일도 뚫을 정도로 강력했고, 그녀의 활솜씨는 그 거리에 아주 치명적이었다. 에피는 5미터 거리에서 투구의 슬릿 사이로 화살을 박아 넣는 묘기까지 선보인 전례가 있었다.

"컥!"

골목을 뛰어가던 백인대장의 목덜미로 에피의 화살이 박혔고, 목뼈가 부러진 백인대장은 몸을 꺾으며 마름돌이 깔린 골목길 위를 굴렀다. 백인대장의 곁에서 달려가던 병사들은 놀란 눈으로 고개를 돌렸다. 하지만 에피는 벌써 지붕을 타고 다른 방향을 도망가 버렸다.

"배고파아! 우씨!"

에피는 자신에게 몇 개의 화살이 남아 있는지 고민하면서 불만스럽게 투덜거렸고, 무릎에 힘을 주어 지붕 사이를 뛰어넘었다. 어지간히 몸놀림이 가볍고 반사 신경과 균형 감각이 뒷받침해 주지 못하면 흉내도 낼 수 없는 행동이었다.

사실 왕비군은 매번 공격 시마다 계속되는 지붕 위에서의 저격에 대항하기 위하여 병사들을 지붕 위로 올려 보냈다. 하지만 무거운 갑옷을 입고 지붕 위에 올라왔던 병사들의 절반은 균형을 잡지 못하고 바닥으로 추락해 버렸고, 나머지 절반은 지붕 위 요소요소에 대기하고 있던 국왕군 소속의 궁병들에게 저격당했다.

국왕군 궁병대에게 내려진 명령은 간단했다. 지붕 위로 올라오는 자들에 대한 집중적인 저격과 적 지휘부에 대한 저격이었다. 일반 병사들은 아예 신경조차 쓰지 않았다. 성지순례지인 에펜도르프는 도시의 절반이 성당이나 교회가 아닌가 싶을 정도로 많은 교회들이 있었고, 그 교회마다 으레 종탑들이 있었다. 교회의 이런 종탑들은 궁병들에게 굉장히 효과적인 저격 시야를 확보해 주었다.

"흡!!"
 목젖이 잘린 백인대장은 눈을 부릅뜨고 허공을 노려보았다. 하지만 심장 박동에 맞춰 쿨럭거리며 피가 뿜어져 나왔고, 선혈은 좁은 골목길의 회벽을 검붉게 물들였다. 백인대장은 좁은 골목길 벽에 그려진 자신의 핏자국을 보면서 공포스럽게 헐떡거렸다. 자신의 심장이 뛰는 순간 또 한 번 피가 왈칵 수평으로 뿜어져 나가 골목길 벽에 핏빛 추상화를 그렸다. 급격하게 혈압이 낮아진 백인대장은 과다 출혈 쇼크를 이기지 못하고 무너져 내렸다.

"……."
 무개성적이고 단조로운 얼굴의 사내는 물끄러미 좁은 골목길에 쓰러진 백인대장을 내려다보면서 피에 젖은 숏 소드를 들고 있었다. 쇼와 함께 임무에 투입된 암살자들 중에서 대부분은 부상당하거나 전사했고, 이제는 전직 지휘관인 쇼와 부지휘관인 그가 남아 있었다. 라일란의 신전 출신의 고아였던 암살자 사내는 좁은 골목길과 복잡한 시내 지형을 이용하여 지휘관 급만 골라서 납치하고 살해하는 임무를 수행했다. 시선을 끄는 군복 대신에 가벼운 평민복을 입고 숏 소드 한 자루를 들고 있는 사내는 손바닥을 골목 벽에 문지르며 손에 묻은 핏자국을 닦아냈다.

"어! …어! …어!"
 골목길에 누운 백인대장은 희미해지고 느려지는 심장 박동에 맞춰 몸을 움찔거렸다. 그의 잘려진 목에서 흘러나오는 피는 이제 방울방울 떨어져 좁은 골목 바닥을 적셨다. 자신의 핏덩이 속에 누운 백인대장은 살아날 가망성이 없었지만 신경 조직만은 아직 살아남아서 꿈틀거렸다.

사내는 고개를 들어 멍한 얼굴로 하늘을 올려다보았다. 푸른 하늘과 구름이 다닥다닥 붙어 있는 좁은 처마 사이로 보였다. 마치 천국으로 가는 좁은 바늘구멍으로 보이는 하늘이었다. 그는 자신이 지금 국왕군을 위해 싸우는 이유에 대하여 아무런 관심이 없었다.

수도원에서 살아남기 위해 투쟁하던 어린 시절을 거쳐 암살자로 성장하면서 그가 배운 것은 단지 세 가지였다. 절대적인 복종. 절대적인 침묵. 그리고 살인이었다. 그는 쇼에게 복종했고, 그의 명령을 수행하는 데 자신의 모든 것을 집중했다. 그는 쇼의 손과 발이었고, 손과 발은 머리의 판단이 틀렸다고 지적하지 못한다. 라일란의 신전에서는 개개의 손과 발이 되는 암살자들이 머리가 되는 암살자에게 반항하는 것을 용납하지 않았다. 그들은 지금처럼 그 머리가 신전을 배신하는 경우에도 그 머리를 처단하지 못했다.

이것은 비밀리에 운영되는 암살자들의 신전 측이 강력한 전투력을 보유한 암살자들이 규합하여 자신들에게 반기를 들지 못하도록 제어하는 방법의 하나로 모든 암살자들에게 주입된 세뇌였다. 머리가 신전을 배신했을 경우에는 또 다른 암살자들을 보내 그 머리를 제거하는 것으로 충분했다. 만약에 반대로 암살자들에게 신전에 충성을 이유로 머리의 배신을 손과 발이 처단할 수 있도록 해준다면 누군가 암살자들을 규합하여 신전을 위한다는 명목으로 신전의 지휘부에 대한 반기를 드는 것도 가능했다. 그럴 경우 신전 측에서는 그렇게 규합된 암살자들을 제압할 무력이 없었다. 그렇기 때문에 오랜 전통으로 암살자들은 그들의 머리가 되는 지휘관으로부터 그들을 배신하지 못하도록 세뇌당했다.

그는 자신들이 어째서 신전에서 내렸던 지령을 거부하고 국왕군의 일원이 되어 싸우는지 고민하지 않았다. 단지 쇼가 그렇게 지시했기 때문에 명령을 수행할 뿐이었다. 만약에 신전에서 또 다른 암살자들을 보낸다면 그는 그들과 싸워야 할 것이다. 물론 쇼가 자결 명령을 내리지 않고 그들과 싸우라고 명령하는 경우에 한해서이지만.

"헉! 뭐, 뭐? 뭐야, 이건?"

골목길로 무심코 들어선 몇몇 병사들은 햇볕도 들지 않는 좁고 어두운 골목길 바닥에 누워 있는 시체와 그를 발견했다. 병사들은 바닥에 누워 있는 시체가 왕비군 백인대장임을 확인하자 대뜸 검을 휘두르며 달려왔다.

"……."

그는 기합을 내뱉거나 고함을 지르지 않았다. 훈련받은 훌륭한 군인과 암살자에게 기합 따위의 쓸데없는 군더더기는 필요없다. 그는 폭이 겨우 1미터를 간신히 넘는 비좁은 골목길 안으로 몰려드는 병사들을 하나씩 상대하기 시작했다.

뻗어오는 숏 소드를 왼팔로 옆구리에 끼면서 오른손에 들고 있던 숏 소드로 첫 번째 병사의 아래턱을 찔러 올렸다. 턱과 목젖 사이의 부드러운 부분을 찢으며 들어간 숏 소드의 검끝은 두개골 안쪽에 걸려 멈췄다. 그는 손목에 힘을 주어 턱과 목 사이의 부분으로부터 수직으로 꽂힌 검을 아래로 그어 내렸다.

"캐륵!!"

왈칵 피가 넘어와 그의 어깨를 적셨고, 급소를 찔린 병사는 발에 밟힌 개구리 같은 소리를 내면서 발버둥 쳤다. 그는 병사가 들고 있던 숏 소드를 왼손으로 빼앗아 등 뒤에서 덤벼드는 두 번째 병사의 목젖에 수평으로 찔러 넣었다. 하얀 검끝이 그의 목을 관통해 목덜미로 튀어나왔다. 그는 양손에 숏 소드를 쥐고서 한 걸음 물러났다. 골목길에는 이제 세 구의 시체가 뒹굴기 시작했다. 그는 차분하게 가라앉은 얼굴로 물끄러미 남아 있는 병사들을 응시했다.

"뭐, 뭐야, 이 자식은?!"

"확실히 잡아서 가죽을 벗겨주겠어!!"

사내는 병사들의 흥분한 고함 소리를 들으며 신경을 곤두세웠다. 그는 등 뒤의 골목길 출구에도 병사들이 몰려 들어온 것을 감지했다. 좁은 골목길 한가운데 그가 서 있었고, 골목길의 양쪽 출구에는 병사들이 몰려 있었다. 그는 자신의 앞뒤로 몰려든 20여 명의 병사들을 확인하면서 쓰게 웃었다. 일개 사병들이라고 해도 20명의 병사들을 암살자 한 명이 감당하기에는 숫자가 너무 많았다. 암살자들은 단순히 몰래 잠입해서 한 번에 확실하게 죽일 수 있는 기술을 가진 자들이었지, 일당백의 전력을 가진 영웅 급 투사는 아니었다. 살인을 위한 기교는 절정에 도달해 있었지만 병사들이 갖고 있는 지속적인 전투를 수행할 수 있는 지구력과 조직력은 없었다. 며칠 밤낮으로 싸울 수 있는 놀라운 지구력과 집중력은 군인들만이 갖고 있는 독특한 특성이니까.

"파괴와 재건을 이루시는 신이시여, 여기 당신의 영혼 하나가 생의 끝에서 당신의 발끝에 입을 맞추나니, 부디 당신의 영혼을 거두어주소서… 우리의 삶은 당신의 뜻에 복종하여 죽음에 이르나니……."

라일란의 신전 소속 암살자는 조용한 목소리로 기도문을 읊조리기 시작했다. 낮고 조용한 음성은 경건한 기도문을 또박또박 암송했다. 지금은 지방 전통으로 희미한 흔적만 남아버린 고대 다신교의 신앙이었다. 검과 검이 격렬하게 불꽃을 튀기며 충돌하기 시작했다.

좁은 골목길에서 병사들에게 포위당해 죽은 암살자의 시체는 그날 오후 해가 질 때까지 에펜도르프 시내 여기저기로 끌려 다녔다. 골목길을 포위했던 20여 명의 병사들 중에서 무려 7명을 죽이고, 4명에게 치명상을 입히고 그 암살자는 끝내 쏟아지는 검세례를 받으며 즉사했다. 복수심에 불타는 병사들은 30여 군데를 찔려 너덜거리는 암살자의 시체를 밧줄에 매달아 하루 종일 시내를 끌고 다니며 발로 차고 침을 뱉었다. 개중에는 암살자의 시체에 다시 난도질을 해서 죽은 시체의 내장을 끄집어내 자신의 검끝에 매달고 다니는 자들도 있었다. 해가 지고 왕비군 병사들이 에펜도르프 시내에서 철수할 때 그 암살자의 참혹한 시체는 어느 광장의 우물에 꺼꾸로 매달렸다. 눈과 코, 귀, 그리고 복부와 성기가 잘려 나간 시체를 거두어주는 사람은 아무도 없었다.

왕비군의 대공세로 시작된 에펜도르프 시가전은 생각처럼 쉽게 끝나지 않았고, 양측 모두 수습하기 불가능할 정도로 치명적인 상처를 주고받으며 격해지고 있었다. 성벽조차 없는 도시였지만 성벽보다 뛰어난 방어 시설이 있었다.

강이 휘감아 도는 범람원 습지에 세워진 이 도시는 좁은 공간에 밀려드는 성지 순례자들이 세운 도시였다. 넓은 광장과 대로는 애초부터 존재하지도 않았고, 그런 것을 건설할 공간조차 없었다. 사방으로 뻗은 좁은 도로와 골목길, 샛길들이 거미줄처럼 좁은 공터와 공터를 연결했고, 그 지형의 복잡함은 타 지방에서 온 사람들로서는 이해할 수 없을 정도였다. 전혀 길이 없을 것만 같은 건물의 모퉁이에 사람 한 명이 옆으로 서서 게걸음으로 지나갈 만큼의 틈샛길이 있는가 하면, 오랜만에 넓은 길이라고 들어서 보면 그것은 폭 4미터에 길이 20미터가 넘는 극단적으로 좁고 긴 황당한 형태의 광장이라는 것을 발견한다. 라이어른은 고사하고 대륙을 전부 뒤져 봐도 이렇게 사람들의 상상력을 초월하는 형태를 가진 광장은 없었다. 물론 애초부터 다른 도시에서는 그런 곳을 광장이라고 이름 붙이지도 않을 것이다.

 멀쩡하게 이어지던 도로가 길 한복판에 세워진 5층짜리 건물 덕택에 졸지에 막다른 도로가 되어버리는 일도 비일비재했다. 그것은 누가 봐도 도로 한가운데에 집을 지었다고밖에 보이지 않았다. 문제는 그 건물의 뒤편으로 똑같은 폭과 형태를 가진 도로가 이어진다는 점이었고, 그 건물 뒤편 도로로 접어들기 위해서는 총연장 300미터에 이르는 샛길로 빙글빙글 우회해야 한다는 점이었다. 에펜도르프는 이런 구조가 일상화된 도시였다.

 왕비군은 대공세가 시작된 지 3일 만에 어째서 이 도시가 성벽 하나 두르지 않은 도시인지 뼈저리게 실감했다. 애초부터 성벽 따위는 필요없는 도시였다. 골목길 하나를 지나가는 데 남의 집 정원을 가로질러 좁은 광장을 지나서 끝없이 이어지는 담벼락 사잇길로 걸어간 다음 남의 집 마구간을 통과해야 한다면, 정상인이라면 누구나 열불을 토하기 마련이었다. 물론 옛날부터 시장 보러 다니면서 이런 골목길을 자연스럽게 오갔던 에펜도르프 시민들을 제외하면 말이다.

 에펜도르프 영주와 국왕군은 시민들을 최대한 도시 안쪽으로 소개시켰고, 도시 안쪽으로 들어가지 못한 시민들은 이웃 도시로 피난했다. 도시 외곽에 위치한 가옥들은 1차적으로 식량을 불태우도록 명령받았고 우물들은 메워졌다. 그렇게 소개된 도시 외곽은 그 자체로 이 도시의 성벽이 되었다. 왕비군은 자신들의 판단이 생각보다 심각하게 잘못되었다는 것을 발견하고 아연했다. 도시 외부에서 도시 중심부까지 들어가는 대로는 고사하고 제대로 된 직선로조차 없었던 것이다.

그리고 유격전으로 전술을 바꾼 국왕군은 시도 때도 없이 생각지도 못한 골목길에서 튀어나와 왕비군을 공격했다. 이 작전에 투입된 부대는 하메른 백인대, 근위대 1군과 2군, 그리고 시민병들 중에서 가장 전투 수행 능력이 우수한 로젠 하우트 거리였다. 휴젠과 클로티스 거리는 소개된 시민들이 머물고 있는 수도원들이 밀집된 지역에 투입되어 길목마다 바리케이드를 치고 최종 방어선을 구축했다. 투구산이라고 이름 붙은 바위산으로 올라가는 초입에 세워진 프락티누스 고행 수도원은 자동적으로 방어군의 주둔지로 선정되었고, 이곳에서 바위산을 지키고 있는 성 요하누스 수호 기사단 병력은 예비대가 되어 취약한 전선에 보충 병력을 투입하는 임무를 맡았다. 그리고 마지막으로 남은 궁사대는 소규모 단위로 산개하여 도심 곳곳에서 일제히 화살을 날리고 도주하는 전례없는 새로운 전술을 구사하며 가장 큰 전과를 올렸다.

왕비군은 초반의 고전을 만회하고자 취약 지점을 선정하여 도시를 불태우는 전술을 도입했지만 이내 그 작전을 포기했다. 우선 도시의 구조상 대규모 화재가 발생할 것이라는 예측과는 달리 화재는 일정 규모의 블럭 이상으로 번져 나가지 못했다. 촘촘하게 밀집해 있는 것처럼 보이는 도시 구획은 다른 도시보다 몇 배나 많은 도로망 때문에 훨씬 작은 조각으로 나뉘어져 있었고, 생각지도 못한 곳에서 튀어나오는 골목길은 화재 구역을 나누는 방화선 구실을 했다. 그리고 이러한 화재들은 반대로 왕비군의 도시 진입을 방해하는 요소로 작용했는데 그것은 이 지역에 부는 특유의 바람 때문이었다. 도시에서 발생한 연기와 불티, 재, 그리고 지독한 냄새들은 도시 외곽에 주둔 중인 왕비군 야영지를 정면으로 덮쳤다. 페나 왕비는 자신의 어깨에 수북하게 내려앉은 재를 털어내며 끝내 방화 작전을 포기하고 말았다.

"싸워! 싸우라구! 포기하지 마라!! 저 개새끼들을 쳐 죽여!!"
로젠 하우트 거리의 시민병 힉스는 피에 젖은 롱 소드를 허공으로 치켜들면서 고함을 질렀다. 적병 몇 명이 바리케이드를 넘어서 고개를 내밀었다. 부서진 파편 더미를 밟고 서 있던 힉스는 기다렸다는 듯이 롱 소드를 내리찍었다. 동료의 시체 너머로 고개를 내밀던 적병은 힉스의 롱 소드를 얼굴 정면으로 받고는 단말마의 비명을 남기며 바리케이드 너머로 사라졌다. 힉스는 자신의 롱 소드를 힐끔 살펴 이빨이 나간 곳은 없는지 확인하고는 다시 한 번 짐승처럼 고함을 지르며 동료들과 부하들을 독려했다.
"우오오오!! 이기자!!"
"이기자!!"
"워어어어!! 개 같은 새끼들아! 왕비의 엉덩이나 핥아라!!"
골목길에 구축된 바리케이드는 폭이 3미터였고 높이는 2미터가 넘었다. 사방에서 아무거나 긁어모아서 쌓은 이 바리케이드는 가히 잡동사니와 쓰레기의 산이라고 불러도 좋았다. 양측의 병사들은 이렇게 온갖 잡다한 쓰레기를 쌓아서 만든 바리케이드 위를 기어오르며 전투를 벌였다. 한 걸음만 생각없이 내디뎌도 쓰레기 더미 사이로 발이 빠져 여지없이 부러져 버리는 경우가 양측에서 속출했다. 어찌 보면 적과 싸우다 당한 부상보다 이 위태로운 잡동사니의 산에 기어오르다가 얻은 부상이 더 많을지도 몰랐다. 이러한 양상은 시내 곳곳에서 벌어지는 방어전의 전형적인 풍경이었다.

힉스는 뒤집혀진 수레의 바닥을 딛고 서서 함성을 지르고 롱 소드를 휘둘렀다. 그가 딛고 서 있는 망가진 수레는 잡동사니의 산 정상에서 위태롭게 삐걱거리며 흔들렸다. 힉스는 한쪽 무릎을 꿇으며 롱 소드를 힘껏 앞으로 찔렀다. 뼈가 부러지는 소리가 나면서 적 병사의 눈으로 들어간 롱 소드가 흡혈귀처럼 피를 뽑아냈다.

"로젠 하우트는 강하다! 우리는 강하다!!"

"로젠 하우트는 강하다!!"

힉스가 바리케이드의 정상에서 롱 소드로 하늘을 찌르며 외치자 바리케이드에 기어 올라와 있던 시민병들은 한꺼번에 함성을 질렀다. 바로 그때 왕비군 진영에서 화살이 날아왔다. 날아온 화살은 곧바로 바리케이드 정상에 서 있던 힉스에게 직격했다. 잡동사니의 비탈에 엎드려 있던 병사들은 기겁한 얼굴로 힉스를 바라보았다. 자신들과 함께 시민병으로 징집된 사내였지만 항상 선두에서 싸우다가 이제는 백인대의 부지휘관이 된 사내였다. 이런 추세라면 조만간 백인대장으로의 진급도 어렵지 않았다. 병사들은 얼마 전에 열장에서 부백인대장으로 진급한 힉스를 올려다보았다. 누군가 마른침을 삼키며 신께 기도했다.

"로젠 하우트 만세!! 우리는 강하다!! 싸우자!!"

힉스는 부러진 화살대를 내던져 버리며 짐승처럼 고함을 질렀다.

하늘을 향해 가슴을 펴고 고함을 지르는 그의 모습은 지독히 비인간적으로 보였다. 마치 보름달을 향해 울부짖는 라이컨슬로프 같은 모습이었다. 왕비군 측에서 날아온 화살은 천만다행으로 힉스가 가슴에 걸치고 있는 플레이트 메일의 철판 위를 미끌어지며 스쳐 겨드랑이의 체인메일에 걸렸다. 힉스는 수평으로 날카로운 상처가 남은 플레이트 메일을 주먹으로 두드리며 함성을 질렀다.

"우오오오!!"

소심하고 평범했던 한 명의 남자에 불과했던 힉스는 전투를 겪으며 변하고 있었다. 그는 더 이상 살인에 대하여 죄책감을 갖지 못했다. 그는 여전히 사랑했던 여자를 수도에 두고 왔고, 또 그녀를 그리워했다. 하지만 그의 두 다리는 그녀에게로 뛰어가기보다는 자신에게 화살을 날리는 병사들을 향해 뛰었고, 그의 두 손은 사랑하는 그녀를 포옹하기보다는 이름 모를 적병의 목을 잘랐다. 그의 입에서는 애정을 고백하는 달콤한 밀어보다는 적병을 저주하는 욕설과 고함, 비명 소리가 터져 나왔다.

'살아남기 위해서라면 난 짐승이 되겠어!'

힉스는 자신의 건재함을 강조하며 병사들을 선동하면서 다짐했다. 그의 다짐 속에 햇살은 그의 손바닥으로 쏟아져 들어와 부서졌다.

"후우……."

레미 R. 아낙스는 힘겹게 고개를 들어 하늘을 올려다보았다. 눈부신 햇살이 구름 사이로 쏟아져 내려와 눈가를 스치는 파편이 되었다. 일하는 데 방해가 되지 않도록 틀어 올린 갈색 머리칼에 회색 원피스를 입은 그녀는 오래전부터 잿빛 천사라고 불리워졌다. 그녀의 창백하고 여윈 얼굴은 그녀를 달라 보이게 만들었다. 병자가 아닐까 싶을 정도로 핼쑥한 그녀의 얼굴이 오히려 꾸준히 타오르는 생명력을 느끼게 만들었다. 그녀는 마치 오랜 기간 신앙에 전념한 수녀처럼 경건하고 다부진 눈빛을 갖고 있었다. 금욕 생활에 의하여 육신은 야위고 창백해졌지만 정신은 무한한 사고의 파도를 견디며 단단하고 굳건해진 방파제와 같았고, 그렇게 단련된 정신은 눈빛으로 증명되었다. 레미 아낙스의 눈빛은 그런 사람처럼 보였다.

  수도원의 중정은 정사각형으로 탁 트인 공간이었고, 남쪽으로는 정문과 두 개의 쌍둥이 종탑이, 북쪽으로는 작은 교회와 나지막한 본채가 이어진 공간이었다. 장식도 없는 수수한 열주들이 중정을 둘러싸며 촘촘히 늘어서 있었고, 열주의 건너편은 좁은 회랑으로 구성된 아케이드가 있었다. 그리고 그 아케이드 건너편에는 다양한 크기와 형태를 가진 수도원 구획이 있었다. 고해실, 지금은 쓰이지 않는 필사실, 약초의 효능을 연구하는 연구실, 이 정도 규모의 도서관에는 으레껏 따르는 작은 도서관, 성물실, 창고, 수사들의 침실. 이런 것들은 모두 중정을 둘러싼 회랑 너머의 아케이드 안에서 수용해야만 했기 때문에 이곳에서는 한 치의 공간 낭비도 없이 편집증적으로 공간을 분할하고 있었다. 1년 내내 태양의 고도에 상관없이 중정의 절반 이상은 햇볕이 들도록 하기 위하여 중정을 둘러싼 아케이드는 그 높이가 세심하게 배려되어 건축돼 있었다.

  성 피에트로(Sante Pierrtro) 수도원은 도시 방어군 사령부로 선정된 프락티누스 고행 수도원과는 좁은 골목길 하나를 사이에 두고 있었고, 이곳은 부상당한 병사들에 대한 1차 구호소와 배식지로 선정되었다. 병사들은 부대별로 이곳에 찾아와 식사를 마쳤고, 그 길에 부상당한 동료들을 남겨두고 다시 전투 지역으로 떠났다. 이곳에서는 부상당한 병사의 부상 정도를 보아 치료소로 결정된 투구산 중턱의 상트 바실리 대성당으로 올려 보낼지, 간단한 치료를 마치고 전투 지역으로 돌려보낼지를 결정했고, 응급 환자의 경우에는 이곳에서 곧바로 치료에 들어갔다.

중정 한 켠으로 눕혀진 부상자들은 고통스럽게 신음했고, 배식을 얻으러 왔던 병사들은 그런 전우들의 고통을 외면했다. 수사와 수녀, 그리고 자원으로 찾아온 시민들은 정신없이 부상병들 사이를 뛰어다니면서 한 명이라도 더 많은 부상자들을 살리기 위해 필사적으로 노력했다.

"…걱정되십니까?"

"예?"

레미는 멍한 얼굴로 하늘 저편에서 들려오는 고함 소리와 비명 소리를 쫓다가 현실로 되돌아왔다. 그녀는 눈꼬리를 타고 흐르는 땀방울을 소매로 닦아내고는 다시 정신을 집중하고서 붕대의 매듭을 묶었다. 그녀가 잘려진 팔꿈치의 붕대를 갈아주는 동안에 젊은 병사는 조용한 얼굴로 그녀를 바라보았다. 레미는 그 병사의 잘려진 팔꿈치가 썩지 않는 것이 천만다행이라고 생각하며 매듭을 정리했다.

"우리가 이 전투에서 패배할까 봐 두려우십니까?"

"아니요……."

레미는 피 묻은 붕대를 앞치마 주머니에 쑤셔 넣으며 조용히 웃었다. 그리고는 다소 피곤한 얼굴로 눈 밑을 꾹 누르며 고개를 저었다.

"이미 저에게 이 전쟁의 승패는 무의미해요. 이렇게 많은 사람들이 죽거나 다쳤는데 누가 왕권을 차지하느냐가 뭐 그리 중요할까요?"

"정말 그렇군요. 그럼 저는 무엇을 위해서 이걸 잃어야 한 거죠?"

레미는 그 병사의 얼굴을 똑바로 바라보았다. 병사는 희미하게 웃고 있었다. 그리고 자신의 잘려진 팔뚝을 들어 보였다. 그의 얼굴에는 분노도 고통도 없었고 체념 어린 희미한 미소만이 감돌았다. 자신과 비슷한 나이일까? 레미는 짧은 순간 그 병사의 나이를 가늠해 보았다. 병사는 하나 남은 손으로 턱을 괴고서 뭉툭하게 잘려 나간 자신의 팔뚝을 내려다보면서 히죽 웃었다.

"아버지는 저에게 상인이 되라고 하셨죠… 한제도시연맹까지 내려가 바다를 건너서 물건을 싣고 찾아온 사람들과 친분을 트고 그들에게서 세상의 넓음을 배우라고 하셨죠. 하지만 나는 힘들게 국왕 폐하를 모시는 근위대 병사가 되었습니다. 이름없는 일개 병사죠. 근위대의 번쩍이는 갑옷을 입고 집으로 찾아갔을 때, 아버님은 묵묵히 술을 드셨습니다. 저는 그것이 못내 서운했고, 남자라면 이렇게 신념을 위해서 위험도 마다하지 않아야 한다고 주장했습니다. 하지만… 신념을 지키는 일은 쉽지 않다는 것을 배웠습니다."

"위로 따위는 하지 않겠어요."

그녀의 낮고 단호한 말투에 병사는 씨익 웃었다.

"팔 하나가 잘리고 죽다가 살아나면 말입니다……."

병사는 남아 있는 왼팔로 어색하게 예를 취해 보였다.

"어설픈 위로 따위는 위선으로 들리는 법입니다. 신념 따위는 이제 없습니다. 그런 건 정말 돼지 먹이로나 쓰라고 하죠. 정의? 신념? 애국심? 믿음? 그런 건 돼지들도 먹지 않을 겁니다. 나는 그런 하찮은 쓰레기들을 위해 싸우다가 팔뚝을 잃은 것이 아닙니다."

"그럼 당신은 뭘 위해 싸웠나요?"

레미는 차가운 수도원 중정 바닥에 무릎을 꿇고 앉아서 조심스럽게 물었다. 어린 시절 그녀를 가르쳤던 선생들은 모두들 그렇게 말하지 않았다. 그들은 그녀에게 정의와 신념, 애국심, 그리고 믿음이야말로 인간 사고의 가장 숭고한 가치이고, 그것을 위해 희생한 자들의 고귀함을 역설했었다. 하지만 실전에서 팔뚝을 잃은 병사는 피로 더럽혀진 열주에 등을 기대고 앉아서 희미하게 웃으며 고개를 저었다.

"당시에 내가 검을 들고 있었기 때문에 싸운 것입니다. 근위대원이 할 말은 아니지만 누가 국왕이 되는 것 따위는 저에게 아무런 의미도 없습니다. 중요한 것은 누가 나를 배불리 먹여주고 재워주는가죠… 존경받는 위대한 국왕이란 정통성을 가진 국왕도 아니고, 조국의 미래를 살찌우는 국왕도 아닙니다. 병사들에게 무의미한 피를 강요하지 않는 국왕이라고 생각합니다. 저도 제가 이런 거창한 생각을 할 줄은 몰랐습니다. 죽다 살아남고 나서 멍하니 이곳에 죽치고 있다 보니 쓸데없는 생각만 늘더군요……."

"……."

"또 한 차례 부상자들이 오는 모양입니다. 가보세요."

그 병사는 처연하게 웃으면서 손짓을 했다. 레미는 마지못한 얼굴로 일어서 수도원 입구 쪽으로 고개를 돌렸다. 수레에 실린 한 무더기의 병사들이 비명을 질렀다. 그쪽으로 걸음을 내딛던 레미는 힐끔 병사를 돌아보며 물었다.

"이름이 뭐죠?"

"근위병 오토. 오토라고 합니다."

레미는 그를 남겨두고 서둘러 종종걸음으로 수도원 입구로 향했다. 그곳에서는 또 다른 지옥이 시작되고 있었다. 레미는 이제 더 이상 피를 보고 먹은 것을 게워내지 않았고, 혼절하지도 않았다. 그녀는 이제 묵묵히 입술을 꾹 다문 얼굴로 부상자들의 흘러나온 내장을 다시 넣어주고 롱 소드에 찢겨 나간 복부를 봉합해 주기까지 했다.

그녀는 하루에도 십여 명의 병사들을 상대하며 흘러내린 내장을 추스르고 실과 바늘로 봉합 치료를 해주었지만 그들 중에서 살아남는 사람은 아무도 없었다. 인간의 내장은 한 번 공기 중에 노출되면―더군다나 그 과정에서 날카로운 롱 소드에 찢겨 나가면―쉽게 썩기 시작한다. 그리고 충분한 소독이 없었기 때문에 찢겨진 상처는 매번 감염되어 고름이 흘러나오며 짓물러 버렸다.

복부가 찢어진 병사들은 흘러나온 내장을 몸속으로 쑤셔 넣고 강철제 바늘로 꼬매는 동안 내내 지옥에서 들려오는 것만 같은 비명을 질렀고, 봉합이 끝나면 얼마 지나지 않아 몸속에서 썩기 시작한 내장 때문에 고통을 받다가 개구리처럼 부풀어 오른 배를 끌어안고 죽었다.

레미 R. 아낙스는 솔직히 말하면 당장이라도 미쳐 버릴 것만 같았다. 물컹거리는 인간의 내장을 손으로 쑤셔 넣고 인간의 찢겨진 피부를 가죽 구두 수선하듯 튼튼한 바늘로―실제로 수술용 바늘이 부족했고, 지금 그녀가 쓰는 바늘은 제화공들이 구두 수선용으로 쓰는 바늘이었다―꿰매는 생활의 연속이었지만 누구도 살아남지 못했다.

그녀는 몇 시간, 혹은 며칠 후에 죽을 거라는 것을 알면서도 애써 병사들에게 곧 나을 거라고 거짓말을 하며 병사들의 복부를 봉합했다. 그리고 얼마 후 그녀는 고름과 썩은 물로 가득 찬 배가 팽팽하게 부풀어 오른 채 희멀건한 눈으로 죽은 병사의 시체를 발견하곤 했다. 의술의 자비로운 구원은 어디에도 없었고, 오직 악의와 잔혹으로 가득 찬 피와 내장의 미친 카니발만 존재했다.

그런 상황 속에서도 그녀는 고집스러운 신념으로 가득 찬 얼굴로 묵묵히 병사들의 흘러내린 내장을 뱃속으로 넣어주었고, 고통에 발버둥 치는 병사들을 몸으로 누른 채 구두 수선용 바늘로 병사들의 찢겨진 복부를 꼬매주었다. 그리고 시뻘겋게 달궈진 인두를 들고서 병사들의 잘려진 손목과 무릎을 불로 지져 출혈을 멈추게 만들었다. 시뻘건 인두가 닿으면 병사들은 더욱 고통스럽게 울부짖으며 발악을 했고, 달군 쇳덩이에 살이 타는 역겨운 냄새는 그녀를 괴롭혔다. 하지만 그녀는 미간을 좁힌 표정으로 묵묵히 병사들의 상처를 주저없이 인두로 지지고 약초를 발라 붕대로 감았다. 의술을 배운 적이 없다는 것은 이 지옥 같은 수도원에서는 아무런 문제도 되지 않았다. 아무도 의술 따위는 신경 쓰지 않았다.

"이거 굉장히 아프군요."
레이드는 자신을 내려다보는 레미에게 히죽 웃어 보였다. 부상을 당하고 수도원으로 실려온 그는 어디서 용케 바늘과 실을 얻어 스스로 자신의 옆구리를 꿰매고 있었다. 상처 자체는 그다지 깊지 않았지만 상당히 많은 피를 흘렸기 때문에 상처 부위는 엉망이었다. 레이드는 어금니를 악물고서 기어코 스스로 자신의 옆구리를 봉합하는 데 성공했다. 레미는 조금 질린 눈으로 레이드를 내려다보다가 들고 있던 대야를 내려놓고 핏빛 물수건을 꼭 짜서 레이드의 옆구리를 조심스럽게 닦아주기 시작했다. 레이드는 눈살을 찌푸리며 낮게 끄응 하는 신음을 흘렸다. 요즘 들어서 레미는 레이드의 별명이 어째서 미친 회색곰인지 알 것 같다는 생각이 들었다. 그는 자잘한 부상 따위는 신경조차 쓰지 않고서 전투에 임했고, 전투가 끝나면 그의 사소했던 상처들은 치명상으로 가지 않은 것이 신기할 정도로 악화되었다. 레미는 그런 레이드의 방식을 이해할 수 없었다.

"스스로 죽지 못해서 안달하는 사람 같아요… 이러다 당신, 정말 죽어요."

"허허, 그러면 에피는 내가 도박을 하지 않을 테니 좋아하겠군요."

"어째서 그렇게 자신의 딸을 증오하는 거죠?"

레미는 불만스러운 목소리로 레이드의 어깨를 붕대로 감아주며 말했다. 레이드는 핏방울이 엉킨 턱을 쓰윽 문질렀다. 그리고 한숨을 쉬면서 고개를 저었다. 그는 조용히 시선을 들어 수도원의 중정 너머로 보이는 하늘을 올려다보았다. 짙은 먹구름 사이로 금빛 햇살이 쏟아지는 모습은 인간들에게 신의 광휘를 증명하는 데 부족함이 없었다. 하지만 인간들은 이 좁은 성지 순례의 도시 안에서 필사적으로 검을 휘두르며 싸웠다. 레이드는 먹구름 사이로 쏟아지는 햇살의 모습이 마치 오래전에 죽은 아내의 미소처럼 보였다. 무언가 레이드의 가슴 속 깊은 곳에서 툭 끊겨 나가며 레이드는 조용히 스스로의 기억 속으로 무너졌다.

누구에게도 축복받지 못하는 아기가 세상에 태어나는 경우도 있다. 렌사스 준남작은 요람 안에서 빽빽거리며 우는 아기를 물끄러미 내려다보았다. 이국 땅에서 오랜 감옥 생활을 견디며 야위어진 그의 깡마른 얼굴은 창백했고, 아무런 움직임도 없었다. 그는 물끄러미 아기를 내려다보며 입을 다물고 있었다. 살짝 건드리는 것만으로도 산산이 부서져 버릴 만큼 불안정한 공기가 아무것도 모르는 갓난아기에게까지 전염되어 있었는지도 몰랐다. 갓난아기는 그 불안한 공기에 놀라서 허둥거리는 유모의 어름에도 아랑곳하지 않고 빼액 하고 울음을 터뜨렸다. 방 안에 남겨진 그 누구도 입을 열지 않았다.

"……."

렌사스는 공허한 빈 껍질 같은 존재가 되어 있었다. 이국 땅에서의 오랜 감옥 생활과 영양실조, 그리고 지독한 고문 속에서 육체는 피골이 상접한 해골 같은 몰골로 변해 있었다. 또한 렌사스라고 불리우는 남자의 내면은 더 이상 찢어질 수 없을 만큼 너덜너덜해졌다. 그의 내면, 그의 감정, 그의 이성은 그가 마지막으로 보았던 찢겨진 군기처럼 비참하게 찢겨 나갔다.

'멋지군……'

그는 포로로 붙잡히기 전에 마지막으로 보았던 정경을 회상했다. 그의 의식은 두 번 다시 상상하기도 싫었던 그 괴로운 과거 속으로 내동댕이쳐졌다.

함성과 비명은 대지를 적셨고 하늘을 찢었다. 전투마의 힘겨운 헐떡임과 강철과 강철이 충돌하는 불협화음 속에서 화살들은 지독히 끔찍한 휘파람 소리로 죽음을 찬미하며 노래했다. 수백, 수천에 이르는 화살들이 악의에 가득한 군무를 추며 하늘을 가로질러 달려갔고, 세상에서 가장 잔인한 코러스를 부르며 죽음을 칭송했다. 신의 광휘를 찬송하던 기사의 입속으로 들어간 화살은 그 기사의 연수를 박살 내며 목덜미로 나왔다. 신의 십자가를 우러르던 눈을 관통한 화살이 목의 경동맥을 찢었다. 속세의 부정함을 부끄러워하던 심장이 찢겨 나가며 펄떡거렸다.

그 지옥 한가운데서 돌격대장 렌사스는 투쟁했다. 목숨을 부지하기 위하여, 죽은 아들의 넋을 위로하기 위하여, 절망한 아내의 마음을 추슬러 주기 위하여 그는 밤낮으로 투쟁했다. 그에게 삶이란 투쟁과 절망, 그리고 자기 비하의 삼중주였다. 그가 투쟁을 노래하는 동안 절망도 노래로 불리워졌고, 자기 비하의 코러스가 후렴구를 장식했다.

생전 처음 디뎌보는 남쪽 대륙은 열사의 사막이었다. 세상은 그 자체로 이미 대장간의 화덕처럼 뜨거웠고, 모래언덕에 반사되는 태양은 백열광으로 병사들의 눈과 마음을 태웠다.

렌사스 준남작은 생전 처음 경험하는 열사의 사막에서 모래가 되었다. 거친 모래바람이 불어와 그의 과거를 하찮은 모래언덕으로 만들었고, 까마득히 쏟아지는 사막의 태양은 그의 의식을 지글지글 태워버렸다. 그는 아무것도 남지 못한 빈 껍질이 되어 사막의 모래 더미 사이에서 굴러다녔다.

레이드 렌사스 준남작. 유서 깊은 주트 베일의 무인 집안의 정통 후계자. 루스라는 이름으로 이 세상을 짧게 살다가 허망하게 땅에 묻힌 한 아이의 아버지였고, 심약했던 한 여자의 남편이었던 남자. 허공을 향해 앞발을 힘차게 뻗은 회색곰과 힘차게 튀어 오르며 생명을 상징하던 무지개 송어의 문장을 삶의 긍지로 여기던 남자. 세상을 향해 당당하던 회색곰의 무력과 급류를 뚫고 튀어 오른 무지개 송어의 생명력을 삶의 가치로 삼았던 남자. 대대로 주군을 섬기며 변함없는 충성심으로 기꺼이 조국의 초석이 되었던 남자. 하지만 이제는 남쪽 대륙의 사막 한가운데에서 한낱 쓸모없는 껍질이 되어버린 남자. 그의 텅 빈 껍질은 쓰레기처럼 사막의 모래언덕 사이를 굴러다녔다.

부대의 마지막 기수였던 소년 병사의 잘려진 목이 모래언덕의 비탈을 굴러 내려가며 하얀 모래를 검게 적셨다. 그리고 초승달처럼 휘어진 칼날이 군기를 찢었다. 그는 자신의 의식이 찢어지는 소리를 들었다. 그는 거대하고 악의에 가득 찬 사막의 모래 위에 무릎을 꿇었다. 그리고 그는 결국 좌절했다.

뜨겁게 달구어진 초승달 모양의 검날이 그의 목젖을 눌렀을 때 레이드 렌사스는 웃었다. 피에 젖은 그의 어깨가 킬킬거리는 웃음소리에 맞춰 흔들거렸다. 그는 놀랄 만큼 빠른 속도로 목을 겨누던 검날을 밀어냈다. 아슬아슬하게 검날이 그의 목덜미를 스쳐 지나갔고, 그의 튼튼한 목덜미에 새로이 핏방울이 맺혔다. 그의 단단한 주먹이 상대의 가녀린 목덜미에 작렬했고, 그는 몸을 굴리며 일어섰다. 당장 10개도 넘는 이교도의 검날이 그를 포위했다. 레이드 렌사스는 킬킬거리며 주변을 둘러보았다.

고만고만한 남쪽 대륙 부족 병사들은 전부 십대였다. 부족의 권리와 명예를 위하여 몸을 던진 소년병들은 레이드를 전혀 두려워하지 않았다. 레이드는 바다 건너 대륙에서 찾아온 정복자들의 군대에 속해 있던 용병이었고, 소년병들은 그들의 아버지, 할아버지, 그리고 삼촌들과 함께 부족의 터전인 오아시스 도시를 지키기 위하여 기꺼이 몸을 던졌다.

남쪽 대륙의 교역용 식민지 도시 확장 전쟁 따윈 점령하는 도시의 숫자에 따라 기하급수적으로 늘어나는 전쟁 보상금 따위는 이미 아무런 의미도 없었다. 그는 그런 모든 것들이 관심없었다. 그러한 보상금이 이미 죽어서 뒤뜰에 묻힌 채 썩고 있을 아들의 육신을 돌려주는 것은 아니었다. 인간의 죽음 앞에서 돈이란 얼마나 허망한 것인가? 단지 그가 원하는 것은 이 지독한 아수라장 한가운데서 고통스럽게 삶을 마감하는 것뿐이었다. 그는 죽음을 원했다. 이 뜨거운 열사의 사막 한

가운데에서 배가 갈리고 내장이 쏟아져 나오는 고통 속에서 죽고 싶었다. 그는 단지 자살할 용기가 없는 남자에 불과했다.

　레이드 렌사스는 자신의 절반도 살아오지 못한 어린 소년들을 물끄러미 둘러보며 킬킬거렸다. 벌써 그들 중 여럿은 그의 검날에 목숨을 잃었을 것이다. 하지만 그는 지금껏 자신이 몇 명이나 죽였는지 기억하지 못했다. 소년병들은 2미터에 가까운 신장을 가진 레이드를 올려다보면서 한 줌의 흔들림도 없는 눈빛으로 검을 겨눴다.

　레이드는 자신이 어째서 또다시 이 아수라장의 한복판에서 피를 흘리고 있는지 자문해 보았다. 아들을 위하여, 그리고 그가 사랑했던 아내를 위하여 그는 몇 년이란 세월을 이국의 전쟁터에서 용병으로 소모했다. 그의 조국은 중앙산맥의 험한 산자락 사이에서, 크롬발츠와 다른 많은 강대국들의 틈바구니에서 위태로운 줄타기를 계속했고 그런 조국에서의 유일한 수출품은 레이드 같은 용병들이었다. 그들은 남의 나라 전쟁터에서 목숨 걸고 싸우며 돈을 벌었고, 그 돈은 조국으로 돌아와 식량을 사고 가축을 사는 데 소모되었다. 그는 가족과 영지민들을 먹여 살리기 위하여 몇 년씩 이국의 전쟁터를 헤매고 다녔고, 간신히 힘겹게 사람들을 먹여 살렸다. 하지만 그의 그런 노력들도 정작 그가 세상에서 가장 끔찍이 아끼던 아들의 죽음을 되돌리지 못했다.

　그의 아내는 남편이 듣도 보도 못한 먼 나라에서 피를 흘리며 용병이 되어 몸을 파는 동안에 필사적으로 병약한 아들을 살리기 위하여 노력했다. 하지만 결국 아들은 죽었다. 그의 아들은 잠도 자지 못하고 밤낮으로 간호해 주던 엄마의 애타는 손길을 뿌리치며 죽음의 강을 건넜고, 그 아들이 마지막으로 애타게 부르던 사람은 침대 맡에서 지켜주던 엄마가 아니라 태어나서 몇 번 얼굴도 보지 못했던 아버지였다. 그의 아내는 절망감 속에서 무너졌다.

　루스가 죽은 이후 절망해 버린 채 술에 찌들어 살던 레이드는 자포자기하는 심정으로 남쪽 사막의 정복 전쟁에 용병으로 참전해 버렸다. 그의 아내는 필사적으로 그를 말렸지만 그는 루스의 흔적이 적막하게 맴도는 자신의 저택을 견딜 수 없어했다. 마음 같아서는 그냥 불태워 버리고 싶었다. 그래서 그는 이국의 사막을 밟았고, 그 사막의 열사 속에서 그 자신도 한 줌의 모래가 되어 이글이글 타올랐다.

　정복군은 모래 늪과 사막의 뜨거운 백열광, 그리고 한 줌의 신념에 매달려 물러서지 않는 부족민들의 투지에 밀려 자멸했다. 그리고 레이드는 붕괴된 전선 한복판에서 포로가 되었다. 부족민들은 포로로 잡힌 그와 다른 병사들을 죽이지 않았다. 그들은 부족민들에 의하여 열사의 사막을 건너야 했고, 그 와중에 많은 포로들이 더위와 갈증을 이기지 못하고 죽었다.

　레이드는 사막 저편의 이글거리는 백색 모래언덕 위로 보이는 무언가를 노려보며 필사적으로 사막을 걸었다. 발목과 손목에 채워진 쇠사슬은 사막의 햇살을 받아 미친 듯이 뜨거워졌고, 그의 피부에 지독한 화상 자국을 남겼다. 그는 발목까지 빠지는 모래언덕을 넘어서 횡단하는 동안에 점차 인간이 아닌 몰골을 가진 괴물이 되었다. 그리고 그는 용케 살아남아 사막을 건넜다. 사막을 건너는 동안에 그에게 주어진 것은 먹다 남은 음식 찌꺼기였다. 그는 그 찌꺼기들로 생명을 부지하며 카라타고아에 도착했다.

　카라타고아. 대륙인들에게 세상의 끝에 존재하는 도시라고 불리워지는 도시. 그곳은 세상의 끝이었고, 또한 세상의 시작이었다. 대륙인들 중에서 카라타고아 동쪽으로 건너간 이는 아직껏 없었다. 아무리 뛰어난 모험심으로 무장된 사람이라고 해도 도시 동쪽으로 펼쳐지는 그 광대한 황무지를 보면 한 걸음도 떼지 못했다. 카라타고아는 대륙의 문명과 동방의 문명, 그리고 남쪽 대륙의 사막 도시 문명이 하나로 뒤엉킨 묘비 같은 도시였다.

그곳에서 레이드는 어느 부유한 남부 대륙인에게 노예로 팔렸다. 그는 전쟁 포로에서 노예로 변하는 동안에 자유를 위하여 탈출하기 위한 어떤 시도도 하지 않았다. 그저 담담한 눈빛으로 세상을 보며 쓰게 웃었을 뿐이다. 그의 얼굴은 살아 있는 해골처럼 광대뼈가 튀어나오고 깡마른 얼굴로 변해갔고, 지저분하고 무성한 수염을 기르게 되었다. 대륙 상인들을 상대로 무역하는 대상인에게 팔려간 레이드는 물건을 배에 싣는 노예로 일했다. 그는 자신의 처지를 비웃으며 밤이면 노예들이 흔히 마시는 싸구려 곡주에 젖어 살았다. 어디에도 구원의 빛은 없었고, 그 자신부터가 구원을 원하지 않았다.

그가 고향으로 돌아온 것은 집을 떠난 지 6년 만이었다. 그는 꼬박 3년을 카라타고아에서 노예로 일했다. 그러다 그는 우연히 주인의 목숨을 구한 노예가 되었고, 그 보상으로 자유의 몸이 되었다.

레이드의 주인이 된 대상인은 12번째 아내를 맞이하는 결혼식을 열었고, 남쪽 대륙의 관례상 많은 사람들이 초대되어 밤새도록 놀이를 즐기며 먹고 마시는 파티를 벌였다. 바로 그곳에서 경쟁 관계에 있던 상인이 고용한 암살자들이 습격했다. 레이드는 파티 연회장에서 시중을 들다가 우연히 그 암살자들을 저지했고, 그 보상으로 자유의 몸이 된 것이었다.

검은 얼굴에 후덕한 인상을 가진 대상인은 그가 이름난 베일의 용병 가문 출신이라는 것을 듣고는 놀라며 자신의 경호대장으로 임명하려고 했다. 카라타고아에서 손꼽히는 거상의 경호대장이라면 적어도 20명의 노예를 거느리고 바닷가의 깨끗한 빌라—녹해 특유의 별장식 해안 저택—에 살면서 편안한 삶을 보장받을 수 있었다. 레이드는 그 제안에 잠시 동안 망설였다. 지긋지긋한 베일 산 구석의 기억 따위는 단숨에 날려 버릴 수 있다. 그는 두 번 다시 죽은 아들과 반쯤 미쳐 버린 아내의 기억 속에서 자학할 필요가 없다. 그는 그 달콤한 유혹 속에서 방황했다.

하지만 그는 결국 완전한 자유의 몸을 요구했다. 솔직히 자유 따위는 갈구하지도 않았다. 자유라는 것은 삶을 스스로의 힘으로 헤쳐 나갈 의지가 있는 자만이 얻을 수 있는 혜택이었다. 그저 그는 고향으로 돌아가기를 원했다. 그리고 대상인은 아쉬운 얼굴로 고개를 끄덕였다. 그는 남쪽 대륙인들이 머리에 두르는 터번과 헐렁한 원피스처럼 생긴 사막 부족의 전통 의상을 걸친 차림으로 아피아노의 어느 항구로 돌아왔다. 그리고 스톨츠를 경유하여 베일로 돌아왔다.

그가 6년 만에 집으로 돌아왔을 때 그의 아내는 당황한 얼굴로 그를 맞이했다. 그리고 레이드 렌사스 준남작은 머리에 두른 터번을 풀면서 아연한 얼굴로 생후 3개월 된 갓난아기를 바라보았다. 6년 동안 열사의 사막에서 지긋지긋한 전투와 감옥에서의 포로 생활, 그리고 노예가 되어 상선의 짐을 부리면서도 끝까지 살아남은 사내는 분노하지 않았다. 저택의 하인들은 누구도 입을 열지 않은 채 슬그머니 자리를 피했고, 침대에 누운 아내는 창밖을 바라보며 그를 외면했다.

레이드 렌사스는 울고 있는 아기의 뺨을 조용히 어루만졌다. 주인의 성격을 잘 아는 유모는 식은땀을 흘리며 행여 그가 갓난아기의 힘없는 목을 부러뜨리지 않을까 걱정했다. 하지만 그는 그저 묵묵히 전투와 사막 생활로 갈라진 손가락으로 가만히 아기의 뺨과 이마를 쓰다듬었다. 그리고 저택으로 돌아와 처음으로 입을 열었다.

"딸아이인가……."

"당신의 아이가 아니에요."

아내는 차가운 목소리로 대꾸했다. 레이드는 아내를 바라보지 않았다. 화려한 사막식 터번이 그의 어깨 위로 흘러내렸고, 사막 생활 동안 길어진 치렁치렁한 머리칼이 드러났다. 레이드는 텁수룩한 수염 사이로 드러난 입술을 가늘게 치켜 올리며 비죽 웃었다. 6년이라는 세월은 결코 짧은 세월이 아니었다.

"이름이 뭐지?"

"에파인… 에파인 렌사스(Epine Lensath)……."

"뭐……?"

레이드는 렌사스라는 성을 가진 갓난아기의 뺨을 살며시 부비며 고개를 돌렸다. 아내는 화가 난 얼굴로 잔뜩 미간을 좁힌 표정으로 씹어 뱉듯이 차갑게 말했다.

"말 그대로예요. 에파인 렌사스. 당신의 동생 루크 렌사스(Luke Lensath)의 피를 이어받은 아이예요. 설마 6년 동안 집을 비웠는데 생후 3개월짜리 딸아이가 있을 거라고 믿진 않을 테죠… 그 아이는 나와 당신의 동생 사이에서 얻은 아이예요."

"자랑스럽게 말하는군……."

"지겨워! 이 빌어먹을 렌사스 집안의 모든 것이 지겨워!! 당신도, 당신 동생도! 그리고 저 저주받은 아이도 지겨워! 차라리 날 죽여줘!"

그의 아내는 지친 얼굴로 무릎에 고개를 묻으며 씹어 뱉듯이 말했다. 그는 조심스럽게 유모에게서 에파인을 받아 들었다. 담요에 감싸인 아기는 놀랄 만큼 가벼웠다. 그는 조용히 에파인을 품에 안았다.

　바로 그 순간, 그는 6년 동안의 사막 생활을 견디며 그토록 갈구하던 갈증이 무엇이었는지 깨달았다. 그는 조용히 바닥에 무릎을 꿇었다. 그리고 생후 3개월이 지난 에파인의 조그마한 이마에 입을 맞췄다. 지금까지 발작적으로 울던 아기는 거짓말처럼 울음을 그쳤다. 아기에게서는 희미하게 젖 냄새가 났다.

　"지금부터… 에파인은 내 자식이다. 그렇게 알고 있어……."

　생후 3개월 된 에파인 렌사스는 누구도 원하지 않았던 아이였고, 축복받지 못한 채 세상에 태어났지만 이 시간 이후로 레이드 렌사스의 딸이 되었다. 하지만 변한 것은 아무것도 없었다. 루스를 잃은 이후에 손을 댄 도박은 그에게 거액의 빚을 만들어주었고, 남쪽 대륙에서 가져온 귀한 보석 몇 개로는 별다른 도움이 되지 못했다. 아내는 에파인을 전혀 돌보려고 하지 않았고, 그의 친동생인 루크는 노골적으로 그를 무시하고 비난했다. 그는 그런 환경 속에서도 필사적으로 에파인을 끌어안고서 견디어냈다.

　하지만 에파인이 열병에 걸려 목이 쉬도록 우는 모습을 보는 순간, 마지막까지 그의 이성을 붙잡고 있던 한 가닥의 실이 툭 끊겼다. 그는 오랫동안 손대지 않던 자신의 투 핸드 소드를 들고 저택을 헤집고 다녔다. 그의 검에 가장 먼저 희생당한 사람은 그의 동생, 에파인의 친아버지인 루크 렌사스였다. 그는 침대 안에서 자고 있다가 두 번 다시 깨어나지 못했다. 그리고 그는 곧바로 아내를 찾아갔다.

　그의 아내가 뭐라고 입을 열려는 순간 이미 그의 검은 아내의 목을 관통했다. 레이드는 짧은 순간 그녀가 무얼 말하려고 했는지 궁금했지만 그녀는 두 번 다시 말하지 못했다. 레이드는 한 손에 피가 흐르는 검을 들고서 한 손에는 에파인을 안고 고향 도시로부터 도망쳤다. 그는 국경을 넘어 라이어른으로 도망쳤고, 그곳에서 용병이 되었다.

"그럼… 에피, 아니, 에파인은 당신의 친딸이 아니군요?"
"그렇죠. 나와는 한 방울의 피도 섞이지 않았죠. 후후후."
레이드는 진통제를 씹으며 차갑게 웃었다. 레미는 그가 저렇게 차가운 얼굴로 웃던 적이 있는지 고민하면서 입을 다물었다. 지독히 어수선한 분위기 한복판에서 불쑥 튀어나온 레이드의 말은 상상하기도 힘든 내용이었다. 레미는 새삼 이 사내가 얼마나 힘든 짐을 짊어지고 살아온 사내인가 실감하며 어깨를 움츠렸다.
"에피는 이 사실을 알고 있나요?"
그녀의 질문에 레이드는 찢겨져 피가 흐르는 이마에 끈적이는 고약을 발라 붙이며 어깨를 으쓱했다.
"생전 지 엄마의 얼굴도 보지 못하고 자란 아이입니다. 알고 있을 턱이 없죠. 그 녀석은 나를 친아버지로 생각할 겁니다."
"당신이 키웠으니 당신의 아이가 아닐까요?"
"정상적으로 키웠으면 말이죠."
"그건 당신의 잘못이 아니잖아요?"
"그럴지도 모르죠."
"언제쯤 진실을 이야기해 줄 건가요?"
"그 녀석이 진실을 듣고 싶어할 때… 그때 이야기해 줄 겁니다. 자신의 엄마가 어떤 여자였는지 묻게 된다면 말입니다."
레이드는 지친 얼굴로 씨익 웃으며 특유의 묘한 표정을 만들었다.

레미는 그의 몸에 남겨진 다른 상처는 없는지 꼼꼼하게 살펴보면서 조용히 한숨을 쉬었다. 뭐라고 말해야 하는지 알 수 없었다. 레이드는 조금은 홀가분해진 얼굴로 하늘을 올려다보았다. 지금껏 혼자 삼켜두고 있던 비밀이었다. 언젠가 에피에게 들려줘야 할 이야기였지만 좀처럼 용기가 생기지 않았던 말이었다. 그는 레미를 물끄러미 바라보았다. 레미는 그녀 특유의 고민에 가득 찬 얼굴로 레이드가 들려주었던 말을 곰곰이 생각하고 있었다.

"혹시… 내가 죽는다면… 이제 세상에 우리 부녀의 지독한 과거를 아는 것은 당신 혼자가 되겠군요. 핫하하."

레미는 순간 무서운 시선으로 레이드를 쏘아보았다. 레이드는 갑작스러운 그녀의 날카로운 시선 때문에 어깨를 움츠렸다. 레미는 그의 눈을 똑바로 노려보면서 낮고 단호한 말투로 입을 열었다.

"죽을 생각인가요, 그래서?"

"헛흠! 아, 아닙니다. 죽을 생각은 없습니다."

"그럼 당신 자신의 입으로 말해 줘요. 그녀에게 쓸데없는 상처를 늘려주지 말아요."

"아, 네……."

레이드는 순간적으로 레미가 보여준 위압감과 권위에 당황하면서 침을 삼켰다. 보통 때의 그녀에게서는 좀처럼 볼 수 없는 권위였다. 그는 한순간 숨이 막히는 듯한 그 힘에 압도당하고 말았다. 레미의 얼굴에는 한 치의 흔들림도 없는 근엄함이 있었다. 레이드는 마른침을 삼키며 어색하게 웃었다. 하늘 저편에서 누군가의 비명 소리가 꼬리를 끌며 이어졌다.

〈 2 〉

"커헉!!"

아델만 국왕은 재빨리 비단 손수건을 입으로 가져갔다. 하지만 검붉게 죽은 피는 이미 그의 입가를 타고 흐르고 있었다. 아델만 국왕은 밭은 기침을 하면서 입가를 닦아냈다. 아메린의 남작 체스터는 밝은 백금발 머리칼을 쓸어 올리며 미세하게 눈가를 찡그렸다. 영주 에펜도르프 자작이 불러온 두 명의 의사는 핼쑥한 얼굴로 아델만 국왕에게 다가갔다. 아델만 국왕은 잠시 기침을 하면서 한 손을 들어 의사들을 제지했다. 그의 기침은 한참 만에 멎었다.

"타국의 신하로서 이런 말을 하기엔 외람되오나, 국왕 폐하께서는 휴식을 취하시는 것이 좋을 것 같습니다."

체스터 남작은 묵묵히 조용한 어조로 입을 열었다. 아델만 국왕은 결코 외교 관계가 친밀하다고 할 수 없는, 따지고 보면 거의 적국이나 다름없는 아메린의 귀족을 바라보며 웃었다. 사실 발트하임이 친 크림발츠 성향이 강하다고는 해도 크림발츠는 아니었기 때문에 아메린 또한 적국은 아니었다. 더 냉정하게 말하자면 발트하임 정도의 국력으로써는 아메린의 적국이 될 수조차 없었다. 아델만 국왕은 그런 사실을 상기하며 조소했다. 적을 만드는 것도, 친구를 만드는 것도 그에 상응하는 힘이 받쳐 줄 때 가능한 일이다. 힘조차 없다면 상대는 적이 될 수도 없다. 아메린으로서는 페임가르트와의 우호 관계만 가끔씩 확인할 뿐 라이어른 정세 자체에는 아무런 관심도 없을 것이다. 물론 지금처럼 라이어른이 적극적으로 통일의 움직임을 보이는 경우를 제외한다면, 라이어른은 대륙의 뜨거운 감자였다.

"나의 병사들이, 그리고 나의 백성과 신하들이 저 아래서 목숨을 걸고 싸우고 있다. 국왕인 내가 과연 편하게 쉴 수 있을까? 귀하는 그럴 수 있을 것 같은가? 귀하가 한 나라의 국왕이라면 어떨 것 같은가?"

"저는 순결과 명예를 수호하는 유니콘을 보호수로 삼은 벼락의 아메린 왕가에 충성을 바치는 신하입니다. 국왕이 된다면이란 가정은 신하로서의 합당한 몸가짐이 아닙니다."

"훗날 이날의 역사를 기록한 역사가가 나를 무능하고 우매한 국왕이라고 평가하는 것은 상관하지 않는다. 하지만 적어도 전쟁을 치르는 동안 책상 위에서 피를 토하다 죽은 국왕이라고 기록을 남기게 되길 원한다. 목숨을 걸고 싸우는 병사들 뒤에서 최선을 다하여 국왕으로서의 의무를 지키다 죽은 국왕이라고 말이다."

아델만은 스스로에게 다짐하듯이 말했다. 그의 말에 회의실에 모인 사람들은 더 이상 아무런 말도 하지 못했다. 그저 싸늘하고 무거운 침묵만이 불편하게 실내를 맴돌았다. 에펜도르프 영주의 집무실은 검소함과 근검 절약의 모범이 될 만큼 간소했다. 영주의 성부터가 이미 호화로운 사치가 불가능할 정도로 협소했기 때문에 집무실은 최대한 공간을 절약하는 형태로 꾸며져 있었고, 공간을 차지하는 가구나 쓸데없는 장식들은 철저하게 배제되어 있었다. 이곳에 왕비군에 대항하는 국왕군 수뇌부가 편성되어 있었다.

체스터 남작은 논객이라는 상황에 맞지 않는 애매한 신분으로 이곳에 머물고 있었다. 이날의 역사를 기록할 역사가란 은연중에 그를 지목하고 한 말이었다. 아델만 국왕은 체스터 남작이 죽다 살아나다시피 아슬아슬하게 에펜도르프 시내로 몸을 피한 이후에 아예 작정을 하고서 지금 벌어지고 있는 라이어른 내전에 관한 기록을 남기기 시작했다는 것을 알고 있었다. 왕비군의 에펜도르프 대공세가 시작된 지난 일주일 동안 남작은 성 안팎을 돌면서 병사들과 장교들, 그리고 여러 인물들을 만나며 전후 정황을 기록하기 시작했다.

호의적인 사람들도 있었고, 노골적으로 불쾌감을 표시하는 인물도 있었지만 강대국 아메린을 등에 업은 이 귀족에게 결투를 신청할 만큼 대담한 사람은 없었다. 라이어른에서는 군 경력이 없어도 자동적으로 귀족 신분을 얻을 수 있지만, 아메린에서는 군 경력 없이는 귀족 작위를 받지 못한다. 그리고 누군가 아는 사람이 남작의 목에 감긴 스카프가 아메린 연대 출신임을 상징하는 것을 알아보았고, 그 소문은 삽시간에 퍼져 그가 청기사단 정예 장교 출신이라는 황당한 소문까지 나돌아 남작을 곤혹스럽게 만들었다.

"이 나라를 처음으로 되돌리기 전까지 난 죽을 수 없다네……."

아델만 국왕은 모두에게 확인시키듯이 그렇게 힘주어 말했다. 한동안 호전의 기미를 보이던 그의 병세는 근래에 들어서 최악으로 악화되고 있었다. 비를 맞으며 강행군을 했던 이후로 아델만 국왕은 치명적인 위험을 몇 번 넘길 정도로 악화된 상태였다. 하지만 그는 결코 몸을 쉬도록 하지 않았다. 거의 실신에 가까울 정도로 위험한 상태에 빠져 겨우 잠자리에 들기 전까지도 그는 수많은 서류들을 결재하고, 전쟁의 향방을 결정했고 하루에도 수십 통에 달하는 외교 문서를 작성해 넘겼다.

물론 그 서류의 대부분은 도시를 포위하고 있는 왕비군의 경계망을 돌파하지 못했다. 또한 사람들의 만류에도 불구하고 전쟁 이후의 라이어른 재건을 위한 계획서를 작성하고 있었다. 그 서류는 누가 이기더라도 군주로서 황폐해진 왕실과 국가를 재건하는 데 중점을 두어야 하는 사항들을 자세히 예시하고 있었다.

"아직 추가 병력에 관한 소식은 없는 건가?"

"유감스럽지만 도시가 포위된 상태이기 때문에 좀처럼 쉽게 전령을 내보낼 수 없습니다. 또 보냈다고 해도 답변을 받은 전령들은 이 도시 안으로 들어오지 못합니다. 이 도시는 육지 한가운데의 섬처럼 고립되어 있습니다."

군사령관 에른하르트가 무미건조한 목소리로 대답했다. 아델만 국왕은 턱을 괴고 앉아서 무겁게 한숨을 쉬었다. 그의 한숨은 마치 죽어가는 자의 마지막 숨결 같았다.

"싫든 좋든 페임가르트에서는 병력이 파견될 것입니다. 아마 이 기회에 라이어른의 주도권을 자신들이 갖기를 원하리라고 봅니다. 그리고……"

에른하르트는 잠시 동안 말을 끊으며 체스터 남작을 노려보았다.

그의 곱지 않은 시선을 받은 남작은 사각거리며 움직이던 깃털 펜을 멈추고 고개를 들었다. 그리고 습관처럼 백금발 머리칼을 쓸어 넘겼다. 광대뼈 길이가 좁고 콧등에서 정수리 길이가 긴, 아메린 인 특유의 골격을 가진 남작은 입꼬리를 실룩이며 웃었다. 그리고는 다시 사각거리는 소리를 내면서 깃털 펜을 움직이기 시작했다. 자신은 단지 기록할 뿐이니 신경 쓰지 말고 이야기하라는 의미였다. 에른하르트는 다시 입을 열었다.

"이번 전쟁을 계기로 페임가르트가 아메린과 손을 잡는다면 새로 라이어른 맹약국의 맹약 종주국이 되는 것도 어렵지 않을 것입니다. 아마도 페임가르트는 이 점에 주목하리라 봅니다. 따라서 그들이 제때 도착하는 일은 없을 것입니다."

"그건 어째서 그렇소?"

극소수가 남은 왕실 관리 중 누군가가 자신없는 목소리로 물었다. 에른하르트는 헛기침을 하고는 다시 입을 열었다.

"병력의 손실을 최소화하는 것이 유리하니까요. 우리와 왕비 측이 전력을 다해 싸우다가 어느 한편이 무너지면 그 다음에 움직일 것입니다. 우리가 이긴다면 페임가르트는 왕비파 잔당 소탕과 라이어른 정세 안정을 핑계로 군대를 이곳에 주둔시킬 것이고, 대외적으로는 어떨지 몰라도 실질적으로 우리는 페임가르트 군대의 발트하임 무혈 입성을 허용하는 셈이 됩니다. 우리가 왕비군을 이긴다면 우리도 거의 궤멸 직전에 이르러 자위력을 갖지 못하는 상태일 테니까요. 그렇다고 전쟁의 승패가 끝난 다음에 군대를 움직이는 것은 너무 늦습니다. 브레나와 뤼막도 아직은 건재하니까요. 그들도 이 기회에 라이어른의 강국으로 도약하고 싶을 테니 역시 준비를 하고 있을 겁니다. 단지 그들은 페임가르트의 눈치를 살피기 위해 지금은 입을 다물고 있지만 만약에 기회가 닿는다면 누구보다 빨리 움직일 것입니다. 예를 들어 우리가 브레나 국경 근처의 도시에서 항쟁을 벌인다면 그들은 브레나 영토 수호와 뒤늦게 페나 왕비의 반란 진압을 명목으로 군대를 파병할 것이고 그러면서 은근슬쩍 우리를 보호한다는 명목으로 우리를 군사적으로 제압할 겁니다. 페임가르트는 아마도 그래서 적당한 거리를 두고서 병력을 배치했다가 기회를 노릴 것입니다. 발트하임 전역을 장악하기 위하여 전력을 최대한 보존하려고 하겠지만 만약에 브레나를 비롯하여 다른 국가의 개입 기미가 보인다면 곧바로 전력을 투입하겠죠. 그리고 왕비가 이긴다면 그것대로 역시 병력 투입의 빌미가 됩니다. 국왕 폐하께 반란을 꾀한 반란 수괴를 처단한다는 의미로요. 페임가르트는 결국 곁에서 어느 쪽이든 힘이 빠지길 기다릴 거라는 점에서 변함이 없습니다."

에른하르트는 입을 다물고 조용히 물을 마셨다. 체스터 남작은 깃털 펜을 멈추고 잠시 얼굴을 찡그렸다. 전에는 알지도 못했고 관심도 없었던 라이어른의 정세를 듣게 되면서 속이 불편하고 소화가 되지 않는 기분을 느꼈다. 물론 자신의 조국 아메린에도 권력 다툼은 있고, 십수 년 전처럼 치명적으로 국가의 존립이 위태로울 만큼의 내전을 경험하기도 했다.

하지만 아메린에서는 정권 다툼, 혹은 권력 투쟁이 훨씬 간단하고 이해하기 쉬운 대결 구도로 벌어지는 경우가 일반적이었고, 또한 그것은 국가의 중대사—이를 테면 크림발츠와의 심각한 국경 분쟁 따위—에 이르면 일단 무기한 휴전에 들어간다. 권력 투쟁도 중요하지만 그 투쟁을 벌이기 위한 국가가 먼저 존재하고 있어야 한다는 의식이 지배

적이었기 때문이다. 그러나 그가 경험하고 있는 이곳 라이어른에서는 라이어른 그 자체의 존망은 누구도 관심을 쏟지 않았다. 아니, 모두들 자신만이 라이어른의 존망을 위하고 있다고 주장했다. 그렇지만 그들이 실제로 행하고 있는 모든 일들은 라이어른 맹약국이라는 위태로운 협정에 의지한 불완전한 국가 체제의 근본적인 전복을 꾀하는 일들이었다.

강대한 라이어른 건국이라는 미명 아래 라이어른 전체의 군사력을 의도적으로 약화시켜 반란과 통일 운동을 벌이는 페나 왕비가 그랬고, 그렇게 되도록 무책임하게 모든 것들을 방치하고 있던 아델만 국왕이 그랬다. 그리고 같은 맹약국 내부의 분쟁이 라이어른 전체의 존망에 위태로운 상처를 남기고 있다는 의식도 없이 단지 새로운 주도권 쟁탈을 위해 그 분쟁을 조장하고 있는 페임가르트와 다른 맹약국들의 태도가 그랬다. 체스터 남작은 아찔한 기분으로 깃털 펜을 만지작거렸다. 그는 잠시 동안 망설이다가 다시 펜을 움직이기 시작했다.

…이상에서 보는 바와 같이 한 국가의 쇠락은 한두 가지 이유만으로 촉발되지는 않는다. 과거에 제국의 본토로서 이름 높았던 이 땅이 오늘날 이토록 쇠락한 이유는 무엇이며, 이제는 그 쇠락한 모습마저 한 줌의 잿더미로 만들고자 하는 이 지독한 이기심들은 무엇이란 말인가? 본인은 이곳에서 한 국가의 멸망을 보는 것이 아니기를 진정으로 신께 우러러 기도드린다. 진정한 국가란 것은 정통성을 주장하는 국가가 아니라, 군주의 통치를 받는 백성들이 존경하고 따르며 정통성을 인정받는 국가이리라. 따라서 쓸모없는 정통성과 자신들의 우수함을 역설하는 분쟁에 빠진 국가는 이미 국가로서의 기능을 상실했다고 감히 말하고 싶다……

체스터 남작은 다시 시작된 소모적인 논쟁을 보면서 이것마저 때려치우고 고향으로 돌아갈까를 고민하기 시작했다. 세르비안 남작처럼 뛰어난 저술을 남기고 싶다고 생각하여 시작했던 일이었지만 벌써부터 회의가 들고 있었다. 그는 새삼스럽게 평생 사생아이자 난봉꾼이라고 멸시를 받으면서도 자신의 신념을 지키며 살아갔던 세르비안 남작이 얼마나 대단한 인물이었는가 재평가하게 되었다. 자신은 도저히 흉내조차 낼 수 없을 것 같았다.

바람은 마치 세찬 폭포처럼 쏟아졌다. 쇼는 성 요하누스 수호 교회 뒤뜰에 조성된 묘지 한 켠에 서서 물끄러미 도시를 내려다보았다. 이곳 산 정상에서 보면 도시를 포위하고 있는 페나 왕비의 군대와 시가지 곳곳에서 벌어지는 전투가 한눈에 들어왔다. 하지만 쇼의 눈은 그 전투를 보고 있지 않았다. 투구산 정상에는 세찬 바람이 사방에서 끊임없이 불어왔고, 무형의 세찬 급류와 소용돌이를 만들어냈다. 귓가로 스치는 윙윙거리는 바람 소리와 나뭇가지에서 촤아악 물결치는 소리가 침묵의 묘지를 건드렸다.

쇼는 가만히 이름 모를 이가 누워 잠들어 있을 비석을 한 손으로 쓰다듬었다. 햇살이 바람결을 타고 낙낙하게 쏟아지는 가운데 쇼는 손끝으로 느껴지는 비석의 차가운 감촉이 신기하다는 얼굴로 입을 다물고 있었다.

"여기 있었나?"

쇼는 고개를 돌리지 않았다. 그는 세찬 바람 소리 사이로 용케 발자국 소리만으로 체중과 걷는 속도를 파악했고 그 인기척의 주인을 알아냈다. 케이시 튜멜 남작은 바람결에 흐트러지는 머리칼을 조금 신경질적으로 쓸어 넘기며 인상을 찡그렸다. 햇볕에 조금 그을린 그의 얼굴에 대각선으로 가로지르는 칼자국 흉터는 조금씩 빛 바랜 양피지처럼 희미해져 갔다. 하지만 튜멜은 여전히 손끝으로 자신의 얼굴에 남겨진 칼자국을 더듬었다.

"무슨 일이지, 남작?"

"그냥… 지나가던 길에 우연히……."

"쓸모없는 위로를 하려고 했다면 입 다물고 있어. 절벽 아래로 던져 버리는 수가 있으니까."

튜멜은 울컥하지 않았다. 그저 손끝으로 입술을 꾹 누르며 잠시 소강 상태로 접어든 에펜도르프 시가지를 내려다보았다. 다시 한 번 세찬 바람이 파도처럼 두 사람 사이로 부딪쳐 날카로운 소리를 냈다. 높은 바위산 정상의 교회 묘지는 대화를 나누기에는 별로 적당한 장소가 아니었다.

"어떤 남자였지?"

"뭐? 아아!! …흐음, 아마도… 암살자이자 베일의 하이 스카우터였던 남자. 얼굴도 없고 과거도 존재하지 않는 어릿광대… 그런 거지……."

쇼는 심드렁한 말투로 그렇게 말했다. 튜멜은 잠시 동안 할 말을 찾기 위해 입을 다물었다. 쇼가 자신의 동료이자 암살조의 부지휘관이었던 사내의 죽음을 전해 들은 것은 어제 오후의 일몰 시간 직전이었다. 하메른 백인대 병사 한 명이 퇴각하던 길에 우연히 우물가에 매달린 그 시체의 얼굴을 알아보았다. 하루 종일 왕비군 병사들에게 끌려다닌 시체는 참혹한 상처투성이였고, 왕비군 병사들은 복수를 위해 죽은 시체를 난도질하는 짓도 불사했다.

하메른 백인대 소속 병사로부터 그 사실을 전해 들은 쇼는 어깨 부상에도 불구하고 곧바로 자리를 박차고 뛰쳐나갔다. 그리고 그는 우물가에 매달린 동료의 시체를 망연자실하게 목격해야 했다. 쇼는 암살자였고 시체라면 어려서부터 질리도록 보며 자랐다. 그리고 그 자신도 그런 시체의 숫자를 늘리는 데 지대한 실적을 쌓으며 성장한 인물이었다. 때로는 동료까지 죽인 적도 많았다. 하지만 복수심에 불타는 병사들에 의하여 죽임을 당한 뒤 그 시체마저 평온한 안식을 얻지 못하고 하루 종일 끌려다니며 난도질당하고 해부당한 경우는 별개의 문제였다. 쇼는 생애 처음으로 내부에서 끓어오르는 격렬한 증오심과 복수심을 느꼈다.

쇼는 국왕군 진영으로 돌아오는 길에 낙오된 왕비군 병사를 생포해서 끌고 왔다. 그리고 수도원 안마당 한복판에서 아군 병사들이 지켜보는 가운데 그 포로를 산 채로 해부해 버렸다. 그 광경을 지켜보던 병사들은 쇼의 지독한 광기와 거대한 복수심에 짓눌려 누구도 그를 저지하지 못했다. 기묘하게 웃으며 단검으로 차근차근 그 불쌍한 병사의 귀와 코를 베고, 눈을 도려낸 쇼는 이어서 그 병사가 살아 있는 상태로 유지시키면서 산 채로 가죽을 벗겨 버렸다. 언젠가 암살자들이 농담처럼 이야기했던 쇼가 산 채로 가죽을 벗기는 데 전문가라는 말은 그냥 농담이 아니었다. 지독하게 불행한 그 병사는 온몸의 가죽이 남김없이 벗겨진 채 핏덩이 속에서 버둥거릴 뿐 쉽게 죽지도 못했다. 그 병사는 쇼가 아킬레스건을 자르는 고통을 맛보고 마침내 배 근육을 가르고 내장을 하나씩 끄집어내는 순간까지 살아남았다.

그 광경을 지켜보던 병사들은 더 이상 참지 못하고 저마다 구역질을 하면서 흩어져 버렸고, 보다 못한 어떤 병사가 수도원 바깥으로 뛰쳐나가 근처를 지나던 이언과 파일런을 찾아내 도움을 청했다. 이언과 파일런이 수도원에 도착했을 때 쇼는 가죽이 벗겨지고 배가 갈리운 채 죽은 시체 곁에 서서 기괴하게 웃고 있었다. 화톳불에 비춰진 그의 옆모습은 섬뜩한 그림자가 드리운 악마의 모습이었다. 어젯밤에 벌어진 일이었다.

"이름은 케슬. 올해 24살… 20년 동안 그 지옥 같은 빌어먹을 수도원에서 자랐지. 8살 때 처음으로 사람을 죽여봤고, 19살 때는 전문 암살자가 되어 있었지. 한마디로 가장 타락한 인간의 삶이 어떤 것인지를 보여주는 삶을 살아왔지. 바로 나처럼. 비난하고 싶다면 비난해. 당신 같은 인간은 평생이 걸려도 나를 이해하지 못할 테니 신경 쓰지 않겠어."

쇼는 손바닥으로 묘비의 거친 표면을 천천히 쓰다듬으며 말했다.

"혹시 말이야……."

튜멜은 조금 신경질적인 얼굴로 무언가 불만스러운 말투로 입을 열었다. 쇼는 묘비에 남겨진 작은 상처를 조심스럽게 더듬다가 고개를 들었다. 벼랑을 등지고 맞바람을 받으며 바라보는 그의 눈빛은 어딘지 모르게 조용히 가라앉아 있었다. 튜멜은 한 번도 그에게서 저런 눈빛을 본 적이 없다고 생각했다.

쇼의 눈빛은 아득한 우물의 컴컴한 어둠처럼 열려 있었다. 튜멜은 살아 있는 사람도 저런 눈동자를 가질 수 있다는 점이 놀라웠다. 쇼의 눈동자는 완벽하게 죽은 시체의 눈동자와 비슷했다.

"혹시… 내가 저들에게 그렇게 죽는다면… 그때도 너는 그런 짓을 할 건가?"

"아니……."
 "뭐야?"
 순간 튜멜은 자신의 바보스러운 질문에 얼굴을 붉히며 언성을 높였다. 하지만 쇼는 피식 웃으며 묘지 둘레에 세워진 돌담에 기대어 절벽 아래에서 불어오는 상승 기류를 얼굴로 받았다. 그의 머리카락이 승천하는 영혼처럼 정신없이 수직으로 치솟아올랐다. 튜멜은 잠시 동안 정말로 쇼의 영혼이 하늘로 승천하는 광경을 목격하는 착각이 들었다. 고개를 숙이고 절벽 아래를 내려다보던 쇼는 고개를 돌려 튜멜을 바라보면서 싱긋 웃었다.
 "걱정할 필요는 없어. 너 같은 인간은 죽지 않으니까."
 "나 같은 인간이라니, 무슨 소리냐?"
 "글쎄… 그냥 평생 동안 죽음과 동침하며 살아온 바람둥이의 직감이라고 생각해. 너한테서는 별로 죽음의 냄새가 나질 않거든… 하지만 말야……."
 "……."
 갑자기 쇼의 표정이 변했다. 튜멜은 순간적으로 숨이 멈추는 느낌을 받고서 한 걸음 물러났다. 튜멜은 쇼의 암살자로서의 얼굴을 처음으로 목격했다. 그것은 잊혀지지 않을 것 같은 섬뜩한 광경이었다. 차가운 냉기가 흐르는 눈빛 아래 얇은 입술이 묘하게 일그러졌다. 튜멜은 극한 지대 한복판에 내팽겨쳐진 느낌을 받으며 마른침을 삼켰다.
 "만약에 누군가 너를 죽인다면 나는 그 녀석을 산 채로 튀겨 먹어 버릴 거야. 그리고 그 자식의 피붙이 하나까지 온 대륙을 뒤져서 모조리 찾아내 그게 여든 먹은 노인이든, 3개월 된 갓난아기이든 관절 하나씩을 차근차근 토막 내서 죽여 버릴 거야. 너를 죽게 만드는 데 관여했던 모든 인간들의 씨를 말려주겠어. 만족하나?"

"그, 그런……."

튜멜은 쇼의 호언장담이 결코 유쾌하지 않았다. 그저 요즘 들어 자제력을 잃은 암살자라는 인종이 얼마나 위험한 인간인지 실감했다.

"넌 나를 증오하지 않았나? 내가 너에게 그럴 가치가 있는 인간이란 소리는 의외로군."

튜멜은 다시 한 번 힘들게 침을 삼키며 말했다. 쇼는 피식 웃었다. 그의 얼굴은 다시 지극히 평범한 인상을 가진 베일의 하이 스카우터로 되돌아가 있었다.

"난 누군가를 증오하지 않아. 내가 보는 세상에서는 딱 두 종류의 인간만이 존재할 뿐이야."

"어떤 인간이지?"

"죽여야 할 인간과 죽일 필요가 없는 인간. 너는 다행히 후자에 속하지."

"인간들이 전부 네 사냥감이냐?"

"말했잖아. 난 주어진 배역에 충실한 어릿광대라고. 무대에서 쓸모가 없어지면 무대 뒤켠의 시궁창에 버려지는 가련한 광대지. 세상은 나에게 살인 기술만을 가르쳐 주었고, 난 그 경험을 바탕으로 살인을 할 뿐이야. 더 이상 내가 누군가를 죽일 필요가 없다면 나 같은 인간은 더럽고 냄새 나는 시궁창에 버려지겠지. 세상은 그런 거야."

"그렇다고 단정할 수는 없어."

"케이시 튜멜 남작."

"……."

"난 당신이 좀 더 세상을 넓게 보아줬으면 좋겠어. 이 지독한 시궁창에서 벗어나 따스한 햇살을 받으며 수평선 너머의 넓은 바다를 보는 남자가 되었으면 좋겠어. 스스로의 손을 더럽히려고 노력하지 마. 세상에는 이미 손이 더러운 나 같은 자들로 넘쳐 나니까. 묘비를 세우는 자보다는 묘비를 읽는 자가 되길 바래."

"뜬금없이 무슨 소리야?"

"그냥… 해본 소리야. 나도 아낙스 양처럼 쓸데없이 심각해지는 병에 걸렸나 봐."

쇼는 킥킥 웃으면서 튜멜의 어깨를 가볍게 두드렸다. 그리고는 인사를 하듯 건성으로 손을 휘적휘적 내저으며 교회 쪽으로 걸음을 내디뎠다. 튜멜은 무언가 아쉬운 느낌을 지우지 못하고 고개를 돌렸다. 세찬 바람은 마음처럼 차가웠다.

"어? 오빠 또 나가는 거야?"

레미를 상대로 무언가 수다를 떨면서 올라오던 에피가 쇼를 발견하고는 와락 덤벼들었다. 쇼는 가벼운 몸놀림으로 에피의 육탄 공세를 슬쩍 피하고는 그녀는 담벼락으로 밀어붙였다. 에피는 쇼의 손아귀 아래서 버둥거리며 애교를 부렸다.

"잠시도 쉬지를 않는군요?"

레미가 걱정스러운 시선으로 쇼를 바라보면서 말했다. 쇼는 싱긋 웃었다. 방금 전에 투구산 정상의 교회 묘지에서 튜멜과 이야기하던 표정은 어디에도 없었다. 그는 원래의 유능한 하이 스카우터인 쇼로 되돌아가 있었다.

"원래 이런 전쟁에서는 저처럼 유능한 하이 스카우터가 절실해지는 법입니다."

레미는 쇼의 농담에 희미하게 웃었다. 바로 저 표정이 혼란스러웠다. 쇼는 문득 그녀의 얼굴 표정을 바라보며 그렇게 생각했다. 그 자신이 죽여야 했던 일개의 표적에 불과했던 여자. 그에게 자신의 존재 기반을 다시금 고민하게 만들었던 여자. 결국은 모든 것을 배신하게 만들었던 여자. 쇼는 자신이 레미의 어떤 점에서 어떻게 끌렸는지 고민해 봤지만 해답은 없었다. 그렇다고 그가 그녀에게 애정이라는 감정이 생긴 것도 아니었다. 그의 심장은 여자에게 애정을 느낄 정도로 따스하지 못했다. 물론 그가 완전히 임무를 포기한 것은 아니었다. 지금은 단지 유보 상태였다. 레미 아낙스라는 여자는 그에게 있어서 도저히 이해할 수 없는 미궁 그 자체였다. 그리고 쇼는 그 미궁 한가운데에서 스스로의 존재 의의를 포기했다.

"항상 하는 말이지만 조심하세요. 너무 무리하지는 말아요."

"베일의 하이 스카우터들은 죽어도 산비탈에서 죽습니다. 너무 걱정하지 마세요."

"그 약속 기억하나요?"

"무슨… 아!"

쇼는 그녀가 예전에 했던 말을 기억해 냈다.

'나를 죽여야 할 때가 온다면 고통없이 죽여주세요.'

쇼는 레미의 눈을 정면으로 바라보았다. 그녀의 눈동자는 담담했고 별다른 동요조차 없었다. 쇼는 감정을 헤아리기 힘든 그 눈동자를 응시했다.

"견디기 힘들어지면… 그 약속을 지키고 미련없이 여길 떠나세요.

당신을 원망하지는 않을 거예요."

그녀의 말에 쇼는 킥킥 웃으며 등을 돌렸다. 가슴 한 켠이 후련해졌다. 그는 산자락 아래로 내려가는 길을 바라보며 간신히 들릴 만한 목소리로 말했다.

"걱정할 필요는 없습니다, 아낙스 양. 원망이나 저주 따위는 평생 동안 듣던 거라 당신의 차례도 돌아오지 않을 겁니다."

"에? 두 사람이 무슨 소리 하는 거야?"

에피가 두 사람의 무거운 대화를 듣다 못해 끼어들었다. 레미는 조용히 웃으면서 에피의 흐트러진 머리칼을 넘겨주었고, 에피는 친언니에게 하듯 레미에게 응석을 부렸다. 쇼는 그런 모습을 눈가로 흘리며 등을 돌려 비탈길을 내려갔다. 그에게는 또다시 투쟁의 하루가 열리고 있었다. 쇼는 자신이 그녀를 죽이는 일은 없을 거라는 확신이 들었다. 하지만 오히려 그런 생각이 들자 마음이 편안해졌다. 갈 곳을 잃고 광분하던 그의 감정은 차갑게 침몰하기 시작했다. 이유는 그 자신도 알지 못했다.

뤼거스는 클로티스 거리 소속의 시민병이었다. 석공의 도제였다가 징병당해 전쟁에 휘말린 그는 올해 겨우 17살이었다. 그도 다른 시민병들처럼 전투 와중에 죽은 시체로부터 갑옷과 무기를 하나씩 주워서 사용하고 있었지만, 원체 체구가 작은 편이라 좀처럼 그에게 맞는 갑옷은 찾을 수가 없었다. 뤼거스는 자꾸만 흘러내리는 체인메일 자락을 끌어 올리며 좁은 골목길을 순찰했다. 국왕군의 최종 방어선은 훨씬 앞쪽이었고, 이곳은 그나마 조금은 안전한 후방이었다. 뤼거스는 한 손에 스피어를 들고서 졸린 눈을 비비며 좁은 골목길 모퉁이를 돌았다. 너무나 졸렸기 때문에 그는 허리춤에 끼우고 있던 건틀렛이 튀어나온 벽 모서리에 걸린 것을 몰랐다.

지독하게 어두운 골목길에 건틀렛이 떨어지는 소리는 요란스러웠다. 덕분에 단번에 잠이 달아난 뤼거스는 하품을 하면서 어둠 속을 더듬거리며 건틀렛을 찾았다. 저만치에서 밝혀놓은 횃불이 있었지만, 골목 모퉁이는 빛이 닿지 않아 어두웠다. 무심코 바닥에 주저앉아 건틀렛을 집어 들던 그의 표정이 순간 애매하게 변했다. 뤼거스는 좀 더 몸을 낮추고는 마름돌이 깔린 길바닥에 귀를 대어보았다. 그리고 금방 사색이 된 얼굴로 벌떡 일어났다. 그는 길모퉁이에 떨어진 건틀렛도 잊어먹은 채 필사적으로 뛰었다. 그가 뛰는 목표는 프락티누스 고행 수도원이었다. 그리고 17살짜리 이 시민병은 낮 시간의 전투에 지친 병영을 단숨에 뒤집어엎었다.

"상황이 어떻게 돌아가는 건가?"

빠른 발걸음으로 고행 수도원 안뜰에 면한 참회소로 들어온 파일런디르거는 차분한 목소리로 질문했다. 잠을 자다가 침상에서 불려 나왔는데도 그의 얼굴에는 한 줌의 잠 기운도 없었고, 벌써 갑옷을 갖춰 입고 무장까지 마친 상태였다. 그의 허리에는 병사들에게 있어서 승리의 상징처럼 굳어져 버린 낡은 클레이모어가 매달려 있었다. 평생 동안 전장만 찾아 헤매고 다니며 삶을 소진했던 늙은 사내에게 이런 일은 지극히 일상적이고 사소한 일이었다.

투구산으로 올라가는 유일한 길목을 가로막고 서 있는 프락티누스 고행 수도원의 참회소는 안뜰의 가장 안쪽에 있다는 이유와 격리가 쉬운 공간이라는 점을 들어서 도시 방위군의 사령부로 사용되고 있었다.

중무장한 4명의 병사가 지키는 가운데 참회소 안에는 마찬가지로 자다가 불려 나온 에른하르트 총사령관과 하 이언, 그리고 성 요하누스 수호 기사단의 헨켈 단장이 기다리고 있었다. 크고 검소한 탁자 위에는 에펜도르프의 시가 지도가 있었고, 잔뜩 긴장한 얼굴의 중년 기술자 한 명이 대기했다.

"땅굴입니다. 왕비군 측에서 땅굴로 방어선을 돌파하려 하고 있답니다."

이언은 졸린 얼굴을 감추려 하지 않은 채 말했다. 파일런은 눈썹을 희미하게 꿈틀거렸다. 충분히 가능한 전술이라고 판단되는 상황이었다.

"어디까지 진행되었습니까?"

파일런은 에른하르트에게 물었다. 에른하르트는 어깨를 으쓱하고는 이언을 바라보았다.

"서로 밤낮 노작했습니다. 인원들이 다 모였으니 지금부터 대책 회의를 시작하기로 합시다."

"일단은 현재 운용 가능한 무장 병력에 대한 동원령이 떨어진 상태입니다. 휴식에 들어간 병력들도 최대한 빠른 시간 안에 집결하도록 했습니다. 일단 사건의 발단부터 말씀드리겠습니다. 최초의 발견 지점은 이곳입니다."

이언은 지도에 표시된 지점을 손가락으로 짚었다. 방위군 수뇌부라고 할 수 있는 사람들은 묵묵히 이언의 설명에 집중하기 시작했다. 누구도 부주의한 소음을 내지 않았다.

작게 고행 수도원 안뜰에서 자다가 불려 나온 병사들이 지친 목소리로 인원 점검하는 소리가 들려왔다.

"순찰 중이던 병사 한 명이 우연히 땅속에서 울리는 진동을 감지했습니다. 우리에게 행운이 따르는지 마침 그 병사는 석공 출신이었고, 돌 깨는 소리에 민감한 병사였습니다. 즉각 이 사실은 보고 체계를 따라 보고되었습니다. 이때가 제2경계시 막바지였습니다. 그리고 대책회의가 소집된 지금은 제3경계시가 절반이나 지난 상황입니다."

"침공 루트는? 설마 도시 외곽부터 여기까지 굴을 파오는 것은 불가능할 텐데… 고작 1주일 만에 말이야."

"그 점은 여기 이 친구가 설명해 줄 것입니다."

이언이 눈짓을 하자 잔뜩 긴장하고 있던 중년 기술자가 헛기침을 하고는 갈라진 목소리로 설명을 시작했다.

"아마도… 신께 맹세코 확신하지는 못합니다만……."

"미사여구는 때려치우고 본론만."

파일런은 무겁게 지도를 노려보며 짧게 명령했다. 찔끔 놀랐던 중년 기술자는 심호흡을 하고는 용기를 내어 입을 열었다.

"전후 상황을 고려하여 제가 역산해 본 결과 현재 반란군이 점령한 지역 내에 있는 이 수도원이 출발지점일 것입니다. 이 수도원은 포도주 저장고가 있는 곳이기 때문에 이미 넓은 지하실을 갖고 있습니다. 아마도 이곳에서 땅굴이 시작되었을 것입니다. 그리고 여기서 시작된 땅굴은 이 방향으로 100미터쯤 내려갔을 겁니다. 가장 짧은 거리로 이 도시의 배수로와 연결되는 지점입니다."

"이렇게 오래된 도시에 이런 배수로가 존재하고 있었나……."

파일런은 하얀 수염을 가볍게 잡아당기며 순수하게 감탄했다. 이언은 하품을 하면서 졸린 목소리로 말했다.

"별로 감탄스러운 상황은 아니죠."

"계속하게."

"네. 이 배수로는 이 지역이 전통적으로 범람원 지역이기 때문에 도시가 물에 잠기는 것을 막기 위해서 1세기 전에 건설된 구조물입니다. 그리 넓거나 깊지는 않습니다. 이 배수로는 이곳과 이곳에서 시작하여 강 하류로 이어집니다. 이 지점부터는 장마철 강의 최대수위와 같기 때문에 물에 잠기는 부분입니다. 사실상 전체 배수로 길이 중에서 40%가 물에 잠기는 침수 지역입니다. 문제는 이 배수로의 상류 부분인데 보시다시피 지대가 높아집니다. 그리고 배수로를 따라서 1킬로미터가량 이동해 이 지점에서 다시 땅굴을 판다면 여기 이 수도원의 지하 저장고와 연결됩니다. 이 지점은 고작 50미터만 수평으로 파면 됩니다. 그리고 또한 반대 편으로 갈라진 배수로를 따라서 전진하다 보면 막다른 지점에 도달하는데, 이 지점에는 근처에 마땅한 지하 시설은 없지만 넓은 시장과 가깝습니다. 여기서부터 지면으로 파 올라오면 시장의 넓은 공터를 이용해 지상으로 나올 수 있습니다. 실제로 땅굴을 개척하는 소음이 감지된 지역은 이 시장 근처입니다. 제가 판단하기에 적이 지하를 통하여 방어선을 뚫고 들어온다면 이 두 군데의 루트를 모두 시도할 것 같습니다."

"둘 다 아군 방어선 안쪽이군. 여기가 뚫리면 여기서 여기까지의 방어선은 배후가 노출되는군."

"더욱 안 좋은 사실은 이곳 수도원 쪽 방어선은 로젠 하우트 거리가 맡고 있다는 점입니다. 우리의 시민병들에게는 앞뒤로 포위당한 상태에서 전투를 수행할 능력이 없습니다."

이언은 점점이 산개하여 골목길을 이중 삼중으로 방어하고 있는 방어선을 손끝으로 툭툭 때리며 강조했다.

 셋이 모여서 하나가 되고, 다시 그 하나가 셋으로 모여 또 다른 하나가 되는 형식으로 점조직처럼 배치된 방어선은 파일런의 방식이었다. 왕비군은 첫 번째 한두 번쯤은 간단하게 방어선을 돌파할 수 있었다. 하지만 첫 번째 돌파당했던 부대는 곧바로 후방으로 퇴각해 새로운 방어선을 구축했고, 이 과정에서 왕비군은 골목마다 나타나는 부대와 격전을 치뤄야 했다. 왕비군 측은 그렇게 차례로 방어선을 돌파하다가 문득 자신들의 병력이 소진된 것을 발견하고 놀라게 된다. 분명히 하루 종일 전투에서 계속 승리하며 방어선을 몇 겹이나 돌파했지만 방어에 임하는 국왕군의 피해가 경미한 상황에 주욱 돌파에 성공했던 왕비군들은 궤멸하곤 했다. 마치 모래땅 위로 쏟아진 물이 모래 틈 사이를 지나는 동안에 서서히 흡수되듯 왕비군들은 10여 겹이 넘는 방어선을 돌파하면서 서서히 그 힘을 잃어갔다. 이것이 지금까지 도심 전역에서 벌어지는 방어전의 개념이었다.

 파일런의 이러한 전술은 사막 생활의 경험에서 얻은 귀중한 전술이었다. 점점이 흩어진 사막의 부족들을 차례로 점령하다 보면 대륙의 점령군들은 차츰 병력을 소진하게 되고, 위태로울 정도로 병력이 감소한 상황에서 지금까지 버티고 있던 사막의 부족들이 일제히 반격에 들어온다. 흩어져서 살아갈 수밖에 없는 사막의 부족민들이 오랜 경험으로 얻은 지혜였다.

 로젠 하우트 거리는 분명히 강한 편이지만 그것은 보통의 시민병 부대를 기준으로 놓고 평가할 때 강하다고 말할 수 있었다. 동등한, 혹은 불리한 상황에서 정규군과 비슷한 전투력을 기대하기는 힘들었다. 하물며 앞뒤로 포위된 상태에서의 시민병 부대라는 것은 한순간의 궤멸을 의미했다. 그들이 지금까지 방어선을 지키고 있는 것은 좁고 구불구불하고 복잡한 에펜도르프 특유의 시가지를 바탕으로 파일런이 구축한 점조직 형태의 방어 전술에 의지하여 적의 타격력을 서서히 흡수하는 방향을 유지했기 때문에 가능한 일이었다.

그런 식으로 싸웠기 때문에 버티고 있던 로젠 하우트 거리가 돌파당하면 다른 병력을 움직여 돌파당한 지점을 방어할 여력이 없었다. 그리고 무엇보다 국왕군에게 있어서 궤멸되어도 좋을 만큼 부대가 여유롭지도 못했다.

"지금부터 이 수도원······."

"엔젤리카 수녀원입니다."

"엔젤리카 수녀원을 제1매복 지점으로, 그리고 이곳은······."

"루드반 곡물 시장입니다. 헤겔 거리 끝에 있습니다."

"그럼 루드반 곡물 시장을 제2매복 지점으로 지정하도록. 근위대2군은 이후부터 1기동대로 명명하며 제1매복 지점을 담당한다. 성 요하누스 수호 기사단은 2기동대로 명명하며 제2매복 지점을 담당한다. 반격 개시 시점은 적들이 터널을 완공하는 직후로 작전 명령이 없어도 지휘관 재량 하에 자율적으로 전투를 개시한다. 이후부터 상기 2부대는 통상 작전에서 제외되며 작전 지점에서 무기한 대기한다. 1기동대 지휘관은 하 이언, 2기동대 지휘관은 헨켈 단장으로 한다."

에른하르트 사령관은 지도상의 두 지점을 짚으며 명령을 내렸고, 이언은 능숙하게 해당 지점에 속기로 지시 사항을 기록했다. 지휘를 맡은 파일런과 헨켈은 무엇을 준비해야 하는지 각자 고민하는 얼굴로 입을 열지 않았다. 두 사람의 얼굴을 바라보던 에른하르트는 잠시 동안 나름대로 생각을 정리하고는 작전 계획을 최종적으로 정리했다.

에른하르트에 의하여 최종적인 방어 편성표가 나온 것은 제4경계시가 시작되는 시점에서였다. 그의 명령에 의하여 부대는 새롭게 편성되어 각자의 방어 구역을 할당받았고, 해당 부대마다 지휘관이 배치되었다. 이러한 명령은 정식 서면 명령서로 작성되어 해당 지휘관들에게 전달되었고, 각자 일출 이전까지 부대를 인수받아야 했다.

엔젤리카 수녀원을 방어하는 제1기동대는 근위대 제2독립대와 지휘관 하 이언이 맡았고, 루드반 곡물 시장을 방어하는 2기동대는 성 요하누스 수호 기사단과 헨켈 단장이 맡았다. 왕비군의 정면에서 주력을 방어해야 하는 최고 격전지인 베커 교구 지역 일대에는 근위대 제1독립대가 파일런 디르거의 지휘를 받으며 배치되었다. 레이드는 3개 시민병 부대를 총괄하여 지휘하면서 베커 교구의 좌우측 지역에 병력을 배치했다. 이들 시민병 부대들은 베커 교구의 우측으로 로젠하우트와 클로티스가, 상대적으로 전투가 드문 좌측으로는 휴젠 거리가 배치되었는데 이것은 전투 밀도를 고려한 배치였다. 하지만 이대로는 3개 시민병 부대의 지휘부와 부대가 절단되어 있었기 때문에 휴젠거리에는 부지휘관이 임명되었고, 그 지휘관은 케이시 튜멜 남작이었다.

쇼는 하메른 백인대를 지휘하면서 시내 전역에 걸친 무장 정찰과 자의적 판단에 의한 기습 및 교란 작전을 맡았고, 에피는 궁사대를 지휘하면서 각 방어선의 타격력을 최대화시켰다. 전 부대가 전방으로 재 배치된 상황에서 생기는 후방의 공백은 지금까지 대기 상태에 머물고 있던 경장 기병대가 임시적으로 하마(下馬)해 보병이 되어 고행 수도원과 투구산 일대, 그리고 배후의 강변에 대한 경계를 맡았다. 지휘관은 튜멜과 마찬가지로 지금까지 부상자 구호에 전념하던 카라가 맡았다. 왕비군에게 결정적인 타격을 주기 위하여 후방 배치된 2개의 기동대는 무기한 대기 상태를 유지하면서 만약에 있을지 모를 후방에 대한 경계도 맡았다. 그리고 에펜도르프 시민들로 구성된 보급대가 각 부대에 대한 무기 및 식량 보급과 시내의 자경 활동을 맡았다. 보급대는 그저 식량과 무기만 수송한다는 선입견은 전술 지식이 부족한 일반인들의 편견이었고, 실제로 보급대는 후방에 대한 치안 활동을 맡는 것이 일반적인 관례였다. 이렇게 하여 최종적으로 에른하르트가 고심하여 만들어낸 방어 계획이 완성되었다. 이러한 모든 편성과 배치가 끝날 무렵이 되자 벌써 날이 밝아오고 있었다. 새로운 전투가 벌어질 하루가 시작되는 것이다.

〈 3 〉

 폭 3미터 정도의 거리 저편에는 왕비군 병사들이 대치하고 있었다. 너무나 가까워 그들의 얼굴에 땀방울처럼 맺힌 긴장과 흥분까지 볼 수 있을 정도였다. 헛기침이라도 하면 그 팽팽한 긴장이 깨져 돌이킬 수 없을 것만 같았다. 무언가 불타는 매캐한 냄새가 코끝을 자극했지만 적병과 눈을 마주치고 있는 상황에서는 감히 시선을 돌릴 용기가 나지 않았다. 행여라도 시선을 돌린다면 거리 저편에 있는 병사들이 한달음에 달려와 자신의 목을 벨 것만 같았다. 누군가 정신없는 와중에 잃어버린 듯한 모자 한 개가 거리 한가운데 외롭게 버려져 있었다. 병사들은 힐끔 시선을 내려 그 모자를 바라보았다. 누구의 모자였을까라는 부질없는 의문이 문득 스치고 지나갔다. 양측 병사들은 잔뜩 긴장한 얼굴로 서로의 얼굴을 노려보며 거리를 메우고 서 있었다.
 양측이 서로 거리의 출구에 진을 짜고 대치하는 상황이었기 때문에 촘촘하게 늘어선 집들 사이로 뚫린 거리는 폐쇄된 공간처럼 느껴졌다. 버려진 집들로 구성된 버려진 거리였다. 그리고 병사들의 거리였다.

매일처럼 계속되는 전투를 치르는 동안에 말라붙은 땀과 핏자국, 그리고 먼지들 때문에 시큼하고 자극적인 냄새가 몸에서 풍겨 나왔다. 밤새워 손질한 무기는 얼음처럼 하얗게 빛났고 진한 기름 냄새가 났다. 그 냄새들은 병사들의 정신을 차갑게 깨웠고, 육체의 뜨거운 피를 빠르게 돌리며 병사들을 긴장시켰다. 손끝이 저릴 정도로 흥분한 손이 검의 손잡이를 꽈악 움켜 잡았다. 누군가의 입가로 새어 나오는 거친 호흡은 세상에는 아직 소리가 남아 있다는 증거처럼 느껴졌다. 그 숨소리만 아니라면 이곳은 절대적인 침묵이 존재하는 곳이란 생각이 들 정도였다.

케이시 튜멜 남작은 너무 오랫 동안 어금니를 꽉 깨물고 있었기 때문에 턱이 아프기 시작했다. 희미하게 밝아오는 새벽 어스름을 배경으로 나타났던 왕비군은 오전의 절반이 지난 지금까지 미동도 하지 않은 채 거리 저편에 빈틈없는 진형을 짜고 대기하고 있었다. 야트막한 바리케이드를 구축한 후 대기하고 있던 휴젠 거리 소속의 시민병 30명과 케이시 튜멜 남작은 꼼짝없이 그들을 노려보며 적의 공세를 기다리고 있었다.

"......"

태어나서 처음으로 실전에 참가하는 케이시 튜멜 남작은 불안한 시선으로 고개를 돌려 뒤쪽 거리를 살폈다. 그들의 뒤쪽으로는 보다 폭이 좁은 길이 직각으로 교차하는 사거리였고, 사거리 건너편으로는 100미터의 거리를 두고 또 다른 방어선이 구축되어 있었다. 이곳 방어선이 돌파당하면 병사들은 각 조별로 흩어져 다음 방어선까지 후퇴하도록 명령이 떨어져 있었다. 병사들은 지난 1주일 간 벌였던 작전에 어지간히 익숙해져 있었기 때문에 절망하는 기색은 없었다. 하지만 그것은 죽을 확률이 적다는 의미가 아니라 단지 살아남을 확률이 조금 높다는 의미라는 것을 모두가 알고 있었다. 전쟁터에서 적과 무기를 겨루는 난전을 벌이며 상처 하나 없이 살아남는다는 것은 비현실적인 몽상이었다.

튜멜은 다시 한 번 심호흡을 하면서 자신의 의지를 추슬렀다. 오늘따라 체인메일은 거추장스럽고 무거웠으며 가슴에 덧입은 브레스트메일은 숨 쉬는 것을 방해했다. 튜멜은 오픈 형 투구 속으로 흐르는 땀 때문에 머리가 가려웠지만 투구를 벗고 머리를 긁을 용기는 없었다. 튼튼한 건틀렛 속에서 검을 쥐고 있는 손은 부들부들 떨렸다. 그는 거뭇거뭇 수염이 돋은 턱을 파르르 떨면서 거리 저편의 적들을 노려보았다.

한밤중에 자다가 명령서를 받은 튜멜은 자신의 눈을 의심했다. 지난 며칠 동안 자신도 전투에 참가하게 해달라고 건의했던 그였지만 막상 지휘를 맡으라는 명령을 받자 무릎부터 후들거렸다. 그리고 이번에도 그저 도망쳐 버리고 싶었다. 도망쳐 버려서 쓸모없는 겁쟁이라고 손가락질받아도 좋다고 생각했다. 무언가를 해야겠다는 강박 관념을 갖고 있었지만 막상 자신 앞에 닥치고 보면 그건 생각과는 전혀 달랐다. 검을 들고 전투 한복판에 나서라는 명령은 마치 지금 나가서 죽으라는 소리로 들렸다.

하지만 피곤에 지친 얼굴로 나온 레미의 걱정스러운 얼굴을 보는 순간 튜멜은 그런 자신의 비겁함에 화가 났다. 어째서 나는 좀 더 강하지 못한가? 어째서 나는 스스로를 지킬 만큼의 용기를 갖지 못했나? 어째서 나는 항상 도망치고 싶어하는가? 튜멜의 그런 자기 비하는 두 번 다시 경험하고 싶지 않았다. 레미가 걱정이 가득한 얼굴로 그에게 무리하지 말라고 했을 때, 튜멜은 한 가지를 떠올렸다.

　자신에게 주어진 문장기, 그 문장기가 가져다 줄 평온과 재산, 그리고 미래를 스스로의 의지로 거부했던 기억이었다. 그는 스스로의 의지로 살아가고자 주어진 안전을 단호히 거부하고, 그런 미래를 비웃었다. 튜멜은 그제야 다시 한 번 용기를 내어 전령에게 지금 즉시 무장을 하고 내려가겠다고 대답했다. 그리고 거실 한 켠에 서서 수심이 가득한 얼굴로 자신을 보고 있는 그녀에게 아무런 말도 하지 못하고 자신의 방으로 돌아와 갑옷을 챙겨 입었다. 튜멜은 에펜도르프 영주의 저택을 나오는 동안에 한 번도 레미 아낙스의 얼굴을 보지 않았고, 그녀에게 말을 걸지도 않았다. 그저 묵묵히 입을 다물고 긴장한 얼굴로 한 손에 검자루를 들고 저택을 등지고 나왔다. 투구산을 내려가는 계단을 내려가는 동안에 튜멜은 그녀에게 한마디 인사쯤을 남겨두고 오지 않은 자신을 후회했다. 어쩌면 살아서 두 번 다시 그녀를 만날 수 없을지도 몰랐다.

　튜멜 남작은 바리케이드 위에 서서 레미의 마지막 얼굴이 어떤 표정을 짓고 있었는지를 기억해 내려고 애썼다. 그녀가 어떤 표정으로 자신의 마지막 모습을 보고 있었는지 좀처럼 기억나지 않았다. 꼭 살아서 돌아오겠다고, 그러니 걱정하지 말라는 말 한마디쯤은 해주고 싶었는데… 튜멜은 자신의 바보스러움을 자책했다.

　"온다."

　누군가 갈라진 목소리로 속삭이듯 말했다. 튜멜은 퍼뜩 정신을 차리고 거리 저편을 노려보았다. 순간 튜멜은 심장이 허리까지 내려앉는 느낌을 받았다. 그들은 열을 맞춰 차근차근 걸어오기 시작했다. 공포가 미친 듯이 튜멜의 의식 속을 헤집고 찢어놓았다. 군화가 돌바닥을 밟는 저벅저벅거리는 소리가 들릴 때마다 튜멜은 심장이 순간순간 멈추는 것 같았다. 튜멜은 간신히 침을 삼켰다. 끈적이도록 변한 침은 비릿한 맛이 감돌았다. 튜멜은 자신도 모르게 성호를 긋고 롱 소드의 폼멜에 입을 맞췄다. 기사는 아니었지만 기사들의 오랜 관습이 공포에 직면하는 순간 자연스럽게 나왔다.

"신이시여, 나를 구원해 주소서. 내 불쌍한 영혼을 구원해 주소서. 나를 지켜주소서. 나에게 용기를 주소서."

튜멜의 입술 사이로 쥐어 짜내는 목소리로 기도문이 흘러나왔다. 튜멜은 성호를 긋고 입을 맞춘 롱 소드를 필사적으로 거머쥐고 바리케이드 위에 한쪽 무릎을 꿇은 자세로 앉아 공격을 시작한 적병들을 바라보았다. 투명한 땀방울이 관자놀이 쪽에서 흘러나와 목덜미를 타고 흘렀다.

보폭을 맞춰 걸어오던 적병들은 갑자기 일제히 함성을 지르며 달리기 시작했다. 한꺼번에 터져 나온 고함 소리는 거리 좌우로 늘어선 집들에 부딪쳐 반향했고, 무거운 발걸음 소리가 지면을 울렸다. 병사들은 아무런 의미도 없는 고함을 지르며 거리를 달려왔다. 튜멜은 너무나 놀라서 하마터면 주저앉아 버릴 뻔했다. 일제히 고함을 지르며 돌격해 오는 병사들이 주는 공포감은 시야를 좁게 만들고 의식을 둔하게 만들었다.

"우오오오!"

튜멜은 자신도 모르게 무릎을 펴고 바리케이드에서 일어났다. 그리고 롱 소드를 한껏 치켜들었다. 상처 하나 없이 매끄러운 검신은 햇살을 받아 진주처럼 희게 빛났다. 튜멜은 롱 소드의 손잡이를 와락 움켜쥐며 고함을 질렀다. 주변에 서 있던 병사들도 일제히 무기를 치켜들며 고함을 질렀다. 양측 병사들이 내지르는 고함은 건물 틈 사이로 튕겨 나가 도시 저편까지 울려 퍼졌다.

"신이시여! 나를 지켜주소서!"

튜멜은 혼이 나간 사람처럼 갈라지는 목소리로 괴성을 질렀다. 마음속에서 터져 나오는 피 맺힌 목소리가 의지가 되어 주변을 찢었다. 그리고 양측의 병사들이 격돌했다.

"큭!"

머리 위로 떨어지는 검을 방어하는 순간, 힘에서 밀린 튜멜은 디디고 있던 바리케이드에서 주륵 밀려났다. 튜멜은 등 뒤에 서 있던 병사의 어깨 덕분에 몸의 균형을 잡았고, 본능적으로 다시 검을 몸 쪽으로 끌어당겼다. 팔꿈치까지 욱신거리는 통증과 함께 눈앞에서 노란 불꽃이 튀며 적병사의 검이 튕겨 나갔다. 튜멜은 공포에 사로잡혀 비명을 지르며 눈을 질끈 감아버렸다.

"우악! 우악! 우아아!!"

숨을 헐떡일 때마다 비명이 터져 나왔고, 순식간에 시야는 어둠으로 가득찼다. 무언가 서늘한 바람이 되어 귓가를 스쳤고, 뜨거운 것이 물컹거리며 목덜미를 축축히 적셨다. 그리고 찾아온 것은 지독한 아픔이었다. 적병의 롱 소드는 간발의 차이로 튜멜의 목에 있는 경동맥을 날려 버리는 대신에 얕은 자상을 남겼다. 그리고 기괴하게 치뜬 눈으로 튜멜을 노려보며 한 움큼의 피를 뱉어냈다. 그 병사가 토해낸 피는 고스란히 튜멜의 얼굴로 쏟아졌다.

튜멜은 자신도 모르게 얼굴을 타고 흐르는 피를 닦아냈다. 손에 끼고 있던 건틀렛이 그의 얼굴에 자잘한 상처를 남겼다. 튜멜의 곁에 서서 아슬아슬하게 적병의 옆구리에 검을 찔러 넣은 병사는 고함을 지르며 롱 소드의 손잡이를 비틀었다. 튜멜을 공격했던 병사는 목을 젖히며 어깨를 움찔거렸지만 비명을 지르지는 못하고 끅끅거렸다. 그 병사의 옆구리로 들어간 검은 등허리 한가운데로 비죽 솟아 나와 있었다.

상처의 고통과 얼굴을 타고 흐르는 역겨운 피 냄새는 튜멜의 정신을 단번에 맑게 틔어주었다. 튜멜은 롱 소드로 가슴을 방어하면서 반사적으로 적병의 턱을 팔꿈치로 때렸다. 파일런에게 호되게 받았던 훈련은 헛되지 않았고, 튜멜은 구제 불능의 둔재가 아니었다. 튜멜이 피를 토하며 쓰러지는 적병의 등 뒤로 나타난 또 다른 병사를 발견하는 순간, 그 병사의 눈동자를 노려보면서 반사적으로 발을 움직였다. 강철제 굽을 댄 튜멜의 부츠는 단숨에 적병의 정강이뼈를 박살 냈다. 적병은 고통스러운 비명을 지르며 죽은 병사의 시체 위로 넘어졌다.

"아……!"

무의식적으로 내려치던 롱 소드가 넘어진 적병의 어깨 위에서 간신히 멎었다. 튜멜은 그 병사를 죽이지 못했다. 대신에 그는 고함을 지르며 넘어진 병사의 얼굴을 부츠로 걷어찼다. 그리고 또 다른 적병의 손목을 노리고 롱 소드를 힘껏 내려쳤다. 엄청난 기세로 내려친 튜멜의 롱 소드에 맞은 적병의 롱 소드는 힘에 밀려 바닥으로 떨어졌다. 튜멜은 롱 소드를 미처 거두기도 전에 투구를 쓴 이마로 적병의 콧잔등을 박았다. 머리 속이 띠잉 울렸지만 적병시는 부러진 콧뼈와 얼굴을 감싸며 넘어졌다.

실질적으로 병사들을 지휘하던 백인대장이 호각을 불었다. 날카로운 호각 소리가 고함과 비명 소리 틈새로 거리를 뒤흔들었다. 병사들은 일제히 뒷걸음질로 물러서기 시작했다. 국왕군 병사들은 부상을 입고 넘어진 병사의 목덜미를 잡아채 거리 뒤쪽으로 질질 끌고 가기 시작했고, 나머지 병사들은 그 앞에 버티고 서서 왕비군 병사들의 전진을 저지했다.

워낙 좁은 거리에서 벌어진 전투였기 때문에 압도적으로 많은 숫자가 모인 왕비군들은 병력적 우위를 전혀 기대할 수 없었다. 단지 부상을 당하거나 지쳐서 주저앉았을 때 누군가가 대신해서 앞으로 나가 싸우기 때문에 지속적으로 끊임없이 공세를 취할 수 있다는 점이 왕비군의 최대 강점이었다. 하지만 이런 강점도 국왕군의 점조직형 방어전 앞에서는 별로 의미가 없었다. 국왕군 병사들은 수세에 몰리기가 무섭게 미련없이 방어선을 포기하며 철수했고, 지치고 부상당한 그들을 대신하여 다음 골목에 대기하고 있던 다른 병사들이 왕비군의 공격을 저지했다. 그 사이에 뒤로 퇴각한 전열의 병사들은 숨을 돌리고 전열을 정비하여 다시 새로운 방어선을 구축하는 방식으로 싸워야 했다.

"우아아아!"

튜멜은 중심을 잃고 물러서다가 길바닥에 주저앉았다. 서늘한 롱소드가 백색 반사광을 뿌리고 그를 노리고 하늘 높이 치켜 올라갔다. 튜멜은 그 짧은 순간에 레미의 얼굴을 떠올렸다. 그의 머리 위로 날카로운 휘파람 소리가 지나갔다.

"컥!"

짧은 비명 소리와 함께 뜨거운 선혈이 분수처럼 쏟아졌다. 튜멜은 더럽혀진 플레이트 메일을 타고 흐르는 핏자국을 멍하니 내려다보았다.

"뭐 하고 있는 거야?! 소풍 왔어?!"

머리 위에서 에피의 앙칼진 고함 소리가 들려왔다. 튜멜은 그제야 뒤늦게 이성을 회복했다. 또다시 철판을 못으로 긁는 듯이 소름 끼치는 소리가 들리고 화살들이 지붕 위에서 좁은 거리 위로 쏟아졌다. 이제는 지붕 타는 데 꽤나 익숙해진 궁병대원 몇 명이서 밀집한 대열을 겨누고 최대 속도로 화살을 연사했다. 폭 3미터짜리 도로에 빈틈없이 밀집한 병사들을 겨누고 지붕 위에서 아랫쪽으로 쏴대는 화살은 눈감고 시위를 당겨도 최소한 1명은 맞았다. 에피는 앞 사람의 목덜미를 스치고 뒷사람의 목에 명중시키는 황당한 기술까지 선보이고 있었다. 물론 이런 곡예는 절반쯤 운에 의지하고 있었지만 조건과 평소에 열심히 반복한 훈련 없이는 운도 따라주지 않는 법이었다.

"뭐 해?! 이 멍청이들아, 빨리 후퇴해!!"

에피는 땀에 젖은 얼굴로 시위를 놓기 무섭게 고함을 질렀다. 또 하나의 화살이 선두에 서 있던 병사의 복부를 관통했다. 선두에서 미처 후퇴하지 못하고 머뭇거리던 병사들은 그제야 빠른 걸음으로 뒷걸음질쳤고 누군가 튜멜의 어깨를 잡아 끌었다.

그들이 빠져나간 빈 공간으로 밀고 들어오려던 왕비군 병사들은 머리 위에서 쏟아지는 화살 때문에 질겁을 하면서 물러섰다. 그리고 방패를 든 병사들이 선두로 나와 머리 위로 방패를 들었다. 궁사대는 화살을 아끼기 위하여 사격을 멈췄다. 그동안 튜멜을 비롯한 휴젠 거리 시민병들은 안전 거리까지 후퇴하는 데 성공했다.

"수고했수다."

병사로서는 어울리지 않는 나이가 지긋한 중년 남자가 튜멜의 어깨를 두드렸다. 든든한 바리케이드 뒤편 거리에 주저앉아서 숨을 헐떡거리던 튜멜은 간신히 고개를 들었다. 수염이 텁수룩한 중년 남자는 방금 전에 전투가 끝났는데도 싱긋 웃고 있었다. 그의 손에는 아직도 핏방울이 떨어지는 메이스가 쥐어져 있었다. 튜멜은 애써 시선을 돌려 메이스를 바라보지 않으려고 노력했다. 문득 튜멜은 자신의 검을 내려다보았다. 그의 롱 소드는 용케 아직까지 그의 오른손에 쥐어져 있었다. 그리고 방금 전까지 그렇게 격렬한 전투를 벌였는데도 이상하리만치 한 방울의 피도 묻어 있지 않았다. 튜멜은 어쩐지 조금 허탈한 기분으로 자신의 롱 소드를 내려다보았다. 피와 내장으로 더럽혀지기를 거부한 롱 소드는 여전히 도도한 흰빛을 내뿜고 있었다.

"처음 지휘를 맡은 지휘관이라고 걱정했는데 생각보다 근성이 있수다. 도망갈 궁리부터 하는 지휘관 밑에서 싸우자면 불안해서 말이지."

그 중년 남자는 튜멜이 남작이라는 사실을 아는지 모르는지 별로 어려움없이 그에게 가벼운 말투로 농담까지 섞어가며 스스럼없이 말을 붙였다. 국왕군으로서는 다행스러운 일이 한 가지 있었는데, 항상 지독히 불리한 전투만 치르는 동안에 이상하리만치 하층 계급과 상층 계급, 혹은 장교와 사병들이 단단한 유대감으로 결속되고 있다는 점이었다. 이런 유대감은 보통 격전을 도맡아 치르는 부대를 중심으로 하나의 커다란 흐름을 형성했다. 함께 목숨을 걸고 싸운다는 유대감은 같은 조건의 부대가 격돌했을 때 승기를 잡는 하나의 요소로 작용하는 경우가 많았다. 이른바 주관적인 플러스 요소 중 하나였다.

단 한 가지 요소만 불안정해도 치명적인 패인으로 작용할 만큼 불리한 싸움의 연속인 국왕군으로서는 이런 분위기가 더없이 고마운 사실이었다. 모두들 억지로 싸우고 있었지만 대부분은 이제 거의 체념하는 상황이었고 그저 하루하루 벌어지는 전투에 치중했다. 그리고 그렇게 유대감을 갖게 하는 데에는 가장 심각하게 피해를 입은 백인대장급과 하급 장교들의 희생이 크게 작용했다. 처음 농성전을 시작한 이래로 백인대장급 일선 지휘관의 숫자는 절반 이하로 급감한 상태였다. 백인대장들은 항상 최전선에서 싸웠고, 전투력을 유지시키기 위하여 병사들을 교대시켜도 현장 상황을 숙지한 백인대장은 그대로 머물게 하는 경우가 많았다. 때문에 그들은 두 배 이상의 체력을 소모하며 싸워야 했고, 많은 수의 백인대장들이 전사했다.

하급 장교들도 그런 상황은 마찬가지였고, 오히려 이들의 숫자는 백인대장들보다 더 심각할 정도로 하향 곡선을 그렸다. 이제 막 군 생활을 시작한 귀족 자제들이 많아서 백인대장들보다 검술이나 전술 능력이 좋을지는 몰라도 실전 능력과 경험 면에서 뒤진다는 사실이 더 큰 피해를 입는 결과를 가져왔다. 국왕군으로서는 현재 세금 징수원 같은 하급 관리들까지 장교나 백인대장으로 전선에 투입해야 했다.

"다음은 어디로 가야 하지?"

중년 사내는 피 묻은 메이스를 어깨에 걸치며 옆의 병사에게 물었다.

"젠스 거리 남쪽이래."

"얼마나 멀어?"

"여기서 한 800미터쯤?"

"젠장! 그냥 여기서 싸우면 안 될까?"

"죽고 싶으면 맘대로 해."

"심각하게 다친 사람 없지? 남자는 아랫도리만 무사하면 충분해."

"자넨 그럼 병원으로 가야지. 자넨 옛날부터 부실했잖아? 자네 마누라가 잠자리에서 나한테 불평하더라니까."

"뭐야, 이 자식아? 그런 자네 마누라는 뭐 나은 줄 알아?"

튜멜은 낄낄거리며 음담패설을 주고받는 병사들을 바라보면서 위화감을 느꼈다. 그가 생각하던 최전선에서 싸우는 병사들의 모습은 아니었다. 굳은 투지와 군율로 무장되어 팽팽하게 긴장한 전투 전문가들의 모습이라고는 절대 봐줄 수 없었다. 아직까지 자신이 첫 전투에서 무사히 살아남았다는 사실이 믿기지 않는 튜멜은 멍한 얼굴로 병사들의 뒤를 쫓았다.

명색이 휴젠 거리 전체를 지휘해야 하는 위치인데도 그는 일개 병사만큼의 존재감도 없었다. 현실적으로 그가 휴젠 거리에 소속되어 할 수 있는 일은 아무것도 없었다.

튜멜은 갈라져 피가 흐르는 메마른 입술을 깨물며 무력감을 느꼈다. 이러기 위하여 전투에 자원했던 것이 아니었다. 그는 무언가를 이루고 싶었다. 전투에 들어서기도 전에 겁에 질려 무릎이 후들거리고 병사들의 음담패설에도 적응 못하며 겉돌고 싶어서 이곳에 온 것이 아니었다. 튜멜은 눈물이 나오려고 시큰거리는 눈을 애써 깜박이며 심호흡을 했다.


"잘 타는군."

이언은 열기가 후끈거리는 석벽에서 최대한 떨어지려고 노력하면서 중얼거렸다. 그의 등 뒤에서 대기하고 있던 병사들은 질린 눈으로 그의 뒷모습을 바라보았다. 그들은 이제 이언이라는 남자의 존재에 익숙해져 있었지만 한편으로는 여전히 그의 파격적인 방식이나 잔혹함에는 전혀 익숙해지지 못했다.

좁은 지하에 우르르 몰려나온 적병들은 지하실에 가득 차 있던 기름통에 불을 붙이는 이언의 화공 속에서 절규하며 죽어갔다. 예상 침입로였던 수녀원 지하 저장고의 물건들을 깨끗이 비운 이언은 그 안에 엄청난 숫자의 기름들을 쌓아두었고, 카라타고아 산 화약을 사용하여 그 많은 분량의 기름에 불을 붙여 단숨에 지하실과 갱도를 날려버리는 전술을 사용했다.

자칫하면 수녀원 자체는 물론이고 이 지역 일대를 불태울지도 모르는 위험천만한 작전이었다. 다행히 지하실 환기창들을 점토와 석고로 미리 막아둔 효과가 있어서 불길은 신선한 공기가 들어오는 갱도 안으로 뻗어 나가며 침입해 들어온 병사들을 불태웠다. 밀폐를 위하여 지하 저장고로 들어가는 철문을 걸어잠그고 문틈에 발라놓았던 석고는 지하실 내부의 열기 때문에 한순간에 딱딱하게 굳어져 버렸다.

병사들은 두꺼운 철문 너머로 잦아드는 지옥의 비명 소리와 벌겋게 달아오른 철문을 보고서 내뱉은 이언의 짧은 감상을 듣고는 그의 정신 상태를 의심하기 시작했다. 이언이 잘 타는 것 같다고 말한 대상은 인간의 육체였다. 이언은 병사들의 선두에 서서 한 손에 롱 소드를 들고는 묵묵히 불길이 잦아들기를 기다렸다. 선두에서 돌입하기로 결정된 병사들은 두꺼운 하드레더를 입고 물에 적신 서코트를 입고 있었다. 가마솥 안처럼 구워졌을 지하실 안으로 체인메일을 입고 들어가면 단숨에 사람의 내장까지 익어버릴 위험이 있었다. 이언 자신도 방금 전에 한 양동이의 물을 뒤집어써서 물속에서 기어나온 사람처럼 보였다. 그는 젖은 머리를 단단히 쓸어 넘겨 시야를 방해하지 않도록

했다. 시원스럽게 빗어넘긴 검은 머리칼과 시원스럽게 드러난 이마는 이언의 모습을 놀랄 만큼 달라져 보이게 만들었다.

"부숴!"

해머를 들고 대기하고 있던 병사들이 문을 부수기 시작했다. 경첩이 늘어붙어 열리지도 않을 문이었다. 이언은 열기가 조금씩 사그라들고 있음을 다시 한 번 확인하면서 차갑게 웃었다.

"얼간이들은 불태워 버려야 정신을 차릴 거야."

상당한 시간이 흘러서야 간신히 철문이 떨어져 나갔고, 번갈아 망치질을 하던 병사들이 지친 얼굴로 떨어져 나갔다. 이언은 물에 적신 긴 수건으로 목과 얼굴, 머리를 둘둘 감고서 눈만 수건 틈새로 빼꼼이 나오게 했고, 돌입조에 속한 병사들도 이언을 따라했다. 마치 사막의 열사에서 싸우는 병사들과 비슷한 차림이었다.

남쪽 대륙의 사막에 익숙한 병사들은 좀처럼 투구를 착용하지 않았다. 그늘 한 점 없이 엄청난 기세로 쏟아지는 사막의 태양 아래서 철판으로 만든 투구 같은 것은 손을 델 만큼 뜨겁게 달아올랐다. 그래서 사막 지역의 부족민들과 용병들은 모두들 수건으로 머리를 둘러 열사로부터 머리를 보호했다. 물론 사막에서 물에 적신 수건을 둘렀다가는 순식간에 증발하는 물이 체온을 빼앗아 쇼크로 죽을 수 있었지만 현재 상황에서는 물을 적시는 편이 안전했다. 먼저 4명의 병사들이 무기를 들고 지하실 안으로 뛰어들었다. 곧바로 찢어지는 비명 소리가 들렸다. 예상되었던 참상을 목격하면서 내지른 비명이었다.

"멍청이들……."

이언은 롱 소드를 들고 그들을 비웃으며 지하실로 들어갔다. 지하실에는 아직도 무서운 열기가 폭풍처럼 휘몰아치고 있었고, 차가운 공기가 들어오는 계단으로 뜨거운 열풍이 몰아쳤다. 이언은 호흡을 최대한 줄이며 지하실을 가로질렀다.

"입 다물어. 열기 때문에 폐가 타버린다."

이언은 선두에 서서 걸으며 명령했다. 그의 명령이 없어도 누구도 입을 열 용기는 없었다. 지하실은 그저 한 폭의 지옥도였다. 밀폐된 지하 공간에서 산 채로 불에 타 죽은 시체들은 최소한 50구가 넘어 보였다. 과연 인간이었는지도 알아보기 힘든 시체들이 까맣게 타버린 채 잔뜩 오그라들어 그들이 입고 있던 갑옷이 턱없이 커 보였다. 마치 어린아이들만큼 작게 오그라들며 타 죽은 시체들은 역겨운 냄새를 풍겼다. 병사들은 끔찍한 공포에 사로잡힌 채 이언의 뒤를 따랐다. 이언은 한 손으로 횃불을 들고 롱 소드로 길을 막고 누워 있는 타 죽은 시체들을 뒤집으며 안으로 들어갔다.

좁은 갱도 안으로도 불에 타 죽은 시체들은 빽빽하게 널려 있었다. 왕비군 병사들이 터널 공사를 마치고 지하실 안으로 선발대가 충분히 들어올 때까지 출입구 근처에서 숨어 있다가 불을 당겼기 때문에 피해는 지독했다. 초고열의 열풍은 갱도 전체를 빈틈없이 메우며 지나갔고, 갱도 안에 밀집해 있던 병사들은 비명조차 지르지 못하고 산 채로 타 죽었다. 사람을 태우고 남은 역겨운 연기가 갱도 안을 안개처럼 메우고 있었고, 새롭게 뚫린 환풍구 구실을 하는 지하 출입 계단 쪽으로 빠르게 흘러갔다.

"지금부터 셋에 한 명이 횃불을 잡고 4인이 1조가 된다. 차근차근 보이는 건 뭐든지 다 쓸어버린다. 두 번 다시 쥐새끼처럼 땅굴 속으로 기어 들어올 생각조차 못하게 만들어 버려."

이언의 명령을 받은 병사들은 재빨리 대열을 정하며 모여들었고 익숙하게 지하 공간을 수색하기 시작했다. 수녀원 안뜰에서 벽돌로 급조한 축소 모형으로 대충 지하 배수로와 터널들의 공간을 훈련받은 병사들은 미리 지정되었던 구역들을 수색하기 시작했다.

"자, 자비를……."

지하의 어둠 저편에서 왕비군 병사 한 명이 희미한 목소리로 애걸하며 걸어나왔다. 열풍의 직격은 면한 병사였지만 그의 한쪽 팔과 어깨, 그리고 얼굴의 절반은 노파처럼 쭈그러든 참혹한 모습이었다. 선두에 서서 수색하던 근위대 제2독립대 소속 병사는 망설임없이 그 병사의 성한 반대 편 얼굴에 프레일을 찍어 넣었다. 스파이크가 달린 쇠뭉치에 맞은 병사의 얼굴은 파삭 부서져 버렸다. 사방에서 부상당해 널부러져 있던 병사들이 일방적인 학살을 당하며 비명을 질렀다.

하 이언은 그런 학살의 선두에 서서 롱 소드를 휘둘렀다. 한 손으로 익숙하게 얼굴에 두른 수건의 입가를 눌러 냄새와 열기를 막으며 한 손으로 롱 소드를 휘두르는 그의 모습은 냉정한 악마의 형상을 재현하는 데 부족함이 없었다. 그의 롱 소드가 어둠 속에서 뻗어 나갈 때마다 피와 진물이 흐르는 인간의 육체가 잘려 나가고 하나의 생명을 태우던 불꽃이 무력하게 꺼져 갔다. 지하 배수로를 채우고 있던 병사들의 시체 숫자는 이언이 지휘하는 제1기동대가 난입하여 수색 섬멸전을 벌이는 동안에 기하급수적으로 늘어갔다.

"오늘 이후로 훈제 베이컨을 원하는 병사들이 있다면 원하는 만큼 갖다 주마."

도망치려는 병사의 등 뒤에서 검을 찔러넣고 좌우로 두 번씩 비틀던 이언이 농담처럼 말하자 병사들은 못 들은 척 자신들의 학살에 열중했다. 훈제 베이컨은 고사하고 그걸 이야기하는 이언의 말을 듣는 것조차 괴로웠다. 1기동대 병사들은 이언이 적 지휘관이 아니라 아군 지휘관이라는 사실을 진심으로 다행이라고 생각했다.

그동안에도 이언에게 등허리 한복판을 찔린 불쌍한 병사는 비명조차 지르지 못하고 버둥거리고만 있었다. 이언은 부츠로 그 병사의 등허리를 걷어차면서 롱 소드를 뽑아 들었다. 그 병사가 더러운 배수로 바닥에 넘어지자 이언은 기회를 놓치지 않고 그 병사의 목덜미에 롱 소드를 수직으로 찔러 넣었고, 손목을 비틀었다. 으득거리며 롱 소드에 걸린 목뼈가 부러져 나가는 소리가 났다. 보다 못한 병사 한 명이 들고 있던 횃불을 다른 방향으로 돌려 이언의 잔혹한 학살을 어둠 속에 파묻어 버렸다. 하지만 이언은 어둠 속에서도 눈이 보인다는 듯이 혼자서도 능숙하게 적 병사들을 찾아냈고, 롱 소드를 찔러 넣었다.

1기동대 병사들이 잔존한 왕비군 유격대를 발견한 것은 배수로에서 제법 안쪽으로 전진한 다음이었다. 좁고 위험한 지하 배수로 안에서 병사들은 횃불에 의지해 격돌했고 맹렬하게 투쟁하며 서로를 구축했다. 메이스와 롱 소드가 격돌했고, 프레일이 육체를 침범했다. 폐나 왕비가 반란을 일으켜 개전된 이 전쟁 기간 동안에 전통적으로 중무장 체제를 지켜온 1기동대 병사들은 좁은 공간에서 무거운 둔기류를 들고 싸우는 데는 익숙했다. 그리고 왕비군 측은 불행하게도 좁은 공간을 통하여 적 후방을 습격한다는 전술 때문에 숏 소드 류의 짧고 가벼운 무장만 갖고 있었다.

"이 두더지 자식들을 한 놈이라도 더 없애지 못하는 놈들은 또 이런 짓을 해야 한다. 그걸 명심해라."

이언이 질러대는 고함 소리는 어떤 협박이나 강요보다 탁월한 효과를 발휘했다. 병사들 중에서 단 한 명도 이런 전투를 다시 경험해 보고 싶은 전쟁광은 없었다.

100미터가 조금 넘는 길이의 터널이 배수로와 연결되는 병목 지점에서 왕비군 유격대와 1기동대 간의 전투는 횃불이 밝혀져 흔들거리는 어둠 속에서 벌어졌다. 사방에는 천장이 붕괴되지 않도록 괴어놓은 버팀목과 부서진 돌 조각, 그리고 파낸 흙들이 어지럽게 널려 있었고, 병사들은 좁은 공간에 집단적으로 모여 격렬하게 충돌했다. 좁은 공간이라는 제약 때문에 양측 모두 방패를 장비하지 않은 상황이었기 때문에 피해 상황은 야전에서의 전투보다 심각했다. 그나마 중무장 접근전에 익숙한 1기동대 병사들에게 유리한 상황이라는 점이 국왕군으로서는 다행이었다.

왕비군은 전형적인 궤형 전술 지형에서 국왕군 기동대의 반격을 받아 심각한 위기를 맞았다. 궤형 전술 지형이라는 것은 좁고 긴 회랑 형태의 진출로를 통하여 넓은 개활지로 나가야 하는 깔대기형 지형을 의미하는데, 진출은 유리하지만 퇴각이 어려워 어지간히 승리를 확신하는 경우가 아니면 부대를 진출시키기 어려운 지형이었다. 국왕군의 반격을 예측하지 못한 왕비군은 좁은 통로를 이용하여 넓은 개활지와 비슷한 배수로로 병력을 진출시키던 상황이었는데 초승달 형태로 포위망을 구축한 기동대 병력을 맞이하여 진퇴양난에 빠졌다. 뒤쪽에서는 계속 병사들이 밀려 들어오고 있었고, 선두에 서 있던 병사들은 아군에게 등이 떠밀려 메이스와 워 햄머가 기다리는 포위망 속으로 밀려 나왔다.

왕비군이 단지 힘들게 개척했다는 이유만으로 터널을 사수하는 것은 아니었다. 만에 하나 이 터널을 돌파당한다면 오히려 왕비군 측에서 볼 때 전선 후방에 구멍이 뚫리는 형세가 되어버리는 문제점 때문에 이곳을 포기할 수 없었다. 만약에 이곳을 잃는다면 국왕군으로서는 시가지로 진출한 왕비군의 배후를 칠 수 있었고, 어지럽고 복잡한 에펜도르프 시가지 구조를 아직도 완벽하게 파악하지 못한 왕비군으로서는 시가지에서 길을 잃고 앞뒤로 포위당할 위험이 도사렸다. 때문에 왕비군은 페나 왕비가 조직한 붉은사자 친위대의 독전 속에서 반강제로 터널 너머로 떠밀려야 했고, 그 터널의 끝에는 살기등등하게 기다리고 있는 국왕군 1기동대가 있었다.

역겹고 매캐한 냄새가 좁은 광장을 가득 메웠다. 물에 젖은 수건을 입가에 두른 병사들과 기술자들은 쉴 틈 없이 벌겋게 달아오른 거대한 솥을 기울여 펄펄 끓는 기름을 부어 넣었다. 지면 아래에서 들려오는 절망적인 비명 소리는 땅 위에서도 똑똑하게 들렸다.

성 요하누스 수호 기사단의 단장 헨켈은 루드반 곡물 시장에 배치되기 무섭게 기술자를 불러 배수로의 예상 통과 지점을 물색하게 하여 빨간 깃발을 꽂았다. 그리고 시내에서 징병된 굴착 기술자와 석공, 미장이와 목수 등 건축 기술자들을 총동원하여 10개 소가 넘는 예상 지역에 수직으로 우물을 파게 만들었다. 굴착 작업은 기술자들의 감독과 관리 하에 요하누스 기사단 병사들이 손수 갑옷을 벗은 채 곡괭이를 들고 참여했고, 기술자들은 수직으로 파 내려가는 우물이 붕괴하지 않도록 보강 작업을 했다. 예상 침입로에 미리 기름통을 산더미처럼 쌓아두고 마냥 기다리며 체력을 비축했던 1기동대와는 달리 2기동대는 쉴 틈 없이 작업에 참여해야 했다. 몇 개의 소형 목조 가옥들은 만약에 루드반 곡물 시장에서 벌어질지도 모르는 전투에 대비하여 공간을 확보하는 목적으로 강제 철거되었고, 우물 굴착과 가옥 철거에서 나온 석재와 목재, 흙 등은 시내에서 벌어지는 바리케이드 구축을 위해 전방으로 운반되었다.

헨켈 기사단장은 꼼꼼하며 세심한 관리로 병사들의 작업 교대를 감독했고, 병사들 전원이 과도한 노동으로 탈진하는 일이 없도록 배려했다. 그리고 시내를 돌면서 건축용이나 기타 용도로 비축된 타르와 유황, 그리고 항구에서 쓰이는 기름류를 긁어모았다.

루드반 곡물 시장 지하의 배수로에 도착한 왕비군 선발대와 작업대는 곡물 시장으로 진출하기 위하여 급경사로 올라가는 갱도를 미처 만들기도 전에 배수로 천장에서 차갑고 신선한 공기가 흘러 들어오는 것을 발견했다. 그리고 외부 공기가 흘러 들어오는 공간의 위치와 정체, 그리고 목적을 파악하기도 전에 성 요하누스 수호 기사단의 공격이 시작되었다. 펄펄 끓는 기름이 쏟아져 들어왔고, 초고열의 기름을 뒤집어쓴 병사들은 산 채로 삶아지면서 처절한 고통 속에서 몸부림쳤다. 왕비군 병사들이 어두운 배수로를 밝히기 위하여 들고 있던 횃불이 쏟아져 들어온 기름에 옮겨 붙으면서 배수로는 고열의 지옥으로 변했다.

거의 비슷한 시기에 이언의 1기동대는 배수로의 터널 입구로 진출하여 왕비군이 루드반 곡물 시장과 수녀원 쪽으로 병력이 분산되는 지점을 점거하며 격전을 치르기 시작했다. 국왕군은 각 부대별로 독자적으로 움직이고 있었는데도 용케 서로 호흡을 맞춰 전투에 임하고 있었다. 그것은 단지 우연이라고 하기보다는 양쪽 지휘관들이 판단한 전투 개시의 순간에 대한 견해가 일치한 결과였다.

지하 배수로는 뜨거운 열풍으로 가득 찼고, 여기저기서 산소가 부족해 쓰러지는 병사들이 속출했다. 불에 타 죽거나 쏟아지는 기름 폭포를 정면으로 뒤집어쓰고서 산 채로 단숨에 삶아진 병사의 시체도 사방에 널려 있었다. 눈을 치뜨고 고통에 일그러진 얼굴로 삶아진 병사의 얼굴은 지독하게 끔찍했다. 입고 있던 갑옷은 순식간에 잘 달궈진 오븐이 되어 안에 들어가 있는 병사들의 육체를 불태웠다. 지하 배수로는 사방에서 격돌하는 병사들의 고함 소리와 비명 소리로 가득 찼고, 이런 소음은 배수로를 따라 지상에 세워진 가옥들의 지하실을 타고 지상으로 전해져 시민들의 간담을 서늘하게 만들었다.

헨켈 단장은 기술자들과 소수의 병사들로 하여금 루드반 곡물 시장에서 기름을 부어 넣는 전술로 지하에 진출한 왕비군의 선발대와 기술자 부대를 공격하게 하면서 한편으로는 좀 더 윗쪽에서 자신들이 또 다른 갱도를 개척하는 공격 방식을 취했다. 기술자들의 치밀한 계산과 몇 개의 시험 터널 굴착을 바탕으로 시행된 이 전술로 성 요하누스 수호 기사단은 루드반 지구로 파견된 왕비군 병사들을 양단하는 데 성공했다. 결국 왕비군은 지하에서 이언과 헨켈 단장이 이끄는 기동대로 인하여 병력이 3등분되어 버렸다.

"돌격!! 에펜도르프의 영광을!!"

헨켈 단장의 고함 소리를 행진곡 삼아 수도사 분위기가 물씬 풍기는 성 요하누스 수호 기사단이 팔치온과 프란치스카를 양손에 들고 망설임없이 터널 안으로 진격해 들어갔다. 짙은 녹색 서코트는 금방 피에 젖어 검게 변했고, 피와 살을 먹은 팔치온들이 어지럽게 어둠을 갈랐다. 왕비군으로서는 불행한 사실이 하나 더 있었다. 그것은 헨켈 단장의 부대가 돌입한 지점에 있던 병사들이 붉은사자 친위대원들의 부대라는 점이었다.

독전대로서 아군의 배후에서 검을 겨누며 병사들을 루드반 지구로 몰아넣던 붉은사자 친위대는 측면의 어둠 속에서 돌격하는 녹색 서코트의 병사들을 맞아 당황했다. 황금 성배를 치켜든 손을 그린 문장을 가슴에 새긴 짙은 녹색 서코트의 병사들과 아무런 장식이나 문장이 없는 단순한 붉은색 서코트를 입은 병사들이 어둠 속에서 충돌했다. 붉은사자 친위대원들은 젊고 신념으로 무장된 우수한 병사들이었지만, 개개인이 신을 위해 봉사한다는 식의 다분히 성당 기사단적인 성격을 가진 성 요하누스 수호 기사단 역시 정예였다. 전통적으로 그러하듯 정예와 정예가 맞붙는 전투는 한결 격렬했다.

강대국으로 부상하게 될 통일 조국 건설의 초석이 된다는 맹신에 가까운 신념으로 무장된 친위대원들과 고행과 자기 수련을 기치로 삼으며 신을 위해 검을 들고 있다는 종교적 신앙심으로 무장된 집단이 한 치의 양보도 없이 충돌했다. 양측 모두가 갖는 신념은 거의 광신에 가까운 집착과 맹종을 바탕으로 했고, 그만큼 어느 쪽도 쉽사리 물러서려 하지 않았다.

광기에 가득 찬 병사들은 쉴 틈 없이 짐승처럼 괴성을 지르며 무기를 휘둘렀고, 피를 흘리며 쓰러지는 순간까지 포기하지 않았다. 이곳에서는 에펜도르프 시가전이 개전된 이래로 가장 격렬한 전투가 벌어지기 시작했다. 양측 모두 부상당하거나 전사한 아군의 존재 따위는 신경조차 쓰지 않았다. 부상자들은 적절하게 후방으로 이동되지 못한 채 검과 검이 격돌하는 격전의 한복판에 버려져 있다가 죽임을 당했고 그 위로 또 다른 병사의 시체가 쌓였다. 가벼운 부상을 입고 넘어졌다가 등 뒤에서 돌격해 온 아군에게 밟혀 죽는 병사들까지 있었다.

"주님의 영광을!! 배교자들에게 악마의 형벌을!!"

헨켈 단장은 단숨에 지금 상대하는 붉은 서코트의 병사들에게서 흔

들리지 않는 광기에 가까운 신념을 읽었고, 종교적 우월감에 취해 있
던 병사들을 진정시키기는커녕 병사들의 종교적 믿음과 광기를 고양
시켰다. 절대적 믿음에 취한 병사들은 아편에 취해 싸우는 병사들만
큼 위험하다는 경험을 가진 헨켈 단장은 아군 병사들을 진정시킬 경
우 위험해질 수 있다고 판단한 것이다. 거의 물신 숭배의 재래라고 볼
수밖에 없는 소모적인 광기의 신념 속에서 병사들은 한 치의 물러섬
도 없이 싸웠다.

"페나 여왕 폐하 만세!!"
"신께 영광과 찬미를!!"
"강력한 조국 건설 만세!!"
"주님의 축복을 위하여!"
"라이어른의 통일을 위하여!!"
"배교자들에게 죽음을!!"

양측 병사들이 질러대는 구호는 술에 취한 선술집의 싸움터에서 터
져 나오는 욕설과 별반 다르지 않았다. 사방으로 술병과 의자들이 날
아다니는 대신에 프란치스카와 롱 소드, 그리고 팔치온들이 날아다녔
다. 술집 부랑자나 건달들의 패싸움과 거의 구별하기 힘든 아수라장
은 전투라고 하기보다는 싸움에 가까웠다. 전술적 판단과 명령 따위
는 먼 옛날의 헛소리가 되었고, 엄격한 기율과 군사 훈련은 동네 잡종
개들이 싸우는 것만 같은 싸움판에서 아무런 의미도 없었다.

붉은사자 친위대나 성 요하누스 수호 기사단은 둘 다 우수한 병사
들로 구성된 부대였지만 그 부대들이 대륙에 이름 높은 명문 기사단
이 되지 못하는 이유는 바로 여기에 있었다. 아메린의 청기사단이나
크림발츠의 여왕의 창기병은 고사하고 정예로 이름 높고 역사가 깊은

명문 기사단 중에서 가장 악명 높아서 '문명과 종교를 가진 야만족'
이라고 비웃음을 당하는 폴리안의 진홍 기사단에서도 이런 광기는 찾
아볼 수 없었다. 그들은 패전하여 흩어져 도주하는 와중에도 기율이
살아 있었고, 정해진 집합 장소와 시간을 엄수해 부대가 괴멸되지 않
고 후방에서 하룻밤이면 재건되었다. 그만큼 정제된 전투 부대에서는
종교적 신념 따위를 부여하여 병사들 개개인의 판단력을 흐리게 만드
는 모험은 감수하지 않는다.

절대적인 신념이나 충성심이라는 것은 상당히 빈번하게 인간들 개
개인의 이성적 판단력을 흐리게 만든다. 그리고 정교하게 꾸며진 정
원에서 조각상 하나, 장미 한 송이, 조약돌 하나가 이유를 갖고 최적
화된 장소에 배치되듯이 병사 하나하나가 각자의 기량과 특성에 맞춰
유기적으로 배치된 명문 기사단에서 이러한 이성적 판단의 흐름은 조
직 구성의 방해 요소였다. 그들 구성원인 병사들은 오직 절대적인 명
령 체계와 엄격하면서 확실하게 성립된 기율만이 존재했다. 병사들
개개인은 단지 자신의 상황에 적합한 전투 교범이나 군법이 무엇인가
만을 생각했고, 주어진 명령을 최적으로 수행하는 방법만을 고민했다.

하나의 유기체화된 병사들은 승전에서도, 패전에서도 한결같은 정
신 자세로 오직 직속 상관의 명령에만 움직였고, 지휘 체계에 혼란이
오면 자동적으로 가장 가까운 지휘 체계에 의존했다. 이러한 요소들
은 경우에 따라서는 절대적인 광신에 빠진 병사들보다 전투력이 부족
해지기도 했지만 적어도 지휘 체계가 붕괴하거나 그 절대적인 광신이
흔들리면서 찾아오는 대혼란은 없었다. 요컨대 명문 기사단들의 특징
은 평균적으로 아주 월등하면서도 변화나 잠재 요소에 의한 영향이
적은 한결같은 전투력을 보유한 집단이라는 점이었다.

초반에 성 요하누스 수호 기사단에 비해 뒤지지 않는 투지와 신념을 바탕으로 분전하던 붉은사자 친위대원들은 일순간에 급격하게 무너지기 시작했다. 우선 그들은 전체 병력 중 백인대 규모인 100여 명만이 투입된 상황이었고, 성 요하누스 수호 기사단원들은 총원 450명 중에서 총동원이라고 할 수 있는 300명 이상이 투입되어 있었다. 병력 면에서 절대적인 우세를 점하고 있는 데다가 기습이라는, 전술 전투에 있어서 절대적인 중요 명제를 선점한 성 요하누스 수호 기사단은 승기를 잡고 기세를 올렸다. 반면에 독전대로서 현실적으로 전투 참가를 예상치 못했던 붉은사자 친위대는 선동하던 지휘 장교가 전사하면서 급격하게 전의를 잃었다. 광기와 광기가 충돌하는 전투의 문제점 중 하나는 전투를 지탱하던 광기라는 요소가 제거되면 전투력이 급격하게 악화된다는 점이다. 바로 이런 점 때문에 명문 기사단은 병사들에게 쓸데없는 광기를 주입시키지 않는다.

살아남은 친위대원들은 등을 돌리고 배수로 안쪽으로 도망치기 시작했다. 그리고 성 요하누스 수호 기사단은 지휘 체계의 명령이 없는데도 스스로 살아 움직이듯 병력을 양분했다. 헨켈 단장은 식은땀을 흘리며 광포한 승리감에 젖은 병사들을 통제하려고 애쓰기 시작했다. 지금까지 친위대원들과의 전투를 무력하게 구경하던 왕비군 선발대 병사들은 피 냄새를 맡고 흥분한 수호 기사단 병사들을 상대로 아무런 힘도 발휘하지 못했다. 등 뒤에서는 기름 공격을 받고 죽어가는 병사들의 처절한 절규가 계속되고 있었고, 앞에서는 피에 젖은 시뻘건 눈을 번득이며 일방적인 학살의 쾌감에 젖은 성 요하누스 수호 기사단 병사들이 있었다. 왕비군 선발대는 무기를 버리고 눈물을 흘리며 투항하기 시작했다. 이 지옥 같은 배수로 안에서 살아남을 방법은 그것밖에 없었다.

"이리로 올 줄 알았다."
 이언은 어둠 저편에서 일렁거리는 횃불 무리를 발견하고는 차갑고 냉소적인 표정으로 웃었다. 그는 여전히 길게 자른 수건을 머리에 터번처럼 두르고 있었기 때문에 손에 휘어진 시미터를 들고 있었다면 영락없는 발헤니아 인으로 보였을 것이다. 대륙에는 그다지 흔치 않은 검은 머리는 어느 집안의 커튼을 찢어 만들어 머리에 두른 터번과 잘 어울렸다. 전형적인 서부 대륙인의 골격을 가진 체스터 남작과 비교하면 이언의 얼굴은 확실한 차이점을 발견할 수 있었다. 우선 광대뼈의 폭이 서부 대륙인들보다 넓었고 코가 그다지 높지 않았다. 턱은 좁고 갸름하며 이마도 시원스러웠지만 좁았다. 그 확실한 인종 및 골격적인 차이점 때문인지 이언은 체스터 남작과 나란히 서 있지 않도록 신경 쓰고 있었다.
 이언은 머리에 터번처럼 두른 수건의 흘러내린 끝자락을 손으로 집어서 목덜미에 방울져 흐르는 땀을 훔치며 들고 있던 검으로 배수로 벽을 몇 번 때렸다. 그 소리를 듣고 1기동대 현장 지휘관이 이언에게 뛰어왔다. 이언은 턱짓으로 다소 거만하게 어둠 저편에서 희미하게 일렁거리는 불빛을 가리켰다.
 "눈빛이 살아 있고 정신 제대로 박힌 놈들 50명만 데리고 가서 뭉개 버리고 와. 한 놈도 살려두지 말아. 어차피 살아서 도망치는 놈들은 많아야 20명 정도일 테니까 문제는 없을 거야. 중요한 건 한 놈도 살려두지 마라."
 "정보 수집을 위해 포로로 잡는 것이 좋지 않겠습니까?"

"멍청하군. 헨켈 단장이 보내왔던 작전 계획서를 못 읽었나? 수호 기사단 놈들은 영주의 개인적인 사병을 가장한 성당 기사단 놈들이야. 라이어른에 주둔하는 성당 기사단 중에서도 아주 상위에 랭크될 걸? 그런 놈들에게 당하면 별로 살아남지 못해. 그리고 왕비군은 독전대를 사용하더군. 병사들이 움직이는 것을 보면 알지. 그럼 헨켈 단장의 부대가 격돌한 것은 적의 독전대일 거야. 예나 지금이나 독전대들은 포로로서 가치가 없어. 죽여 버리는 게 간단하고 후환이 없어."

이언의 단호하고 차가운 말투에 질린 지휘관은 곧바로 등을 돌려 떠나 버렸다. 이언은 지치고 피곤한 얼굴로 하품을 하면서 배수로 벽에 기대어 터널 쪽에서 밀려 나오다가 죽임을 당하는 왕비군 병사들의 비명을 한 귀로 흘려들었다. 이언은 조만간 전투가 진정 국면으로 접어들면 이 배수로를 붕괴시켜 두 번 다시 이용하지 못하도록 막아 버려야겠다고 생각했다. 필연적으로 지상에 있는 가옥 몇 개가 붕괴되겠지만 그에게는 그 사실이 별로 중요하지 않았다. 그는 단지 어떻게 하면 이 짜증나는 지하에서 벗어날 수 있을지가 중요했다.

이언의 예측은 거의 정확하게 근사치에 접근했다. 핏발 선 수호 기사단의 추적을 피하며 용케 도망친 붉은사자 친위대원은 도합 17명이었다. 그리고 그들은 아연한 얼굴로 멈춰 서기 무섭게 1기동대 지휘관이 직접 이끄는 50명의 병사들의 공격을 받았다. 친위대원들은 저항다운 저항도 하지 못한 채 전멸했다. 작전에 투입된 114명의 붉은사자 친위대원과 지휘관들은 이 전투로 아무도 살아남지 못했다.

지하 배수로를 이용하여 배후를 기습하려던 왕비군의 작전은 실패로 돌아갔다. 왕비군은 그 충격 때문에 정오가 조금 지난 시간에 시내로부터 모든 병사들을 철수시켰다. 시가전에 지친 국왕군으로서는 모처럼의 휴식과 함께 대대적인 전열 점검을 위한 시간을 벌 수 있었다. 또한 국왕군은 이 전투에서 한꺼번에 500명이 넘는 병사들을 포로로 잡았고, 이들 포로들은 항구에 가까운 지하 창고에 감금되었다. 그들에게는 물과 상한 음식 찌꺼기만 배급되는 혹독한 영양실조와 전염병이 발생할 가혹한 조건이 기다리고 있었다. 그것도 장교가 아닌 사병들이나 누릴 수 있는 특혜였다.

　백인대장급 이상의 지휘관들은 지위 고하를 막론하고 전원 수도원 안뜰에서 재판 없이 목이 베이는 참수형에 처해졌고, 그들의 목은 전방으로 보내져 창끝에 꽂혀 깃발처럼 내걸렸다. 그리고 머리를 잃은 육체는 급하게 흐르는 강물에 버려졌다.

　그것에 대한 보복으로 지금까지 시가전을 벌이다가 포로로 잡혀 있던 국왕군 병사들 전원이 장교와 사병에 관계없이 목이 잘렸고, 잘려진 머리들은 커다란 수레에 가득 쌓인 채 짐꾼 없는 노새에 이끌려 국왕군 바리케이드 쪽으로 보내졌다.

　함께 싸우던 중에 포로로 잡혔다가 이번 사건으로 잘려진 목만 되돌아온 친구의 얼굴을 본 병사들은 복수심에 불타며 흥분했고, 당장이라도 바리케이드를 넘어서 왕비군 진영으로 쳐들어가려고 난동을 일으켰다. 그 사건은 전선 붕괴를 염려하여 그것을 제지하던 장교가 흥분한 병사의 칼에 맞아 옆구리에 심각한 부상을 입는 사건으로 발전하며 한순간 국왕군 방어선을 술렁이게 만들었지만, 즉각 출동한 하메른 백인대에 의하여 강제 진압되면서 사건은 진정 국면으로 접어들었다. 왕비군의 보복 행위는 국왕군의 방어선 일부를 동요하게 만드는 데는 성공했지만 전체적인 방어선 붕괴로 이어지기에는 역부족이었다.

그리고 여전히 건재함을 과시하는 하메른 백인대의 성공적이고 효과적인 진압은 방어선 전체를 잠재우는 데 성공했다. 진압 현장을 떠나 사령부로 쓰이는 고행 수도원으로 향하면서 하메른 백인대 소속 몇 명의 병사들이 이제는 아군 내부 폭동 진압에도 동원되는 자신들의 처지에 불만을 토했지만 그것은 사소한 소동으로 치부되었다.

"휘유! 대단한 광경이군……."

선두에서 말을 타고 가던 사내가 휘파람을 불며 감탄했다. 며칠 전에 내린 비에 젖은 들판은 참혹한 참상의 흔적이 고스란히 남아 있었다. 불에 타서 뼈대만 앙상한 수레가 여기저기 버려져 있었고, 썩기 시작한 시체들을 파먹던 들개들과 새들이 갑자기 나타난 인기척에 놀라 일제히 사라졌다. 찢겨진 옷가지 사이로 드러난 시체들은 비를 맞아 시퍼런 빛으로 팅팅 부어 있었고, 피부가 썩어 들어가면서 생긴 틈새와 상처 사이로 이미 썩어버린 내장에서 흘러나온 썩은 물이 흐르고 있었다. 들개들에게 파먹혀 너덜너덜하게 버려진 시체들도 부지기수였다. 개중에는 살아 있을 때 미인 소리를 들었을 법한 여자들의 시체들도 많았지만 이제는 그저 썩어서 악취가 풍기는 고깃덩이에 불과했다.

병사들은 불에 타고 부서져 버려진 무기와 각종 장비들의 잔해, 그 주변에 널려 있는 시체들의 산을 피해서 전진했다. 병사들 중에서 누구도 그 모습을 보고 역겨워하거나 눈을 돌리는 자들은 없었다. 그들은 그것보다 더 참혹한 시체에도 익숙해진 자들이었다.

날카로운 휘파람 소리가 나면서 콰렐들이 일제히 하늘을 날았다.

선두에서 말을 몰던 사내는 힐끔 고개를 들었다. 들판 저편에서 황급히 등을 돌리던 기병대원들 몇 명이 비명을 지르며 말에서 떨어졌다. 사내는 멋스럽게 기른 콧수염을 손끝으로 소중하게 매만지면서 웃었다. 부하들의 믿음직한 사격 솜씨가 마음에 든 것이다.

사라져 가네, 저 멀리 사라져 가네.
어디로 가는지 누구도 알지 못하네.
그저 불쑥 찾아왔듯이 허망하게 가버린다네.
죽은 자들의 영혼일랑 걱정할 것 없지.
그들이 어디로 갈지 고민할 필요 없지.
사라져 가네, 저 멀리 사라져 가네.
사라졌으니 어디로든 가겠지.
내가 사랑했던 여인이 내 곁을 떠났듯이
내 곁에서 싸우던 전우도 내 곁을 떠난다네.
어차피 죽은 목숨, 적들의 영혼까지 끌고 가게나.
자넨 죽었지만 난 살아 있으니
죽은 자들에게서 받는 저주 따윈 사양이라네.
나보다 먼저 죽은 친구여,
제발 내가 죽인 적의 영혼까지 끌고 가주게.
자네가 살아 있을 때 나에게 빚진 20파이트를 봐서라도.
사라져 가네, 저 멀리 사라져 가네.
바람처럼 불어와 바람처럼 떠나간다네.
흘러가는 바람에 의지한 남자들의 영혼은 저주받을지어다.
우리들 회색남풍들에게 안식이란 없겠지.

묵묵히 행군하는 병사들 사이로 누군가 류트를 튕기며 노래를 불렀다. 대륙 북부에서는 가장 유명한 회색남풍 용병대의 노래였다. 전투를 끝내고 돌아온 숙영지 모닥불 곁에서 낮의 전투에서 전사한 동료들의 영혼을 달래기 위해서 부르는 노래는 조용했고 어딘지 서글펐다. 회색남풍 용병대 소속 용병들은 들판을 가득 메운 채 썩어가는 시체들의 영혼을 노래로 달래며 느릿하게 앞으로 전진했다. 또 다른 왕비군 정찰대가 회색남풍 용병들의 궁사대가 발사한 콰렐에 맞아 들판에 버려졌다.

드웨인(Dwain)이 이끄는 회색남풍 용병대가 에펜도르프 근교에 도착한 것은 에펜도르프 시가전이 벌어진 지 2주가 조금 넘는 어느 날 저녁이었다. 그들은 에펜도르프 방어전 개전 직전에 이언이 이끄는 별동대에 의하여 궤멸당한 보급대들의 시체 사이를 지나서 천천히 에펜도르프로 향했다. 페임가르트에서 시작된 긴 행군이 이제 끝을 보이고 있었다.

회색남풍 용병대의 대장 드웨인은 콧수염을 세심하게 매만지면서 복잡한 기분으로 붉게 물든 서쪽 하늘을 보기 위해 고개를 돌렸다. 도박 빚을 이기지 못하고 군대를 탈영하여 용병이 되어 대륙 여기저기를 떠돌기 시작한 지도 벌써 30년이 지나고 있었다. 이제 슬슬 지치고 만사가 귀찮아져 은퇴하고 싶어지는 시기였다. 그는 이번 임무가 끝나면 은퇴하기로 마음을 먹었다. 물론 이번 일을 맡는 문제는 논외였다.

〈 4 〉

 바닥에 떨어진 와인 병은 요란한 소리를 내면서 깨졌다. 그 소리에 놀란 레미는 나이프와 포크를 멈추고 휘둥그레진 눈을 굴렸다. 첫 전투의 흥분과 공포가 미처 사라지지 않았던 튜멜은 반사적으로 어깨를 움츠렸다가 이를 악물었다. 하마터면 '제기랄!' 이라고 욕설을 내뱉을 뻔했던 튜멜은 혼자 무안해서 얼굴을 붉혔다.
 "이 멍청한 아빠야! 아직 절반이나 남았던 거야!"
 에피의 카랑카랑한 목소리가 잠시 동안 무거운 침묵에 눌려 있던 식당 분위기를 일소시켰다. 레이드는 어이없다는 얼굴로 허허 웃으면서 턱을 긁었다. 쇼는 물끄러미 바닥을 적신 레드 와인이 식당 한 켠으로 흘러가는 광경을 내려다보았다.
 "이거 아침에도 멀쩡했던 건데… 허허."
 레이드는 들고 있던 밀짚 손잡이를 계면쩍은 얼굴로 슬그머니 식탁에 내려놓았다. 와인 좀 건네달라고 했던 쇼의 요청을 받아 레이드는 무심코 곁에 있던 밀짚으로 만든 와인 바구니를 쇼에게 건네주려고 했다.

쇼가 손을 뻗어 그것을 잡으려는 순간, 밀짚 바구니의 아랫부분이 뜯겨 나가면서 와인 병은 힘없이 아래로 떨어져 박살났다. 결국 레이드는 손잡이만 남은 밀짚 바구니를 들고 있었고, 쇼는 물끄러미 자신의 발치에 떨어져 흐르는 레드 와인을 내려다봐야 했다. 와인 병을 보호하고 사용하기 편하게 하기 위한 목적으로 만들어진 밀짚 바구니는 여간해서는 밑단이 뜯어지는 일이 벌어지지 않는다. 그것도 절반이나 비워진 와인 병의 무게를 이기지 못하고 망가지는 경우는 더 더욱 없었다. 쇼는 가만히 생각에 잠긴 얼굴로 바닥을 타고 흐르는 레드 와인의 선홍색 색채로부터 눈을 떼지 못했다.

"이거 미안한데. 한 병쯤 더 갖다 달라고 해야겠군. 내가 다녀오지."

"당연하지! 니가 깨먹은 거잖아?! 하여간… 아빠라는 인간이……."

"그만 해!!"

멋쩍은 얼굴로 일어서는 레이드에게 여느 때처럼 독하게 쏘아붙이던 에피는 멀뚱한 눈으로 레미를 바라보았다. 레미가 그처럼 크고 단호하게 소리 지른 적은 없었다. 그런 그녀에게 큰 소리를 들은 에피의 표정은 마치 무엇을 잘못한지 모른 채 어른에게 꾸중을 받는 계집아이의 표정 같았다. 그녀의 시선이 부담스러워진 레미는 고개를 숙여 나이프를 움직이면서 조용하게 입을 열었다.

"그래도… 아버지인데 그런 말투는 고치는 게 좋지 않겠니?"

"에?"

에피가 이해가 가지 않는다는 얼굴로 레미를 바라보는 동안 레미는 고집스럽게 고개를 숙인 채 살짝 눈을 들어 레이드를 바라보았다. 레이드는 조금 난처한 얼굴로 에피와 레미를 번갈아 쳐다보다가 레미에게 조용히 웃어 보였다.

'그만두시죠. 말하지 말아요.'

레이드의 눈빛은 그런 의미를 담고 있었다. 순간 레미는 가슴 한 켠이 뻥 뚫리는 것 같은 슬픔을 느꼈다. 공허하고 어두운 우물을 들여다보는 듯한 슬픔이었다. 레이드는 확실히 강한 남자였다. 그 자신은 자신의 나약함을 자책하며 평생을 스스로 위험 속에 몰아넣는 자학적인 감정으로 살아왔지만, 자신의 나약함을 인정한다는 것은 반어적으로 자신의 강함을 증명하는 것과 같았다. 누구보다 레미 아낙스 그 자신이 더욱 잘 알고 있었다. 자신의 나약함을 인정하지 못하여 지금까지 벌어진 일들을 기억하는 그녀였다.

"언니… 좀 이상해."

"아, 아냐. 요즘 좀 예민해져서 그런 것 같아. 미안해, 큰 소리를 쳐서."

레미는 애써 웃으면서 에피를 다독거렸다. 그녀의 손끝에 쥐어진 나이프와 포크가 신경질적으로 달그락거렸다. 레미는 다시 한 번 힐끔 레이드를 바라보았다. 한 손으로 의자를 밀어내며 일어섰던 레이드는 어정쩡한 자세로 서서 잔뜩 긴장하고 있었다. 레미는 한순간 잔인한 유혹을 느꼈다.

그 유혹은 얼마나 잔인한 발상인가? 레미는 에피에게 지금 당장 이야기해 주고 싶은 유혹을 느꼈다. 레이드는 너의 친아버지가 아니라고. 너의 이름은 에피인 렌사스, 너의 어머니와 너의 삼촌에게서 태어난 불륜의 씨앗이라고. 그런 너를 지금까지 키워준 것은 저 남자라고. 하지만 레미는 감시탑처럼 거대하게 서서 지그시 자신을 내려다보는 레이드의 시선 앞에서 차마 입을 떼지 못했다.

에피는 자신이 어째서 레미에게 큰 소리를 들어야 했는지 이해가 가지 않는 얼굴로 볼을 부풀리며 뚱한 표정을 지었다. 하지만 그녀는 애써 레미를 다그치지 않았다. 그리고 레미는 스스로에게 부끄러움을 느꼈다. 저렇게 자신에게 신뢰를 보여주는 그녀를 다치게 하고 싶지 않았다. 한순간이나마 그런 생각을 했던 자신이 수치스러웠다. 덕분에 접시 위에서 그녀의 나이프는 시끄러운 소리를 냈고, 에피는 레미가 자신에게 화가 나 있다고 생각했다.

에피는 짧은 머리칼을 벅벅 긁으면서 자신이 무엇을 잘못했는지 곰곰이 따져 보았지만 이유를 알 수가 없었다. 덕분에 그녀는 그 원인 제공자라고 단정해 버린 레이드에게 공연히 더 짜증이 났다. 에피는 잔뜩 화가 난 눈으로 레이드를 올려다보면서 눈짓을 했다. 레이드는 그런 에피에게 입을 열었다가 예의 멋쩍은 웃음을 흘리며 식당을 나가 버렸다. 그리고 레미는 그가 에피에게 등을 돌리는 순간에 스쳐 간 묘한 표정을 발견할 수 있었다.

절망적으로 흘러가는 전황은 심각할 정도로 빠르게 사람들의 마음을 지치게 만들었고, 사소한 것에도 예민하게 반응할 수 있게 만들었다. 그들은 지금까지 서로의 미묘하고 개인적인 부분은 건드리지 않으려고 조심하면서 지내왔다. 하지만 지금은 서로를 배려할 만큼 여유를 가진 사람이 없었다.

지금까지 한결같은 사람은 오직 파일런 디르거 한 명뿐이었다. 그 무엇도 전쟁과 삶에 지쳐 버렸다고 입버릇처럼 말하는 이 늙은 사내의 마음을 움직이게 하지는 못했다. 파일런은 처음 튜멜 남작의 영지에서 봤을 때처럼 지금도 한결같은 무거움으로 자신을 유지하고 있었다. 그는 여전히 변화없는 얼굴로 입을 다물고 있었고, 과연 살아 있는지 의심스러울 정도로 지친 기색도, 초조한 기색도 없었다. 그는 매일 아침마다 자신의 낡은 클레이모어를 손질했고, 텅 빈 수도원 안뜰에서 검술 연습을 했다. 그의 클레이모어가 차가운 새벽 공기를 가르는 날카로운 소리는 이제 수도원의 아침을 알리는 신호가 될 정도였다.

그에 비하여 냉정하다고 생각했던 이언은 이제 아주 심각해진 상황이었다. 이언의 차가운 비웃음은 종종 동료들의 신경을 깊숙한 곳까지 후벼 팠고, 필요 이상으로 잔인해지려는 그의 본성은 아군 병사들까지 공포에 젖게 만들 정도로 인간의 한계를 넘어선 잔혹을 과시하고 있었다.

레이드도 오랫동안 잡지 않았다고 말하던 투 핸드 소드를 잡은 순간, 이미 예전에 봤던 게으르고 무책임하면서 뻔뻔한 중년 사내의 이미지를 깨끗이 날려 버렸다. 레미는 어째서 그의 예전 별명이 미친 회색곰이었는지 고민할 필요가 없었다. 그가 전투에 나서는 모습은 그 별명 이외의 방법으로 달리 표현할 방법이 전혀 없었다. 그는 자신의 몸에 상처가 늘어나고 피가 흐르는 것도 신경 쓰지 않은 채 정말 새끼를 보호하기 위하여 광포하게 변한 회색곰처럼 투쟁했다. 그는 진정한 의미에서 버서커가 무엇인지 보여주는 남자였다.

지금까지 여러 번 위험한 고비를 넘기는 동안에도 용케 자신의 본성을 억누르고 있었다고 생각될 만큼 레이드의 변신은 파격적이었다. 전투 중에 적의 귀나 코를 이빨로 물어 뜯어내는 것은 아예 귀여운 애교에 속했다. 전투가 시작되면 선두에서 미친 듯이 날뛰는 이 사내를 멈추는 방법 따윈 존재하지도 않았다.

레미는 자신들이 얼마나 허약하고 위태로운 결속으로 뭉쳐진 일행이었나 실감하면서 불안한 얼굴로 그들을 지켜볼 수밖에 없었다. 그래서 그녀는 예전에는 그냥 웃고 넘어갔을 문제도 예민하게 반응했다.

"오빠는 뭘 그렇게 고민해?"

에피가 포크를 입에 문 채로 쇼를 바라보며 말을 걸었다. 그때까지 묵묵히 바닥을 내려다보고 있던 쇼는 고개를 들었다. 그리고 어색하게 웃었다.

"아니, 아무것도… 난 먼저 일어나겠어."

"어? 밥 안 먹어? 절반이나 남았는데?"

식당을 나서려던 쇼는 어깨 너머로 에피에게 미소를 지었다. 그녀에게 미소 짓는 것은 이번이 처음 있는 일이었다.

"베일의 하이 스카우터는 말이지… 남들의 절반만 먹고도 잘 싸우거든."

"쳇. 하이 스카우터가 뭐 관직이라도 되는 것처럼 말하네."

"글쎄……."

쇼는 레미와 튜멜, 에피를 남겨두고 식당을 나섰다.

"여기 있다고 들었다."

쇼가 이언을 찾은 것은 상트 바실리 대성당의 뒤에 있는 가파른 돌계단 중턱에서였다. 이언은 계단 모서리에 앉아서 묵묵히 어둠에 잠긴 도시를 내려다보고 있었다. 오직 그녀만이 할 수 있다고 생각되는 야간 순찰을 감독하던 카라를 만난 쇼는 이언의 소재를 물었고, 카라는 잠시 고민을 하는 얼굴로 입을 다물고 있다가 그 기묘하게 하얀 손가락으로 투구산 중턱을 가리켰었다. 그리고 그녀의 말만 믿고 투구산을 올라온 쇼는 산 중턱의 계단에서 이언을 만났다.

"용건이 뭐냐?"

"여기서 뭐 하고 있어?"

"내가 명상에 잠긴 수도사일 거라고 생각하지는 않을 테지."

"후훗."

쇼는 짧게 웃으며 이언과 나란히 걸터앉았다. 이언은 묵묵히 엉덩이를 조금 움직여 쇼에게 자리를 양보해 주었다. 두 남자는 잠시 동안 입을 다물고 어둠 속 한복판에 앉아서 군데군데 횃불이 밝혀진 에펜도르프 시가지와 시 외곽에 밝게 빛나고 있는 왕비군 야영지를 물끄러미 바라보았다. 꽤나 어울리지 않는 이상한 광경이었.

"너의 임무는 뭐지?"

오랜 시간의 침묵이 흐르고 쇼가 불쑥 질문했다. 이언은 낮게 코웃음을 치면서 고개를 휙 돌려 버렸다. 하지만 의외로 이언은 쉽게 입을 열었다.

"레미 아낙스를 지키는 것. 그녀가 가고자 하는 곳으로 데려가고, 그녀가 이루고자 하는 일을 곁에서 도와주는 것. 그녀가 세계 정복을 원한다면 난 세계를 정복하겠지."

"그것으로 네가 얻는 것은?"

"없어, 아무것도."

"단지 상부의 명령에 충실하다는 건가?"

"아마도."

"아마도? 그건 무슨 의미지?"

이언은 쉽게 대답하지 않았다. 그는 한참 동안이나 묵묵히 입을 다물고 어둠 저편을 노려보았다. 이언은 망설이고 있었다. 그는 자신이 살아오면서 이렇게 망설였던 적이 있는가 자문했다. 한 번도 없었다. 그녀의 약혼녀가 자신을 배신하고 국왕에 대한 반란을 일으켰을 때, 그녀의 추종자들을 전멸시키고 그녀를 죽이는 순간에도 망설임은 전혀 없었다. 그저 끝없는 피로를 조금 느끼며 힘들어했을 뿐이다. 하지만 지금은 망설이고 있었다.

"난 새벽의 기사를 만난 적 있어."

"새벽의 기사가 누군데? 어? 아! 설마? 그……"

"그래, 그녀가 이 고생을 하는 이유가 되는 새벽의 기사… 만났었지. 딱 한 번."

"어떤 남자였어?"

이언은 물끄러미 헤아리기 힘든 시선으로 쇼의 눈동자를 들여다보았다. 그러면서 지나가듯, 하지만 단호한 말투로 말했다.

"꿈속에서 헤매는 멍청이."

"…너다운 평가로군. 그렇게 사람을 한마디로 표현하면 기분이 좋은가?"

이언은 턱을 괴고 앉아서 짜증스러운 눈으로 어둠을 노려보았고, 한마디 한마디를 낮고 또렷하게 내뱉었다.

"그 자신을 버림으로써 타인을 선동할 줄 아는 남자. 새벽의 기사는 그런 남자였어. 어쩌면 나도 그 멍청한 자식한테 선동당해서 이 짓을 하는 건지도 몰라."

"그를 어떻게 만났는데?"

이언은 잠시 입을 다물었다가 한숨을 쉬듯 말을 뱉어냈다.

"자넨 이교도가 아니군."

처음으로 그를 만나게 되었을 때, 그에게서 맨 처음 듣게 된 말이었다. 그들은 서로 적이었고 목숨을 걸고 싸웠다. 그는 피를 흘리며 피처럼 붉은 바위에 기대앉아 있었다. 만지면 바스락거리며 부서지는 바위는 그의 피에 젖어 검게 보였다. 지금이라도 시퍼렇게 날이 선 시미터를 휘두른다면 그의 목숨을 취할 수 있었다. 순금과 보석으로 치장된 훈장 정도는 받을 것이다. 한 사람의 생명을 취함으로써 받게 되는 보상은 조금 반짝이는 돌 조각과 금속 조각에 불과해도 사람들은 기꺼이 그 반짝이는 돌과 금속을 위하여 타인을 죽일 줄 안다.

"귀관의 이름은 뭔가?"

"반 무라드."

"무라드? 하지만 자네는 이교도가 아닌데? 어째서 대륙인이 이곳에서 이교도의 복장을 하고 이교도의 이름을 쓰는 거지?"

무라드는 대답하지 않았다. 하지만 그는 그 사실을 별로 개의치 않았다. 그와 무라드가 이끄는 부대는 이 삭막한 사막에서 서로 자그마치 한 달을 넘게 싸웠다. 그의 병사들은 낯선 환경과 열악한 보급 속에서도 투지에 불탔고, 최후의 한 명까지 포기하지 않았다. 그리고 무라드의 부대 역시 포기하지 않은 것은 마찬가지였다. 전략적으로 한 치의 양보도 있을 수 없는 상황에서 서로가 서로에게 시도했던 속임수와 기만 작전은 전혀 먹혀들지 않았고, 결국 그와 무라드의 부대는 사막 한가운데에서 격렬하게 충돌했다.

무라드는 자신이 생각하고 있던 적 지휘관의 모습을 실제로 보니 자신의 상상과 별로 다르지 않았다는 사실에 충격을 받았다. 너무나 놀랄 만큼 적 지휘관의 모습은 자신의 상상 속에 존재했던 적의 모습과 일치했다.

그와 무라드는 한 달 동안 필사적으로 전투를 계속하면서 서로가 오래전부터 알고 지낸 친구라는 느낌을 받았다. 실제로 무라드는 작전 회의를 하면서 상상 속의 그에게 질문을 하며 대화를 나눠 지휘관들을 어리둥절하게 만들기도 했었다.

"나만의 착각인지 모르지만 난 자네와 싸우면서 자네가 나의 오랜 친구처럼 생각되었네."

무라드가 말했을 때 식은땀을 흘리며 힘들어하던 그는 활짝 웃었다. 그리고 애써 고통을 참으며 큭큭거리고 웃었다.

"그거 우습군. 나의 적이 나와 똑같은 상황을 경험했다니… 나도 그랬지. 마치 보이지 않는 실이 우리 두 사람을 엮어놓은 듯, 나는 자네의 생각을 느낄 수 있었고 자네가 오랜 친구처럼 느껴졌다네."

"자네가 어떤 생각을 하고 어떤 식으로 대응할지 눈에 보였지."

무라드는 자신의 시미터를 검집에 집어넣었다. 이미 치명적인 부상을 입은 그 앞에서 무기 따윈 별 소용이 없었다.

"이상하지 않은가? 무라드라고 했지. 자네와 나는 평생 동안 한 번도 서로를 만난 적이 없네. 그런데 자네의 얼굴이 낯설지가 않군. 이해할 수 없는 일이야."

"내 생애에 있어서 자네는 가장 힘겨웠던 적이다. 앞으로도 내가 자네 같은 자들과 싸워야 한다면 난 군인의 길을 포기하는 편을 택하겠어."

"나로서도 자네 같은 친구는 사양하겠네. 정말로 두 번씩은 사양이야."

"그렇지만 자네 상태로 봐서는 두 번 다시 나와 싸울 수 있을 것 같지는 않네. 우습군. 최고 지휘관이라는 자가 전선이 붕괴하지도 않았는데 치명상을 입었다니……."

"보시다시피 등 뒤로부터 공격을 당했다. 누군지 얼굴도 보지 못했지만 보시다시피 부하에게 배신을 당했다네. 확실히 꼴불견인 모습을 보여주는군."

"내가 매수한 건 아니야, 시도는 해보고 싶었던 방법이긴 하지만."

"알고 있어. 내가 마음에 들지 않았던 것 같아. 등 뒤에서 찔러 버리고 싶을 만큼 나에게 악감정을 가진 자가 있었나 봐. 큭큭큭."

그는 피에 젖은 건틀렛을 힘겹게 벗으며 피식 웃었다. 죽음을 앞둔 상황인데도 그는 공포에 젖어 삶을 구걸하지 않았다. 그저 모든 것을 체념한 얼굴로 웃고 있었다. 무라드는 그의 그런 초연한 태도에 마음이 움직였다. 금실이 수놓여진 그의 서코트는 사막의 먼지와 피에 젖어 엉망이었고, 그가 입고 있던 갑옷은 빛이 바랬다. 그리고 그의 등에서 흘러나오는 피는 똑똑 방울져 흐르며 사막을 적셨다.

무라드는 머리에 감고 있던 두툼한 터번을 풀었다. 그리고 단검을 꺼내 그의 갑옷을 해체하기 시작했다. 의식이 희미해지는지 식은땀을 흘리며 창백해진 얼굴의 그는 눈을 껌벅이며 간신히 정신을 차렸다.

"뭐… 하는 거지?"

"자네를 데려가려고. 푹 자두는 게 좋겠어."

"그럴까."

고개가 젖혀지며 그는 눈을 감았다. 무라드는 혹시나 싶어서 그의 맥을 짚어보았다. 심장은 여전히 뛰고 있었다. 하지만 얼마나 버틸지는 오직 신만이 알고 있을 것이다. 무라드는 머리에 감고 있던 터번으로 그의 상처를 지혈하기 시작했다.

그가 다시 의식을 찾은 것은 조그만 화톳불이 피워진 천막 안이었다. 동물 가죽을 이어 붙여 만든 천막은 사막의 유목민들이 흔히 사용하는 것이었고, 생각보다 아늑하고 편안했다. 그는 초점이 흐릿한 눈을 껌벅이며 화톳불의 노란 불꽃을 바라보았다. 무라드는 화톳불 곁에 앉아서 유목민들이 흔히 사용하는 파이프를 빨고 있었다. 하얀 연기가 자극적인 향을 남기며 화톳불 위로 사라져 갔다.

"내가 살아 있는 건가?"

"시체를 침실 바닥에 눕혀두는 취미는 없어."

"자넨 말투가 특이하군."

"성격이 나쁘다는 소릴 자주 듣지."

"왜 나를 살린 건가? 어차피 우리의 군대는 패주했고 난 그대로 놔둬도 죽을 목숨이었다. 나를 살려둔다고 전황이 변하지는 않아."

그의 말에 무라드는 코웃음을 치며 그를 비웃었다. 깨끗한 터번을 두르고 볕에 탄 갈색 얼굴로 묵묵히 파이프를 빠는 그의 모습은 굉장히 이국적이며 또한 이교도적이었다.

"훗! 자네들의 그 잘난 아콘 성채? 그 따위 성채야 마음먹고 딱 3개월만 포위하고 있으면 스스로 포기한 채 성문을 열고 항복할 거야. 비축 식량이 그 정도에 불과할 거고, 이 사막에 세워진 도시나 성채들은 보급이 끊기면 그대로 죽음의 도시가 되는 거지."

"그 다음은?"

"간단하잖아? 남자들은 전원 목을 베어서 성벽에 매달아두고, 여자들은 노예로 카라타고아에 팔아넘기는 거지. 집과 성지는 불태우고 아콘은 지도상에서 영원히 사라진다."

"자네에게는 자비란 없는 건가?"

"약혼녀도 이 손으로 죽였던 몸이야. 자비 같은 건 시궁창에서나 찾아봐. 어차피 네놈들은 전부 다 죽여 버릴 생각이었어."

"그래서 네가 얻는 것은 뭐지?"

"아무것도. 무엇을 얻기 위해 사람을 죽이는 건 정당한 건가? 그래서 자네들은 목적을 위해 어쩔 수 없이 살인을 한다고 고해 성사를 하는 건가? 난 오히려 네놈들처럼 거창한 목적을 핑계로 살인을 하는 놈들을 증오해. 어차피 누군가의 목을 자르는 건 똑같은 거야. 이유를 붙인다고 살인이 정당화되지는 않아."

"꽤나 냉소적인 친구로군."

그는 담요 안에 누운 채 식은땀이 가득한 창백한 얼굴로 힘없이 웃었다. 출혈이 컸고 상처가 깊었기 때문에 그가 다시 재기한다는 것은 불가능해 보였다. 그는 죽어가는 몸인데도 놀랄 만큼 또렷하게 말을 했고, 맑은 의식을 유지하면서 자신의 죽음을 관조했다. 그 점이 무라드를 조금 감동시켰다.

"형제들도 이 손으로 죽여야 했고 약혼녀도 이 손으로 죽였다. 그런데 내 생애 최대의 적이었다고 생각한 자네는 내 손으로 죽이지 못하는군."

"지금 들고 있는 그 단검으로 내 목을 찌르면 난 죽어."

"그래 볼까?"

"사양하고 싶은데."

그와 무라드는 좁지만 아늑한 천막 안에서 킥킥거리며 웃었다. 한 달 동안 필사적으로 싸운 숙적이었던 두 사내는 마치 오랜 친구끼리의 재회처럼 행동했다. 하지만 그의 상태는 좋지 못했고, 자주 의식을 잃었으며 등에 입은 상처로 고통스러워했다. 그때마다 무라드는 그에게 아편을 먹이려고 했지만 그는 한사코 죽는 순간까지 맑은 정신을 유지하고 싶다며 그 지독한 고통을 이를 악물며 참았다. 무라드로서는 그의 놀라운 정신력을 존경할 수밖에 없었다.

"이런 식으로 내 삶을 마감해야 한다니 좀 허무하군. 난 무엇을 위해서 지금껏 투쟁했던 것일까?"

한참 동안 의식을 잃었던 그는 힘겹게 기침을 하면서 말했다. 무라드는 양젖을 발효시켜 만든 술을 혼자서 마시며 어깨를 으쓱했다. 그는 무라드가 마시던 술을 한번쯤 마셔보고 싶다고 말했지만 정작 한 모금도 삼키지 못하고 전부 뱉어내고 말았다. 무라드는 피식 웃었다.

"새벽의 기사라는 칭호를 받은 것이 부끄러워지는군."

그는 변함없는 화톳불을 물끄러미 바라보면서 중얼거리듯 말했다. 식은땀이 그의 이마를 타고 흘러내렸다. 메마르고 갈라진 입술은 아주 힘겹게 단어들을 뱉어냈다. 무라드는 피가 부족해 체온이 떨어져 추위를 느끼는 그를 위해서 화톳불을 키웠다. 불꽃은 이글거리면서 공기를 태웠고, 천막 안을 따스하게 데워주었다. 하지만 깨끗한 모포 속에 누워 있던 그는 식은땀을 흘리며 추위에 떨었다. 그것은 어쩌면 죽음에 대한 공포였을지도 몰랐다.

"죽음을 두려워한 적은 없어. 죽음은 예상했던 일이야. 하지만… 하지만……."

새벽이 가까워왔을 때, 그는 보다 힘들어진 모습을 보이며 필사적으로 꺼져 가는 자신의 불꽃을 지켰다. 그의 생명의 불꽃은 야위었지만 쉽사리 사그라들지는 않았다. 그 불꽃은 뜨겁지 않았지만 은근한 불꽃이었다. 무라드는 밤새도록 눈을 붙이지 않은 채 그의 곁에 앉아서 그가 들려준 이야기들을 묵묵히 들었고 그의 죽어가는 마지막 모습을 지켰다.

먼동이 트면서 이교도 병사들이 기도용 깔개를 모래 위에 깔고 동쪽 하늘을 보면서 100배 기도(100번 절을 하는 기도)를 하는 낮은 읊조림이 들려올 때 끝내 그는 눈을 감았다. 무라드는 양젖술을 마시며 병사들의 낮은 기도 소리를 배경으로 마침내 숨을 거둔 그의 최후를 지켜보았다. 그는 마지막 순간까지 삶을 구걸하지 않았다. 단지 생에 있어서 못 이룬 것들에 대한 마지막 미련을 떨쳐 버리지 못했다.

이 지독한 전쟁터를 떠도는 남자들에게 있어서 삶의 미련이 되는 것은 무엇일까? 무엇이 남자들에게 검을 쥐어 이 지옥으로 몰아갔고, 낯선 이국 땅에서 끝까지 이루지 못한 것들을 아쉬워하면서 삶을 마감하게 만드는 것일까? 모든 것을 잃었고, 그래서 아무것도 잃어버릴 것이 없었던 무라드는 양젖술의 시큼하면서 독한 취기에 젖으며 고민했다.

평생 두 번 다시 만날 기회가 없으리라고 생각되는 숙적의 최후를 지켜보는 기분은 형언하기 힘들었다. 더군다나 그 숙적은 자신의 힘으로 제거한 것이 아니었다. 그는 동족의 배반으로 등 뒤에 치명상을 입었다. 그 숙적이었던 사내가 마지막에 눈을 부릅뜨고 무라드 자신을 바라보며 외친 말은 '내 조국의 영광을 위하여!' 였다. 그는 삶의 마지막까지 조국을 찾다가 죽었다. 조국이란 무엇일까?

무라드는 조국의 명령을 받아 여자와 아이들까지 불태워 죽인 전력이 있었다. 삶을 구걸하는 늙은 노인의 목을 베어 말 안장에 매달고 다닌 적도 있었다. 그는 조국에 절대적으로 충성하여 그런 일을 한 것은 아니었다. 그렇다고 그가 살생과 피 냄새를 즐겨서 그런 미친 짓을 한 것도 아니었다. 단지 조국의 명령을 따르는 편이 간단하기 때문에 그랬을 뿐이다. 아무것도 잃을 수 없고, 아무것도 바라지 않는 그에게 조국은 목표를 제시해 주었고, 그는 감정이 제거된 골렘처럼 그것을 따랐다. 단지 그것뿐이다.

하지만 끝까지 그보다 월등한 능력으로 맞서 싸웠던 이 사내는 필사적으로 생을 포기하지 않았고, 마지막 순간까지 조국을 부르다 죽었다. 그것은 무라드로서는 이해할 수 없는 그 어떤 미지의 부분이었다.

그는 자리에서 일어나 취기를 털어버리고 자신의 시미터를 뽑았다. 그리고 초라하게 이국의 사막에서 죽어버린 거대한 사내에게 검을 들고 예를 취했다. 그는 군대식으로 최선을 다해 존경을 표시했다.

새벽의 기사 시신은 정중하게 수습되어 적 진영으로 되돌려 보내주었다. 그리고 보름 동안 그의 죽음을 애도하는 기간을 주었다. 무라드는 아콘 성벽과 시가지가 보이는 높은 언덕에 천막을 치고 앉아서 그 보름 간 양젖술을 마시며 멀리서나마 함께 그 사내의 죽음을 애도했다.

보름째 되는 마지막 황혼을 배경으로 그는 아콘 성벽을 향해 기도용 깔개를 깔고서 100배 기도를 올렸다. 그는 신앙이 없었고, 그의 조국은 사막 민족의 종교를 믿지 않았다. 그는 단지 사막 민족을 대신하여 사령관을 맡았을 뿐이었다. 하지만 그는 고집스럽게 사막식으로 기도를 올렸다.

보름 기간의 애도가 끝났을 때, 반 무라드 총사령관은 휘하에 두고 있던 2만 2천 명의 전군에게 돌격 명령을 내렸다. 아콘 요새는 정확히 97일을 버텼고 끝내 함락당했다. 무라드는 그 함락전에서 4천 명이 넘는 부하들을 잃었고, 아콘 요새에 숨어서 최후까지 항전하던 기사단은 전체 인원 1,300여 명 중 1,100여 명이 죽었다. 그들은 믿을 수 없는 투혼으로 필사적으로 최후까지 항전했던 것이다. 아콘이 함락당했을 때 그는 살아남은 병사들을 전원 사막으로 끌고 나와 장교들은 목을 베었고, 병사들은 커다란 구덩이를 파서 산 채로 묻어버렸다. 그리고 아콘에 거주하고 있던 민간인 1만여 명의 절반 이상이 흥분한 병사들에게 학살당했고, 살아남은 자들은 전부 노예로 카라타고아까지 팔려갔다. 그리고 아콘은 지도상에서 영원히 지워져 버렸다.

새벽의 기사 시신은 끝내 발견되지 않았다. 소수의 기사들이 아콘 요새가 낙성되기 직전에 필사적으로 포위망을 돌파하여 북쪽으로 120여 킬로미터 이상 떨어진 또 다른 동맹군대로 피신한 것이다. 결국 그 사내의 시신은 목숨을 걸고 탈출을 감행한 기사들의 희생과 동맹군대의 배려로 조국으로 되돌아갔다. 반 무라드는 아콘 함락전을 끝으로 총사령관 직을 반납하고 고국으로 귀국했고, 자신의 기사단으로 복귀했다. 그리 하여 반 무라드와 새벽의 기사가 한 달이 넘도록 끌었던 처절한 사투는 끝을 맺었다.

"그거… 어디에서 벌어진 전투야?"

"말하고 싶지 않아."

"그럼 그런 너의 이번 임무는 아낙스 양의 보호인가?"

"말했잖아. 네놈이 아낙스 양을 죽이려 한다면 난 너를 죽일 거라고. 설마 자신의 가치가 인구 1만 명 이상의 도시보다 가치있다고 생각하는 건 아니겠지?"

이언은 냉소적으로 웃으며 심호흡을 했다. 그에게는 이제 반 무라드라는 이름으로 활동하던 당시의 모습은 어디에도 남아 있지 않았다. 그는 지금 하 이언이었다.

"젠장! 쓸데없는 잡생각이 많아져 생각을 정리하려고 찾아왔더니만… 더 복잡해졌어. 역시 산이나 타던 무식쟁이는 단순해야 몸이 편해져."

쇼는 답답하다는 얼굴로 자리를 털고 일어섰다. 이언은 가만히 입을 다물고 그런 쇼를 배웅했다. 쇼는 무언가 입을 열려고 하다가 입을 다물었다.

"살아서 돌아와."

계단을 내려가던 쇼는 걸음을 멈췄다. 그리고 어둠 저편에 앉아 있던 이언을 올려다보았다. 잠시 동안 두 남자는 말을 하지 않았다. 이언은 눈을 감았다. 쇼는 휘익 휘파람을 불더니 코웃음을 쳤다.

"저런 어설픈 포위망을 돌파하는 건 일도 아니야. 내일 점심쯤에는 회색남풍 용병대를 이끌고 찾아올게. 왕비군은 기겁하면서 놀랄 거야."

"이따위 전쟁은 빨리 정리하고 술이나 마음껏 마시자구."

"난 너같이 위험한 놈과 술 마시고 싶지 않아."

"나도 너처럼 미친 독약광하고 술 마시는 모험은 하지 않아."

"멋지군."

"가버려, 눈먼 칼잡이 녀석아."

쇼는 고개를 돌려 두 번 다시 돌아보지 않은 채 투구산을 내려가 버렸다. 그리고 이언은 저 너머 들판에서 세 번째로 올라오는 신호를 물끄러미 바라보았다. 회색남풍 용병대가 도착했다는 신호였다. 그들은 왕비군 배후에서 신호를 보내고 있었다. 그리고 왕비군의 포위망을 돌파하여 용병대까지 도달하여 도시 상황과 국왕 명령서를 전달하는 임무는 쇼가 맡았다. 달리 맡을 사람은 아무도 없었다.

하메른 백인대는 최외곽 지역까지 진출하여 양동을 걸어 왕비군 척

후조를 혼란시키고 그 혼란을 틈타서 쇼가 단신으로 포위망을 돌파한다는 것이 작전이었다. 쇼는 단신으로 그 임무를 수행하겠다고 자청했다. 그리고 사실 전군을 통틀어서 쇼 이외에 그런 임무를 맡을 병사들은 아무도 없었다. 작전은 먼동이 트기 직전, 경계를 서는 보초들의 기강이 가장 느슨해지는 시각을 택하기로 했다.

이언은 고개를 갸웃거리고는 자신도 자리를 털고 일어났다. 그리고 어두운 밤하늘을 올려다보면서 중얼거리듯 말했다.

"쉬고 싶어……."


"기, 기습이다!!"

누군가 비명을 지르기 무섭게 수십 개의 불화살들이 날아들었다. 기름과 유황과 인 따위를 혼합한 화통을 매단 화살들은 어지럽게 꼬리를 끌며 날아가 폭발하며 불꽃을 피워 올렸다. 에펜도르프 시가지 한 켠이 일순간에 화악 밝아졌다. 에피의 명령으로 시작된 화살의 지원 사격은 한동안 계속되었다. 처음에 날아간 불화살들은 왕비군 바리케이드에 옮겨 붙어 화재를 일으켰고, 그 빛은 지붕 위에서 접근한 궁병대들에게 사격에 충분한 밝기를 제공해 주었다. 화살들이 쉬식거리는 소리를 내면서 밤 공기를 찢었고 병사들의 육체를 찢었다.

"하메른 백인대! 돌격!"

국왕군 전체 병력 중에서 가장 유명한 하메른 백인대는 다시 200명 정원으로 충원되어 있었다. 이 부대의 능력을 높게 평가한 에른하르트 총사령관이 각 부대의 정예 병사들을 선발해 충원했던 것이다. 덕분에 다시 전력이 높아진 그들은 이곳에서 벌어지는 국지전에서 그들만의 독특한 전술과 위력을 유감없이 발휘했다. 흔히들 미친 2의 원폐에 부대라고 병사들끼리 불러우는 하메른 백인대는 일제히 골목길에서 쏟아져 나와 왕비군 진영을 쇄도했다.

"돌격! 하메른 백인대 만세!!"

부상을 당하면서도 용케 살아남아 있던 하메른 백인대장은 롱 소드를 휘두르며 가장 선두에서 고함을 질렀다. 숏 소드와 방패로 무장하고 체인메일을 입은 하메른 백인대 병사들은 함성을 지르며 불타는 바리케이드를 타 넘었다. 지독하게 쏟아지던 화살세례를 피하는 데 급급했던 왕비군 병사들은 갑자기 바리케이드를 넘어온 하메른 백인대를 보고도 적절하게 대응하지 못했다. 위험을 감수하고 궁병대의 사격이 끝나기도 전에 바리케이드까지 접근하는 식의 대응은 하메른 백인대만이 보여줄 수 있는 행동이었다.

그들은 최대한 장기간에 걸쳐서 왕비군 진영을 헤집고 다니라는 명령을 받았기 때문에 최대한 몸을 가볍게 하면서도 충분한 방어력을 얻기 위해서 소형 방패와 접근 전용 숏 소드, 그리고 체인메일만으로 무장했다.

"우오오!"

하메른 백인대 병사들은 잔뜩 흥분한 함성을 지르며 사방에서 달라붙는 불티들을 털어내면서 단숨에 바리케이드 돌파에 성공했다. 그리고 짧은 시간에 최대한으로 쏟아진 화살의 집중 사격에 방어선이 흐트러진 왕비군을 상대로 전투에 돌입했다.

"아악! 내 손! 손이······!"

창을 집으려던 병사는 숏 소드에 잘린 손목을 부여잡으며 비명을 질렀고, 잘려진 손목에서 솟구친 피가 회벽에 검은 무늬를 만들어냈다. 하메른 백인대 병사들은 가차없이 적병을 베고 방패로 찍었지만 전멸시키지 않았다. 그들은 그저 최대한 빠른 속도로 적병을 무력화시키는 데 주력했다. 바리케이드를 지키고 있던 20여 명의 병사들은 효과적으로 대응하기도 전에 전부 죽거나 치명상을 입고 괴멸했다.

"1조 거리 우측으로! 2조 거리 좌측으로! 3조와 4조는 나를 따라 전방으로! 명심해라! 각개 격파당하지 말고 계속 뛰어! 헥토 광장에서 집결한다! 뛰어! 뛰어!!"

방어선을 돌파한 하메른 백인대장은 사거리 한복판에 서서 병사들에게 고함을 지르며 명령을 내렸고, 미리 나뉘어진 병사들은 50명 단위로 나뉘어 전력 질주로 거리 저편으로 흩어졌다. 창설 당시부터 믿을 수 없는 기동력을 자랑했던 하메른 백인대들에게 하룻밤 내내 뛰어다니며 적 진영을 어수선하게 들쑤시고 다니라는 명령은 간단했다. 물론 밤새도록 뛰어다녀야 하는 병사들은 그렇게 생각하지 않았다.

"뛰어! 뛰어! 가자!!"

조장들이 선두에서 뛰면서 부하들을 독려했다. 그리고 기겁한 얼굴로 바리케이드 너머로 고개를 내밀던 왕비군 방어병의 얼굴을 군용 부츠로 걷어찼다. 이빨이 모조리 부러져 나가며 피가 튀었다. 하메른 백인대 병사들은 이 작전은 속도가 관건이라는 점을 숙지하고 있었다. 승리하느냐 패하느냐의 문제가 아니었다.

이 작전의 목표는 왕비군 본대가 진출하기 전까지 몇 개의 방어선을 무력화시키느냐였다. 하메른 백인대 병사들은 쇼가 단독으로 전장을 이탈하여 배후에 도착한 회색남풍 용병대로 향한다는 것을 알고 있었다. 그리고 자신들의 임무가 크게 두 가지 목적을 갖는다는 것도 숙지했다. 그 첫 번째 목적은 물론 양동 작전으로 그들이 이렇게 휘젓고 다녀 왕비군의 시선이 자신들에게 쏠리는 동안 쇼가 수월하게 후방으로 돌파하도록 한다는 것이었고, 두 번째 목적은 그러기 위해서 하메른 백인대로서는 최대한 많은 숫자의 바리케이드를 부숴야 한다는 것이었다. 쇼가 그 모든 바리케이드를 전투로 돌파할 능력은 없었다.

자신들이 맡은 임무의 막중함을 철저하게 숙지한 하메른 백인대는 그들의 임무에 가장 걸맞는 방법으로 작전을 수행하기 위하여 최선을 다했다. 그들은 바리케이드 하나하나를 확실하게 진압하고 점령하기보다는 바리케이드가 갖는 고유의 방어 능력을 무력화시키는 데 더욱 주력했다.

검과 검이 맹렬하게 엇갈리며 노란 불꽃이 튀기고 날카로운 쇳소리가 터져 나왔다. 하메른 백인대 병사들은 숏 소드와 방패로 무장했는데, 바리케이드 방어용 창으로 무장한 왕비군 병사들을 상대로 높은 효과를 발휘하고 있었다.

대열을 갖춰 바리케이드에 집결하여 바리케이드 너머로 일제히 창을 겨누고 치르는 방어전이라면 스피어와 각종 창류로 무장한 병사들이 압도적으로 유리했다. 하지만 지금처럼 미처 대열을 갖추기도 전에 벌써 바리케이드를 타 넘은 병사들을 상대하는 데는 결코 우수한 무기가 아니었다. 이런 차이점은 치명적으로 양측의 희비를 갈랐다.

"병신아!"

하메른 백인대 병사는 재빨리 상대방의 스피어 창대를 발로 밟으며 미련없이 숏 소드를 아래에서 위로 올려쳤다. 숏 소드에 아래턱을 맞은 병사가 목을 뒤로 젖히며 동물처럼 비명을 질렀다. 잘려진 턱에서 쏟아진 피가 사방으로 쏟아져 내렸다.

〈 5 〉

숨이 턱까지 차 올랐다. 쇼는 호흡을 조절하며 어두운 골목길을 뛰었다. 간편한 검은 옷을 입고 두 자루의 숏 소드로 무장한 쇼는 비좁은 골목길의 모퉁이마다 용케 바른길을 찾아가면서 탈출 루트를 개척했다. 멀지 않은 곳에서 하메른 백인대가 유난히 시끄러운 함성을 지르며 왕비군 방어선을 어지럽히는 소리가 들려왔다. 그들은 목숨을 걸고 최선을 다하여 왕비군 진영 깊숙이까지 들어와 양동 작전을 벌였다. 그들의 위험을 충분히 피부로 느낄 수 있는 쇼는 자신의 모든 능력을 소진하는 한이 있어도 최단시간 내에 포위망을 돌파할 각오로 작전에 투입되었다. 현재로써는 다행히 용케 왕비군과 마주치지 않은 채 최대 속도로 시가지를 돌파하고 있었다.
"……!!"
묵직한 군화가 포장 도로를 밟는 소리를 들은 쇼는 걸음을 멈췄다.

그는 지체없이 골목길 구석에 있는 건물 자락 밑에 배를 깔고 엎드렸다. 검은 옷을 입고 조명도 없는 어두운 골목길에 납작 엎드린 그의 모습은 어지간한 주의력이 아니면 발견이 불가능했다. 쇼는 차가운 돌 바닥에 엎드린 채 필사적으로 가쁜 숨을 죽였다. 지독한 냉기가 뿜어져 올라와 관절이 시큰거리는 것쯤은 고통도 아니었다. 무거운 땀방울이 후드득 돌 바닥으로 떨어져 내렸다. 심장이 미친 듯이 뛰고 있었지만 그는 새근거리는 숨소리를 뿜어내지 않았다. 그저 묵묵히 엎드린 채 기다렸다.

"빨리 뛰어! 발칵 뒤집어졌어!!"

"제기랄! 방금 잠들었는데!"

병사들의 발걸음 소리가 멀어지자 쇼는 자리를 털고 일어섰다. 그리고 잠시 무릎을 굽혀 관절을 풀어주고는 다시 지면을 박차 뛰기 시작했다. 한때 중앙산맥에서 가장 빠른 사내라는 평가를 받으며 유능한 하이 스카우터로 이름이 높던 시절이 있었다. 어두컴컴한 시가지를 주파하는 것은 일도 아니었다. 그런 자신감을 가진 쇼는 머리 속을 깨끗하게 비운 채 미리 숙지해 두었던 골목길을 빠른 속도로 관통했다.

그는 골목이 끝나기 전에 직진할 것인지 혹은 왼쪽이나 오른쪽으로 돌 것인지 미리 판단했고, 거의 속도를 줄이지 않은 채 꾸준한 속도로 달렸다. 사거리를 직진해서 광장을 가로지른 다음에 첫 번째 교차로에서 왼쪽으로 돌고, 다시 두 개의 골목을 통과한 다음 오른쪽으로 돌고, 삼거리에서 왼쪽으로 돌아서 다시 전력 질주한다. 쇼는 머리 속에서 끊임없이 그런 지도를 그려내면서 컴컴한 거리를 달렸다. 달리는 속도에 비하여 부드러운 양 가죽 밑창을 댄 그의 부츠는 낮은 울림을 만들어냈지만 그래도 야간에는 제법 큰 소리였다. 하지만 쇼는 하메른 백인대가 필사적으로 일으키는 소동에 묻히기를 기대하며 최선을 다해 뛰었다.

"어? 누, 누구?! 컥!"

부대에서 낙오되어 뒤처져 뛰던 병사는 골목길에서 불쑥 튀어나온 검은 그림자를 보고 기겁하면서 스피어를 치켜들었다. 하지만 그 순간 쇼는 벌써 힘껏 바닥을 차고 몸을 날려 회벽을 바른 돌담을 밟으며 숏 소드를 뺐다. 검붉은 핏줄기가 좌악 뿜어져 나와 그가 디뎠던 돌담을 검게 적시며 흘러내렸다. 공중에 뜬 채로 돌담을 세 걸음이나 밟았던 쇼는 다시 골목길로 착지하면서 그 반동을 그대로 달리는 가속으로 사용했다.

멀리서 보면 마치 그가 수직으로 세워진 돌담을 밟고 달리는 것처럼 보였다. 점프하여 돌담을 세 걸음이나 건너가면서 숏 소드를 휘두르고 다시 골목길을 뛰기 시작하는 그의 일련의 동작들은 마치 히니의 동작처럼 보였고, 한순간의 멈춤도 없이 매끄럽게 연결되었다. 그가 확실히 몸놀림이 다르다는 사실은 그런 묘기에 가까운 행동으로 증명되었다.

쇼는 뒤돌아보지 않았고 달리면서 숏 소드를 검집에 집어넣었다. 그리고 다시 팔을 크게 휘두르며 전력으로 질주했다. 허리를 펴고 팔을 크게 앞뒤로 휘두르며 뛰는 쇼의 주파력은 어지간한 맨몸의 병사들조차 따라가기 힘들 만큼 빨랐다. 게다가 그는 그런 속도로 최소한 2킬로미터를 뛸 만큼 훈련받아 온 상태였다.

"적이다!!"

쇼는 골목길에서 튀어나온 첫 번째 병사의 가슴을 밟고 도약했으며 두 번째 병사의 머리 위로 날아 맨 뒤에 서 있던 병사에게 떨어지면서 그 병사의 경동맥을 숏 소드로 잘라냈다. 크게 몸을 굴린 쇼는 곧바로 벌떡 일어나 다시 달리기 시작했다.

어두운 골목길이 미친 듯이 흔들리고 차가운 바람이 귓가를 스치며 쐐아아 하는 소리를 냈다. 그리고 발끝으로 전해지는 단단한 골목길은 빠르게 뒤편으로 흘러갔다. 쇼의 입가로 희미하게 미소가 떠올랐다. 리듬감있게 가속이 붙은 상태로 접어든 쇼는 가슴 한 켠이 뻥 뚫리는 쾌감에 젖어 있었다.

어린 시절 그 지옥 같은 수도원에서 훈련의 일환으로 썰매를 타고서 가파른 산비탈을 내려간 기억이 있었다. 그것은 쇼가 경험해 본 가장 빠른 속도였고, 그는 속도가 주는 쾌감을 경험했다. 지면이 미친 듯이 흔들리며 그의 시야를 가득 메우며 달려들었고, 일순간 주변의 모든 소음들이 사라져 아무런 소리도 들리지 않는 세계로 빠져들었다. 혈관을 타고 미친 듯이 폭주하는 흥분과 가슴까지 차 오르는 숨 가쁜 호흡 속에서 그는 희열이 무엇인가를 배웠다.

골목길에서 튀어나오는 왕비군 병사들의 행동이 마치 물속에서 허우적거리는 것처럼 느리게 보였고, 쇼는 그들의 얼굴 표정이 변하는 것과 몽환 속에서처럼 느린 속도로 스피어나 검을 겨누는 광경이 보였다.

그들의 행동이 너무나 느리게 느껴져 쇼는 전혀 어려움없이 몸을 날려 돌담이나 건물 외벽을 찼고 그 탄력을 이용하여 숏 소드를 휘두르고 다시 골목길로 내려와 달렸다. 지금까지 경험하지 못했던 희열이 그의 가슴을 벅차게 만들었다. 그는 미친 듯이 뛰는 자신의 심장이 격렬한 달리기의 여파인지 그 희열의 결과인지 깨닫지 못했다. 하지만 그는 그 근사한 쾌감이 마음에 들었다. 답답하던 가슴과 지끈거리던 머리가 일순간에 깨끗하게 비워졌고, 지금의 쇼에게는 자신의 빠른 움직임과 적들의 느린 움직임, 그리고 쉴 틈 없이 그에게 달려드는 골목길과 교차로, 갈림길만이 존재했다.

본능적인 위험을 감지했을 때 쇼는 미련없이 몸을 굴렸다. 꽤나 빠르게 달려왔기 때문에 쇼는 단단한 길바닥을 한참 동안 굴러갔다. 바닥에 주르륵 긁힌 어깨와 옆구리가 욱씬거렸다. 간신히 굴러가기를 멈춘 쇼는 팅기듯 몸을 일으켜 세웠다. 날카로운 소리를 내면서 그를 스친 콰렐들이 건너편 가옥의 나무 출입문에 맞아 부르르 떨었다. 쇼는 양손에 숏 소드를 쥐고서 히죽 웃었다. 희열과 쾌감은 그의 모든 욕망을 충족시켰다. 그리고 비릿한 피 냄새는 그의 공격 본능을 고무시켰다.

동맥이 잘리면서 선홍색 동맥혈이 허공으로 분수처럼 뿜어져 올라갔고, 정맥이 끊어지면서 한결 짙은 정맥혈이 주르륵 꿈틀거리며 흘러내렸다. 잘려진 손목이 느린 동작으로 핑그르르 하늘로 치솟아올랐고, 비명 소리는 먼 바다 저편에서 들려오는 파도 소리 같았다. 피에 젖은 숏 소드가 가로와 세로로 어둠 속을 번득였고, 묵직한 감촉과 함께 또 다른 피가 솟구쳤다.

쇼는 마치 화려한 검무를 추는 남쪽 대륙의 무희처럼 몸을 돌리거나 땅을 박차고 날아올랐고, 돌벽을 딛고 곡예사처럼 공중 회전까지 선보였다. 바닥을 구르며 무릎 안쪽 힘줄을 잘라냈고, 상대의 가슴을 무릎으로 찍으며 숏 소드로는 동시에 목의 경동맥을 잘라냈다.

달빛을 받아 유난스럽게 번득이는 숏 소드는 쉬지 않고 사방으로 뻗으며 곡선과 직선을 그렸고, 그때마다 사방에서 피를 토하는 비명 소리가 밤 공기를 찢었다. 누군가의 귀가 잘려 나가 길바닥 저편으로 굴러갔고, 뜨거운 내장이 달빛을 받으며 발 밑으로 주르륵 쏟아져 내렸다.

"헉! 헉! 헉!!"

한참 만에 쇼는 양손에 숏 소드를 쥔 채 숨을 헐떡이며 멈춰 섰다. 즉사하거나 치명상을 입은 병사들이 좁은 거리 여기저기에 널려 있었다. 누군가 필사적으로 기어가면서 엄마를 부르며 울음을 터뜨렸다. 하이 스카우터와 암살자의 피가 뜨겁게 데워 그는 잔뜩 흥분해 무아지경에 빠져 있었다. 암살자의 본능은 이성보다 빠르게 그의 육체를 조종했고, 이성과는 상관없이 육체는 반응했다.

"적이다!!"

"제길! 또 연락수냐?!"

"이렇게 깊숙이 들어오다니!!"

골목 저편에서 병사들이 무기를 겨눠 들고 고함을 지르며 달려왔다. 쇼는 심호흡을 하고는 등을 돌리고 뛰기 시작했다. 그는 뒤도 돌아보지 않고 앞만 보며 전속력으로 뛰었다. 세 개의 모퉁이를 돌았을 땐 그를 쫓아 추격하는 병사들은 더 이상 없었다.

쇼는 모퉁이를 돌면서 길가에 세워진 작은 교회를 확인했다. 그가 지도를 보며 미리 진출로를 계산하면서 세워둔 몇 개의 육표(Landmark:육상의 관측 지표) 중 하나였다. 그는 도시 외곽선까지 도합 8개의 육표를 비슷한 거리마다 설정해 두었고, 방금 지나친 교회는 3번째 육표였다. 그에게는 아직 5개의 육표들이 남아 있었다. 밤새워 예상 진출로 주변 지리를 외웠던 효과는 있었다. 그는 교차로에서 지금까지 한 번도 망설인 적이 없었다.

그가 하이 스카우터로 일하면서 가장 중요하게 받았던 교육 중 하나는 지형을 읽는 방법이었다. 그리고 읽은 지형을 바탕으로 최단코스를 찾아내어 주파하는 훈련이었다. 베일의 하이 스카우터들은 경력에 상관없이 일상적으로 이런 훈련을 거듭했고, 몇 년 간 하이 스카우터로 복무했던 쇼는 그때의 귀중한 경험을 요긴하게 사용했다.

병사들 개개인마다 정교한 지도를 제공하는 것이 불가능한 상황에서 유일한 해결책은 그때그때의 지형과 하늘, 그리고 기타 요소를 바탕으로 올바른 루트를 찾아내는 것뿐이었다. 그가 아무리 유능한 하이 스카우터라고 해도 도시 외곽까지 탈출하는 도로망 전부를 기억하지는 못한다. 일반 도시에서도 불가능하지만 특히나 도로망이 극단적으로 좁고 복잡하게 뒤얽힌 에펜도르프에서는 더 더욱 불가능했다.

그는 일정 거리마다 육표와는 별도로 몇 개의 중요한 지표를 선정해 두었고, 그 지표들을 찾아가는 방식으로 도시를 주파하고 있었다. 즉, 몇 개의 지표들을 따라가면 육표가 나왔고, 쇼는 그 육표를 기준으로 자신이 도심의 어느 지역까지 진출했는지 가늠하는 방식이었다. 상당한 경험과 본능을 요구하는 방법이었지만 가장 정확하고 빨랐다.

도중에 미처 알지 못한 지름길처럼 보이는 골목을 발견해도 쇼는 아마추어가 아니었기 때문에 그런 일련의 예상 지름길들은 전부 무시했다. 만약에 그런 골목길로 진출했다가 전혀 위치를 파악할 수 없는 낯선 거리가 나온다던가, 혹은 막다른 골목이라면 그에게는 치명적이었다. 도시는 이제 슬슬 그의 존재를 깨닫고 그를 포위하기 위해서 빠르게 움직이고 있었다. 그는 단지 자신이 설정한 지표와 육표들만을 찾아내는 방식으로 루트를 확보했다.

그는 최대 속도로 달리면서도 본능에 가까운 판단력으로 도로의 형태와 구조를 바탕으로 어느 쪽이 옳은 길인가를 판단했고, 그렇게 몇 개의 모퉁이를 돌고는 예상했던 지표를 발견하고 다시 자신의 방향을 잡았다. 이런 능력은 거저 얻어지는 것이 아니었다.

"큭!!"

열주들이 늘어선 아케이드를 지나는 순간, 열주들 너머로 콰렐들이 날아왔다. 그중 한 발은 아슬아슬하게 쇼의 귓가를 스치고 지나갔다. 쇼는 재빨리 석조 기둥에 등을 붙이고 숨었다. 목덜미를 타고 따스하고 축축한 것이 흘러내렸다.

고대 시대에는 공회당으로 쓰였고, 지금은 상인 조합과 고리대금업자들이 사용하는 아케이드 안뜰에는 불운하게도 왕비군 순찰대원들이 모닥불을 피우고 잔뜩 모여 있었다. 그들은 쇼를 발견하기 무섭게 대뜸 콰렐부터 날려왔다.

쇼는 석조 기둥 뒤에 숨은 채 호흡을 고르며 잠시 고민했다. 중무장한 병사들이 뛰어오고 있었고, 최소한 4개 이상의 콰렐들이 자신을 겨냥하고 있었다. 기둥 너머로 고개만 내밀어도 바로 콰렐들이 날아올 것이다. 그들을 모두 피하고 도망친다는 것은 불가능했다.

"…결혼이나 할까?"

쇼는 굳이 누구와 결혼할 것인지는 말하지 않았다. 그는 석조 기둥에 등을 붙이고 서서 양손에 쥔 숏 소드를 자연스럽게 늘어뜨렸다. 그리고 최대한 호흡을 고르게 진정시켰다. 하이 스카우터로 근무하면서 사냥을 나갔을 때 배운 호흡법 덕분에 그는 빠르게 호흡을 정상 호흡으로 되돌려놓았다. 매복이나 사냥에 나갔을 때 사냥감 앞에서 가쁜 숨을 내쉬면 위치를 발각당하기 때문에 으레 배워온 기술이었다. 그

동안 그의 귀는 예민하게 반응하며 접근하는 병사들의 숫자와 거리, 방향을 가늠했다.

쇼는 석조 기둥에 장식된 석상처럼 양손을 허리 아래로 늘어뜨린 자세로 서서 움직이지 않았다. 그리고 이 전쟁이 끝나고 나서 자신이 무엇을 해야 할지 생각해 보았다. 라일란의 신전으로 돌아가는 것은 불가능하다. 오히려 평생 동안 그들의 추적을 피하며 살아야 할 것이다. 그렇다면 어디가 좋을까? 쇼는 문득 샤웬 평야를 떠올렸다. 아메린 남단의 그곳이라면 라일란의 신전 영향력이 미치기에는 너무 멀다. 그리고 아메린이라는 나라는 암살자들이 멋대로 활동하게 내버려 두는 국가가 절대로 아니었다.

멀리 푸른 녹해의 바다가 끝없이 펼쳐지는 곳, 그리고 그 너머로 이국적인 남쪽 대륙의 사막이 존재하는 곳. 세상의 또 다른 끝에 있는 평야. 그곳에서 무엇을 해야 할까? 농사는 지을 줄 모른다. 하지만 산 생활에 익숙했으니 가축을 키우는 것은 가능할지 모른다. 어쩌면 야트막하지만 제법 가파른 샤웬 산맥에서 뭔가 일거리를 찾을지도 모른다.

쇼는 덜렁거리고 말이 많은 에피가 과연 집안 살림을 제대로 할지 고민해 보았다. 과연 집안 가재도구들 중에서 그녀의 손에 박살나지 않고 온전히 살아남는 것은 몇 개나 될까? 그러고 보니 문제는 레이드였다. 레이드는 자신의 친구이자 장인어른이 되는 셈이었다. 에피와 결혼한다면 레이드를 뭐라고 불러야 하나? 그냥 친구로 지낼 수 있을까? 한 가지 확실한 것은 있다. 에피와 결혼하여 아메린 끄트머리 샤웬 평야에 정착한다면 그는 두 번 다시 누구도 죽이지 않을 것이고, 에피에게도 부엌칼보다 크거나 날카로운 칼은 만지지도 못하게 할 것이다.

 아마도 자식을 낳아야 하겠지? 낳는다면 이름을 뭐라고 지어야 하나? 어쩌면 레미 아낙스에게 부탁한다면 그녀는 아주 예쁘고 좋은 이름을 쉽게 골라줄 것이다. 그녀는 많은 것을 알고 생각이 깊은 여자니까 그럴 능력이 있을 것이다. 아니, 딸아이라면 이름을 레미라고 지어도 나쁘지 않을 것이다. 물론 시골구석에 처박혀 사는 농부의 딸로는 너무 귀족스러운 이름이지만 뭐 그것도 좋겠지.

 그런데 아메린으로 무사히 들어가는 방법은 있을까? 아메린 국경 수비대의 검문을 지나서 샤웬 지방까지 내려가는 방법은? 아마 그 문제는 이언이 해결해 줄 것이다. 그의 정체는 여전히 모르겠지만 그라면 어쩐지 아메린에서 통용되는 여행증을 마련해 줄 것 같다. 그리고 정착 자금은 당연히 튜멜에게 받아내리라. 남작이라면 웃는 얼굴로 두둑한 경비를 줄 것이다.

 그리고 보면 그의 영지로 돌아가 모두가 함께 지내는 것도 나쁘지 않을 것이다. 지금까지 함께 여행했던 동료들과 튜멜의 영지에 모여서 이때를 즐겁게 이야기할 기회가 생길지도 모른다. 그때라면 지금의 이 힘든 일들을 웃으면서 이야기할 수 있을까?

 "컥컥!"

 짧은 순간에 끝없이 뻗어 나가던 쇼의 상상은 일순간에 거짓말처럼 멎었다. 쇼는 자신의 오른쪽 기둥에서 고개를 내민 병사를 겨누고 왼손의 숏 소드를 힘껏 풀스윙으로 휘둘렀다. 그리고 왼쪽에서 튀어나온 다른 병사에게는 오른손에 들고 있던 숏 소드를 휘둘렀다. 쇼의 양팔이 가슴 앞에서 X 자형으로 교차했고, 그의 좌우에서 고개를 내밀었던 병사들은 비명을 지르며 넘어졌다.

'그런 건 살아남은 다음에 생각하자!'

쇼는 두 자루의 숏 소드를 거두며 주저앉았다. 그의 머리가 있던 자리로 롱 소드가 떨어지며 노란 불꽃을 튀겼다. 쇼는 그대로 주저앉은 채 왼손의 숏 소드를 핑그르르 돌려 캐모플라쥬 그립(Camouflage Grip)으로 잡았고 그대로 위쪽으로 찔러 올렸다. 사타구니를 찔린 병사가 처절하게 비명을 질렀다.

쇼는 몸을 굴려 일어서면서 적병의 목을 끌어안으며 그의 몸 뒤로 숨었다. 곧바로 기다렸다는 듯이 콰렐이 날아와 적병의 가슴에 박혔다. 쇼는 넘어지는 적병의 목덜미에 숏 소드를 수직으로 박아 넣었고, 자유로워진 왼손으로 허리춤에서 작은 단검을 뽑아 힘껏 던졌다. 단검은 20미터 거리를 날아가 재장전을 하던 석궁수의 쇄골에 박혔다. 쇼는 넘어진 시체의 목덜미에 꽂혀 있던 숏 소드를 다시 뽑아 들고 달리기 시작했다.

"어? 어?"

재장전을 하던 다른 석궁수의 목을 그어버린 쇼는 두 번째 단검을 날렸다. 단검은 석궁수의 눈에 박혔고, 그는 비명을 지르며 얼굴을 감싸 쥐었다. 쇼는 허리를 굽히며 이미 즉사한 석궁수의 목에 박혀 있던 자신의 숏 소드를 뽑아 들었다. 그리고 마지막으로 남은 석궁수를 노리고 양손의 숏 소드를 동시에 휘둘렀다. 숏 소드는 좌우에서 동시에 비스듬히 베어졌고, 석궁수는 절반이 넘게 잘려 나간 목을 후들거리며 넘어졌다.

"이젠 칼잡이들뿐이지?"

쇼는 차갑게 웃으며 몸을 날렸다. 문득 생각해 보니 누구도 이 여행이 끝난 이후를 생각하지 않았다. 누구보다 자신부터가 그런 생각을 해본 적이 없었다. 여행이라는 것은 언젠가는 끝난다. 여행이 끝나면 동료들은 다들 어떻게 되는 것일까? 이언은 필시 자신의 조국으로 돌아갈 것이다. 그리고 당연히 카라는 이언을 따라갈 것이다. 그리고 파일런은? 파일런은 아마 또다시 남쪽 대륙의 사막에서 은둔 생활을 할 것이다. 어쩌면 북으로 올라가 차가운 북해 바다의 어떤 섬에서 은둔 생활을 할지도 모른다. 아니, 파일런이라면 크림발츠의 하리야나 같은 대도시에서 평범한 노인처럼 생활하는 것도 가능하다.

튜멜은? 튜멜이라면 자신의 영지로 돌아갈 것이다. 어쩌면 마음을 고쳐먹고 한제 도시 연맹으로 돌아가 가문을 계승할런지도 모른다. 하지만 사실 그의 성격으로 보아 그럴 가능성은 없다. 아마도 튜멜 남작이라면 고지식하게 자신의 영지로 돌아가 깐깐하고 신경질적인 영주로서의 생활을 계속할 것이다.

레미는? 그녀는 이 여행의 끝에 가서야 스스로의 거취를 결정하겠지. 결국 오갈 곳 없는 인간들은 에피와 레이드, 그리고 자신뿐이다. 돈을 받고 사람을 죽이는 것으로 살아가는 자들에게는 이렇듯 돌아갈 고향이 존재하지 않는다. 결국 그런 인간들끼리 모여서 과거를 애써 지우며 살아가야 할 것이다.

쇼는 문득 자신이라는 존재에 대하여 자기 연민에 빠졌다. 얼마나 불쌍한 존재인가? 무대에 오르는 동안에는 누구나 박수를 치고 자신들의 곡예를 보며 즐거워한다. 하지만 무대의 막이 내리면 바보스러운 광대 따위는 누구도 기억하지 않는다.

전투 중의 잡념은 쇼로 하여금 궁지에 몰리게 만들었다. 힘들게 헐떡이며 마지막 병사를 죽였을 때 아케이드의 열주들 사이로 일단의 병사들이 몰려들었다. 쇼는 추가 병력이 올 때까지 한 장소에 머물렀던 스스로의 바보스러움에 공연히 화가 났다. 전투의 비명과 고함 소리 덕분에 이 근방에 있던 왕비군 병사들은 모조리 몰려든 것 같았다.

쇼는 숏 소드가 무겁게 느껴졌다. 여기서 죽을 생각은 없었다. 살아남을 것이다. 그리고 무엇보다 그러기 위하여 이 지독한 수렁을 돌파해야 한다. 쇼는 그들을 강행 돌파하기로 마음먹고 숏 소드를 고쳐 잡았다. 피에 젖은 옷은 그의 피부에 달라붙으며 거추장스럽게 만들었다. 이제부터 진짜 생과 사가 엇갈리는 숨 가쁜 순간이 될 것이다. 쇼는 스스로에게 다짐하듯 심호흡을 하며 살아남을 것이라는 의지를 확실히 했다. 그리고 빠른 눈으로 얼추 적병들을 헤아렸다.

"어……?"

갑자기 달려오던 병사들이 걸음을 멈췄다. 쇼는 등 뒤로 서늘한 한기를 느끼며 당황했다. 어째서 저들이 저토록 놀란 표정을… 그의 생각은 거기서 멈췄다.

"후후후, 오늘은 정말 아름다운 보름달이지 않니? 피처럼 붉은 보름달이야. 옛말에 교회의 검은 십자가가 보름달을 찌를 때 달은 피를 흘리고 지상에는 악마가 태어난다는 말이 있지. 혹시 아는 사람이 있을까?"

병사들은 반사적으로 고개를 들어 밤하늘을 올려다보았다. 그것은 쇼도 마찬가지였다. 기울어진 보름달은 어느 사이에 낮게 내려와 있었고, 에펜도르프의 투구산 정상에 있는 성 요하누스 수호 교회의 십자가는 보름달을 가로지르고 있었다. 쇼는 순간적으로 온몸의 피가 차갑게 얼어붙는 느낌을 받았다. 교회의 검은 십자가가 보름달을 찌를 때 지상에는 악마가 태어나고, 무엇보다 그녀는 뱀파이어였다. 그것도 생생하게 살아 있는 뱀파이어.

카라는 달라붙어 몸매를 드러내는 검정 드레스를 입고 있었다. 그녀는 어둠 저편에서 걸어오면서 살며시 한 손을 들어 흐트러지는 검은 머리칼을 긁어 올렸다. 어둠 속에서도 유난히 희게 보이는 창백한 얼굴에 피처럼 붉은 입술, 그녀의 안광은 붉게 빛나며 어둠 속에서 두 개의 루비처럼 불타올랐다. 한없이 고혹적이면서도 섬뜩한 묘한 이중성을 가진 아름다움이 그녀를 지배하고 있었다. 카라는 조용히 발걸음 소리도 없이 걸어와 쇼와 나란히 섰다.

"어, 어떻게?"

"이언이 너 혼자서는 힘들 거라면서 가보라고 했어. 너를 찾는 데 시간이 좀 걸렸지."

"나, 나를 물지는 않겠지?"

"설마… 나는 독실한 견습 수녀였다니까. 이 아름다운 성지에서 설마 그런 짓을 하겠어?"

카라는 조용히 미소 지었다. 그리고 고개를 돌려 주변에 늘어선 병사들을 바라보며 웃었다. 그녀의 웃음은 어둠 속에서도 이상하리만치 똑똑히 보였다. 병사들은 그 점의 이상함을 깨닫지 못했다. 보름달을 등지고 서 있는 그녀의 모습은 마치 한 폭의 그림에 등장하는 밤의 대천사처럼 보였다. 만약에 그녀의 등 뒤에 검고 거대한 한 쌍의 날개가 있다면.

그녀의 매혹적인 입술 사이로 낮고 허스키한 음색으로 저지 미노트어 성가가 흘러나오기 시작했다. 그것은 죽은 자들의 대한 진혼, 즉 레퀴엠이었다. 그녀는 죽음을 찬미하고 죽은 자들의 영혼을 달래주는 노래를 부르며 움직이기 시작했다. 아무런 인기척도 없이 그녀는 마치 그림자처럼 스르륵 움직였다.

"……!!"

맨 앞에 서 있던 병사는 의아한 눈으로 카라가 오른손에 들고 있는 것을 바라보았다. 그것은 가늘고 긴 무언가였고, 축축하게 젖어 있었다. 짧은 순간 고민했던 병사는 그것이 자신의 목에서 뽑혀져 나온 식도라는 사실을 발견했다. 그 병사는 너무나 놀라서 비명을 지르려고 했다. 하지만 그의 식도는 이미 카라의 손에 쥐어져 있었고, 그의 목에서 흘러나온 피는 그 자신의 무릎까지 흥건히 적셔 버린 상태였다. 병사는 컥컥거리며 눈을 허옇게 뒤집고 넘어졌다.

"아, 아, 악마다!! 마녀다!!"

병사들은 순식간에 동요했다. 보통 여자들은 맨손으로 사람의 목을 뚫고 들어가 식도를 잡아 뜯어내지 못한다. 맨손으로 건장한 남자를 죽였다는 공포는 순식간에 병사들을 전염시켰다. 카라의 왼편에서 은빛으로 반짝이는 곡선들이 어지럽게 군무를 추기 시작했다. 선혈이 수직으로, 때로는 수평으로 치솟았다. 쇼는 투석기가 날린 석탄처럼 위력적으로 병사들 사이로 뛰어들었다.

"히엑?!"

"아, 시, 싫어!!"

"엄마아!"

"신이시여!!"

카라의 양손은 마치 잘 벼려진 칼날 같았고 인정사정없는 심판이었다. 그녀는 미끄러지듯 스르륵 움직이며 병사들 사이를 지나갔다. 내장이 뜯겨 나간 병사들은 푸득거리며 바닥에 넘어졌다. 카라는 망자의 환희를 노래하며 손에 들고 있던 심장을 움켜쥐었다. 반사 신경이 남아서 몇 번 퍼덕거리던 심장이 마지막 피를 뱉어냈다. 가슴 한복판이 뻥 뚫린 병사가 밀랍 인형처럼 뻣뻣한 표정으로 무릎을 풀썩 꿇었다. 그리고 주저앉은 자세로 절명했다.

카라는 심장을 버리고 바닥에 떨어진 롱 소드를 주웠다. 그리고 여전히 레퀴엠을 독창하면서 롱 소드를 사방으로 가차없이 휘둘렀다. 그녀가 롱 소드를 쓰는 광경은 마치 능숙한 농부가 큰 낫을 들고 한가로이 밀밭을 추수하는 광경처럼 보였다. 무심한 얼굴로 롱 소드를 가볍게 획획 휘두르며 걸을 때마다 그녀의 등 뒤로 잘려진 목과 손목이 허공을 튀어 올랐다. 그녀의 그런 모습은 정말로 벽화에나 등장하는 밤의 대천사가 지상에 강림한 모습과도 같았다. 병사들은 그녀의 뒤에서 움직이는 어둠과 사락사락거리는 드레스 자락이 마치 그녀의 등 뒤에 펼쳐진 한 쌍의 거대한 검은 날개처럼 느껴졌다.

"가자! 우리 목적은 도살이 아니야!"

간신히 혈로를 뚫는 데 성공한 쇼를 그렇게 외치며 달리기 시작했다. 카라가 쫓아오는지의 여부는 관심도 없었다. 어차피 그곳에 남아 있는 병사들 중에서 그녀를 죽일 수 있는 병사는 아무도 없다는 것을 알고 있었다. 카라는 지극히 불공평한 일방적인 살육을 하고 있는 것이다.

쇼는 횃불로 그녀를 지지고 싶다는 감정이 울컥 들었다. 그녀는 지금으로써는 누구보다 절실한 원군이었고 가장 믿을 만한 동료였다. 하지만 마치 계집아이가 갖고 놀기 지겨워진 인형들을 부수듯 병사들을 죽여 나가는 그녀의 모습에는 전혀 적응할 수 없었다. 그 자신도 사람을 능숙하게 죽이는 암살자였지만 지금 카라의 모습과는 별개의 문제였다. 쇼는 거의 찾은 적 없던 신께 자비를 구했다.

"이, 이건 뭐야? 신이시여!!"

뒤늦게 현장에 나타난 책임 장교는 아케이드를 가득 메운 시체들의 모습을 보면서 성호부터 그었다. 과연 몇 명이 어떤 무기로 공격을 하면 이런 광경이 펼쳐질지 상상조차 되지 않았다. 그의 인솔을 받아 달려온 병사들도 아연한 얼굴로 안색이 핼쑥해졌다. 어린 병사 중 한 명이 고개를 돌리고 바닥에 하나 가득 속을 게워냈다.

"아, 악마야… 마녀가 나타났어… 살려줘… 마녀다……."

누군가 석조 기둥에 기대앉은 채 중얼거렸다. 책임 장교는 서둘러 그쪽으로 뛰어갔다. 그는 바닥에 무릎을 꿇으며 그 병사의 어깨를 다급하게 움켜잡았다. 하지만 그는 먼저 자신의 발 밑부터 확인해야 했다. 책임 장교는 어린애처럼 찢어지는 비명을 질렀다.

"신이시여!! 나를 구원하소서!"

그가 밟은 것은 인간의 내장이었다. 그리고 그는 피 웅덩이 한가운데 주저앉은 상황이었다. 무엇보다 이 모든 것들은 미친 듯이 중얼거리는 병사의 뱃속에서 흘러나온 것들이었다. 내장을 하나 가득 발 아래 쏟아놓은 채 앉아 있던 병사는 더 이상 아무런 말도 하지 못했다. 그는 멍하니 입을 벌린 채 허공을 향해 부릅뜬 눈으로 죽었다. 책임 장교는 일어서지도 못하고 허우적거리다 겨우 그 끔찍한 피 웅덩이에서 벗어났다. 그리고 악을 썼다.

"석, 석궁수를!! 있는 대로 다 불러와!! 모조리 불러와! 신이시여!!"


"카앗!!"

카라의 날카로운 비명 소리는 도저히 인간의 것으로 들리지 않았다. 하지만 쇼는 그런 사소한 것에 신경 쓸 여유가 없었다. 불화살에 어깨를 맞은 카라는 땅바닥을 뒹굴며 상처 입은 맹수 같은 비명을 질렀다. 쇼는 대뜸 무릎으로 그녀의 등허리를 찍어 눌렀다. 그는 카라의 고통 따위는 생각하지도 않고 무조건 그녀의 어깨에 박힌 화살을 잡아 뽑았다. 일반적으로 불화살은 일반 살상용 화살과 촉 형태가 다르기 때문에 쉽게 뽑혀진다. 여전히 이글거리는 불꽃이 달라붙은 불화살을 뽑았지만 그녀는 일반 사람들보다 치명적인 부상을 입고 있었다.

쇼는 저절로 타 들어가는 그녀의 하얀 피부를 내려다보면서 자신의 눈을 믿을 수 없었다. 몇 대의 불화살이 매섭게 윙윙거리는 소리를 내면서 스치고 날아갔다. 불화살들이 한번 어둠을 밝히며 날아오를 때마다 셀 수도 없는 숫자의 콰렐들이 비 오듯 쏟아졌다. 강철제 콰렐들이 쏟아지는 소리는 마치 빗방울이 처마를 때리듯 후드득 소리를 냈다. 쇼는 일단 그녀를 질질 끌고서 골목 모퉁이로 피했다. 그러면서 석궁과 콰렐들을 챙겨오지 않은 자신의 부주의함을 저주했다.

"괜찮은 거야?"

"카악! 이 불 좀 꺼! 폭주할지 몰라!"

어깨에서 시작된 상처는 그녀의 팔뚝을 타고 아래로 번져 가고 있었다. 기묘한 불꽃이 그녀의 검정 드레스 자락을 태웠고, 하얀 피부가 검게 타 들어갔다. 쇼는 목을 보호하기 위하여 감고 있던 두툼한 천을 풀어서 그 이해할 수 없는 불길부터 끄기 시작했다. 불은 쉽게 꺼졌지만 하얀 피부를 검게 태워가던 상처는 불길이 꺼지고도 조금 지나서야 겨우 멈췄다. 카라는 식은땀을 흘리며 헐떡거렸다.

뱀파이어가 불에 치명상을 입는다는 소리는 들었지만 이 정도로 심각할 줄은 전혀 예상하지 못한 쇼는 당황했다. 그나마 왕비군이 알고

서 불화살로 공격한 것은 아니라는 점이 다행이었다. 대부분은 쾨렐들이었고, 불화살들은 그 쾨렐 사격을 위해서 표적을 밝히기 위한 목적으로 쏜 것들이었다.

카라는 재수없게 그 불화살에 맞았다. 이언이 곧잘 터번처럼 머리에 감고 다니는 데 사용하는 길게 잘라서 만든 남쪽 대륙식 수건을 목에 둘둘 감고 다니던 쇼는 그것이 붕대 대용으로 사용하기에 충분하게 길다는 점에 안도했다. 그는 재빨리 작은 가죽 주머니를 꺼냈다. 그리고 잠시 망설이며 카라를 바라보았다.

"어이, 인간들이 쓰는 지혈제가 쓸모있을까?"

"난 인간이야! 그리고 빨리 치료해!"

카라는 눈살을 찌푸린 얼굴로 말했다. 얼굴 표정만 본다면 가벼운 두통 환자처럼 보였지만 어깨와 팔, 그리고 가슴 언저리까지 번지다 간신히 멈춘 상처를 본다면 살아 있는 것이 신기해 보였다. 보통 인간들이라면 불화살에 이렇게 치명상을 받을 일이 없었지만, 반대로 보통 인간들이라면 이런 상처를 입고 살아 숨 쉬는 일도 없을 것이다.

"아파! 돌팔이 의사 녀석! 뭘로 만든 거야?!"

"시끄러! 좋은 약은 원래 아픈 법이야!"

갖고 있던 비상용 지혈제를 몽땅 상처에 바르고 붕대를 감아주던 쇼가 으르렁거렸다. 건물 벽에 비스듬히 기댄 자세로 옆으로 누워서 헐떡이는 카라도 지지 않고 캭캭거렸다. 묵직한 군화들이 돌 바닥을 차면서 뛰어오는 소리는 두 사람 모두에게 똑똑히 들렸다.

막다른 골목이었고, 지금 골목 바깥으로 고개를 내밀면 엄청난 숫자의 쾨렐들과 불화살들이 날아올 것이다. 쾨렐들은 쇼에게 치명적이었고 불화살들은 카라에게 치명적이었다.

일반적으로 불화살로 쓰는 화살은 일반 화살보다 크고 두껍지만 촉이 스피어 창날처럼 길고 예리했기 때문에 관통력에 비하여 상처가 벌어지는 정도가 적었다. 이 화살촉 바로 뒤쪽에 송진과 기름, 유황을 먹인 솜을 감아서 불을 붙여 사격한다. 화살의 비행 속도가 너무 빠르면 곤란했고, 또한 불화살의 용도가 보통 인간을 겨누고 쏘기보다는 시설물을 겨누고 쏘는 목적이기 때문에 화살대는 대인 살상용 화살의 두 배에 가까울 정도로 크고 굵었다. 화살의 무게를 늘려 같은 활에서 사격해도 느린 속도가 나오게 하기 위함이었다. 그리고 화살 깃은 성긴 형태로 붙어 있어서 저항을 늘리고 안정적으로 날아가도록 고안되어 있었다.

이런 불화살들은 대인 살상용 화살보다 느리기 때문에 잘 훈련받은 인간들은 눈으로 보고 피하는 것도 가능했다. 반면에 대인 살상용 화살은 화살촉의 끝이 역방향으로 예각이 매겨진 작살 형태의 끝을 가졌기 때문에 일단 몸속에 박히면 뽑아내기도 수월찮고 상처도 심하게 생긴다. 그리고 무엇보다 화살의 속도가 치명적으로 빠르고 강력하다. 철판 갑옷 관통용 대인 살상 화살은 어지간한 거리에서 플레이트 메일도 뚫는다.

카라와 쇼는 일순간에 쏟아지는 화살과 쾨렐의 빗속에 용케 몸을 사리는 데 성공했으나 카라는 그중에 한 발을 미처 피하지 못했고, 그것은 재수없게도 불화살이었다.

"자아, 숙녀 분께서는 이 난관을 어떻게 생각하시나요?"

"힘을 사용할까?"

"절대 사양이야. 첫째, 당신이 나를 물어뜯지 않을 거라는 보장이 없어. 그리고 둘째, 당신이 이 지역에 살아 있는 인간을 싹 쓸어버린다면 모를까 단 한 명의 생존자라도 있으면 우리는 성당 기사단에게 쫓길 거야. 난 맹약기사단을 상대하고 말지, 성당 기사단은 사양이야. 절대로 사양이야."

"혹시 진통제 좋은 거 없어?"

"있어. 하지만 에피가 먹었던 거야. 보통 사람이 먹으면 며칠 동안 혼수상태로 잠만 자는데."

"내가 보통 여자로 보여?"

"아니, 꼬깔모자를 쓴 마녀로 보여."

"내 별명이 흡혈 마녀였어. 이리 줘."

카라는 쇼가 내민 진통제를 망설임없이 입속에 쏟아 넣었다. 쇼는 못마땅한 눈으로 카라를 바라보았다. 지독하게 쓴 진통제 때문에 눈살을 찌푸리던 카라는 땀에 젖은 이마를 실룩이며 쇼에게 묘한 시선을 보냈다.

"다음부터는 좀 덜 쓰게 만들어. 혓바닥에 감각이 없어."

"보통 사람이 그 정도 양의 진통제를 먹으면 죽어. 그건 부활절 파이가 아니라구."

"내가 보통 여자로 보여?"

"관두지, 말장난 따위는."

쇼는 갑자기 앉은 자세에서 몸을 날려 카라가 기대고 있던 건물 외벽을 발로 차면서 공중회전을 했다. 민간인들은 흉내도 낼 수 없는 곡예였다. 쇼의 등을 찌르려던 병사는 목표가 사라져 휘청거렸고, 누워 있던 카라는 용케 롱 소드를 움직여 그의 검을 걷어냈다. 그리고 공중회전을 해서 그 병사의 등 뒤에 착지한 쇼가 싸늘하게 웃으며 숏 소드를 휘둘렀다.

"베일의 하이 스카우터가 명예직이냐?!"

쇼는 짜증이 가득한 고함을 지르며 양손에 쥔 숏 소드를 움켜쥐고 등을 돌렸다. 각종 무기로 무장한 병사들이 골목길 안으로 쏟아져 들어왔다. 그나마 좁은 골목이었고, 한꺼번에 밀고 들어올 수 있는 병사들은 기껏해야 두 명 내지 세 명이었다. 쇼는 왼손의 숏 소드를 방어용으로 사용하면서 오른손에 든 숏 소드로 적 병사들의 피를 뽑아냈다.

정상적인 인간보다 피가 흐르는 속도가 느린 카라는 출혈이 극단적으로 적었지만 반대로 진통제 따위의 약효가 퍼지는 속도도 느렸다. 덕분에 카라는 여전히 고통 속에서 힘겹게 누워서 쇼의 분전을 지켜보았다.

예상보다 치열하게 벌어지는 잦은 전투 때문에 쇼는 급격하게 체력이 저하되었다. 그는 유능한 전투 요원이었지만 유능한 군인은 아니었다. 그리고 이들 둘은 거의 상관 관계가 없었다. 병사들은 이미 쇼와 카라가 일반인을 뛰어넘는 전투력을 보유하고 있다는 점을 깨닫고 있었다. 두 사람은 지금 이곳까지 진출하면서 등 뒤로 차곡차곡 병사들의 시체를 쌓으며 전진해 왔고, 자신들의 위력을 확실하게 각인시키는 데 성공했다. 덕분에 왕비군들도 바보는 아니었기 때문에 그들과의 정면 대결은 자제하는 분위기로 가고 있었다.

왕비군들은 일단 이들이 일반적으로 지나다녔던 연락수와는 질적으로 다르다는 점을 인식했고, 당연히 평소와는 다른 대응으로 나왔다. 일단 길목에 배치된 궁사대들이 집중 사격을 가해서 그들을 막다른 길목으로 몰아넣었고, 중무장한 병사들이 대열을 짜고 포위진으로 대응해 왔다.

쇼와 카라는 벌써 그런 전술을 상대로 두 번이나 간신히 포위망을 돌파했고, 이번이 세 번째였다. 왕비군 병사들은 모두 체인메일 이상의 두꺼운 갑옷으로 무장했고, 선두에 서 있는 병사들은 무거운 보병용 방패를 들고 있었다. 그리고 이 방패는 쇼에게 치명적인 장해물이 되었다. 쇼는 계속해서 방패 너머로 공격해 적들에게 부상을 입히는 데는 성공하고 있었지만 치명상을 입히지는 못했다. 그리고 병사들은 굳은 얼굴로 방패를 앞세워 어깨를 맞춰 골목 안으로 들어왔다.

"쌩! 이거 좋지 않은데……."

쇼는 입술을 깨물며 뒷걸음질쳤다. 빈틈없이 늘어선 방패 너머로 힐끔힐끔 보이는 적병의 눈빛은 차가웠다. 그리고 방패들 사이로 롱 소드가 날카로운 가시처럼 비죽비죽 튀어나와 있었다. 아무리 몸놀림이 가벼운 쇼라 해도 이런 보병 밀집 대형을 상대할 방법은 없었다. 하이 스카우터가 보병식 밀집 대형 전술을 배울 턱이 없었다.

"후우……."

진통제가 겨우 듣기 시작한 카라는 그제야 천천히 일어났다. 그녀는 한쪽 어깨를 늘어뜨린 자세로 쇼를 자신의 등 뒤로 밀어내고 선두에 섰다. 그리고 더러워진 손으로 미간을 좁히며 습관처럼 머리를 긁어 올렸다. 그녀가 지금 사용할 수 있는 팔은 오른팔뿐이었다. 그녀의 왼팔은 부러진 것처럼 축 늘어진 채 움직이지 않았다. 카라의 붉은 입꼬리가 가늘게 올라가며 차가운 냉소를 뿌렸고, 허스키한 음색으로 웃었다.

"이럴 땐 말이야……."

병사들은 물론 쇼까지 기겁할 만한 일이 벌어졌다. 카라는 맨손으로 롱 소드를 밀어 올렸다. 투명하도록 붉은 피가 그녀의 손바닥을 타고 가늘고 하얀 팔뚝으로 흘러내렸다. 원래의 정상적인 그녀라면 검에 베어도 피가 나지 않았을 것이다. 하지만 지금의 그녀는 정상적인 상태가 아니었다. 엄청난 힘으로 롱 소드의 검날을 잡아 강제로 밀어 올린 그녀는 차갑게 웃었다. 롱 소드를 붙잡힌 병사는 질린 얼굴로 필사적으로 힘을 쓰면서 검날을 이리저리 빼내려고 애를 썼다.

그러나 그녀의 완력은 건장한 남자의 완력에서 한참을 벗어나는 수준이었다. 카라는 드레스 아래 신고 있던 부츠로 방패를 든 병사의 정강이를 걷어찼다. 정강이뼈가 부러진 병사가 비명을 지르며 주저앉았다. 여전히 한 손에 검날을 그대로 잡고 있던 카라의 모습에 질린 병사들은 그녀를 공격해야 한다는 의식조차 떠오르지 않았다. 카라는 자신의 팔뚝을 타고 흘러내리는 핏방울들을 바라보며 조용히 미소 지었다. 누구도 잊을 수 없는 잔혹한 미소였다.

"숙녀의 피는 대가가 비싼 법이야."

카라는 손이 빠르게 허공을 날았고, 병사의 목울대가 뜯겨 나왔다. 바로 그 틈을 노리고 쇼가 선두에 선 병사의 방패를 밟고 도약했다. 쇼는 어금니를 깨물며 힘껏 숏 소드를 뿌렸다. 솟구친 피가 그의 옷깃을 적셨다.

"돌파한다!!"

쇼는 방패를 넘어서자마자 미친 듯이 사방으로 숏 소드를 뿌렸다. 하지만 마음처럼 쉽게 돌파할 만큼 적들이 호락호락하지 않았다. 쇼는 기겁하면서 사방에서 한꺼번에 쏟아지는 검날을 피해 몸을 움츠렸다. 옷자락과 머리카락 끝이 잘려 나가는 것은 신경 쓸 겨를조차 없었다. 쇼는 거의 무아지경 상태로 본능에만 의존해 사방에서 뻗어 들어오고 쏟아지는 검날을 튕겨내고 밀어 올렸다. 쇼의 주변으로 어지럽게 검과 검이 충돌하는 소음이 터져 나왔다.

카라도 상태가 좋지 않기는 마찬가지였다. 카라는 건물 벽에 등을 붙이고 서서 유연한 솜씨로 롱 소드를 마치 단검처럼 다루며 자신을 노리는 검들을 쳐냈다. 심각한 부상을 입은 현재의 그녀로서는 검에 심하게 찔리면 생명이 위험할 수도 있었다. 그녀의 재생 능력은 어깨의 상처를 복원하는 데 집중되고 있었다. 카라는 새살이 복원되는 따갑고 쓰라린 감각을 기준으로 자신의 어깨가 복원되는 정도를 가늠했다. 아직도 완전한 어깨로 돌아오려면 좀 더 시간이 필요했다. 그리고 두 사람에게 가장 절실한 것은 시간이었다.

카라와 쇼는 서로 등을 붙이고 조금씩 옆으로 움직이며 필사적으로 방어했다. 사방에서 검이 찔러 들어오고 조금만 방심하면 곧바로 풀 스윙으로 검이 베어져 들어왔다. 어둠 속에서 마치 축제처럼 병사들이 모여 있었고, 그 한가운데에서는 쉴 틈 없이 여기저기서 노란 불꽃이 반짝거렸다. 밀리서 본다면 상당히 멋진 광경일 수 있었지만 목숨을 걸고 싸우는 쇼와 카라에게는 전혀 멋지지 않았다.

"카아악!!"

"히익!!"

갑자기 카라는 허스키한 쇳소리로 으르렁거렸고, 무심코 찔러 들어오던 병사는 그녀의 붉은 안광에 질려 주저앉았다. 카라는 주저없이 그 병사의 목을 대각선으로 베어 올렸다. 촤악 소리가 나면서 붉은 선혈이 무지개처럼 곡선으로 흩뿌려졌다. 병사들은 사방으로 튀는 핏자국을 피해 한 걸음 물러섰다. 짧은 순간의 기회였다. 카라는 재빨리 그 좁은 빈틈을 비집고 들어갔으며 필사적으로 방어하던 쇼는 재빨리 등을 돌리고 그녀의 뒤를 쫓았다.

순간은 마치 영원처럼 길고 느렸다. 쇼는 황당한 얼굴로 병사를 바라보았다. 오픈 형 투구 아래 드러난 얼굴은 앳된 소년이었다. 갓 군인이 된 소년병은 희번득한 눈으로 쇼의 얼굴을 살폈다. 쇼는 그 짧은 찰나의 순간에 소년병의 눈썹 가장자리로 톡 떨어지는 땀방울을 보았다. 스스로가 놀랄 만큼 순간적인 일인데도 그것은 너무 느린 동작처럼 느껴졌다. 소년병은 놀란 얼굴로 아주 느리게 입을 열었지만 쇼의 귀에는 아무런 소리도 들리지 않았다. 마치 세상은 소리가 사라져 버린 듯했다. 소리없이 검과 검이 충돌하고, 카라가 소리없이 입만 벙긋거리며 고함을 질렀다. 그리고 쇼를 가로막았던 소년병의 목이 천천히 찢겨져 나가고 불끈불끈한 동맥혈은 천천히 핏빛 안개를 이루며 수평으로 뻗어 나갔다. 목에 치명상을 입은 소년병은 소리없이 입만 벙긋거리며 비명을 질렀고, 쇼크로 눈동자가 돌아가 희번득한 흰자위를 드러내면서 고개를 꺾었다.

 쇼는 갑자기 소리가 없어지고 느리게 보이는 세상에 당황하면서도 그 소년병의 나이를 헤아려 보았다. 17살? 18살? 소년병의 나이는 그것을 넘지 않아 보였다. 온몸에 피를 뒤집어쓴 카라와 쇼가 베테랑 병사들의 포위망을 돌파한 순간, 포위망 뒤쪽에 대기하고 있던 보충병들은 비명을 지르며 흩어졌다. 눈앞에서 베테랑 병사들과 두 사람의 치열한 전투를 목격한 그들로서는 지레 겁부터 먹는 것이 당연했다. 다행히 그것은 카라와 쇼에게 있어서 기회였다. 두 사람은 함성을 지르며 난폭하게 사방으로 검을 휘두른 채—굳이 누군가를 공격하려는 목적이 아닌—보충병 대열을 최단거리로 뚫었다.

 다리가 굳어버려 미처 피하지 못한 소년병은 비명을 지르며 반사적으로 들고 있던 스피어를 앞으로 뻗었다. 그 소년병이 공포에 질려 눈을 질끈 감고서 비명을 지르며 스피어를 앞으로 뻗는 순간, 쇼의 숏 소드가 그 소년병의 경동맥에 작렬했다. 겁에 질려 있던 앳된 소년병은 놀란 얼굴로 쇼를 멀뚱히 바라보다가 무릎을 꿇었다. 그리고 천천히 앞으로 넘어졌다. 바닥에 넘어진 소년병의 목에서는 여전히 쿨럭거리며 피가 뿜어져 나왔다.

"어?!"

아슬아슬하게 소년병의 목을 날려 버린 쇼는 순간 무릎이 풀리는 것을 느끼며 당황했다. 지면이 출렁거리다고 느끼는 순간 쇼는 이미 바닥을 뒹굴고 있었다. 앞에서 뛰어가던 카라가 당황스런 얼굴로 돌아보며 입을 벌렸지만 쇼의 귀에는 들리지 않았다. 쇼는 이를 악물며 고개를 들었다.

'고개를 돌리지 않는다. 눈을 감지 않는다. 하이 스카우터는 언제나 길을 만든다.'

쇼의 머리 속에서는 하이 스카우터의 구호가 미친 듯이 소용돌이쳤다. 쇼는 어금니를 깨물며 숏 소드를 바닥에 찍었다. 그리고 일어났다. 공포에 젖은 병사의 목이 하늘로 날아오르며 카라가 자신에게 뛰어오는 모습이 보였다. 여전히 아무런 소리도 들리지 않았다.

"하, 하이 스카우터가… 빌어먹을 명예직이냐?!"

쇼는 자신에게 덤벼드는 스피어의 창대를 왼손으로 움켜잡았고 힘주어 자신 쪽으로 끌어당겼다. 호기롭게 스피어를 찔렀던 병사가 놀란 얼굴로 끌려왔다. 쇼는 대뜸 숏 소드를 휘둘렀다. 뜨거운 피가 튀었다. 그제야 쇼는 소리를 들을 수 있었다. 갑자기 사방에서 쏟아져 들어오는 고함 소리와 비명 소리, 검과 검이 충돌하는 소리가 시끄러워 두통을 느낄 지경이었다.

"괜찮아?"

"길이 없으면 길을 만든다. 죽음이 나를 기다린다면 나는 생존으로 향하는 길을 뚫는다. 하이 스카우터는 언제나 길을 만든다!!"

쇼는 왼손으로 오른쪽 옆구리를 누르며 숏 소드를 최대한 짧게 잡고 휘둘렀다. 그는 자신에게 주문을 외우듯 하이 스카우터들의 구호를 소리 지르고 있었다. 붉디붉은 피가 그의 손가락 사이로 흘러나왔다.

"캬아악! 캬악! 캬아아악!!"

카라는 듣는 것만으로도 피가 역류할 정도로 무시무시하게 으르렁거렸고, 쇼와 보조를 맞추며 가차없이 롱 소드를 휘둘렀다. 언젠가 까마득히 오래전에, 꼭 한 번 이언을 구하기 위하여 필사적으로 검을 휘둘렀던 기억이 있었다. 그때 그녀는 너무나 슬퍼서 눈물을 흘리며 미친 듯이 폭주해 버렸었다. 카라는 부상당한 쇼를 구하기 위하여 필사적으로 검을 휘둘렀고, 필요하다면 송곳니로 적병들의 목울대를 뜯어내기도 했다. 그녀의 끔찍스러운 으르렁거림에 질려 주저앉아 버린 병사들까지 있었다.

겁에 질려 넋이 나가 버린 병사 한 명이 눈을 질끈 감아버리며 비명을 질렀고, 미친 듯이 스피어를 사방으로 휘둘렀다. 그 스피어의 첫 번째 희생자는 바로 앞에 서 있던 아군이었다. 정신적인 공황 상태에 빠진 병사가 휘두른 스피어는 아군 병사의 목덜미를 찔렀다. 공포에 빠진 병사에게 아군과 적군의 구별은 없었다. 자신이 누군가를 찔렀다는 공포감에 빠져 버린 병사는 더욱 비명을 지르며 눈을 감고 스피어를 휘둘렀다. 그리고 그 스피어의 두 번째 희생자는 쇼가 되었다.
　스피어의 창날이 어깨를 스치고 쇼의 등허리를 수평으로 찢으며 스쳤다. 그나마 쇼가 이를 악물고 상체를 피했기 때문에 그 정도 피해로 끝날 수 있었다. 등허리가 수평으로 한 뼘이 넘는 길이로 찢겨 나간 쇼는 고통스럽게 비명을 지르며 숏 소드를 뺐었다. 쇼를 찔렀던 스피어는 쇼의 겨드랑이 사이로 끼어버렸고, 창대가 붙잡힌 병사는 쇼에게 곧바로 보복을 당했다. 쇼는 미친 듯이 비명을 지르던 병사의 입속으로 숏 소드를 박아 넣었다. 그의 숏 소드가 병사의 목덜미로 비죽 튀어나왔다.
　"스, 컥! …스카우터는, 쿨럭! …길을 뚫는다!!"
　쇼는 목구멍으로 넘어온 피를 바닥에 뱉으며 독하게 소릴 질렀다.


　"언니가 불렀어?!"
　다급하게 문을 열고 들어온 에피는 불안한 눈으로 레미에게 물었다. 책상에 가득 쌓인 서류를 읽고 있던 레미는 고개를 가볍게 흔들었다. 에피는 눈을 비비며 입술을 꼭 깨물었다.
　"왜 그러니?"
　"몰라, 자고 있는데 누군가 나를 부르는 거 같아서."
　에피의 말에 레미는 조용히 웃었다. 그리고 에피에게 손짓을 했다. 에피는 헤죽 웃더니 방 안으로 들어와 레미의 무릎에 얼굴을 묻으며 어리광을 부렸다. 레미는 조용하게 에피의 짧은 머리를 쓰다듬었다. 조금 길어져서 여성스러웠던 에피는 얼마 전에 또다시 머리를 짧게 잘라 선머슴처럼 보였다. 그녀가 어째서 고집스럽게 짧은 머리를 유지하는지 알고 있어 레미는 항상 그런 에피가 측은했다. 최초로 사람을 죽였던 순간 피에 흠뻑 젖어 자신에게 달라붙었던 머리칼의 감촉을 에피는 여전히 두려워하고 있었다. 에피는 마치 고양이처럼 이상한 목구멍 소리를 내면서 레미에게 어리광을 부리며 부비적거렸다.
"불안하구나, 쇼가 혼자서 작전에 나선 게?"
"피이, 왜 불안해? 쇼 오빠가 혼자서 움직인 게 이번이 처음도 아닌데. 아마도 쇼 오빠는 혼자 움직였던 시간이 더 많을걸?"
"그래도 이번에는 혼자서 적의 포위망을 뚫어야 하잖니."
"언니야말로 걱정하는 걸로 보이는데?"
"조금은… 솔직히 많이 걱정스러워."
에피는 레미의 무릎에 턱을 괴고 그녀를 올려다보면서 헤죽 웃었다. 그리고 레미의 손을 잡으며 웃었다.
"걱정하지 마. 쇼 오빠는 죽이는 덴 익숙해도 죽는 덴 익숙하지 않은 사람이니까. 죽을 거 같으면 수단 방법 가리지 않고 도망쳐 버릴걸? 걱정할 거 없어."
"너, 정말로 괜찮은 거니?"
"응, 쇼 오빠는 별로 걱정 안 해. 점심때쯤 태연한 얼굴로 돌아와서 밥 달라고 짜증 낼걸?"
에피는 어깨를 움츠리며 기지개를 켜면서 다시 한 번 헤죽 웃었다. 레미는 에피의 어른스러운 침착함 덕분에 조금 안심이 되었다. 에피는 사실 이번 임무를 전혀 걱정하지 않았다. 솔직히 말하면 자신은 왕비의 포위망을 뚫고 회색남풍까지 도달할 자신이 없었지만 쇼라면 가능할 것 같았다. 그는 정말로 빠른 남자였고, 이언만큼이나 목적을 위해서라면 수단 방법을 가리지 않는 남자였다. 에피는 내일 벌어질 작전을 위해 충분히 자둬야겠다고 생각했다.

"너무 걱정하지 마, 언니. 아무 일도 없을 테니까."

에피는 활짝 웃으면서 그녀에게 손을 흔들어 보였고, 조용하게 콧노래를 흥얼거리며 문을 닫았다.

"여, 여기 있다아! 컥!"

"시끄러, 이 자식아!"

골목 모퉁이에 기대서서 숨을 헐떡이던 쇼는 자신을 발견한 병사를 겨누고 마지막 단검을 날렸다. 그리고 다시 벽에 기댔던 등을 떼고 걸음을 옮기기 시작했다. 그가 기대고 있던 하얀 회벽에 남겨진 피가 천천히 벽을 타고 흘러내렸다.

쇼는 현기증을 느끼며 약 주머니를 뒤졌다. 운이 없게도 그에게는 지혈제와 진통제 어느 쪽도 남아 있지 않았다. 충분히 챙겨왔지만 보통 사람과는 체질부터 다른 뱀파이어인 키리의 치료에 쓰이고 나니 남아나는 약이 없었다. 쇼는 하얀 가루약을 손등에 약간 덜어냈고, 잠시 고민하다가 손톱 끝으로 덜어낸 약들의 대부분을 날려 버렸다. 롱소드를 쥔 손으로 가슴을 가만히 누르며 숨을 고르던 카라가 의아한 눈으로 쇼를 바라보았다.

"그거 뭐야?"

"독약… 상당히 치명적인. 너라도 이걸 먹으면 죽을걸?"

"자살하려고?"

"아니."

쇼는 손등에 미세하게 남은 약을 혀끝으로 핥았고, 고통스러운 얼굴로 삼켰다. 그리고 곧바로 저주와 욕설들을 뱉어냈다. 카라는 어이 없는 얼굴로 쇼의 그런 황당한 행동을 바라보았다. 치명적인 독약을 먹었는데도 쇼는 죽지 않았다. 이마에서 흘러내린 땀방울이 쇼의 얼굴에 흐르던 핏자국을 씻어냈다.

"죽지는 않는데?"

"보통 사람이라면 이 정도만 먹어도 죽어… 쌩! 혀끝에 감각이 죽었어. 극소량을 먹으면 진통제 효과가 있어. 사실을 말하자면 독에 중독되어 감각이 죽어버리는 거지만."

"대단하다고 인정해 줄게."

"뱀파이어의 칭찬은 전혀 고맙지 않아."

쇼는 카라의 어깨를 감싸고 남았던 수건으로 자신의 옆구리를 단단히 감았다. 한가하게 옷을 벗고 상처를 살피고 지혈할 여유가 없었다. 쇼는 약 기운이 돌면서 손끝이 아스라하게 저리는 느낌을 받았다. 그리고 신경을 헤집고 다니던 고통이 줄었다.

두 사람은 지쳐 버린 얼굴로 좁은 골목길을 이용해서 조용하지만 꾸준하게 도망치고 있었다. 사방에서 왕비군 병사들이 조를 짜 뛰어다니며 그들을 찾았고, 조금 큰 거리나 갈림길에는 어김없이 최소한 셋 이상의 경비가 붙었다. 쇼와 카라는 경우에 따라서는 버려진 가옥 안으로 들어가 집 안을 이용해 이동했다. 그들은 느리지만 착실하게 도시 외곽으로 전진하고 있었다.

쇼는 출혈이 심해 핏기가 사라지고 갈라진 입술로 나지막하게 불평을 뱉어냈다. 그리고 다시 몸을 일으켰다. 그들에게는 한가하게 앉아 있을 시간이 없었다. 조만간 날이 밝을 것이고, 날이 밝아지면 왕비군의 추격은 한결 쉬워질 것이다. 아직 상황을 파악하지 못한 회색남풍 용병대로 찾아가서 전황과 그들의 작전 목표를 제시하여 전력화하지 않는다면 에펜도르프에서 시가전을 벌이는 국왕군에게 희망은 없었다. 그리고 그런 사활이 걸린 작전에 투입된 두 사람은 목숨까지 기꺼이 걸어야 했다.

"괜찮은 거야?"

"물론. 나는 하이 스카우터니까… 제기랄!"

"그 하이 스카우터라는 사실에 굉장히 집착하네."

카라는 빼꼼이 뒷문을 열고 문틈으로 뒷골목에 병사들이 있는지 확인하면서 속삭이듯 말했다. 문지방에 등을 기대고 있던 쇼는 차갑게 웃었다. 차가운 땀방울이 목덜미를 타고 흐르는 쇼의 얼굴은 카라와 비슷해 보일 정도로 핏기가 없었다.

"과거도 없고 미래도 없는 나 같은 인간에게 남은 건 그것뿐이니까. 암살자로서의 나를 포기하고 나니까 나에겐 그것밖에 남지 않더군. 정말 모래 한 줌이야."

카라는 살그머니 문을 반쯤 열었고, 폭이 1미터가량 되는 뒷골목 반대 편에 있는 집의 뒷문을 열었다. 카라가 건너가자 곧 이어 쇼가 심호흡을 하고는 도랑을 건너듯 1미터짜리 뒷골목을 건너 맞은편에 있는 뒷문으로 들어갔다. 방금 전까지 쇼가 기대고 있던 문지방에 남겨진 핏방울이 주르륵 흘러내려 먼지가 가득한 바닥을 적셨다.

두 사람이 들어선 곳은 어떤 건물의 세탁실이었다. 쇼는 구석에 먼지가 가득한 상태로 버려져 있던 하얀 침대 시트를 피 묻은 숏 소드로 찢었다. 그리고 옷을 축축하게 적시며 피가 흘러나오고 있는 옆구리에 힘주어 감았다. 하얀 천에 금방 검붉은 핏자국이 배어 나왔다.

"어?!"

"제기랄!"

비틀거리며 세탁장을 나와 거실로 들어섰던 쇼는 인상을 찡그리며 욕설을 내뱉었다. 거실에는 두 명의 병사들이 한가하게 누워서 잡담을 하고 있었다. 수색 임무가 떨어진 동안에 슬그머니 숨어서 시간을 때우던 병사들이었다.

다행히 누워서 빈둥거리던 병사들보다 쇼가 빨랐다. 쇼는 재빨리 아무거나 잡아서 그들에게 집어 던지고 곧바로 숏 소드를 쥐고 덤벼들었다. 그가 던진 것은 묵직한 청동 촛대였다. 청동 촛대에 관자놀이를 맞은 병사가 비명을 지르며 나뒹굴었고, 바로 그 순간 쇼는 청동 촛대에 맞은 병사를 무릎으로 깔아뭉개며 그의 옆구리에 숏 소드를 박아 넣었다.

엉겁결에 발사된 쿼렐이 바로 앞에 있던 쇼의 목을 스치고 지나갔다. 쇼의 목에서 뿜어 나온 피가 화려한 실크 벽지를 적셨다. 쇼는 반사적으로 목을 움켜쥐었다. 손톱만큼만 더 깊었어도 쇼는 경동맥을 날려먹을 뻔한 순간이었다. 소동을 듣고 벌써 달려온 카라가 석궁을 든 병사의 등허리 한가운데 롱 소드를 찔러 넣고 잔인하게 흔들었다.

"하아! 하아! 하아! 하아!"

카라는 방 안을 둘러보다가 창가에 걸려 있던 하얀 레이스 커튼을 잡아 뜯었다. 그리고 쇼가 누르고 있던 손을 떼어내고 목에 단단히 감아서 지혈을 시켰다. 쇼는 출혈이 심해서 정신이 나가 버릴 것 같았지만 필사적으로 의식을 붙잡았다. 지금 의식을 잃으면 혈압이 떨어져 정말로 죽는다는 것을 알고 있었다.

쇼는 바닥에 주저앉은 채 신발 속에서 발가락을 움직여 보았다. 부드러운 부츠 속에 있어야 할 발가락은 감각이 없었다. 움직이는 것은 고사하고 무릎 아래로 전혀 감각이 없었다. 쇼는 흔들리는 시선으로 주먹을 쥐어보았다. 주먹은 쥐어지지 않았다. 쇼는 불편해진 손목으로 목덜미의 상처를 눌렀고, 더듬거리며 품속에서 서류를 꺼냈다. 그리고 그 서류를 카라에게 건네주었다.

"이걸 가져가. 빨리 가서 응원군을 불러와. 난 이제 더 이상 못 가."

카라는 잠시 동안 쇼의 상태를 진찰하면서 고민했다. 쇼는 의식이 흐려지기 시작했지만 판단력은 아직 온전한 것 같았다. 하지만 출혈이 심한 쇼를 데리고 왕비군의 포위망을 돌파하는 것은 무리였다. 차라리 회색남풍을 데리고 쇼를 구출하는 편이 빨랐다. 카라는 빠르게 판단을 내리고 쇼에게서 서류를 받았다. 그리고 조금 걱정스러운 눈으로 그를 바라보았다. 그녀의 시선을 받은 쇼는 피가 흥건한 목덜미를 누르며 히죽 웃었다. 온몸이 피에 젖은 몰골로 피곤하게 웃는 그의 모습을 보며 카라는 벌떡 일어났다.

어찌 보면 처음부터 자신이 가야 했을지도 모른다. 카라는 그 짧은 순간 그렇게 후회했다. 항상 다른 사람이 어깨 뒤에서 입을 다물고 서 있는 생활이 익숙했던 그녀였다. 세속 수녀였을 때도 그랬고 뱀파이어가 되어서도 그랬다. 절대로 나서지 말 것. 그것은 그녀의 좌우명이었다. 그래서 그녀는 항상 등 뒤에 서서 방관자로 지냈다. 안타까운 적도 많았고 초조하게 입술을 씹으며 서성거렸던 적도 많았다. 하지만 그때마다 그녀는 애써 자신을 억누르며 방관자로서의 입장을 고수했다. 그것이 그녀 자신을, 그리고 그녀가 돕고 싶어하는 이를 위한 길이라고 믿었다. 그런 생각을 갖고 살아왔던 카라는 지금 애가 타 자신의 소극적인 태도를 후회했다. 조금쯤은 나서도 좋았을 것이다. 그랬다면 지금처럼 쇼가 피를 흘리며 누워 있지 않았을 것이다. 항상 후회하고 슬퍼하며 살아가는 인생. 카라는 자신에게 주어진 그 저주받은 숙명을 한탄했다.

"아침까지는 돌아올게. 아파도 조금만 참아봐."

"이걸 봐라, 이 마녀야."

쇼는 자신의 목덜미를 누르고 있던 손바닥을 펼쳐 그녀에게 내밀었다. 그의 손을 가득 적신 붉은 피는 손목을 타고 흘렀다. 쇼는 씨익 웃었다. 코끝에 매달려 있던 땀방울이 툭 떨어졌다.

"이게 조금 아플 거라고 생각하냐? 죽을 만큼 아프니까 더 빨리 돌아와."

"알았어."

카라는 특유의 인기척없는 발걸음으로 그림자처럼 나가 버렸다. 혼자 남게 된 쇼는 두 구의 시체들 곁에 앉아서 허탈하게 웃었다. 스피어에 찢긴 등허리가 욱신거렸다. 쇼는 카라 혼자서라면 그럭저럭 포위망을 돌파하는 데 어렵지 않을 것이라고 생각했다. 그리고 외곽에서 대기 중인 회색남풍 용병대가 방어선을 돌파하고 오는 시간은 그다지 오래지 않을 것이다. 그는 어서 노곤한 작전이 끝나고 돌아가서 치료를 받아 씻은 뒤 잠들고 싶었다.

쇼는 필사적으로 숏 소드를 쥔 채 눈을 감고 머리를 벽에 기댔다. 뜨거운 피가 벽을 타고 흐르는 것을 느꼈다. 피곤했다. 너무 피곤했다.

"아, 젠장… 힘들잖아……."

쇼는 눈을 감은 채 중얼거렸다. 나른한 피로가 그의 기분을 이상하리만치 편안하게 만들었다. 그는 어깨를 움직여 자세를 조금 편안하게 고쳤다. 그리고 씨익 웃었다. 다행히 움직이지 않으니 상처의 고통이 줄어든 것 같았다. 쇼는 문득 검은 평원에서 에피를 처음 보았을 때를 회상해 보았다. 그의 의식은 빠르게 과거로 거슬러 올라갔다.

'그럼 나랑 결혼하면 되겠네요?'

에피는 헤죽 웃으면서 그렇게 말했었다. 짧은 머리에 볕에 건강하게 그을린 얼굴의 에피는 어찌 보면 귀엽다고 말할 수 있는 얼굴이었다. 누구를 데려와도 친하게 지낼 수 있는 뻔뻔함과 수다스러움을 가진 여자. 쇼는 한번쯤 그녀를 진지하게 생각해 봤는지 자문했다. 그런 기억은 별로 없었다. 하지만 그녀와 결혼하는 것도 그리 나쁜 인생은 아닐 것 같았다. 어차피 갈 곳 없는 인생이라는 점이 똑같은 남녀가 결혼하는 것도 나쁘진 않았다.
"…후우, 심심한데 결혼이나 해볼까?"
쇼는 피식 웃으며 어깨를 조금 움직여 다시 한 번 자세를 고쳐 앉았다. 그리고 눈을 감고 가만히, 아주 가만히 웃어보았다. 쇼는 어쩐지 지금 자신의 표정이 마음에 들었다.

카라의 안내를 받으며 쇼가 머물던 곳으로 회색남풍 용병대가 도착한 것은 해가 뜨고 희미한 안개가 걷혀갈 무렵이었다. 강행 돌파 대형으로 전열을 짠 회색남풍 용병대는 왕비군의 방어선을 부수듯 전진하며 시가지로 진입했고, 투구산 정상에서 관측하던 국왕군은 곧바로 양동을 걸었다. 근위대와 시민병 부대, 그리고 지난밤의 작전으로 녹초가 된 하메른 백인대까지 동원된 작전이었다. 갑작스런 대규모 충돌을 예상하지 못했던 왕비군은 시내 도처로 병력이 분산되어 충분한 힘을 발휘하지 못한 채 돌파를 허용하고 말았다.

회색남풍 소속의 돌격대가 문을 부수고 가옥 안으로 투입되었고, 그들은 벽에 비스듬히 기대앉은 자세로 웃고 있던 쇼를 발견했다. 쇼는 희미하게 미소를 지은 얼굴로 움직이지 않았다. 쇼가 앉았던 자리 주변 바닥에는 그가 흘렸던 피가 검붉고 끈적하게 엉겨 붙은 채 굳어 가고 있었고 쇼의 얼굴은 밀랍처럼 희고 창백했다.

카라는 숏 소드를 한 손에 쥐고 벽에 기대앉아서 미소를 지은 채 절명한 쇼의 유체를 발견하고 울음을 터뜨리며 주저앉았다. 뜨거운 눈물이 차가운 그녀의 뺨을 타고 흘러내렸다. 말라 붙어가는 피 웅덩이 한가운데 앉은 쇼는 평화롭고 기분 좋은 얼굴로 잠들어 있었다.

카라는 자신의 어깨에 감겨 있던 붕대를 움켜쥐고 오열했다. 지난밤까지 그의 목에 감겨 있던 것이다. 그리고 쇼가 발라준 지혈제의 도움을 받아 카라의 어깨와 팔은 거의 대부분 회복되어 있었다. 그 지혈제가 없어서 쇼는 피를 바닥에 흥건하게 쏟으며 전투를 했고 탈출로를 뚫었다. 그리고 결국 출혈을 이기지 못하고 죽었다. 카라의 손톱이 어깨에 감겨 있던 붕대를 찢으며 파고들었다.

"뭐가… 뭐가 스카우터는 길을 뚫는다야……. 뭐가 생존을 위한 길을 만들어? 그 딴 식으로 허세만 부리는 멍청이! 죽으면 모든 게 소용없는 거잖아……."

카라는 창가로 스며든 아침 햇살이 따스하게 비추는 쇼의 옆얼굴을 바라보며 눈물을 흘렸다. 핏자국이 말라붙은 그의 지독하게 평범한 얼굴에 머문 미소는 결코 사라지지 않았다.

회색남풍 용병대에 의하여 수습된 쇼의 유체가 도착했을 때 레미와 에피는 성 피에트로 수도원에 있었다. 레미는 갑자기 동원된 양동 작전 와중에 부상당한 병사들을 치료하고 있었고, 에피는 지붕에서 떨어져 다리가 부러진 병사를 부축해 온 참이었다.

두 명의 건장한 용병이 들것에 실려 있던 쇼의 유체를 수도원 안뜰에 내려놓았을 때 두 여자는 충격을 받은 얼굴로 말을 꺼내지 못했다. 편안하게 웃으며 잠든 쇼의 손에는 그때까지 숏 소드가 쥐어져 있었다. 온몸에 말라붙은 핏자국과 너덜거리는 옷자락은 그가 지난밤에 얼마나 치열하게 투쟁하다가 삶을 마감했는지 증명해 주었다. 피에 젖어 말라붙은 머리칼이 잔뜩 흐트러져 있었고, 콰렐에 맞아 찢겨 나간 목에 감았던 레이스 커튼은 돌처럼 딱딱하게 굳어 있었다.

"우와아아! 우아아아! 우아아!!"

마침내 레미가 쇼의 유체 앞에서 무너지며 오열했다. 레미는 자신의 머리칼을 한 움큼 움켜쥔 채 숨을 헐떡이며 오열했다. 눈물이 피에 젖어 딱딱하게 굳어버린 쇼의 옷자락을 타고 흘렀다. 레미 아낙스는 목 놓아 울었다.

"미안해요! 미안해요! 정말 미안해요! 내 잘못이에요! 미안해요!"

레미는 막혀 버린 목구멍을 쥐어 짜내듯 외쳤다. 그녀의 목소리는 고통에 잠겨 알아들을 수 없었다.

"괜찮니?"

수도원까지 오는 길에 자신을 수습하고 원래의 조용한 모습으로 돌아간 카라가 에피의 어깨를 짚으며 물었다. 머리를 긁적이며 물끄러미 쇼의 유체를 내려다보고 있던 에피는 카라의 손이 닿자 흠칫 놀라며 어깨를 움츠렸다. 마치 겁에 질린 어린 짐승처럼. 카라는 그녀의 반응에 놀라 재빨리 손을 떼었다. 에피는 조용히 고개를 돌려 카라를 올려다보았다.

"뭐가? 글쎄… 헤헤."

에피는 헤죽 웃었다. 카라는 차마 에피의 그 웃음을 볼 용기가 나지 않아서 고개를 돌렸다. 에피는 오열하는 레미와 미소를 머금고 누워 있는 쇼의 유체를 보면서 머리를 다시 긁적거렸다. 수도원의 누구도 입을 여는 사람이 없었다. 에피는 문득 그런 분위기가 짜증스러웠다.

"어차피 사람이란 칼을 맞으면 죽는 거잖아? 뭐 새삼스러울 거 있어? 그것보다 의외네. 쇼 오빠도 불사신은 아니었구나."

에피는 어깨를 으쓱하면서 다시 한 번 헤죽 웃었다. 그리고 한 켠에 세워두었던 자신의 활과 활통을 집어 들었다. 에피는 고개를 돌려 멀거니 서 있던 병사를 노려보았다.

"활 내놔."

그 병사는 당황스러운 얼굴로 활통을 열었다. 에피는 한 움큼의 화살을 자신의 활통에 옮겨 담았다. 그리고 차분한 걸음으로 쇼의 유체로 걸어갔다. 그녀는 한참 동안 혼자서 낑낑거리며 쇼의 손에 쥐어져 있던 숏 소드를 빼내려고 애썼다. 보다 못한 어떤 병사가 다가가 손을 내밀었다. 순간 눈부신 검날이 햇볕에 반짝였다. 그 병사는 기겁하며 엉덩방아를 찧었다.

"손대면 죽여 버린다!"

에피는 낮고 차갑게 말했다. 그리고 다시 한 번 힘을 줘 숏 소드를 빼내는 데 성공했다. 그녀는 아직까지 쇼의 허리에 매달려 있던 검집을 풀러냈다. 검집에도 쇼의 피가 흠뻑 묻은 채 말라붙어 있었다. 에피는 쇼의 검을 자신의 허리에 매달았다. 그리고 다시 활을 집어 들었다.

"대, 대장……."

쐐애액!!

에피는 갑자기 돌아서며 시위를 튕겼다. 화살은 아슬아슬하게 에피에게 다가서려던 궁병의 귓가를 스치고 날아가 어떤 출입문에 박혀 부르르 떨었다. 싸늘한 냉기가 수도원 안뜰을 지배했다. 누구도 감히 입을 열지 못했고 레미도 울음을 멈추고 에피를 바라보았다. 에피는 물끄러미 감정이 씻겨 나간 무감동한 눈으로 모두를 둘러보았다.

"한 걸음이라도 움직이는 놈은 머리통을 날려 버릴 거야. 다가오면… 다가오면… 울어버릴 거야."

에피는 망연자실한 사람들을 남겨두고 수도원을 빠져나갔다. 카라조차도 그녀를 막지 못했다.

〈 6 〉

  쇼는 그날 저녁 성 프락티누스 고행 수도원 뒤뜰 묘지에 매장되었다. 그는 특별히 장교에 준하는 대우를 받았고 목숨을 바쳐 증원군을 유도한 공적을 인정받았다. 전방에서는 여전히 소모적인 시가전이 벌어지는 가운데 황혼을 배경으로 쇼의 장례식이 치러졌고 수도원장이 그의 장례식을 주관했다. 아델만 국왕은 병상에 누워 있었기 때문에 그의 장례식에 참석하지 못했고, 그의 장례식은 튜멜 일행과 몇몇 사람들만이 참석한 가운데 조용하고 차분한 분위기 속에 끝을 맺었다. 더 이상 오열하거나 눈물을 흘리는 사람은 없었다.
  그는 수도원 구석 빈자리에 쓸쓸하게 묻혔고 작은 묘비가 세워졌다. 전시 상황이라 정식 묘비를 마련할 여유도 시간도 없었다. 단지 그의 지휘를 받은 적 있던 하메른 백인대 병사 중에서 자원한 석공 출신인 어느 병사가 수도원 근처에서 도로를 포장하는 데 사용되었던 마름돌 한 장을 뜯어왔고, 그 마름돌은 쇼의 초라한 묘비가 되었다.

쇼?—950
고개를 돌리지 않는다. 눈을 감지 않는다. 하이 스카우터는 언제나 길을 만든다.

마름돌을 뜯어서 새긴 초라한 묘비에는 그가 살아가면서 잊지 않았던 구호가 새겨졌다. 그는 암살자가 아닌, 한 명의 용감한 하이 스카우터로 죽음을 맞이했다. 한 가지, 그의 출생 연도와 출생지는 끝내 누구도 알지 못했다. 레미와 카라는 그의 묘비가 세워지는 동안에도 울지 않았다. 카라는 예의 어둡고 조용한 태도로 되돌아가 있었고 레미는 묵묵히 생각에 잠겨 누가 말을 걸어도 알아듣지 못했다. 레이드와 파일런은 약속이나 한 듯 입을 꾹 다물고 아무런 말도 하지 않았다. 그 흔한 애도의 말조차 없었다. 이언은 말할 것도 없었다.
유일하게 감정을 조절하지 못하는 사람은 케이시 튜멜 남작이었다. 그는 분노했고 자신의 감정을 주체하지 못하고 초조하게 굴었다. 쇼의 묘비가 세워지고 사람들이 흩어지기 시작했을 때 튜멜의 불만과 분노는 극에 달하고 말았다.
"믿을 수 없어! 모두들 강철로 만든 심장을 갖고 있는 거야? 동료가 죽었는데… 지금까지 함께하던 동료가 죽었는데 그렇게 태연할 수 있는 거야?! 다들 미쳤어! 인정머리없는 인간들이야! 게다가 장례식조차 참석하지 않은 에피는 뭐야? 예의라는 게 눈곱만큼도 없다는 건 알고 있었지만 이건 정말 너무하잖아?!"
주먹이 허공을 날았고 턱을 맞은 튜멜은 주르륵 한 걸음 밀려났다.

용케 넘어지지 않은 것은 파일런의 지독한 훈련으로 어지간히 단련된 하체 덕분이었다. 튜멜은 당장이라도 우둑우둑 씹어 먹을 듯한 눈으로 이언을 노려보았다.

이언은 너무 세게 때려서 욱씬거리는 주먹을 털며 피식 웃었다. 차갑고, 공허하고, 하얗게 정제된 증오가 깃든 검은 눈동자는 암흑의 우물처럼 열린 채 튜멜을 비추고 있었다. 튜멜은 처음으로 그런 이언의 눈동자에 지지 않았다. 튜멜은 손을 들어 입가를 타고 흐르는 피를 손등으로 밀어냈다. 가늘게 떨리는 그의 어깨는 주먹을 사용할지 허리에 차고 있던 검을 사용할지 갈피를 잡지 못하는 것으로 보였다.

"이 쓰레기 같은 전쟁으로 지금까지 죽어간 사람들이 몇 명이라고 생각해? 100명? 1,000명? 왜 지금까지는 증오하고 분노하지 않았지? 왜? 핫하하!"

이언의 웃음소리는 공허했고 듣는 이의 신경을 사정없이 후벼 팠다. 누구라도 어깨를 움츠릴 만큼 지독한 웃음이었다.

"지금까지 죽어간 이들은 그럼 심심해서 개처럼 죽어간 거냐?"

"죽은 이들을 모욕하지 마라! 나는 그들의 죽음도 슬프다! 무력하고 무능한 나 자신이 증오스럽다! 이 '빌어먹을' 전쟁을 멈추지 못하는 내 능력이 원망스럽다!!"

튜멜은 눈물을 흘리면서도 이언을 노려보았다. 그는 자신이 울고 있다는 사실조차 느끼지 못하는 듯했다. 투명한 눈물이 황혼 빛을 받아 피처럼 붉게 보였다.

"이런 게 전쟁이라는 거야! 전쟁터에서 사람은 죽어. 허무하게! 마치……"

이언은 한 손을 허공으로 쳐들고 주먹을 쥐었다. 그리고 주먹 안에 연약한 무엇인가라도 있는 듯 우두둑 소리가 나도록 움켜잡았다. 그리고 천천히 손가락들을 털었다. 그러면서 처연하게 웃었다.

"손아귀 속에서 힘없이 부서지는 가루처럼… 허무하게 흘러내리지. 후후후."

갑자기 검이 뽑히는 소리에 모두가 흠칫 놀랐다. 파일런 디르거는 쇼의 묘비 앞에 서서 조용히 자신의 클레이모어를 천천히 들어 올렸다. 날씬하고 예리한 검신은 불타오르듯 붉었다. 파일런 디르거는 검을 거꾸로 쥐고 검의 힐트 부분에 조용히 입을 맞추었다. 그리고 파일런은 양손으로 클레이모어를 십자가처럼 받들고 조용히 한쪽 무릎을 꿇었다. 늙은 사내의 굳게 닫혀 있던 입술 사이로 낮고 무거운 목소리가 흘러나왔다.

"신의 가호가 여기 위대하고 용감했던 전사에게. 신이시여, 죽은 자를 축복하소서. 제7성당 기사단 성당 기사 레이크 뮈트에르그의 이름으로 기도하오니, 분노의 칼날과 위대하신 분의 준엄한 심판이 세상을 일깨우는 만종 소리가 되기를… 당신께 기도하나이다."

한 번도 파일런이 기도를 올리는 모습을 본 사람은 없었다. 아니, 그의 입에서 신이란 이름이 나오는 것도 극히 이례적인 일이었다. 파일런은 한 사람의 성당 기사단원이 되어 기사들만의 방식으로 쇼의 명복을 빌며 추모 기도를 올렸다. 그리고 천천히 일어나 자신의 클레이모어 검신을 지긋하게 바라보다가 검집으로 되돌려 넣었다. 그리고 이언을 향해 말을 건네며 천천히 묘지 출구 쪽으로 향했다.

"방어선을 돌아보겠네."

"그렇게 하십시오, 디르거 경."

이번에는 레이드의 차례였다. 레이드는 조용히 한쪽 무릎을 꿇었고 낮은 목소리로 '이 기회에 푹 좀 자두게, 친구'라고 짧게만 속삭였다. 그리고 성호를 긋고는 쇼의 초라한 묘비에 가만히 입을 맞췄다. 그리고 뒤도 돌아보지 않고 사라졌다. 레이드는 그날 식량 저장고에 들어가 새벽까지 위스키에 젖어 나오지 않았다.

"이 세상에 평등한 것이 있으니, 신과 죽음 앞에서는 만인이 평등하도다. 권세도 신과 죽음 앞에서는 먼지에 불과할지니, 만인들은 신의 권능에 고개 숙이고 죽음의 준엄을 공경하라. 신의 축복이 이 자리에 머무소서."

이언은 한 손을 가만히 묘비에 얹고 묘비에 얹은 손등 위에 가만히 입을 맞췄고 양손을 하늘로 향하며 가만히 이마를 묘비에 기댔다. 튜멜의 눈에 이언의 기도하는 모습은 너무나 이질적이고 낯설었다. 튜멜은 어느 종파에서 저런 식의 예의를 보이는지 잠시 고민했다. 확실한 것은 그는 성호를 긋지 않았다는 점이었다.

카라는 묘비 앞에 무릎을 꿇고 지극히 경건한 세속 수녀의 모습으로 짧은 기도문을 읊조리고 이언의 뒤를 따랐다. 묘비 앞으로 다가서던 레미는 잠시 머뭇거리다가 짧은 성호만 긋고 서둘러 카라의 뒤를 따랐다. 묘지에 남은 것은 늙은 묘지기와 케이시 튜멜 남작만이었다.

"…미안하다."

튜멜은 잠시 동안 물끄러미 쇼의 묘비를 내려다보다가 짧게 말했다. 그는 어색한 얼굴로 주변을 휘휘 둘러보았다. 늙은 묘지기는 묵묵히 등을 돌리고 석양을 향하고 있었다. 튜멜은 다시 묘비를 내려다보았다. 성 요하누스 수호 교회 뒤뜰에 있는 에펜도르프 가문의 묘비를 둘러본 적이 있었다. 그는 그때 묘비들을 둘러보며 혼자서 많은 생각을 했었다. 이 묘비 아래 묻힌 이는 어떤 얼굴을 가진 누구였으며 어

Chapter 15 묘비 위로 떨어지는 꽃잎 163

떤 삶을 살다가 죽음에 임박해 어떤 표정을 지으며 죽어갔을까? 죽음이 목전에 다가왔을 때 어떤 기분이었을까? 자신이 알던 이의 죽음을 목도하는 것은 형언하기 힘든 기억이었다. 튜멜은 이것이 생애 두 번째 기억이었다. 첫 번째는 테일부룩 영지의 선대 튜멜 남작의 죽음이었다. 그리고 이제는 동료, 아니, 친구라고 생각했던 이가 죽어 이곳에 묻혔다. 튜멜은 가만히 입을 다물었다.

'만약에 누군가 너를 죽인다면 나는 그 녀석을 산 채로 튀겨 먹어버릴 거야. 그리고 그 자식의 피붙이 하나까지 온 대륙을 뒤져 모조리 찾아내서 그게 여든 먹은 노인이든, 3개월 된 갓난아기이든 관절 하나씩을 차근차근 토막 내서 죽여 버릴 거야. 너를 죽게 만드는 데 관여했던 모든 인간들의 씨를 말려주겠어. 만족하냐?'

'난 당신이 좀 더 세상을 넓게 보아줬으면 좋겠어. 이 지독한 시궁창에서 벗어나 따스한 햇살을 받으며 수평선 너머의 넓은 바다를 보는 남자가 되었으면 좋겠어. 스스로의 손을 더럽히려고 노력하지 마. 세상에는 이미 손이 더러운 나 같은 남자들로 넘쳐 나니까. 묘비를 세우는 자보다는 묘비를 읽는 자가 되길 바래.'

'묘비를 읽는 자가 되길 바래'. 튜멜은 할 말이 없었다. 불과 며칠 전, 투구산 정상의 성 요하누스 수호 교회의 뒤뜰 묘지에서 튜멜은 쇼와 짧게 이야기를 나눈 적이 있었다. 그때 쇼는 바람 속에 어지럽게 머리칼이 흐트러지는 속에서 튜멜에게 그렇게 말했다. 묘비를 읽는 자가 되라고. 그리고 지금 튜멜은 쇼의 묘비를 읽고 있었다.

튜멜은 뺨을 타고 흐르는 눈물을 가만히 소매로 닦아냈다. 눈물은 여전히 흐르고 있었다. 그는 쇼가 오늘을 예감하고 그런 소리를 한 것인지 알 수 없었다. 튜멜은 심호흡을 하고는 가만히 눈을 감았다. 그리고 잠시 동안 굳은 듯이 그렇게 서 있었다. 석양이 쏟아지며 튜멜의 얼굴을 조용히 비추고 있었다.

회색남풍 용병대가 가세했지만 국왕군의 전세는 여전히 변하지 않았다. 경장 기병 2개 백인대 240기, 중장 보병 1개 독립대 480명, 그리고 비전투 요원 200여 명으로 구성된 회색남풍은 일단 용병 전력으로서는 대단한 숫자임에는 틀림없었지만 전체적인 전황을 결정적으로 뒤집을 만큼 절대적이지는 못했다.

왕비군은 중장 보병만 8개 독립대였고 거기에 경장 보병만 3개 독립대, 2개 독립대 규모의 궁사대가 기병 전력을 제외한 순수한 보병 전력으로 보유하고 있었다. 지금까지 잦은 전투를 치렀고 많은 전력에 피해를 입었지만 1개 연대급 병력은 그렇게 쉽게 소진되는 병력이 아니었다. 1만이 넘는 병력들 중에서 게일 점령전과 수도공성전, 그리고 에펜도르프 방어전까지의 전투를 거치며 왕비군은 3할대를 상회하는 피해를 입었지만 여전히 막강한 전력을 자랑했다.

에펜도르프가 지금까지 잘 버티고 있는 것은 왕비군보다 상대적으로 우수한 기강과 전투 의지도 있었지만 몇천 명 단위의 군대가 동시에 전개되어 충돌할 공간이 없다는 점이 가장 큰 이유였다. 페나 왕비도 나름대로 초조해서—그녀에게는 한가하게 지구전을 벌일 여유가 없었다—갖은 전술을 동원했지만 제대로 먹혀든 것이 없었다.

페나 왕비는 전술적 감각만큼은 아델만 국왕보다 월등하게 우수했지만 그녀에게는 불행하게도 실무를 처리하며 실제로 현장에서 전투를 지휘할 야전 지휘관이 절대적으로 부족했다. 하일리버는 경험도 부족하고 미숙했기 때문에 사실상 야전 지휘관으로는 전혀 쓸모가 없었고, 총기사단장이 나름대로 고군분투했지만 그 혼자만의 힘으로는 역부족이었다.

그에 비하여 국왕군은 부족한 병력에도 불구하고 충분한 보급을 비롯한 두꺼운 후방 지원 능력이 가장 큰 강점이었다. 게다가 그에게는 튀지도 않고 별다른 특징도 없었지만 착실하고 성실한 에른하르트 사령관을 비롯하여 실제 야전에서의 총책임자로 싸우는 파일런 디르거의 절대적인 카리스마―휘하 병사들에게 절대적인 신임을 얻는―와 노련한 경험, 그리고 우수한 지휘 능력이 있었다. 그리고 이언, 쇼―지금은 전사했지만―와 레이드, 그리고 에피에 이르는 일선급 지휘관들을 충분히 확보하고 있었다.

또한 현재 국왕군에서 가장 위력을 발휘하기 시작한 인재는 레미 아낙스였다. 그녀는 단검 하나 다룰 줄 몰랐지만 그녀의 능력은 파일런의 냉정한 평가를 기준으로 최소한 중장 보병 2,000명 급 이상의 위력을 발휘했다. 뛰어난 분석 능력과 균형 감각, 그리고 잦은 전투로 인하여 혼란스러워진 지휘 계통의 연락망 유지, 가장 절실한 현안부터 보통 사람의 두 배 이상의 속도로 처리할 수 있는 서류 처리 능력 등은 그녀가 국왕군의 대동맥이라는 평가가 크게 틀리지 않았다.

흔히 전쟁은 우수한 기사와 잘 훈련된 병사만 보유하고 있으면 우세하다는 류의 비전문가적인 편견을 여지없이 묻어버릴 정도로 그녀의 능력은 탁월했다. 레미에 의하여 최적화된 조직은 높은 효율성을 발휘하는 상황이었다.

지하 터널을 이용한 습격은 두 번 다시 시도되지 않았다. 그런 면에서 이언의 전술은 잔혹했지만 유효했다고 할 수 있다. 왕비군 병사들은 거의 학살당하는 수준으로 궤멸했다는 소식을 접한 이후로 지하 터널 작전만 입안되면 심각할 정도로 동요하여 군기가 흐트러졌다. 실제로 그날 이후 지하 터널 작전으로 희생된 병사들은 더 이상 생기지 않았다.

결국 왕비군은 3개의 주요 루트에 의존하여 정공법으로 에펜도르프를 공략해야 했고, 극심한 소모전으로 전선은 장기화 상태로 전환되었다. 이것은 또한 이 전쟁의 추이를 주시하고 있던 주변국들을 크게 동요시켰다.

라이어른의 이런 분쟁이 장기화되면 현재 전투의 피해로부터 벗어나 있는 페임가르트와 브레나도 타격을 입을 수밖에 없었다. 브레나로 들어오던 정기 상선들은 그 수가 급감했고, 왕실 내분이 잦은 페임가르트는 수도에서의 치안 확보에 필사적이었다. 그리고 게일과 노드게일, 뤼막 등은 서서히 전쟁으로 인한 피해가 표면화되기 시작했다. 가장 피해가 심각한 것은 발트하임이었다. 라이어른 최강국으로 군림하던 발트하임은 과연 내전이 끝나도 예전처럼 최강국으로 군림할 수 있을지 회의적이었다.

페나 왕비는 혼자의 몸으로 라이어른 6개 국을 확실하게 뿌리부터 뒤흔드는 데 성공했다. 이제 그녀에게 걸린 관건은 이 모든 문제점들을 어떤 방식으로 수습할 수 있겠느냐였다. 그것은 결코 호락호락한 문제가 아니었다.

이 전쟁을 주시하는 주변국들의 가장 큰 의문점은 어째서 폴리안이 침공하지 않은 채 국경 분쟁 수준에서 전황을 확대시키지 않는가였다. 그것에 대한 추측들 중에서 가장 유력한 것은 폴리안과의 국경으로 병력을 집중한 카민의 존재를 꼽았다. 실제로 북해에서 극동항으로 향하는 소수의 상단으로부터 입수된 정보에 의하면 카민의 병력 이동은 역사상 최초로 카민이 대륙을 침공하는 것이 아닌가 하는 의문이 들 정도로 유례없는 대규모였다고 한다. 결국 폴리안은 자국 국경을 넘으려고 하는 카민의 존재 때문에 라이어른 문제에 개입하지 못했다는 가설을 반박할 증거를 갖지 못했다.

폴리안이 대륙으로 진출하지 않는 또 다른 이유 중 하나는 대륙인들, 특히 아메린과 크림발츠 인들의 극단적인 적개심을 꼽는 이도 있었다. 함께 3강 구도를 이루고 있다는 점이어서 그렇다는 추측도 있지만, 어쨌거나 아메린과 크림발츠는 극단적일 정도로 폴리안 인들을 증오하고 있었고 폴리안의 대륙 진출을 저지하기 위해서라면 라이어른이 지도상에서 사라지는 것쯤은 관심도 없을 거라는 점에서 서로 비슷했다. 두 나라가 대(對)폴리안 문제를 제외하고 이렇게 의견이 일치하는 경우는 거의 없었다. 사실 아메린과 크림발츠로서는 대륙 중부와 서부에서 아슬아슬한 세력 균형을 간신히 유지하고 있었고, 이런 위태로운 균형을 또 다른 강대국의 진출로 무너뜨리길 원하지 않았다.

폴리안은 분명히 보다 비옥한 대륙 내부의 영토를 원하고 있었지만 아메린과 크림발츠는 심심해서 지난 몇 세기 동안 숱한 국경 분쟁을 해온 것이 아니었다. 그 치열한 세력 경쟁 속에서 폴리안이 뛰어든다면 대륙은 지금을 능가하는 치명적인 군비 경쟁의 레이스에 뛰어들게 되는 것이다. 게다가 폴리안은 폴리안 정교회였고, 일단 대외적이고 외교적인 레벨에서 폴리안은 중앙 대교국의 제1적국이었다.

종교가 전혀 다른 동방제국 발헤니아가 제2적국으로 정의된 것을 비교하면 대륙인들이 갖는 폴리안에 대한 적대감은 충분히 짐작이 가능했다. 중앙 대교국이 거의 힘을 발휘하지 못하는 아메린과 크림발츠라고 해도 일단은 중앙 대교국 산하의 국가들이었고 폴리안을 공격할 대외적 핑곗거리는 이미 충분하고도 넘쳐흘렀다.

아메린과 크림발츠로서는 폴리안을 공격하는 데 사실상 아무런 제약이 없었고, 폴리안이 진출한다면 곧바로 총력전에 들어갈 각오를 하고 있었다. 다행히 폴리안의 '폴리안 국왕'은 자신의 손으로 제2차 암흑기를 발발시킬 의도는 없어 보였다. 적어도 지금으로써는.

튜멜 일행이 레미의 모습을 다시 본 것은 쇼가 죽은 지 무려 9일이 지나서였다. 그동안 방 안에 틀어박혀서 나오지 않았고 누구의 얼굴도 보지 않았던 그녀는 정말 난데없이라는 말을 쓸 수밖에 없는 형태로 등장했다. 이른바 수뇌부라고 불리는 인물들이 모인 상황에서 불쑥 나타난 것이다. 모처럼 상태가 호전된 아델만 국왕과 수뇌진이 함께 저녁 식사를 하는 와중에 레미가 홀로 나타났다.

그녀는 예의 회색 원피스 차림이었지만 분위기는 전혀 달랐다. 일단 짙은 갈색 머리를 한 갈래로 땋아서 둥글게 말아 올린 머리 스타일이었고, 얼굴 표정이 전혀 달랐다. 꾹 다문 입술에 미간을 약간 좁힌 채 똑바로 전방을 주시하는 그녀의 시선에는 흔들림이 없었다. 그리고 야위고 창백한 뺨은 딱딱하게 굳은 채 좀처럼 표정을 내비치지 않았다. 무엇보다 그녀의 주변에는 평소와는 다른 무엇인가가 감돌고 있었다.

그녀가 식당문을 열고 안으로 들어왔을 때 별다른 대화도 없이 묵묵히 저녁 식사에 열중하던 사람들은 일제히 그녀를 바라보았다. 그녀는 사람들의 시선을 받으며 천천히 식탁으로 다가왔다. 그리고 테이블 끝에 섰지만 자리에 앉지는 않았다. 그녀는 턱을 치켜들고 조용하고도 낮은 목소리로 입을 열었다.

"가장 빠른 연락수를 준비해 줄 수 있어?"

"빠른 연락수? 쇼가 죽었는데 누구를 또 내보내?"

이언은 무심하게 빵을 뜯으며 건성으로 대답했다. 갑작스러운 소리에 모두들 황당한 표정으로 레미를 바라보았다. 레미가 손바닥으로 테이블을 내려친 것이다. 좀처럼 볼 수 없던 모습이었다. 레미는 가는 눈썹을 파르르 떨면서 미간의 좀 더 가깝게 좁혔고 눈을 가늘게 떴다.

"나는 지금 부탁하는 게 아니라 명령하는 거야."

"헷! 명령이라… 얼마나 빨라야 하는데?"

"아마도 지금까지의 대륙 연락수들이 세웠던 주파 기록을 갱신해야 할 거야."

레미와 이언이 대화를 하는 동안에 다른 사람들은 식사도 잊은 채 멀뚱한 눈으로 두 사람의 대화를 멍하니 듣고 있었다. 두 사람이 이렇듯 이해하기 힘든 대화를 하는 것은 어제오늘 일이 아니었지만 오늘은 특별히 달랐다.

"목적지가 어딘데?"

"크림발츠의 수도 하이야나… 정확히는 크림발츠 왕성."

그녀의 말은 확실히 충격이었다. 다들 소리가 나도록 나이프와 포크를 내려놓았다. 그리고 뚫어져라 레미를 바라보았다. 레미는 잠시 눈을 내리깔고 입을 다물었지만 다시 자신의 표정으로 돌아왔다.

"…여왕의 창기병을 동원하겠어."

"아낙스 양?! 그게 무슨 소리입니까?"

튜멜이 걱정스러운 얼굴로 엉거주춤 일어섰다. 이언은 팔짱을 끼고 잔뜩 비웃는 얼굴로 튜멜을 바라보았다. 쇼의 장례식 이후로 두 사람은 서로 말도 하지 않았고 복도에서 마주치면 정말로 검을 뽑아 들고 서로를 찌를 듯한 분위기였다. 튜멜은 이언의 비웃음에 울컥 화가 났다.

"뭐가 그리 우습지?"

"너… 이 여자가 누구라고 생각해?"

"그야… 아낙스 양이지."

"바보 남작. 너, 한 번이라도 레미 R. 아낙스의 이니셜 R이 어떤 이름의 약자인지 고민해 봤어?"

"뭐?"

"R은 '루엘라이'의 머릿글자 R이야, 이 머저리야."

제일 먼저 아델만 국왕의 눈이 커졌다. 그리고 논객으로 앉아 있던 체스터 남작은 의자에서 튀어오를 뻔했다. 튜멜은 아델만 국왕과 체스터 남작의 태도에 당황했다. 이언은 팔짱을 끼고 앉아서 턱을 치켜들고 비웃는 목소리로 말했다.

"현재 크림발츠의 여왕 하이나 11세의 본명이 뭔지 모르나?"

"에?! 혹시 설마……?!"

튜멜은 의혹이 가득한 눈으로 레미를 바라보았다. 레미는 잠시 동안 입을 다물고 무표정하게 모두의 시선을 받았다. 한참 만에 그녀는 입을 열었다.

"내 이름은 레미 루엘라이 아낙스 파반트, 크림발츠의 여왕 하이나 11세예요. 그동안 신분을 숨겨서 미안해요."

자신의 이름을 밝힌 레미, 아니, 파반트 여왕은 가늘게 뜬 눈으로 이언을 바라보았다. 이언은 자리에서 일어나 조용히 파반트 여왕 앞에 한쪽 무릎을 꿇고 앉았다. 그리고 오른손을 심장으로 가져가며 또박또박한 목소리로 인사했다.

"소신 하 이언, 하이나 11세 여왕 폐하를 뵙습니다."

"귀하는 내 신분을 예전부터 알고 있었죠?"

"네, 알고 있었습니다. 제 임무는 폐하의 안전을 수행하는 것. 제가 튜멜 남작의 영지에 나타난 것은 단순한 유랑이 아니었습니다."

파반트 여왕은 몸을 돌려 아델만 국왕을 향했다. 그리고 가볍게 목례를 하면서 정중하게 인사했다.

"레미 루엘라이 파반트, 크림발츠의 하이나 11세입니다. 그동안 실례를 범해 유감입니다."

파반트 여왕의 인사에 아델만 국왕은 가볍게 기침을 하면서 쿡쿡 웃었다. 그는 잠시 동안 미소를 지었고 그사이에 이언은 파반트 여왕을 테이블의 끝, 아델만 국왕을 정면으로 마주 보는 빈자리에 앉도록 시중을 들었다. 그리고 허리를 펴고 자리에 앉은 파반트 여왕의 뒤에 섰다. 허리를 펴고 당당하게 서 있는 이언의 모습은, 처음으로 그가 현직 군인이라는 사실을 믿을 수 있게 해주었다.

"혹시나… 했었는데… 허허. 크림발츠의 왕실 인척들 중 누군가라고 생각했었는데 설마 여왕 폐하일 줄은 몰랐습니다. 저야말로 그간의 결례를 용서하십시오. 하지만 너무하셨군요. 저는 아주 예전에 귀하의 본명을 물었는데."

"저는 거짓말을 한 적은 없었습니다. 단지 풀네임을 알려드리지 않았을 뿐입니다."

"아낙스라는 이름은?"

"증조 외할머님의 이름이었습니다. 외가 쪽 가계에서 사용되는 이름입니다."

"음… 귀하의 외가 쪽 가문이라면… 엉겅퀴를 사용하는 쥐띠에르(D' guiter) 가인가? 그 가문 출신의 여왕 중에 유명한 여왕이…….."

"엘야 여왕입니다. 크림발츠 역사상 처음으로 왕명 부여받기를 거부했던 여왕입니다."

"호오!"

한 나라를 움직이는 두 명의 군주가 나누는 대화치고는 지나치게 소박했다. 레미 파반트 여왕은 가장 유능한 여왕으로 이름이 높았던 엘야 여왕의 가문 출신이었다. 파반트 여왕은 고개를 돌려 먼저 체스터 남작을 바라보았다. 체스터 남작의 표정은 복잡했다. 아메린의 남작 체스터 입장에서 보면 파반트 여왕은 적대국 군주였다. 그런 인물이 지금 한 테이블에 앉아 있다는 사실이 전혀 믿어지지 않았다.

"아메린의 남작, 체스터라고 했나요?"

"네, 여왕 폐하."

체스터 남작은 정중하게 아메린 식으로 예를 취하며 대답했다. 적대국이라고는 하지만 그것은 거의 전통에 가까운 의례적인 것이었고, 전시 상황도 아닌 지금으로써 한 국가의 여왕에게 무례함은―더더군다나 검을 빼 드는 짓 따위는―있을 수 없었다. 오히려 이런 경우에 더 예의가 중요시되었다. 사교계를 싫어하는 체스터 남작이지만 군주에게 보이는 예의에는 부족함이 없었다. 그것은 아메린 인으로서의 자긍심 문제였다. 파반트 여왕은 만족스러운 얼굴로 고개를 끄덕였다.

그 다음으로 에펜도르프 자작과 에른하르트 사령관이 그녀에게 예를 올렸고 다음 차례는 튜멜 남작이었다.

케이시 파온 튜멜 남작은 여전히 멍한 얼굴로 물끄러미 파반트 여왕을 바라보고 있었다. 그의 머리 속에는 지난 시간들이 어지럽게 맴돌았고, 어느 것 하나 제대로 기억할 수 없었다. 그는 잔뜩 붉어진 얼굴로 수줍은 소년처럼 그녀를 바라볼 뿐 자신이 무엇을 해야 하는지조차 전혀 파악하지 못했다. 잠시 동안 사람들은 불안한 시선으로 튜멜의 일거수일투족을 주시했다.

비바람이 몰아치던 밤에 우연히 실신해 있던 그녀를 발견했던 일, 그리고 자연스럽게 자신의 영지에 의탁하며 살아가던 일, 그리고 이언이 나타나고 어지러운 일들… 튜멜은 정신을 추스르지 못한 채 옆에 서 있던 레이드가 쿡쿡 찌를 때까지 멍청히 서 있었다. 그는 자신의 옆구리를 찌르는 레이드를 의아한 얼굴로 내려다보았다.

레이드는 얼굴을 완전히 돌려 파반트 여왕이 자신의 얼굴을 보지 못하게 만든 상황에서 잔뜩 인상을 쓰며 눈동자를 굴려 바닥으로 향하는 눈짓을 반복했다. 누가 봐도 명백하게 그 눈짓은 '대가리 처박고 인사해!' 였다. 튜멜은 한참 만에야 간신히 그 눈짓을 이해했다. 그리고 잔뜩 붉어진 얼굴로 더듬거렸다. 예의를 입에 달고 다니던 그였지만 이럴 경우 어떤 예를 취해야 하는지 감을 잡을 수 없었다.

"아… 저, 그러니까… 으음, 저, 저는… 그러니까, 음… 그게… 음……."

"그냥 편하게 부르세요, 남작님."

레미는 별로 웃지는 않았지만 따스한 목소리로 말했다. 튜멜은 그 목소리를 듣고서야 간신히 정신을 추슬렀다. 그는 고개를 숙이며 식당이 떠나갈 듯한 목소리로 입을 열었다.

"…그러니까, 음… 새, 새벽의 기사는 누구를 말하는 겁니까?"

레이드와 에피는 그 순간, 정말로 튜멜을 목 졸라 죽여 버리고 싶다고 생각했다. 하지만 레미는 희미하게, 아주 희미하게 미소를 지으면서 말했다.

"크림발츠의 아침을 여는 자, 카시안 루엘 파반트 왕자… 내 친오라버니의 별명이죠. 지난번 동방 원정에서 전사했고 지금은 수도의 하리아나 대성당 뒤뜰에 매장되어 있어요. 오라버니가 죽었기 때문에 내가 하이나 11세라는 이름으로 왕위에 올랐죠."

튜멜을 진정시키는 데는 제법 긴 시간이 필요했다. 나머지 사람들이 차례로 인사를 했고 레미가 마지막으로 레이드와 에피 부녀에게 미소를 지으며 덧붙인 말은 그들을 질리게 만들었다.

"미안하지만 나를 죽이려던 암살 계획은 물거품이 되었군요. 당신들이 내 신분을 알고도 나를 죽일 수 있을 거라곤 생각하지 않아요. 나를 죽이면 라이어른은 지도상에서 사라질 테니까요."

"알고 있었습니까?"

레이드는 침착성을 되찾고 담담하게 물었다. 레미는 희미하게 웃었다.

"당연히 알고 있었죠. 그런 식으로 접근하면 누구나 의심하는 게 정상이니까요. 누가 당신들을 고용했는지도 짐작할 수 있어요."

"누구인지 물어봐도 좋겠습니까?"

"가장 유력한 후보자는 민트 J. 케언, 크림발츠의 칙명관. 제 남편이죠. 두 번째는 에피온 후작, 저의 삼촌이시고요. 그리고 세 번째는 르뻴 소 생 마리 백작. 어린 시절 내 가정교사였고 지금은 크림발츠 왕성 의원이죠. 셋 중에 한 사람일 거라고 생각해요."

"들던 것보다 크림발츠의 왕실은 집안이 좀 시끄럽군요. 남편에, 삼촌에, 가정교사까지 암살자를 고용하다니."

파반트 여왕은 어깨를 으쓱하면서 담담하게 아델만 국왕의 말을 받았다.

"어린 시절부터 암살자들에게는 익숙하죠. 제가 기억하는 것만으로도 저는 5번이나 암살당할 뻔했어요. 최근을 제외하고도 말이죠."

모든 이들과 상견례가 끝나자 파반트 여왕은 테이블을 가볍게 두드리고는 조용히 분위기를 진정시켰다. 사람들은 저마다 자신의 자리에 앉아서 그녀의 말을 경청했다. 파반트 여왕은 조용히, 그러나 또박또박한 목소리로 확신하듯 말을 이어 나갔다.

"귀족원의 의결을 거치지 않고 즉시 가동할 수 있는 병력은 국왕 친위대 여왕의 창기병 1개 연대급이에요. 하지만 현재 상황에서 그 이상의 대병력이 이동하는 것은 국제 정세에 심각한 위험을 초래할 겁니다. 아니, 솔직히 자만은 아니시만 크림발츠 국왕 친위대가 움직이는 것만으로도 대륙은 사실 시끄러워질 거예요. 솔직히 말하면 크림발츠 중앙 기사단 북부 광역 주둔군을 동원해서 파장을 최소화하는 쪽으로 일을 해결하고 싶지만 솔직히 우리에게는 그럴 시간적 여유가 없어요. 그렇죠?"

"네, 그렇습니다, 여왕 폐하."

에른하르트 사령관이 딱딱한 목소리로 대답했다. 솔직히 그것은 사실이었다. 국왕 친위대의 개입은 국왕이 전면적으로 전쟁에 개입하겠다는 대외적인 의사 표시였다. 가장 바람직한 방법은 군대를 동원하지 않는 것이었고, 차선책은 정규군이나 준전투 집단을 동원하여 사태를 해결하는 방법이었다.

"일단 여왕의 창기병을 동원한다는 걸 가정을 했을 때 첫 번째 문제는 현재 상황에서 크림발츠까지 연락을 잇는 것, 두 번째는 여왕인 내가 이곳에 머물고 있다는 사실을 친위대장에게 납득시키는 법, 세 번째는 대외적으로 창기병단이 라이어른 국경선을 넘을 수 있는 구실을 주는 것입니다."

"어째서 구실이 필요하지?"

튜멜은 목소리를 낮춰 레이드의 귀에 속삭였다. 레이드가 불만스러운 얼굴로 대답하려는 찰나 파반트 여왕이 말허리를 잘랐다.

"오랫동안 집을 비워서 확실하지는 않지만 내가 알기로 현재 크림발츠의 왕성에는 왕실 깃발이 게양되어 있거든요."

"네?"

"왕실 깃발은 군주가 현재 이곳에 머물고 있다라는 대외적인 증명이에요. 수도에 있어야 정상인 여왕이 라이어른 지방 도시에 있다는 것이 알려지면 문제가 커져요. 군주로서는 무엇보다 치명적인 상황이 되는 것이죠. 군주가 백성들 위에 군림할 수 있는 것은 군주가 백성들 곁에 머물며 그들을 지켜주고 있기 때문에 백성들은 기꺼이 군주에게 고개를 숙이며 존경을 표시하는 거죠. 만약에 군주가 백성들을 기만하고 다른 곳에 있다는 사실이 알려지면 그것은 좋지 않은 결과를 가져와요. 물론 크림발츠라는 나라가 어지간한 반란이나 혁명으로 흔들릴 나라는 아니에요. 하지만 그건 앞으로 계속 문제를 일으키는 씨앗이 되기에 충분해요. 그리고 두 번째 이유는…… 현재 상황에서 페나 왕비가, 혹은 페임가르트가 크림발츠의 여왕이 이곳에 머물고 있다고 알게 되면 어떨까요? 이곳에 몇 명의 병력이 있죠?"

"그게 어째서 문제… 아! 서, 설마……?"

파반트 여왕은 웃으면서 고개를 몇 번 끄덕였다. 사실 그것이 가장 큰 문제였다. 크림발츠가 대륙 전체에 미치는 영향력은 아주 크다. 그것은 단지 군사력에 한정된 영향력이 아니었다. 각종 산업과 곡물, 전략적 광물 자원인 철과 유황, 금, 그리고 금융과 무역에서도 크림발츠의 이름은 항상 상위권에 각인되어 있었다. 세계 최초로 금융업, 즉 은행을 개발한 것은 아피아노였지만 그것을 조직화하고 유기적으로 연결된 길드화한 것은 크림발츠였다.

녹해 바다는 사실상 크림발츠 해군의 제해권 아래에 놓여 있고, 거기에 아피아노와 아메린이 도전하는 1강 2중 구도를 유지하고 있었다. 남쪽 대륙의 식민지 면적도 아메린이 월등하게 크지만 사실상 세상의 중심이라고 감히 말할 수 있는 실리 군도가 크림발츠의 영토인 이상 녹해의 중요 거점들은 전부 크림발츠의 영향력 아래에 있다고 봐야 했다.

크림발츠가 전통적으로 칙명관 체제를 유지하는 것은 국왕 혼자서는 본토와 방대한 식민지, 그리고 크고 작은 전략점 중계항들이 산재한 섬들을 지배할 수 없다는 이유 때문이었다. 그래서 크림발츠의 칙명관들은 항상 국왕에게서 크림발츠의 해외 식민지를 국왕에게 양도받아 위탁 경영하는 제도를 취한다.

이런 거대한 국가인 크림발츠의 국왕이 소수의 군사들에게 보호를 받고 있다고 알려진다면 대륙에 존재하는 대부분의 국가들이 필사적으로 군대를 모조리 긁어모아 라이어른, 정확히 말하면 에펜도르프로 몰려드는 최악의 상황이 생길 수도 있었다. 당장 폴리안부터가 대륙에서의 반 폴리안 감정 따위는 깡그리 무시하고 진홍기사단을 밀고 들어올 가능성이 높았다. 그리고 멀리 있는 위험은 둘째 치고 페나 왕비부터가 수단과 방법을 가리지 않고 공략전을 벌일 것이다.

크림발츠 여왕의 신병을 확보한다는 말의 의미는 군사 강대국 크림발츠와의 협상에서 크림발츠의 군사적 협박이 전혀 먹혀들지 않는다와 같은 말이었다. 그리고 크림발츠로서는 어떤 상황이든 소극적이고 유약한 태도로 일관하며 군주의 신병 확보에 주력하는 외교 노선을 취할 수밖에 없었다. 그녀는 현재 대륙 정세에 있어서 진정한 의미의 조커였다.

레미 루엘라이 아낙스 파반트 여왕은 자신의 그런 처지를 명확하고도 논리적으로 이해하고 있었다. 그리고 그녀는 타인의 도박판에 조커로 취급당하고 싶은 생각이 전혀 없었다.

"그런데… 미안한 말이지만 한 가지는 확실히 하고 싶은 것이 있습니다. 당신의 의견을 크림발츠의 의견이라고 봐도 무방합니까?"

아델만 국왕의 질문에 파반트 여왕은 조용히, 그러나 힘없는 미소를 지었다. 타닥거리며 타오르는 촛불들이 식당 안을 노란빛으로 물들였다. 파반트 여왕은 사실 망설일 필요가 없는 대답이지만 조용히 뜸을 들였다. 대답을 기다리는 사람들의 주의를 자신에게 집중시키고 자신의 의견이 그냥 입에서 튀어나온 말이 아니라는 증명을 하기 위함이었다. 오래전에 남편인 가시나무 공작에게서 배운 처세술이었다. 물론 아델만 국왕의 시선을 피하지는 않았다. 시선을 피하면 망설이거나 궁지에 몰려 대답을 회피하는 인상을 준다. 조용히 기다리던 파반트 여왕은 한참 만에 고개를 끄덕였다.

"틀림없이 저의 의견이 크림발츠의 의견이라고 봐도 좋습니다."

"그럼, 크림발츠의 군대… 그것도 국왕 친위대가 라이어른으로 들어와서 하려는 일의 의도가 무엇인지 말해 주겠습니까?"

"외교적 대답을 원하십니까? 아니면 개인적인 대답을 원하십니까?"

"이왕이면 둘 다 듣고 싶습니다만."

파반트 여왕은 잠시 말을 끊었다가 다시 말을 이었다. 느리고 또박또박한 말투는 그녀가 레미라고 불리던 시절부터의 말버릇이었다. 하지만 그때의 그녀는 남편이 가르쳐 준 처세술을 쓰지 않으려고 노력했다. 남편이 그녀에게 가르쳐 준 것은 여왕으로서, 군주로서 타인들에게 말하고 행동하는 방법이었고, 레미 아낙스는 여왕이 아니었다. 하지만 지금의 그녀는 파반트 여왕이었다.

"첫 번째, 개인적인 의견입니다. 목적은 이 지긋지긋한 전쟁을 끝내는 것입니다. 왕권은 그대로 귀하께서 승계하시고 더 이상 라이어른에서 누구도 피를 흘리지 않는 상황을 만드는 것입니다. 페임가르트의 속셈이 어쩌고, 브레나의 속셈이 어쩌고 하는 것들은 솔직히 더이상 듣고 싶지 않다는 것이 제 개인적인 바램입니다. 동족끼리 피를 흘려서 얻을 수 있는 것은 아무것도 없습니다. 그렇게 믿고 있습니다."

"그 전쟁을 끝내는 과정에서 또 다른 사람이 죽어갈 텐데……."

"일단 무력 시위를 통하여 휴전을 하는 방향으로 가고 싶습니다. 하지만 현실적으로 그런 일이 가능할 것이라고는 보지 않습니다. 결국 전쟁을 끝내기 위해서 전쟁을 해야 하겠지요. 하지만 적어도… 이번만큼은 망설이지 않겠습니다. 저를 위선적인 여왕이라고 불러도 좋습니다. 그런 평가를 받는 것으로 전쟁을 끝낼 수 있다면 저는 그런 평가를 기쁘게 받겠습니다. 망설이지 않을 거예요, 두 번 다시는."

마지막 말은 그녀가 그녀 자신에게 다짐하는 말에 가까웠다. 누구도 이의를 제기하지 않았다. 사실 이 자리는 발트하임의 국왕과 크림발츠의 여왕 사이에 벌어지는 비공식 회담에 가까운 자리였다. 어설프게 끼어들 만큼 호락호락한 자리가 아니었다. 지금 두 사람은 외교를 하고 있는 상황이었다.

"개인적인 의견이라고 밝혔으니 그 개인적인 의견의 문제점은 그냥 넘어가겠습니다. 그러면 이번에는 외교적인 대답을 듣기로 합시다."

"외교적인 대답입니다. 첫 번째 현재 페나 왕비는 중앙 대교국의 승인을 받아 마녀 판정을 받았습니다. 따라서 우리 크림발츠는 이번 군사 행동의 첫 번째 목적을 페나 왕비의 신병 확보를 그 목적으로 합니다. 그러므로 그녀의 신병 확보를 방해하는 국가와 단체, 조직은 크림발츠는 물론 중앙 대교국의 의지에 반하는 존재로 간주하고 제1적성 국가로 분류하겠습니다. 즉, 아무런 경고 없이 강제적인 군사 행동으로 실력 행사를 할 예정입니다. 참고로 여왕의 창기병은 이러한 군사 행동에 있어서 크림발츠의 의지에 반하는 자들에 대한 응징이 가혹하기로 이름이 높습니다."

외교적인 입장에서 하는 말이었지만 그녀가 말하는 설명의 요지는 간단했다. 크림발츠가 군대를 파병해 라이어른으로 진출하는 첫째 목표는 페나 왕비를 체포하는 것이고, 이것을 방해하는 모든 자들은 무력의 힘으로 지상에서 말살시켜 버리겠다는 협박이었다. 레미 루엘라 이 아낙스 파반트 여왕은 지금 말살시켜 버리겠다는 극단적인 발언도 서슴지 않고 있었다.

"두 번째, 그렇게 페나 왕비에 대한 신병 확보가 끝나면 그녀에 대한 재판을 시작할 것입니다."

"누가 주재한 재판입니까?"

"재판은 3회에 걸쳐 집행됩니다. 첫 번째는 중앙 대교국이 주재하는 종교 재판입니다. 이곳에서 그녀의 마녀성 확인 및 이단 심판을 요청할 계획입니다. 물론 배교자라는 전제 아래서 이단 심판이 열릴 계획입니다."

중앙 대교국의 이단 심판은 이단 심문과는 질적으로 달랐다. 이단 심문은 일단 피고인이 신앙인이고 반종교적 행위 여부에 대한 질의 응답 형태로 치러진다. 하지만 이단 심판은 피고인이 배교자, 또는 이단자라는 전제를 깔고 시작되며 심문 과정에서 신의 절대 권능을 증명하기 위한 모든 수단 방법—세상에 존재하는 대부분의 고문들을 말한다—을 동원하며, 그 방법을 통하여 피고인의 영혼을 정화시키며 심판을 속행한다.

쉽게 말해서 피고인에 대한 심문은 철저하게 고문을 통해서만 이루어지며 피고인이 고문 노중에 죽는다면 이것은 영혼의 정화 과정에서 신의 권능을 포용하지 못함으로 판단하여 배교자에게 합당한 장례를 치러주겠다는 의미였다. 중앙 대교국이 지금까지 대륙 각지에서 벌였던 이단 심판 중에 피고인이 심판이 끝날 때까지 살아남은 경우는 대륙을 통틀어도 1할을 넘지 못했다. 그것이 페나 왕비의 앞날에 기다리는 가혹한 운명이었다.

"그리고 두 번째 재판은 크림발츠 주재로 열립니다. 이 재판의 관건은 크림발츠의 우방국인 발트하임에 대한 적대 행위 여부입니다. 만약에 이 재판에서 페나 왕비가 발트하임에 대한 적대 행위 여부가 유죄로 판결난다면 우리 크림발츠로서는 그녀를 크림발츠에 대한 중대한 적대적 행위자로 판단할 것이며, 이 경우 크림발츠에 대한 적대 행위와 크림발츠 왕실에 대한 반역죄를 동시에 적용하게 됩니다. 판결은 아마도 3회 사형에 처해질 것입니다. 먼저 교수형을 받고 다시 그 시체는 참수형을 받을 것이며 마지막으로 능지처참에 처해질 것입니다. 유체는 반란자들의 유체 처리 방법과 동일하게 들판에 내다 버려 야생 동물들의 먹이로 쓰일 것입니다."

케이시 튜멜 남작은 당장 바닥에 엎드려 토할 것만 같았다. 그는 과연 저기 앉아 있는 여자가 자신이 알고 있던 레미 아낙스와 동일 인물인지 의심스러울 지경이었다. 이단 심판도 크림발츠 재판도 결과적으로 페냐 왕비를 최대한 고문하고 고통을 가하다가 나중에는 시체조차 남기지 않고 갈아버리겠다는 의미였다. 튜멜은 레미에게 그렇게 가혹하고 잔인한 일면이 있었는지 이해가 되질 않았다. 어쩌면 저것은 그녀가 갖고 있는 여왕으로서의 또 다른 일면일지도 몰랐다. 그렇지 않다면 그녀는 굳이 개인적인 의견과 외교적인 의견으로 나누어 말하고 있을 필요가 없었을 것이다.

"마지막으로 세 번째 재판은 라이어른 주재의 재판입니다. 여기서는 게일에 대한 침략 행위 및 발트하임에 대한 반란 혐의까지 라이어른 맹약국 내부에 대한 반체제 운동 혐의가 있는가가 재판의 관건이 될 것입니다. 이 판결에 대한 형량은 라이어른 맹약국의 관습법에 의존합니다. 아마도 제 판단으로는……."

"수도의 대광장에서 살아 있는 죄인을 죽을 때까지 돌로 쳐 죽이는 형이겠습니다. 라이어른의 가장 전통적인 사형 방법입니다."

아델만 국왕은 신음하듯 말했다. 그는 심하게 기침을 하면서 손수건을 입으로 가져갔고 손수건에는 붉은 선혈이 가득 묻어났다.

"이것이 외교적 목적의 두 번째였습니다. 그리고 세 번째는……."

"일시적인 발트하임 흡수 및 지배. 내 의견이 틀린가요?"

"정권 안정까지의 한시적인 신탁 통치라고 말해 주셨으면 합니다."

"후후후, 당신은 역시 여왕으로서의 자질을 숨기고 있었군요. 신탁 통치라고 하셨습니까?"

"반란군 진압과 혼란된 정국 수습, 그리고 만신창이된 국가의 자생력 확보를 위한 신탁 통치라고 보통 외교적으로 말하지만, 그게 흡수 병합과 뭐가 다르다는 겁니까?"

"우리가 발트하임을 흡수 병합하려고 해도 멀리는 중앙 대교국과 폴리안, 그리고 가까이는 우선 아메린부터 가만히 있지 않을 것입니다. 우리 크림발츠는 대륙 전체를 적으로 돌리는 우는 범하지 않습니다."

"하지만 신탁 통치라는 형태로 발트하임을 크림발츠의 군사력과 정치력의 지배 하에 놓고 대외적으로는 발트하임 복구에 최선을 다하는 연기를 하면서 내부적으로는 친크림발츠 파 인사들로 왕실 전체를 물갈이한다면 발트하임은 당연히 크림발츠의 조종을 받는 꼭두각시 인형이 될 것이고, 그렇게 50년쯤 지나면 결국 우리 발트하임은 크림발츠의 6번째 지방이 될 것입니다. 이런 방식을 취한다면 과연 아메린에서 무엇을 가지고 트집을 잡을까요? 왜 발트하임 왕실에 친크림발츠 파 인사만 등용하는가? 친아메린 파 인사도 등용하라? 외교판에서 그런 희극이 벌어질 가능성이 얼마나 있을까요?"

대화는 갑자기 두 사람이 열변을 토하는 격렬한 외교 회의장이 되어버렸다. 다른 이들이 중간에 말허리를 자르고 들어갈 분위기가 아니었다. 그리고 사람들의 신경을 긁는 부분은 이언의 존재였다. 이언은 파반트 여왕의 의자 뒤에 서 있었고 한 손을 자연스럽게 롱 소드

손잡이 위에 올려두고 있었다. 마치 자신이 크림발츠의 수석 왕실 기사라도 되는 것처럼 행동하고 있었다. 실제로 이언의 시선은 친발트하임적인 행동의 가능성이 높은 에른하르트 사령관과 체스터 남작을 주시하고 있었다. 두 사람도 모두 검을 휴대하고 있었고 이언이 지키는 상황에서 치고 들어올 경우 치명적으로 위험한 요소였다.

하지만 이언의 눈빛에 긴장감은 그다지 없었다. 그는 일단 파일런 디르거가 아메린 출신이라는 것을 알고 있었지만 그것은 오래전 이야기였고, 최소한 중립 내지는 아군이라는 것을 확신했다. 그리고 레이드와 에피 부녀, 회색남풍 용병대는 이 상황에서 확실한 중립이었다. 용병대의 철칙은 특정 국가를 적으로 돌리지 않는다는 것이었다. 카라는 테이블 위에서 턱을 괴고 앉아 입을 다물고 있었지만 온 신경을 예리하게 세우고 사방을 감시했다.

"그러기 위해서는 아메린 세력까지 여기에 개입하지 않으면 불가능하겠죠. 하지만 아메린 측이 그런 행동을 할 정도로 어리석지는 않을 것이라고 봅니다. 왜냐하면 그렇게 된다면 발트하임은 아메린과 우리 크림발츠가 분할하여 신탁 통치하게 되는데 이 경우 필연적으로 발트하임 내부에서는 두 파로 나뉘어 당파 싸움에 열중하여 국토 재건은 불가능할 것입니다. 그리고 신탁 통치 기간이 끝나면 결국 두 파는 다시 서로 반목하며 내전을 벌일 것이고, 이번에는 아메린과 크림발츠 간의 전면전이 이곳 발트하임에서 벌어질 것입니다. 그런 상황을 원하십니까?"

"우리 발트하임을 그냥 놔두는 방법도 있겠지."

"두 가지 이유에서 불가능합니다."

파반트 여왕은 단호하게 말했다. 아델만 국왕은 고개를 비스듬히 기울이며 의아한 표정을 지었다.

"우선 지금의 전쟁으로 만신창이된 발트하임이 자력으로 국토를 복구할 수 있을 거라고 보십니까? 그리고 침략당해 초토화된 게일에 대한 배상금 문제는 어떨까요? 게일에 대한 뒷수습을 자력으로 하는 것에 대한 어떤 대안이 있으십니까? 그 일을 꼭 우리 크림발츠가 아니더라도 다른 국가에서 도와주는 도리밖에 없습니다. 그리고 그런 것들이 없을 경우, 저는 우리 크림발츠 백성들에게 뭐라고 말해야 하죠? 그냥 이웃 나라가 내전을 벌였는데 우리가 가서 뜯어말려 주었다. 이렇게 말할까요? 이웃이니까 그것에 대한 아무런 보상도 받지 않기로 했다. 이렇게 말하면 크림발츠 백성들이 고개를 주억거리며 납득할까요?"

아델만 국왕은 솔직히 레미 아낙스라고 알고 있던 여자가 여왕으로서의 자질을 갖고 있을지 지극히 회의적인 입장이었다. 더 솔직하게 말하자면 그녀가 자신은 크림발츠의 여왕이라고 선언했을 때 코웃음 칠 뻔했다. 그가 알고 있던 레미 아낙스라는 여자는 한 나라, 그것도 강대국으로 이름이 높은 크림발츠의 군주가 될 그릇은 아니라고 생각했다. 그리고 그런 나라의 여왕이 어째서 발트하임까지 와서 일개 병사들의 병간호까지 하는가? 아델만 국왕은 보면 볼수록 그녀라는 존재가 이해하기 힘든 존재라고 생각했다.

어쩌면 그녀는 스스로 자신이 군주가 되는 것을 거부하고 있었던 것일지도 모른다. 하지만 그렇다면 그건 또 어째서? 대륙에 저 정도 능력으로 군주가 된 사람이 몇 명이나 되는가? 우선 자신부터가 한 나라의 군주가 되기에는 너무 부족하다. 그런데 그녀는 어째서 스스로가 가진 군주로서의 타고난 재질과 능력을 지금껏 거부해 왔는가? 그리고 어째서 이제 와 새삼스럽게 그것을 사용하려고 하는가? 아델만 국왕은 혼란스러운 머리 때문에 호흡까지 가빠오는 느낌을 받았다. 그는 다시 한 번 무거운 눈으로 그녀를 바라보았다.

〈 7 〉

 타오르는 촛불은 조용했다. 그저 입을 다물고 묵묵히 어둠을 태우며 슬픈 눈물처럼 빛을 뿌렸다. 아득한 마음처럼 흔들리는 불빛에 비친 얼굴은 일렁거리는 빛과 어둠이 교차했다. 마치 그 당사자들의 마음처럼.
 크림발츠의 여왕, 레미 루엘라이 아낙스 파반트는 조용히 창가에 서서 밤하늘을 올려다보았다. 오늘따라 북극성이 유난스러운 밤이었다. 문득 그녀는 검은 평원이 아닌 이곳에서도 제국의 별을 볼 수 있을까 고민해 보았다. 검은 평원은 몇백 킬로미터나 남쪽에 있었지만 같은 발트하임 영토였다. 그녀는 그곳을 지날 때 자신이 제국의 별을 봤는지 확신하지 못했다. 그녀 자신도 그저 그런 평범함을 벗어나지 못해 제국의 별을 보지 못했을지도 모르고, 또한 자신도 모르게 무심결에 제국의 별을 보았을지도 몰랐다. 하지만 그런 것은 아무래도 좋았다. 그녀는 왕가의 피를 이어받은 크림발츠의 여왕이었다. 그리고 지금껏 그 주어진 삶으로부터 도망치기 위해서 발버둥 쳤다. 하지만 결론은 변하지 않았다. 레미는 스스로의 삶이 마치 지워지지 못하는 낙인처럼 느껴졌다. 그래서 스스로를 돌아보며 조소했다.

"……."

그녀가 돌아보았을 때 에피는 처음처럼 묵묵히 출입문 곁에 서 있었다. 그녀는 양초가 반이나 타 들어가는 시간 동안 여전히 같은 자리에 서서 움직이지 않았다. 회의가 끝나고 그녀는 레미를 따라 들어왔지만 내내 지금처럼 움직이지 않았다. 불편한 얼굴로 방을 나가 버리지도 않았고 예전처럼 어리광을 부리며 다가서지도 않았다. 갈색 상하의를 입은 그녀의 모습은 작고 가녀린 조각상처럼 보였다. 에피는 마치 상처받기 쉬운 어린 짐승 같은 눈으로 레미를 바라보며 아무런 말도 하지 않았다.

레미는 그런 에피를 바라보면서 힘없이 웃어 보였다. 하지만 그녀의 얼굴은 그녀의 생각처럼 쉽게 미소를 만들어내지 못했다. 그녀의 얼굴은 마치 추위에 굳어버린 얼굴인 양 좀처럼 마음대로 표정이 만들어지지 않았다. 레미는 흘러내린 앞 머리칼을 공연스럽게 쓸어 넘겼다. 문득 어린 시절 시녀장에게 머리를 쓸어 올리는 몸가짐은 좋지 않은 버릇이라고 꾸중 듣던 기억이 났다. 유감스럽게 그녀는 레미가 여왕이 되던 해에 교수형으로 죽었다. 크림발츠에서는 지극히 흔한 일이었다.

"편하게 앉지 그러니? 불안해 보이는구나."

레미가 애써 웃으려고 노력하면서 다정하게 말을 걸었지만 에피의 표정은 변하지 않았고 여전히 움직이지 않았다. 레미는 한숨을 쉬었다. 그리고 자신의 신분을 밝힌 것을 다시금 후회했다. 두 번 다시 예전의 관계로 되돌아가지 못한다는 것은 알고 있었지만, 그렇다고 이런 반응을 기대한 것은 아니었다.

"원망하니, 나를? 내가 내 신분을 속이고 지내왔다는 사실이? 가증스럽니?"

에피는 여전히 대답하지 않았다. 그녀의 얼굴에는 분노나 증오가 없었다. 단지 금방이라도 울 것만 같은 얼굴로 상처받은 채 서 있었다.

"…가능했잖아요……."

"응? 뭐라고 했니?"

"쇼 오빠가 죽지 않게 만들 힘이 있었잖아요. 마음만 먹으면 뭐든지 가능하잖아요. 쇼 오빠가 그렇게 허무하게 죽지 않게 만들 수 있는 힘이 있었잖아요……. 나, 나… 나는 정말로… 정말로 분했단 말이에요. 쇼 오빠가 그렇게 피를 흘리고 죽는 동안에 아무것도 해주지 못해서 정말로 분하고 화나고 가슴 아팠단 말이에요. 쇼 오빠가 언니를 죽이려고 했던 암살자여서 그를 죽게 만든……."

울먹이며 말하던 에피는 입을 다물고 말았다. 에피는 화끈거리는 뺨을 감싸 쥐면서 레미를 노려보았다. 에피가 울먹이는 동안에 성큼성큼 다가왔던 레미는 있는 힘껏 에피의 뺨을 때렸다. 그리고 스스로에게 조금 놀란 표정으로 손을 움츠렸다.

에피는 순간적으로 허리에 차고 있던 스톨츠 식 단검의 손잡이를 움켜잡았다. 하지만 차마 뽑아 들지는 못했다. 레미는 물끄러미 그런 에피를 바라보며 애매한 표정을 지었다. 머뭇거리며 뻗은 레미의 손길이 조심스럽게 에피의 머리칼을 쓸어 넘겨주었다. 그녀의 손길이 닿는 순간 흠칫 어깨를 움츠렸던 에피는 잠자코 그녀의 손길을 허락했다. 투명한 눈물이 에피의 뺨을 타고 흘렀다.

"쇼가 죽은 건 나도 가슴이 아파. 그래서 나도 그냥 죽어버릴까 생각도 해봤어. 하지만 그럴 수 없었어. 내가 죽는다고 변하는 것은 없거든. 그래서 나 결심한 거야. 이 전쟁을 끝내 버릴 거야."

"결국 죽은 사람만 억울한 거잖아요. 언니는 결국 쇼 오빠에게 그랬던 것처럼 또 다른 사람들에게 죽으러 나가라고 명령하겠죠. 그리고 또 다른 사람들이 언니의 명령을 듣고 나가서 죽을 거고, 쇼 오빠처럼 초라한 비석 아래 몸을 눕히는 신세가 될 거예요. 나도 그렇고, 멍청한 우리 아빠도 결국 언니의 명령으로 죽을 거야. 나 솔직히 높은 사람들이 뭘 생각하면서 살아가는지는 이해하지 못하지만 가끔 너무 하다고 생각해요. 우리가 진흙 바닥을 뒹굴며 피를 뒤집어쓰는 동안에 높은 사람들은 후방에서 편안하게 와인을 마시며 전쟁을 이야기하는 거, 사실 예전부터 굉장히 싫어했어요. 튜멜 오빠가 아니었으면 난 지금까지 귀족이니 왕족이니 하는 사람들을 미워했을 거예요."

"맞아. 나도 그걸 알고 있어. 내가 어째서 지금껏 여왕의 자리를 거부했는지 알고 있니? 대의를 위한 약소의 희생. 과연 그건 정당한 것일까? 나는 그렇게 생각하지 않아. 본질의 나는 이렇게 겁이 많고 소심해. 그리고 누구도 죽게 하고 싶지 않아. 하지만 크림발츠의 여왕인 나는 태연한 얼굴로 사람들에게 죽음을 명령하지. 대의를 위하여 약소의 희생을 강요하지. 지금도 나는 발트하임의 전쟁을 끝내기 위해서 또 다른 전쟁을 벌이려 하고 있어. 어쩌면 지금보다 더 많은 이들이 죽을지도 몰라. 그리고 강력한 라이어른 건설이라는 구호 아래 페나 왕비가 벌였던 이 전쟁은, 아이러니하게도 그녀의 전쟁 때문에 결국 발트하임이 크림발츠의 속국이 되는 결과를 가져올지 몰라. 하지만 결국 나는 그렇게 할 것이고 어떤 사람들은 나를 칭송하고, 어떤 사람들은 나를 저주하겠지. 나는 그런 것들이 두려웠어. 하지만 이제는 망설이지 않아. 쇼의 묘비에 적혀진 그 말을… 결코 잊을 수 없을 테니까. 나는 내가 길을 뚫기로 결심했단다. 그리고 내가 가는 길이 옳은 길이라고 믿기로 했어. 쇼는 마지막으로 나에게 그것을 보여줬던 거야. 그는……."

레미는 잠시 말을 끊었다. 쇼가 죽은 후 그녀는 자신의 방 안에 틀어박혀서 금식 기도를 올리며 자신을 돌아보았다. 차가운 물만으로 하루를 연명하며 기도를 올리는 동안에 정신은 놀랄 만큼 투명해졌다. 그리고 그녀는 무엇이 옳은 것인지 무엇이 그른 것인지를 고민했다. 하지만 지난 몇 년 간 그녀를 괴롭혔던 고민들은 이제 와서 새삼스럽게 전혀 새로운 해답을 보여주진 않았다. 그녀는 그것에 굴하지 않고 계속해서 자신의 육체를 극한으로 몰아세우며 정신을 일깨웠다.

그런 그녀에게 해답으로 가는 작은 실마리를 남겨준 것은 두 남자였다. 쇼는 자신의 무덤에 묘비를 세워 그녀에게 해답을 알려주었다. '고개를 돌리지 않는다. 눈을 감지 않는다. 그리고 길을 만든다'. 이 짧고 간결한 경구들은 벼락처럼 강렬하게 그녀의 뇌리에 작렬했다. 그녀는 눈을 돌리지 않기로 결심했고 스스로가 옳다고 생각하는 길을 걷기로 다짐했다.

"그는 자신의 죽음으로써 나에게 길을 뚫어주었어. 나는 평생 동안 결코 그에게 이 빚을 갚지 못할 거야. 지켜봐 주겠니? 내가 지금부터 만들어 나가는 모든 것들을, 내 곁에서 지켜봐 주겠니?"

에피는 물끄러미 레미를 올려다보면서 눈물을 털어냈다. 레미는 어색한 얼굴로 에피를 조심스럽게 안아주었다. 그녀의 품에 안긴 에피는 조용히 눈을 감았다. 사실 에피는 알고 있었다. 쇼가 죽은 것은 레미의 책임이 아니었다. 쇼는 최후까지 하이 스카우터로 싸우다 죽었다. 그런데 그의 죽음을 이렇게 누군가의 탓으로 돌리는 것은 최후까지 포기하지 않았던 그의 죽음을 모욕하는 것이다.

"그런데… 언니 남편은 어떤 남자? 그, 가시나무 어쩌고 하는 사람……."

"크림발츠의 칙명관이자 가시나무 공작 민트 J. 케언이라고 불리우지."

"이상한 이름이야… 가시나무라니. 그런데 좋은 남자? 아니겠구나. 언니를 죽이려 했다고 했으니까."

"글쎄… 좋은 남자일까?"

레미는 아물어가는 상처를 건드린 사람처럼 찡그리며 미소 지었다. 그녀에게 두 번째 실마리를 준 남자의 이름. 남편이지만 남보다 더 먼 존재. 성혼을 하고도 한 번도 단둘이 머물러 있던 적이 없는 낯선 타인. 그녀에게 민트 J. 케언이라는 남자의 존재는 그런 의미를 갖고 있었다.

이제는 기억조차 나지 않는 어느 해 겨울, 그는 피 묻은 서코트 자락을 펄럭이며 눈 덮인 들판 한가운데 서서 검을 겨누고 있었다. 하얀 눈을 적시며 녹아 들어가던 핏자국들은 지금도 기억에 선명했다. 그는 혼자 살아남으며 그녀의 목숨을 구했고, 그 자신은 깊은 흉터를 남기고 훈장을 받았다. 그녀는 그때가 그에게 있어서 최초의 살인이었다는 것을 알고 있었다.

모든 것은 항상 맨 처음이 어렵다. 그라는 남자에게 있어서 살인이 바로 그러했다. 그는 그녀의 오빠 카시안 왕자와 그녀의 주위에 그림자처럼 머물렀고, 벽돌을 쌓듯 차곡차곡 시체들을 쌓아가기 시작했다. 다양하고 저주스러운 별명들이 시체들마냥 그의 이름 앞에 차곡차곡 쌓이며 그는 자신의 악명을 각인시켰고 타인들에게 공포와 증오를 심어주었다. 하지만 그는 한 번도 그런 현실을 불평하지 않았다. 그는 그런 남자였다.

'마른 장작에 불을 지피면 일순간에 타오르는 법이야. 요령은 간단해. 적당히 바람이 통할 정도로 간격을 두고 착실하게 마른 장작을 쌓아두는 거야. 장작들이 숨 막혀 하지 않을 정도로 간격을 두는 것이 가장 중요하지. 그리고 충분한 장작이 쌓일 때까지 기다려. 충분히 마르지 않은 장작들에게는 따스한 햇볕을 주어 말려야 해. 젖은 장작은 연기를 피울 뿐 별 소용이 없거든. 그리고 때가 되면 불쏘시개를 사용해서 일순간에 불태워 버리는 거야. 그게 요령이야.'

레미는 오래전에 그가 오빠에게 들려주었던 말을 기억했다. 오래된 일인데 용케 기억이 났다는 사실이 신기했지만 중요한 것은 그것이 아니었다. 당시에는 도저히 이해할 수 없었던 그 말의 의미를 이제는 이해하게 된 것이다. 그는 군주가 갖고 있어야 하는 덕목을 이야기했던 것이다. 그리고 그것은 또한 지금처럼 도시가 포위된 상황에서 전술 사령관이 가져야 하는 덕목이기도 했다.

그녀는 케언이 어디서 그런 가르침을 배웠는지 상상도 할 수 없었다. 하지만 이제는 그 말이 의미하는 바를 너무나 명확하고 논리적으로 이해할 수 있었다. 케언은 그녀에게 지금 주어진 현실을 떨쳐 내는 요령을 알려준 것이다.

"우선 장작을 말리고 충분히 간격을 두고 쌓아야 하는 거야. 바람이 잘 통하는 형태로 쌓는 게 요령이지."

"에? 무슨 소리?"

에피는 레미의 중얼거림을 듣고 고개를 들었다. 레미는 피로한 얼굴로 나직하게 중얼거렸다. 그녀는 잠시 동안 자신의 본성을 마음속 깊숙이 봉인해 두기로 결정했다. 그리고 당분간은 크림발츠의 여왕 하이나 11세의 모습을 하고 살아가기로 마음먹었다.

하메른 백인대는 총원 200명으로 충원되었고 레미 아낙스—그녀의 존재에 대해서는 당분간 함구하는 것으로 결정되었다—를 호위하는 부대로 보직 변경되었다. 지휘관은 하 이언, 지휘부관은 하메른 백인대장으로 결정되었다. 그들은 제1선에서 물러서 레미 아낙스의 친위대가 되었다. 하메른 백인대 병사들은 어리둥절한 얼굴로 그러한 결정을 납득하지 못했지만 불만을 토로하는 병사들은 없었다. 일단 전방에서 제외된 것은 그만큼 죽을 확률이 낮아졌다는 것을 의미했기 때문이다. 이후부터 최소 4인 이상의 병사들이 3교대로 그녀의 신변을 호위했고, 4인 1조의 체제 중에서 최소 2인 이상은 하메른 백인대가 처음 결성된 이후로 지금까지 살아남은 베테랑 병사로 채워졌다.

회색남풍 용병대는 역시 레미 아낙스의 직할대로 편성되었고, 여전히 드웨인 용병대장이 지휘를 맡았다. 파일런과 드웨인은 단둘이서 밤새도록 술을 마시며 무언가 대화를 나눴고, 다음날 아침이 되자 회색남풍 용병대는 레미 아낙스의 직할대가 되는 것을 수락했다. 전투수당과 보수는 적정가의 2배로 책정되었고, 이례적으로 고용이 끝난 이후 크림발츠에서 지불하기로 결정되었다. 용병대가 후불제로 고용에 응한 것은 거의 있을 수 없는 특별한 경우였지만 회색남풍은 별다른 불만 없이 얌전히 직할대로 편성되는 것에 수긍했다. 물론 상당수 병사들이 불만을 토하며 술렁거렸지만 다행히 드웨인의 지배력은 확고했다.

이렇게 해서 레미 아낙스는 도합 2,200명을 웃도는 병력을 자신의 직속 병력으로 확보했고, 파일런 디르거가 지휘하는 2개 독립대 병력의 근위대원들과 에피가 지휘하는 궁병대 겸 경장 보병대, 그리고 레이드가 지휘하는 3개 시민병 부대도 사실상 그녀의 지휘에 들어가 버렸다. 레미 아낙스는 에펜도르프 공방전에 참가한 국왕군 병력 전부를 장악한 셈이 되었고, 유일하게 그녀의 지휘에서 벗어난 병력은 성 요하누스 수호 기사단 전력이 전부였다.

그녀는 자신이 장악한 병력을 처음부터 다시 재편성하기 시작했고, 그 와중에도 여전히 소모적인 전투는 계속되고 있었다. 왕비군은 이제 에펜도르프 시가지의 4할이 넘는 지역을 점령하는 데 성공했지만 그동안 손실된 병력은 그녀가 얻은 지역에 비하여 너무 많았다. 그나마 페나 왕비에게 유일한 위안거리는 전투가 장기화되면서 왕비군 병사들이 에펜도르프 시가지 특유의 구조에 슬슬 익숙해져 간다는 점이었고, 그물눈 같은 도로망을 이용한 교차 전술과 바리케이드에 의존한 완충 작전의 한계가 드러나기 시작했다는 점이었다.

이제는 좁은 골목길에서 매복에 걸려 협공을 당하며 괴멸하는 부대의 숫자가 무시해도 좋을 만큼 적어졌고, 지속적인 방어선을 돌파하면서 잃는 병력의 숫자도 서서히 완만한 곡선을 그리기 시작했다. 그에 비례하여 전선은 점차로 도시 내부로 깊숙해졌고 왕비군은 시가지를 반포위한 상태에서 종심이 깊은 전술로 전장을 개척하기 시작했다.

국왕군을 지배해 버린 레미 아낙스가 전선을 차례로 축소시키며 병력과 물자를 비축하기 시작했다는 것은 일선에서 싸우고 있던 병사들까지 피부로 실감하고 있었다. 그러는 동안에 공방전이 벌어지는 날짜는 훌쩍 지나가, 에펜도르프 공방전이 시작된 지도 벌써 한 달을 채워가기 시작했다. 대륙 북부에 위치한 라이어른은 이제 완벽한 가을로 접어들었고 아침저녁으로 곤두박질치는 기온은 병사들에게 또 다른 시련을 남겨주고 있었다. 추수가 시작될 계절이었지만 사실상 올해의 추수는 불가능했다. 라이어른에게는 혹독한 내년이 기다리고 있는 것이다.

"준비되었는가?"

에른하르트는 낮고 우울한 목소리로 물었다. 실내에 모여 있던 장교들은 딱딱하게 굳은 얼굴로 대답을 대신하여 고개를 가볍게 끄덕였다. 사자성에서의 근위대 내부 반란 당시에 그의 명령을 받고 내부 근위대원들을 진압시키는 작전에 참가했던 장교들이었다. 다시 말해서 그들은 에른하르트가 절대적으로 신임할 수 있는 부하들이라고 봐도 무방했다. 희끄무레하게 터오는 먼동은 이제 곧 마지막 경계시가 끝나고 있음을 알리고 있었다.

"결국은 움직여야 하는 건가."

에른하르트는 끝까지 타 들어가 이제는 형체도 별로 남기지 못한 촛불을 바라보면서 음울하게 중얼거렸다. 사자성 내부 반란 사건은 그에게 그야말로 벼락같은 기회를 제공했다. 그는 단숨에 권력의 정점까지 치달아 올라갔고, 지금까지 잘 견뎌왔다. 하지만 이제는 아니었다. 그는 설마 자신이 내부 반란을 조장해야 할 것이라고는 생각하지 못했다. 그는 망설이지 않았다. 오랫동안 군 생활을 했던 그는 합리적이고 냉철한 판단을 내릴 줄 아는 사내였고, 그러한 냉철한 판단을 바탕으로 추진력을 발휘할 능력도 있었다.

"지금까지는 국왕 폐하의 절대적인 신임을 얻고 있었기 때문에 가만히 있었다. 하지만 이제는 다르다는 것을 제군들도 잘 알 것이다. 그 여자는 크림발츠의 여왕이고 결국 우리 라이어른을 속국으로 병합하려 하고 있다. 여기서 그것을 납득할 수 있는 제군들은 한 명도 없을 것이라고 믿는다. 폐하께서 절대적인 신임을 보여주셔서 우리는 의혹을 누르며 그들을 믿으려 했다. 하지만 그 믿음의 대가는 과연 무엇이었단 말인가? 이것인가? 결국 이 모든 것들이 우리 발트하임을 강제 병합하기 위한 사전 공작이었던 것이다. 그들은 아마도 이것까지 계산하여 폐하께 접근했고, 폐하께 신임을 얻으려 노력했을 것이다. 국왕 폐하를 섬기는 신하로서 우리는 그런 자들을 색출해야 하는 사명이 있음에도 현실에 안주하여 신성한 의무를 지금껏 저버리고 있었다. 하지만 이제는 그렇지 않을 것이다. 우리가 목숨 바쳐 싸워야 하는 대상은 우리의 조국 발트하임의 미래이지, 외국인이 우리들 싸움에 끼어들어 이득을 보게 해주기 위함이 아니다. 우리가 지금처럼 외국인들에게 우리의 모든 의무와 권리를 줘버린다면 우리가 반란을 꾀한 왕비군들과 뭐가 다르다는 말인가? 우리는 그런 짓을 하기 위해서 검을 쥐고 조국을 위해 싸우겠다고 맹세한 것이 아니다."

에른하르트는 낮지만 확고한 신념이 가득한 말투로 말했다. 굳이 그가 부하들을 납득시키려고 노력할 필요는 없었다. 굳은 얼굴로 귀

기울이던 장교들은 묵묵히 고개를 끄덕였다. 이전부터 군 지휘 체계를 잠식해 들어오던 튜멜 일행을 경계하던 장교 집단은 레미 아낙스가 사실상 전군에 대한 통수권을 장악하는 순간 불만과 불안의 비등점을 넘어서 버렸다. 지금까지는 아델만 국왕의 신임을 얻으며 국왕군의 편에 서서 왕비군과 싸움을 벌이던 그들의 의혹이 섞였을지언정 동료로 인정하고 있었다. 그리고 모두를 위해서 목숨까지 버렸던 하이 스카우터 쇼의 죽음을 계기로 의혹의 시선은 많이 누그러졌었다.

하지만 그 직후부터 벌어진, 하메른 백인대를 레미 아낙스라는 여자의 개인 경호 부대로 전용한 일과 모처럼의 원군이었던 회색남풍을 그녀의 직할대로 만든 일은 고급 장교들의 불만을 야기시켰다. 일선 병사들과 하급 장교 및 백인대장들은 그러한 편제 개편에 별 의미를 두지 않았지만 고급 장교들의 생각은 달랐다. 그리고 어디서 흘러나왔는지 모르지만 그녀가 크림발츠의 여왕이라는 루머가 떠돌기 시작했다.

고급 장교들이 에른하르트에게 몰려와 면담을 요청한 것은 당연한 수순이었다. 에른하르트는 묵묵히 앉아서 마치 오랜 시간을 기다렸다는 얼굴로 그들을 맞이했고, 장교들에게 그 소문이 단순한 루머가 아닌 사실임을 밝혔다. 당연한 일이지만 그녀가 발트하임을 크림발츠의 속국으로 강제 병합할 계획을 갖고 있음도 털어놓았다. 정확히 말하자면 한시적인 신탁 통치 형태였지만 당사국 국민, 특히 장교들의 입장에서 그것은 속국화와 아무런 구별도 없는 같은 의미였다.

당연히 장교들은 크게 반발했고 에른하르트에게 구체적인 실력 행사를 제의했다. 에른하르트는 섣불리 그 제의에 응하지는 않았다. 조금쯤 경계를 하고 있어도 아델만 국왕은 여전히 그들을 내부의 적으로 규정하지 않았고, 그나마 요 근래 들어서 국왕의 건강 상태는 하루에 몇 시간을 제외하고 거의 의식도 없이 누워 있어야 할 정도로 악화되고 있었다. 급기야는 국왕의 그런 건강 상태까지 그들의 계략이라고 생각하는 장교들까지 나왔다.

무엇보다 에른하르트가 주저했던 이유 중 하나는 그들이 일선 병사들에게 얻고 있는 그 절대적인 신뢰였다. 그들은 한결같이 최전선에서 병사들과 함께 피를 흘리며 싸웠다. 지금까지 라이어른에서는 그렇게 최일선에서 가장 열심히 싸운 지휘관이 없었다. 그것이 병사들에게는 절대적인 믿음과 충성을 가져왔다. 가장 먼저 돌격하여 병사 두엇을 베고서 피에 젖은 얼굴로 함성을 지르며 돌격을 명령했을 때 돌격을 주저하는 병사들은 아무도 없었다. 그들은 전쟁의 광기 속으로 병사들을 몰아가고 자극시키는 방법을 알고 있었다.

결국 에른하르트는 장교들의 제의를 수락하고 말았다. 스스로가 판단하기에도 더 이상 그들이 병사들에 대한 지배력을 확보하는 것은 위험하다고 판단했던 것이다. 더군다나 그들은 외국인이었다. 외국인들에게 집안 싸움의 주도권을 쥐어줄 생각은 추호도 없었다. 그것은 보수적 기질이 강한 라이어른 인들이라면 누구나 가질 법한 사고였다.

발트하임에 대한 절대적 충성과 애국심으로 무장된 장교들은 빠르고 은밀하게 조직화되었고 소수 정예의 신뢰할 수 있는 병사들만으로 세력을 구축하기 시작했다. 몇백 명 단위의 병력을 필요로 하지도 않았다. 그저 수십 명 단위의 소규모 정예 병력으로 불시에 거사를 성공시키는 쪽이 성공 확률이 높았다.

세력 구축이 장기화되고 참가 세력이 100명 단위를 넘어선다면 당연한 수순으로 조직 내부의 제5열이 생기기 마련이었고, 그렇지 않아도 그들의 이목을 끌 위험이 있었다. 장교들은 서로 간의 접촉 및 병력 규합 움직임을 최대한 자제하는 방향으로 빠르지만 은밀하게 거사에 필요한 인원을 확보했다.

개중에는 장교들만이 있는 것도 아니었다.

예를 들면 뷔로 츠바이크 남작이 바로 그런 사람들 중의 한 사람이었다. 얀스 오스나 자작의 사촌이고, 또한 수도에서 적극적으로 국왕군의 출두 요구에 응하지 않았다는 이유로 그는 실질적으로 왕비군 포로 대우를 받고 있었다. 당연히 그는 그 점에 대한 불만과 적대감을 갖고 있었는데 평소에 친분이 있던 어떤 장교가 그에게 거사를 알리고 함께 참여할 것을 제의했다. 그리고 당연하게 츠바이크 남작은 그 제의를 수락했다.

사실 그의 신병을 확보한 것은 중립 성향을 보이던 오스나 자작과의 협상에서 약간의 친왕비 파 성향을 갖고 있던 츠바이크 남작을 인질 내지는 협상 조건으로 제시하기 위해서였다. 그런 의도였지만 사실상 오스나까지의 진출이 불가능해진 시점에서 그의 신병이 갖는 중요성은 줄어들었고 거의 잊혀지다시피 했다.

군 내부에 나름대로 인맥을 갖고 있던 츠바이크 남작은 망설이며 쉽게 가담하지 못하던 몇몇 장교들을 설득시키는 데 성공했다. 그리고 지금까지 그에게 행하여졌던 처우가 귀족에 대한 합당한 대우가 아니었다는 사실을 부각시켜 좀처럼 결정을 내리지 못하던 장교들의 마음을 움직이는 데 결정적인 계기로 만들었다.

거사 일로 결정된 새벽에 장교들이 집결하여 마지막으로 작전을 확인했다. 그리고 에른하르트는 깊은 한숨을 쉬며 고개를 끄덕였다. 라이어른이 홀로 서기 위한 투쟁이 시작된 것이다.

마지막 경계시가 끝나고 일과가 시작되는 나팔 소리가 울리기 직전, 보초를 서고 있던 두 명의 병사들은 서로를 바라보며 눈짓을 교환했다. 원래 근무인 병사들은 그들이 자진해서 근무를 대신 서주겠다는 제안을 흔쾌히 수락해 왔다. 임의로 근무지를 교대하거나 근무자들끼리 근무 시간을 바꾸는 것은 처벌 대상이었지만, 그러한 행동들이 병사들 사이에서는 드물긴 해도 전혀 이상한 일이 아니었다. 눈짓을 교환한 병사들은 검을 뽑아 들었다. 그리고 살며시 출입문을 열고 안으로 들어갔다.

성 프락티누스 고행 수도원 안뜰에 면한 출입문으로 연결된 방 안은 단출하고 간결했다. 출입문은 안뜰과 연결되어 있었고 작은 창문은 거리 쪽을 바라보고 있었다. 회벽을 바른 실내와 누런 편석을 깐 바닥은 지극히 검소하여 수도사가 머물기에 문제가 없었다.

병사들은 긴장한 눈으로 침대를 바라보았다. 창문 아래에 놓여진 침대에는 조금 더러워진 시트를 뒤집어쓰고 잠들어 있는 사내가 있었다. 사내는 출입문에서 등을 돌린 자세로 벽을 바라보며 깊게 잠들어 있었다.

하 이언을 제거하는 임무를 맡은 병사들은 마른침을 삼키며 발끝으로 걸어서 침대로 다가갔다. 그들은 검을 비스듬히 앞으로 뻗어 만약 이언이 침대 위에서 검을 휘두르며 일어나도 곧바로 찔러 버릴 준비를 갖췄다. 병사들에게는 다행히도 이언의 검은 침대 발치에 곱게 세워져 있었다. 병사들은 소리없이 미소를 지으며 침대로 다가갔다. 그리고 서슴없이 누워 있던 이언의 등을 힘껏 찔렀다.

"컥!"
 맺힌 비명 소리가 낮게 터져 나오고 찢겨진 침대 시트 사이로 검붉은 피가 쏟아져 나왔다. 병사들은 틈을 주지 않고 두 번 세 번 있는 힘껏 이언의 등허리와 목을 찔렀다. 이언은 피를 토하며 꿈틀거렸지만 이미 10여 번을 찔려 버린 상황이었기에 끄응 하는 신음 소리와 함께 몸을 부들부들 떨었다.
 "라이어른 만세!!"
 "외국인 따위는 죽어버렷!!"
 병사들은 그제야 자신만만하게 소리치며 검을 거꾸로 잡고 수직으로 이언을 난도질하기 시작했다. 침대 시트를 뒤집어쓴 채 30번도 넘게 찔려 버린 이언은 무력하게 부들부들 떨었다. 병사들은 희열로 가득 찬 얼굴로 희게 웃었다.

"……."
 밤새워 근무를 마치고 성 피에트로 수도원으로 돌아온 레이드는 젊은 하녀가 내미는 맥주잔을 받아 들고는 묵묵히 받아 마셨다. 며칠 전부터 새로 병사들을 돕기 시작한 하녀는 조용히 눈을 내리깔고 한 걸음 물러섰다. 레이드는 희미하게 먼동이 트는 하늘을 곁눈질하면서 두 모금째 맥주를 입에 물었고, 갑자기 격하게 맥주를 뱉어냈다. 그리고 놀란 눈으로 맥주잔을 내려다보았다. 고개를 숙이고 있던 신참 하녀가 씨익 웃으며 고개를 들었다.
 "너……."
 희미하게 신음을 내뱉는 레이드의 입가를 타고 검게 죽어버린 피가 흘러내렸다. 레이드는 손을 뻗어 여자의 목을 움켜쥐려고 했으나 털

썩 무릎을 꿇었다. 수도원 안뜰을 오가던 병사들은 물론 레이드를 따라 들어오던 시민병 병사들이 경악한 눈으로 레이드를 바라보았다. 하지만 그들은 지금 상황을 빠르게 인식하지 못했고, 그저 휘둥그레진 눈으로 레이드와 하녀를 번갈아 쳐다보았다.

"케엑!"

레이드는 한 움큼의 피를 뱉어냈다. 수도원 안뜰 바닥이 시커먼 피로 더럽혀졌다. 독에 중독된 각혈의 전형적인 증상이었다. 레이드는 수도원 안뜰 바닥에 엎드린 채 부들부들 떨었다. 교대 병력으로 레이드의 인솔을 받아 들어왔던 로젠 하우트 거리 소속의 병사들은 레이드에게 다가가 응급 처치를 할 생각도 하지 못한 채 경악했다.

겨우 며칠 전부터 갑자기 보급대에 배속되어 일하던 하녀는 그제야 득의만만한 얼굴로 레이드를 내려다보면서 레이드에게 침을 뱉었다.

"더러운 배신자! 우리 조국을 그렇게 쉽게 집어삼킬 수 있을 것 같았냐?!"

그녀는 병찐 얼굴로 제자리에 멈춰 서 공황 상태에 빠진 병사들을 둘러보면서 자신감에 가득 찬 얼굴로 고함을 질렀다. 그녀의 날카로운 소프라노 톤의 고음이 수도원 안뜰을 시끄럽게 어지럽혔다.

"라이어른 만세!! 발트하임 만세!! 병사들이여!! 조국의 미래를 위해 싸우자!!"

병사들은 지금 상황을 이해하지 못하는 얼굴로 낯선 여자와 피를 토하며 뒹구는 레이드의 모습을 번갈아 쳐다보며 멍하니 입을 벌리고 섰다. 레이드는 간질 환자처럼 부들부들 떨면서 수도원 안뜰을 뒹굴기 시작했다.

"이, 이런 미친!!"

케이시 튜멜 남작은 발작적으로 롱 소드를 뽑아 들면서 더듬거렸다. 3명의 병사들이 싸늘하게 웃으며 숏 소드를 곧추세우고 한 걸음 접근했다. 튜멜은 입술 사이로 끄응 하는 신음 소리를 내뱉으며 롱 소드를 고쳐 잡았다. 손바닥 가득히 식은땀에 배어들면서 미끄러워졌다. 튜멜은 장갑을 휴대하지 않은 자신의 준비성없음을 저주하면서 젖은 손바닥을 바지춤에 스윽 문질렀다.

병사들은 차근차근 다가왔다. 갑옷도 투구도 없었다. 상의라고는 검소한 셔츠와 몸에 꼭 맞는 조끼뿐이었다. 어느 것도 싸늘하게 예리한 숏 소드의 검날을 방어하는 데에는 회의적이었다. 튜멜에게 행운이었던 점은 항상 이른 아침에 일찍 기상하여 세수를 하고 몸가짐을 다듬는다는 점과 어디를 가나 롱 소드를 몸에서 떼어내지 않는다는 점뿐이었다. 하지만 그것만으론 지금의 상황을 타개할 만한 방법이 없었다.

"샌님 귀족 나으리라서 이쑤시개만으로도 충분하다고 하더군."

병사들 중 누군가 킬킬거리며 앞으로 불쑥 나섰다. 튜멜은 분노한 목소리로 예의없는 병사들을 비난할 여유조차 없었다. 튜멜은 그 병사가 앞으로 걸어나온 거리만큼 뒤로 물러섰다. 그는 머리 속으로 빠르게 자신이 3명의 병사들을 상대로 싸울 수 있을지 고민해 보았다. 그리고 해답을 얻은 튜멜은 벌레를 씹은 얼굴로 병사들을 노려보았다.

"비실거리는 귀족 샌님께서 식은땀을 흘리시는걸?"

"저런저런, 여름도 끝났는데 더우신가?"

투명한 땀방울이 튜멜의 뺨을 타고 흘러내렸다. 튜멜은 다시 뒷걸

움질쳤다. 그의 허리가 테이블 모서리에 툭 부딪쳤다. 튜멜은 너무 놀라서 그 자리에 주저앉을 뻔했다.

"왜? 어째서 이러는 거냐?"

"그건 말이지… 네놈들이 호락호락하게 우리 발트하임을 집어삼키지 못하게 하려는 거지."

"뭐? 집어삼켜? 발트하임을? 그걸 말이라고 하는 건가?"

튜멜은 발끈하며 화를 냈다. 하지만 병사들은 여전히 킬킬거리며 그의 분노를 무시하고 이죽거렸다. 튜멜은 다시 한 번 축축한 손바닥을 바지춤에 스윽 문질렀다. 그리고 입속으로 중얼거렸다.

"신이시여, 나를 구원해 주소서……."

〈8〉

"그만 좀 찌르지? 이제 죽은 것 같은데."

등 뒤에서 들려오는 냉소적인 말투에 흠칫 뒤돌아보던 병사들은 벼락 맞은 얼굴로 혀를 빼물었다. 아직도 뜨거운 피가 주르륵 바닥으로 흘러내리는 숏 소드를 쥔 병사들은 악몽을 꾸는 듯한 얼굴로 입을 열지 못했다.

하 이언은 출입문 옆 벽에 등을 단단히 붙이고 한 손에 롱 소드를 들고 서 있었다. 그는 롱 소드의 검날을 살펴보며 대담하게 엄지손가락으로 검날을 만지작거렸다. 반짝이는 검신 너머로 보이는 그의 얼굴은 무표정했고 새벽 안개처럼 차가웠다. 흘러내린 검은 머리칼 아래로 보이는 눈동자는 짐승의 눈동자처럼 이질적인 안광을 뿜으며 방 안 공기를 차갑게 얼려 버렸다. 굳게 다문 그의 얇은 입술은 흉내 내기도 힘든 각도로 삐뚤어져 섬뜩한 냉소를 날렸다. 이언은 병사들에게는 시선조차 두지 않은 채 자신의 검신을 아래위로 올려다보면서 손가락으로 검날에 이가 나간 곳은 없는지 검날이 충실하게 세워졌는지 확인했다.

"걱정하지 마, 너희는 유령을 보는 게 아니니까. 그 시트나 한번 걷어보시지?"

병사 중 한 명이 떨리는 손으로 침대 시트를 화악 잡아당겼다. 침대 위에는 붕대를 감은 부상병 한 명이 잔뜩 일그러진 얼굴로 죽어 있었다. 등을 돌리고 노곤하게 자던 그 부상병은 등허리와 목덜미가 검에 찔려 너덜너덜한 상태로 이미 숨이 끊어져 있었다. 병사들은 경악스러운 눈으로 이 병사가 어째서 이곳에 누워 있는지 이해하려고 노력했다. 한 가지 확실한 것은 있었다. 그들의 거사는 실패했다.

"어젯밤에 지나가다 보니까 심한 부상이 있던 병사가 차가운 돌 바닥에서 자고 있더군. 그래서 마침 난 별로 잠이 안 오길래 그 병사를 내 침대에서 재웠지. 그런데 부상이 심해서 그런지 상처의 고통 때문에 괴로워하길래 진통제를 좀 먹였는데 새벽까지 손가락 하나 움직이지 않은 채 곤히 잠들어 있더군. 그래서 난 여기에 앉아서 그 병사를 간호했어. 곤히 자다가 유명을 달리한 건 정말 유감이군 그래. 아니, 더 이상 고통스러워할 일이 없으니 다행인가? 그나저나 저 친구는 마지막에 아군 칼에 맞아 죽다니, 좀 불쌍한 인생이라는 생각은 조금 들어. 그렇게 생각하지 않나? 크흐흐."

이언은 꼼꼼하게 검사하던 롱 소드로 허공을 겨냥하고 가볍게 휘둘러 보았다. 은빛으로 반짝이는 검신이 허공을 오가며 붕붕거리는 소리를 냈다. 병사들은 그 소리만으로도 자신들의 목이 잘려 나가는 착각을 받고는 뒷걸음질쳤다. 그들의 얼굴은 경악과 공포로 잔뜩 일그러겼다.

"어, 어떻게?"

"아아, 내가 너희들의 움직임쯤을 모를 거라고 생각했나? 난 말이야, 세상을 살아가면서 많은 배신을 당했지. 오죽하면 약혼녀까지 날 배신할까? 약혼녀가 날 배신했길래 난 즐겁게 웃으면서 그녀를 죽여 버렸지. 살려달라고 울고불고하는 걸 히죽 웃으며 죽였지."

이언은 기억의 귀퉁이를 스쳐 가는 그녀의 기억 때문에 얼굴을 찡그렸다. 르하 피세라흐. 그가 처음으로 사랑했던 여자. 마지막으로 처연하게 웃으며 담담하게 죽음을 맞이했던 강하고 심지가 굳었던 여자. 국왕 폐하를 상대로 벌였던 반란이 아니었다면 그는 그녀를 살려줬을지도 모른다.

"뭐, 하여간 그 뒤로는 이런 일에는 좀 민감해. 너희 놈들이 예전부터 우리에게 불만이 많았다는 것은 알고 있었지. 그래서 우리도 준비를 좀 했지. 한 가지 알려줄까? 너희는 레미 아낙스라는 여자의 무서움을 과소평가했어. 세상에서 제일 무서운 사람은 검을 든 살인귀가 아니야. 이 모든 계획이 그녀의 머리 속에서 나왔다면 믿겠나? 지옥으로 찾아가는 길에 교훈으로 삼으라고. 그건 그렇고……."

이언은 지금까지 기대고 있던 벽에서 등을 떼면서 왼손으로 출입문을 닫았다. 그리고 병사들을 바라보면서 싸늘하게 웃었다.

"내 침대를 더럽혔으니 계산은 지금 하겠나? 한데 좀 비쌀 거야."

"이자들은 국왕 폐하를 현혹시켜 우리 발트하임을 먹어치우려 했다! 하지만 우리를 지휘하는 장교 분들은 이들과 싸우기를 주저하지 않으셨다! 병사들이여, 눈을 떠라! 우리가 조국 발트하임을 버리지 않을 때 우리 조국 발트하임은 우리를 버리지 않는다!"

 젊은 하녀는 목청껏 소리 질러 붉어진 얼굴로 병사들을 선동하며 허공으로 치켜든 주먹을 휘저었다. 수도원 안뜰에 모여 있던 병사들은 저마다 수군거리며 동요했다. 하지만 누구도 섣불리 의견을 내놓지는 않았다. 그리고 레이드를 뒤따라 들어왔던 시민병들은 노골적인 불만을 얼굴에 띤 채 여자를 노려보았다.

 여자는 자신의 예상이 빗나가자 당황했지만 더욱 목소리 높여서 고함을 질렀다. 여자는 이해할 수 없었다. 어째서? 어째서 병사들은 저리 냉담한 반응을 보이는가? 어째서 병사들은 조국 발트하임의 번영을 노래하지 않는가? 어째서 병사들은 저기 죽어 넘어진 배신자의 시체에 침을 뱉지 않는가? 어째서?

 여자의 고민은 거기서 끝났다. 너무 소리를 질렀는지 갑자기 숨이 막혀 캑캑거리기 시작한 것이다. 하지만 그녀는 그것이 소리를 질러서 그런 것이 아니라는 것을 곧 깨달았다. 투박하고 육중한 팔뚝이 그녀의 얇은 목을 휘감고 있었다. 여자는 모여 있던 병사들의 얼굴에, 특히 시민병들의 얼굴에 떠오르는 기묘한 표정을 보고 의아해했다. 다음 순간 여자는 척추를 타고 흐르는 무시무시한 공포를 느꼈다. 꿈속에서라도 듣고 싶지 않은 목소리가 들린 것이다.

 "수다스러운 여자는 내 딸 한 명으로 충분해. 그러니까 내 옆에서는 입 좀 다물어."

 "캑! 캑! 무, 무슨?!"

 레이드는 여자의 등 뒤에서 팔뚝으로 여자의 목을 휘어감고는 바닥에 침을 뱉었다. 핏덩이가 또 한 움큼 뱉어졌다. 레이드는 입가를 타고 흐르는 핏자국을 어깨에 스윽 문질러 닦았다. 그리고 낮고 음산한 목소리로 말했다.

"어떤 잘나신 장교 어른께서 널 유혹했지? 그래서 넌 그 어르신의 침대 시중을 자주 들었을 테고? 그런데 어느 날 그 장교 어른께서 너에게 조국을 구할 기회를 주셨지? 조국은 너의 용기를 칭송하고 마을마다 너의 동상을 세우며 너를 존경할 것이라고. 두 번 다시 세상 사람들이 널 비웃고 무시하지 못하게 될 것이라고. 그러면서 장교 어른께서는 너에게 독약 주머니를 주셨을 거야. 이 독약으로 레이드라는 배신자를 독살하라고. 그런데 그 장교 어른은 그 독약을 자신이 신뢰하는 늙은 병사에게 명령해 얻어오라고 했을 거란 말이야."

레이드는 등 뒤에서 여자의 목덜미를 끌어안고서 한 손을 움직여 허리춤에서 예리하고 날카로운 단검을 꺼냈다. 그리고 그 단검을 여자의 눈앞에서 가볍게 돌려보며 그것이 얼마나 날카롭고 무시무시한 물건인지 구경시켜 주었다. 여자는 하얗게 질린 얼굴로 그의 품 안에서 벗어나려고 발버둥 쳤지만 결코 벗어나지 못했다. 회색남풍의 전직 돌격대장 레이드는 미친 회색곰이라고 평가받는 사내였고, 1.8미터나 되는 투 핸드 소드를 롱 소드처럼 휘두르는 사내였다. 여자는 숨이 막힌 얼굴로 버둥거리며 병사들에게 구원의 시선을 보냈지만 원을 그리고 모여서 팔짱을 낀 병사들은 냉담한 얼굴로 웃고 있었다. 여자는 온몸이 얼어붙는 공포를 느꼈다.

"그런데 말이야, 그 장교 어른께서 신뢰하던 늙은 병사는 나와 친하거든. 그래서 두통에 잘 듣는 약을 독약이라면서 장교 어른께 구해다 주었지. 그리고 나에게 달려와서 그 사실을 알려주더군. 너는 그 장교 어른께 받은 독약을 맥주에 넣었지? 미안하지만 난 태어나서 한 번도 두통에 시달려 본 적이 없거든? 혹시 다음에 독살할 기회가 있다면 우선 독약을 개나 가축들에게 한번 먹여봐서 독약의 효능을 시험해 보는 게 좋아. 나는 그래도 혹시나 싶어서 얼마 전에 죽은 친구가 남겨준 해독제를 먹었는데 덕분에 지금 혀끝에 감각이 거의 없어."

"사, 살려… 흡?!"

여자의 눈동자가 갑자기 커졌다. 레이드는 여자의 옆구리 쪽 갈비뼈 밑에서부터 수직으로 단검을 찔러 넣었고, 단검은 그녀의 심장까지 단숨에 도달했다. 레이드는 여자의 옆구리에 찔러 넣은 단검을 힘껏 쥐고서 반 바퀴를 돌렸다. 여자의 옷자락과 연약한 피부가 두두둑 찢겨 나가며 핏방울이 흘러나오기 시작했다. 레이드는 여자의 목을 조르고 있던 팔을 풀면서 단검을 뽑아냈다.

여자는 실이 끊어진 인형이 되어 바닥에 무너졌다. 이미 즉사해 버린 여자는 부들부들 떨면서 사후 경련을 일으켰다. 레이드는 꿈틀거리는 여자의 시체를 어두운 눈동자로 물끄러미 내려다보았다. 단검이 뽑혀 나가자 찢겨진 피부 사이로 피가 콸콸거리며 쏟아져 나와 바닥에 웅덩이를 만들기 시작했다.

"괜찮으십니까?"

시민병 한 명이 다가오며 걱정스러운 얼굴로 물었다. 레이드는 마지막으로 바닥에 침을 뱉으며 씨익 웃었다.

"닭 피는 맛이 없군. 다음부터는 돼지 피로 해야겠어. 그건 좀 맛있을까?"

"그것도 별로 맛은 없을 겁니다."

시민병은 못내 불안한 얼굴을 감추지 못하며 말했다. 레이드는 씨익 웃으며 그의 어깨를 강하게 두드려 주었다. 그들은 시민병 부대들 중에서 가장 강하다는 로젠 하우트 거리 소속이었고, 그중에서도 이제 정예라고 불리워도 손색이 없는 병사들이었다. 레이드는 이미 오늘이 거사 일이라는 통보를 받았고 시민병들 중에서 정예만 추려 100여 명이나 데리고 돌아왔다. 살육의 아침이 곧 시작되려 하고 있었다.

"뭐야, 이거? 누가 이 자식을 샌님이라고 했어?"

병사 중 한 명이 불만스러운 목소리로 투덜거리며 숨을 헐떡거렸다. 3대 1의 싸움이라 쉽게 결정지어질 것이라는 예상은 철저하게 빗나갔다. 튜멜은 그들을 이기지 못했지만 적어도 그들에게 무력하게 개죽음을 당하지는 않았다.

케이시 튜멜 남작의 길어진 머리칼은 땀에 젖어 이마와 뺨에 잔뜩 엉겨 붙었다. 그는 엉겨 붙은 머리칼들을 속 시원히 떼어내고 싶었지만 그럴 여유가 없었다. 그가 인상을 찡그리자 땀에 젖은 얼굴을 가로지르는 칼자국 흉터가 그를 얼마쯤 날카롭게 보이게 만들었지만 병사들을 겁먹게 만들 정도는 아니었다. 원래부터 너무 순하고 요령없어 보이는 얼굴이기 때문에 표정을 가지고 타인을 압도하는 것은 불가능했다. 튜멜은 땀에 흠뻑 젖은 손바닥을 바지춤에 재빨리 스윽 문질렀다.

튜멜에게 어깨에 상처를 입은 병사는 길길이 화를 내면서 당장이라도 튜멜을 씹어 먹을 듯이 욕설을 퍼부었다. 튜멜은 식탁으로 쓰는 긴 테이블 뒤에 서서 롱 소드를 다시 한 번 자신의 몸 쪽으로 끌어당겼다. 그의 머리 속에서는 파일런이 가르쳐 준 실전 규칙이 어지러이 맴돌았지만 용케 균형과 현실 감각을 유지하고 있었다. 긴 테이블을 돌아서 튜멜의 왼편으로 한 명이, 튜멜의 오른편으로 두 명의 병사들이 다가왔다. 양쪽으로 포위당한 그는 어금니를 으득 깨물며 분한 표정을 지었다.

'규모가 다른 두 개의 병력이 양 방향에서 협공을 가할 때는 항상 규모가 큰 쪽으로 혈로를 뚫어라. 규모가 작은 쪽은 정예이거나 매복이 기다리는 법이다.'

튜멜은 파일런이 언젠가 가르쳐 준 전술을 떠올리며 자신의 왼쪽으로 접근하는 병사를 힐끔거렸다. 상처도 입지 않았고 체구는 레이드만큼이나 큰 병사였다. 튜멜은 땀방울이 방울방울 맺힌 얼굴로 고개를 반대로 돌렸다. 한쪽 어깨에 상처를 입은 병사와 또 다른 병사가 천천히 거리를 좁혀왔다. 튜멜은 순간적으로 자신이 이길 수 있을지 고민해 보았다.
"마음에 안 들어… 정말 마음에 안 들어……."
튜멜은 롱 소드를 쥐고서 호흡을 가다듬었다. 덤벼들면 도달할 수 있는 거리까지 서로 간의 거리가 좁혀진 순간 튜멜은 재빨리 움직였다. 튜멜은 테이블 위에 놓여진 청동 촛대를 집어 오른쪽에서 다가오는 병사들의 얼굴에 겨누고 던졌다. 언젠가 수도에서 머무는 동안에 에피에게서 뜨거운 수프 접시를 얻어맞은 적이 있던 튜멜은 결코 그때를 잊지 않았다.

힘껏 청동 촛대를 던진 튜멜은 그대로 돌아서면서 이를 악물고 롱소드를 휘둘렀다. 완전히 정반대로 돌아서는 원심력을 이용한 풀스윙이었다. 혼자서 다가오던 병사는 기겁을 하며 검을 수직으로 세웠다. 놀랄 만큼 큰 불꽃이 튀고 병사의 검이 바깥쪽으로 튕겨 나갔다.

케이시 튜멜 남작은 함성을 지르며 단숨에 테이블을 밟고 넘어갔다. 재빠른 2차 공격을 예상하며 자세를 낮추던 병사는 황망한 시선으로 튜멜을 쫓았지만 그는 이미 테이블을 넘어버렸다.

"자, 잡아!"

병사들이 고함을 지르며 테이블을 밟고 올라섰다. 튜멜은 그대로 도망칠 듯 동작을 취하다가 그들이 테이블을 밟고 올라서자 재빨리 돌아서며 다시 검을 뿌렸다. 도망치듯 등을 돌렸다가 다시 뒤돌아서는 원심력으로 무시무시한 속도를 붙여 휘두르는 튜멜의 롱 소드는 이미 네 번이나 병사들을 기겁하게 만든 전례가 있었다.

"우왓!"

튜멜은 허리가 테이블 모서리에 부딪치도록 과격하게 온 힘을 다해서 롱 소드를 뿌렸고, 이 순간만큼은 그의 롱 소드에서도 파일런 디르거의 클레이모어가 내는 소리가 들렸다. 병사들은 무릎 높이로 쓸려 들어오는 롱 소드를 보고 재빨리 물러서다가 테이블에서 거꾸로 떨어지며 비명들을 질렀다. 튜멜은 반대 편에 있던 의자를 집어 넘어진 병사의 머리를 겨누고 던졌다. 묵직한 의자에 머리를 맞은 병사는 피가 흐르는 이마를 누르며 비명을 질렀다. 튜멜은 미련없이 등을 돌리고 출입구 쪽으로 뛰었다.

그가 출입문을 열려고 손을 뻗는 순간, 무거운 출입문은 요란한 소리를 내면서 열렸다. 튜멜은 문에 부딪쳐 넘어졌다.

"크으윽!"

튜멜은 욱신거리는 팔뚝을 감싸며 고개를 들었다. 녹색 서코트가 시선을 하나 가득 채웠다. 그는 땀에 젖은 얼굴로 절망스러운 표정을 지었다. 성 요하누스 수호 기사단이었다. 성 요하누스 수호 기사단 병사는 물끄러미 튜멜을 내려다보았다. 그들의 손에 들려진 팔치온은 서늘하게 번득였다. 튜멜은 저항을 포기하지는 않았지만 체념은 했다. 그는 부딪친 왼손의 주먹을 쥐었다 폈다 하면서 오른손으로는 롱 소드를 고쳐 잡으며 일어섰다. 수호 기사단 소속의 백인대장은 까다로운 얼굴로 실눈을 뜨고 튜멜을 내려다보더니 짧게 명령을 내렸다.

"죽여!"

그리고 성 요하누스 수호 기사단 병사들이 일제히 팔치온을 쳐들었다. 튜멜은 눈을 질끈 감으면서도 롱 소드는 치켜들어 몸통을 방어했다. 하지만 예상했던 팔치온 세례는 떨어지지 않았다. 그리고 등 뒤에서 무서운 비명 소리들이 터져 나오며 검이 뼈를 으깨는 소리가 들려왔다.

"보시는 바와 같이 몇몇의 병사들이 반란을 일으켜 내분을 유도하고 있습니다."

카라는 백인대장의 등 뒤에서 나타나며 조용히 미소 지었다. 세속 수녀 출신이라는 과거는 신앙심이 깊은 부대인 성 요하누스 수호 기사단 병사들에게 깊은 호감과 절대적인 신뢰를 가져다 주었다.

전선을 점검하고 지친 몸으로 성 요하누스 수호 교회를 가로질러 에펜도르프 성으로 가려던—어차피 계단을 올라오면 교회를 가로질러야만 성의 베일리 쪽으로 갈 수 있었다—수호 기사단 단장 헨켈은 '우연히' 기도 중인 카라의 목소리를 들었다. 허스키하면서 사람을 빨아들이는 매력이 있는 그녀의 음성은 무심코 제단을 지나치려던 그의 이목을 끌었다.

마침 그때 카라는 '우연히' 신께 구원을 빌며 자신을 죽이려는 자들에게조차 신의 자비가 내리기를 기도했다. 잠시 동안 묵묵히 그녀의 기도를 듣던 헨켈 단장은 그 기도문에 담겨진 무서운 비밀을 눈치

챘다. 그는 그녀에게 기도의 의미를 다그쳤고 카라는 '곤란한' 얼굴로 확실하지 않다는 단서를 붙이고는, 몇몇 장교들과 병사들로 구성된 모종의 세력이 내부 전복을 꾀하고 있음을 설명했다. 물론 그녀는 그 정보가 '우연히' 남의 말을 훔쳐 듣다가 얻은 정보임을 시인하며 세속 수녀인 자신으로서는 행할 수 없는 죄를 범했다면서 참회했다.

헨켈 단장은 당장 노발대발하며 검부터 뽑아 들었지만 카라의 간곡한 만류로 은밀하게 병사들에게 비상 대기 명령을 내리고 진압 준비를 지시했다. 준비가 끝나기 무섭게 수호 기사단은 주요 거점들을 점거하고 있던 병사들을 강제 진압했다. 예상보다 빠르게, 그리고 당연히 자신들의 손을 들어줄 것이라고 예상하고 있던 성 요하누스 수호 기사단이 자신들을 강제 진압하자 거사에 참여했던 국왕군 병사들은 경악했다. 지금까지 숱한 전투를 거치며 살아남아 정예화된 병사들이었지만 에펜도르프 내부에서의 전투는 수호 기사단의 전투 수행 능력을 능가할 수 없었다.

레이드와 로젠 하우트 소속 시민병들은 아무런 저항도 받지 않은 채 성 피에트로 수도원을 점거하는 데 성공했다. 애초부터 부상자 구호소에 가까운 수도원이었는 데다가 대다수의 병력들은 애초부터 전선에 나가 있었기 때문에 실질적으로 수도원에 주둔 중인 병사들의 숫자는 많지 않았다. 하지만 굳이 그런 사실을 제외하더라도 레이드와 시민병 부대원들이 수도원의 주요 거점과 시설물들을 지배하고 경비 병력을 배치하는 데 저항하는 병사들은 없었다.

거사의 기밀을 유지하기 위하여 고위급 장교들과 극소수의 병사들만이 동원되어 계획된 작전이었기 때문에 그런 거사의 존재조차 모르는 병사들이 절대다수였다는 점이 에른하르트와 장교들의 최대 실책이었다. 일선 병사들에게는 그들 장교들보다 레이드와 같은 튜멜 일행들이 더 친숙했고, 그들이 보는 앞에서 시행되었던 독살 시도는 병사들에게 결정적인 악영향을 끼쳤다. 함께 목숨 걸고 싸웠던 동료를 눈앞에서 독살하려는 시도는 병사들의 호응은커녕 오히려 지도부에 대한 극단적인 반감을 가져왔다.

게다가 대다수가 레미 아낙스가 크림발츠의 여왕 하이나 11세라는 사실을 모르고, 또한 그 사실을 안다고 해도 그녀의 존재가 갖는 외교적, 정치적 영향을 이해할 능력이 없는 병사들이었다. 그들에게는 갑자기 뜬금없이 라이어른에 대한 충성을 요구하는 선동보다는 항상 최전선에서 피를 흘리며 함께 싸우고 살아남은 레이드의 목소리에 귀 기울일 수밖에 없었다. 에른하르트 진영은 바로 이 점을 과소평가하고 간과한 것이다.

"아침부터 독살당할 뻔했다고 하더니, 멀쩡히 살아 있구려?"

늙은 병사가 귀리죽이 가득 담겨진 냄비를 들고 오면서 물었다. 병사들의 배치를 재확인하던 레이드는 히죽 웃으며 턱을 슥슥 문질렀다. 늙은 병사는 방금 전에 벌어졌던 사건을 마치 누군가 술에 취해 난동을 부린 것쯤으로 생각하고 있었다.

"미친 회색곰이 그렇게 쉽게 죽으면 욕먹지. 안 그러시오?"

"그런데 무슨 일이 벌어지고 있는 거요?"

"위대한 라이어른 건설을 위해서 높으신 장교 나으리들께서 나와 내 친구들을 죽이려고 했던 거요. 영감님이 나를 죽이면 라이어른을 구한 영웅이 되는 거요."

"허참, 세상 돌아가는 꼬락서니 하고는… 집안 싸움은 지금으로도 충분하지 않은 건가?"
 늙은 병사는 레이드가 데려온 시민병 병사들에게 귀리죽 냄비를 건네주고는 혀를 차면서 돌아섰다. 레이드는 그 늙은 병사의 뒷모습을 바라보면서 잠시 동안 그 자리에 머물렀다.

 프라티누스 고행 수도원은 두 파로 나뉜 병사들의 어지러운 투기장으로 변해 있었다. 수도원의 사각형 안뜰은 고대에 존재했던 죽음의 원형 투기장으로 변하며 잔혹의 역사를 단숨에 거슬러 올라갔다. 어느 쪽에도 가담하지 않았던 병사들이 안뜰의 열주 회랑 너머에 서서 주먹을 휘두르며 고함을 지르고 있었고, 그 열주 너머의 안뜰에서는 목숨을 걸고 싸우는 검투사들이 가득했다. 한 줄로 늘어선 열주가 일종의 안전지대가 되어버리는 전무후무한 전투장으로 변질된 이유에 대해서 누구도 섣불리 말하지 못했다. 이 전투는 처음부터 그런 암묵적인 규칙 아래 벌어진 전투가 되었다는 점이 특이한 사항이었다.
 병사들 중 누구도 자진해서 열주 안으로 뛰어들어 그 지독한 전투에 가담하지는 않았다. 초반에는 몇몇 혈기왕성한 병사들이 검을 움켜쥐고 열주 안으로 뛰어 들어가려고 했지만 그들은 노련한 병사들에게 목덜미를 잡혀 다시 열주 밖으로 끌려 나갔다.
 "내 친구가 저기서 싸우고 있단 말이야!!"
 고참 병사에게 목덜미를 잡혀 끌려 나온 젊은 병사가 흥분한 목소리로 고함을 질렀다. 하지만 그를 용케 잡아채 목숨을 구해준 고참 병사는 부리부리한 눈으로 젊은 병사를 노려보며 으르렁거렸다.
 "이 병신새끼야! 지금 나가면 넌 개죽음당해! 저게 안 보여?!"

고참 병사는 손가락을 들어 사각의 투기장 안에서 벌어지는 전투의 한 귀퉁이를 가리켰다. 젊은 병사는 의아한 눈으로 손가락을 따라 시선을 옮겼다.

"저 팔뚝에 매고 있는 빨간 완장이 안 보여? 저건 피아 구분 표지야! 저거 없이 저 안으로 들어갔다간 개죽음당하는 거야, 이 멍청아!"

고참 병사의 말 그대로 갑자기 난입해 들어간 병사들은 한결같이 왼팔에 붉고 선명한 천을 길게 찢어서 잘 보이도록 감아두고 있었다. 그리고 전적으로 그것에 의지하여 적과 아군을 구분했다. 적어도 열주 안쪽에 있는 사각형 안뜰 안에서는 붉은 띠를 팔뚝에 두르지 않은 자들은 이유를 불문하고 도살당했다. 열주 너머에 몰려 서 있던 병사들은 본능적으로, 혹은 풍부한 경험에 의하여 그 점을 인식했고 절대로 열주의 경계선을 넘지 않았다.

파일런 디르거가 이끄는 일단의 병사들은 짧고 가벼운 근접전용 무장인 숏 소드를 들고 무거운 보병용 방패 대신에 가볍고 작은 버클러를 휴대하고 있었고, 팔뚝은 물론 이마 혹은 방패나 숏 소드 손잡이에도 붉은 띠를 휘감아 자신의 소속을 분명히 했다. 그리고 그 소속 표지가 없이 집결해 있던 에른하르트의 병사들은 갑작스러운 기습에 기민하게 대응하지 못했다. 어찌 된 일인지 지휘부 장교들이 한 명도 모습을 보이지 않았던 것이다. 지휘를 받지 못했던 병사들은 혼란에 빠진 채 좁은 안뜰 안에서 일방적인 살육의 희생자들이 되었다.

"왜들 이러는 거야?! 다들 미쳐 버린 거 아냐?!"

열주 너머에 있던 병사가 안쪽의 아수라장을 향해 고함을 질렀다. 피가 뚝뚝 흐르는 숏 소드와 버클러를 들고 있던 병사가 힐끔 뒤돌아보았다. 그의 팔뚝에는 예의 붉은 띠가 매어져 있었다.

"사령관이 우리를 배신했다!"

"뭐야?!"

"우리도 돕겠다!"

"거기 있어라! 이 싸움은 우리가 맡는다! 너희는 왕비군을 막아라!"

숏 소드를 들고 고개를 돌려 고함을 지르던 진압군 병사는 손을 내밀어 열주 안으로 들어오려던 병사들을 제지하고는 다시 싸움터 속으로 뛰어들었다. 열주 너머에 있던 병사들은 단숨에 진압군 병사들과 동화되어 주먹을 휘두르고 고함을 질렀다.

"에른하르트 사령관이 페나 왕비와 내통했다!! 국왕을 인질로 삼고 우리를 배신했다!!"

병사들 사이에서 어디선가 소식을 듣고 온 병사들이 고함을 지르고 다녔다. 병사들은 웅성거리며 위험스럽게 동요했고 배신감에 치를 떨었다. 그들에게 있어서 페나 왕비는 이 모든 전쟁의 원흉으로 극단적인 증오와 원망의 대상이었다. 병사들은 노도처럼 일어나 함성을 지르고 당장이라도 진압군에 가담하려고 움직였다.

"일이 이렇게 될 줄이야……."

에른하르트는 자신의 롱 소드를 들고 한숨을 쉬었다. 그는 문득 어쩌다 이런 상황까지 오게 되었는지 자문했다. 굳이 변명을 하자면 부하 장교들의 선동에 넘어갔다고 하겠지만, 에른하르트는 그런 식으로 자기 합리화에 만족할 만큼 오만하지 못했다. 결국은 자신이 그렇게 생각했던 것이다. 근위대 장교로서 근위대 내부 반란 당시에 명석한 상황 판단과 실행 능력을 인정받아 지금까지 국왕 곁에서 국왕을 위해 싸우는 총사령관이 되었다. 자신의 나이와 경험에 비해서 파격적인 대우를 받았다. 하지만 그런 빠른 신분 상승으로 그의 내부에선 좀 더 높은 계단을 올라가기를 갈망했다. 그것은 권력의 달콤함에 취한 중독과 같았다. 바람직하지 않았다는 것을 알면서도 그는 튜멜 일행의 존재가 못내 눈에 거슬렸다. 그리고 때로는 그들을 질투했다.

파일런 디르거의 놀라운 지휘 능력과 풍부한 경험, 그리고 그 육중한 존재감이 가져다 주는 지배력을 부러워했다. 하 이언의 짐작하기 어려운 변칙 전술들과 목적을 위해서는 수단에 대하여 아무런 고민도 하지 않는 절대적인 자신감이 부러웠다. 계산하지 않고 그저 순수한 투사가 되어 피를 내주고 뼈를 가져오는 레이드의 순수한 전사 혈통이 부러웠다. 에른하르트는 그 자신이 미처 알지 못하는 사이에 그들의 재능을 부러워하고 질투하고 있었다.

그렇기 때문에 외국인에게 군수권을 맡길 수 없다는 케케묵은 주장에 고개를 끄덕이고 말았다. 자신이 조금쯤 현명했다면 그들을 일갈하여 물리치고 함께 왕비군에 대항하여 싸웠을 것이다. 자신이 조금쯤 스스로에게 솔직했다면 그들에게 자신의 편협함을 고백하고 그들과 동화되기를 원했을 것이다. 하지만 그의 자존심은 그러하지 못했나. 결국 누구의 탓도 아니었나. 에른하르트는 파멸이란 그 자신의 원인만으로 찾아온다라는 라이어른의 관용구를 기억했다. 파멸이란 그 자신의 원인만으로 찾아온다. 에른하르트는 쓰게 웃었다.

"처음부터 이 모든 것을 파악했던 겁니까? 그런 겁니까?"

"…그렇다네."

파일런 디르거는 피에 젖은 채 고개를 숙이고 있는 자신의 클레이모어를 내려다보면서 묵묵히 말했다. 에른하르트는 희게 웃었다. 땀방울이 눈물처럼 그의 뺨을 타고 흘렀다.

"결국 우리는 함정에 빠진 거군요? 당신들은 우리가 이런 행동을 보일 거라는 것을 알고 있었고, 그런데도 우리를 설득하려고 하지 않았습니다. 당신들은 악마로군요."

"이제 끝내기로 하지. 구차한 건 싫을 테지."

"질투에 눈이 멀어 신세를 망쳤지만, 마지막은 군인이자 기사의 긍지를 갖고 가고 싶습니다. 허락해 주십시오."

"유감이지만 시간이 별로 없네. 조만간 왕비군의 공세는 다시 시작될 테니까."

"오래 걸리지 않을 겁니다."

에른하르트는 롱 소드를 세워 들고는 투구의 면갑을 내릴지 고민했다. 하지만 이 좁은 실내전에서 면갑은 별로 쓸모가 있어 보이지 않았다. 그리고 슬릿 사이로 내다보면서 이 늙은 사내의 공격을 눈으로 쫓을 자신이 없었다. 결국 그는 면갑을 내리지 않고 눈을 부릅뜨고 파일런을 바라보았다.

"이곳은 진.압.되.었.다. 가서 전장 정리를 마치고 보고를 올리도록."

파일런은 방 안까지 밀고 들어왔던 병사들에게 손을 들어 보이며 명령했다. '진압되었다'. 그 단정적이고 확정적인 과거형이 에른하르트의 가슴을 저리게 만들었다. 에른하르트는 실연당한 남자처럼 가슴이 아팠다.

"그럼, 군인의 긍지를 갖고 가게."

파일런의 묵직한 저음이 끝나기 무섭게 클레이모어가 날아왔다. 에른하르트는 양손으로 검을 쥐고서 본능적으로 검을 막았다.

쿠웅!

마치 해머로 맞는 듯한 충격이 느껴지고 에른하르트는 귓속을 울리는 이명을 들었다. 귓가에서 종소리를 들은 것처럼 우웅 하는 환청이 그의 귓속에서 맴돌았다. 에른하르트는 경악에 가까운 얼굴로 한 걸음 물러섰다. 단 한 번 검을 마주했을 뿐인데 땀이 비 오듯 쏟아졌다.

"이, 이게 뭐야?"

파일런은 묵묵히 검을 휘둘렀다. 파일런의 검이 성난 폭풍처럼 사방에서 휘몰아치자 에른하르트는 그 어지러운 소용돌이 속에서 자신을 주체하지 못하고 표류했다. 뻗어오는 검끝에 귓바퀴가 절반이나 잘려 나갔고 목덜미를 막아주던 체인메일이 뜯겨 나갔다. 한번 부딪치면 롱 소드의 이빨들이 우수수 떨어져 나가는 것이 눈으로도 보였고, 예리한 클레이모어는 체인메일쯤은 우습게 뚫고 들어와 옆구리를 파고들었다.

파일런은 전력을 다해 자신의 최고 기술들과 온 힘을 남김없이 쏟아 부으며 에른하르트를 공격했다. 에른하르트는 거의 실신할 정도로 의식을 잃은 상태에서도 용케 검을 놓지 않았다. 지금 검을 버리고 바닥에 엎드려 구원을 빌어도 살려줄 남자가 아니었다. 어차피 죽을 거라면 죽는 순간까지 버티다 죽겠다는 오기가 그에게 남은 유일한 재산이었다.

"하압!"

파일런은 한 손으로 다루기에도 충분한 클레이모어를 양손으로 쥐고 온 힘을 다해서 내려쳤다. 튕겨 나오는 반동을 이용하여 검끝을 핑그르르 돌린 그는 원심력과 속도에 의존한 속공을 펴고 다시 온 힘을 다해 힘껏 내리쩍었다. 상하좌우로 끊임없이 쏟아지는 검의 폭풍 속에서 에른하르트는 무력하게 뜯겨 나가고 상처 입었다. 그는 반격은 고사하고 쏟아지는 공격조차 제대로 막아내지 못했다.

"자, 잠깐!!"

에른하르트는 다급한 마음에 손을 뻗으며 고함을 질렀다. 하지만 클레이모어는 이미 그의 복부를 관통했다. 에른하르트는 날카로운 검이 자신의 몸을 관통하여 등 쪽으로 튀어나오는 느낌 속에서 부르르 떨었다. 그리고 안타까운 눈으로 파일런을 올려다보았다. 움직이는 성채라는 별명을 가진 이 늙은 사내는 묵묵히 입을 다문 채 아무런 말도 없었고 표정도 없었다. 에른하르트는 소년처럼 울먹이며 눈물을 흘리기 시작했다.

"자, 잘했나요? 난 군인다웠나요? 나, 난… 쿨럭! 난 군인다웠나요? …쿨럭! 말해 주… 세요……."

에른하르트는 꾸중 듣는 소년처럼 눈물을 흘리며 역류한 피를 토해 냈다. 그리고 산처럼 거대한 사내를 올려다보면서 애원하듯 울먹거렸다. 파일런은 아무런 말도 하지 않았다. 그는 묵묵히 힘을 주어 검을 뽑아냈다. 에른하르트의 육체는 파일런의 검이 뽑혀 나가자 힘없이 바닥에 널브러졌다. 에른하르트는 양손으로 피가 쏟아지는 복부를 누르며 버둥거렸다. 그리고 숨 가쁘게 헐떡거리면서 울먹였다.

"나는… 잘못했… 나요? 쿨럭! 쿨럭! 난 잘못했나요?! 군인답지 못한 거예요?! 쿨럭! 살고 싶어요! 죽고 싶지 않아요!! 난 잘했나요?! 쿨럭! 커헉! 난 잘했나요?!"

파일런은 발버둥 치고 울먹이며 죽어가는 에른하르트를 내려다보면서 한마디 위로도 건네지 않았다. 그것은 그가 지금껏 살아온 삶에 위배되는 것이었다. 죽음 앞에서는 항상 진지하고 한 줌의 거짓됨도 있지 않을 것. 파일런은 오직 그것만을 유일한 신념으로 삼으며 평생을 전장에서 싸워온 남자였다.

"쿨럭! 잘못했어요!! 질투했어요! 쿨럭! 더 높이 올라가고 싶었어요! 난 잘못했나요?! 쿨럭!"

파일런 디르거가 지켜보는 가운데 에른하르트는 눈물을 흘리며 자신의 삶을 후회했고 마지막까지 삶을 포기하지 않고 살아남으려고 발버둥 치다가 끝내 눈을 감았다. 피가 솟아오르는 복부를 양손으로 누른 채 에른하르트는 누워서 멍하니 입을 벌리고 천장을 노려보는 눈을 감지 못하고 죽었다. 마지막 눈물이 그의 귓가로 흘러내렸다.

"이로써 전 지역에서 진압이 끝났습니다."

이언은 깃털 펜으로 마지막 리스트에 가로선을 그어 지워 버리며 사무적인 말투로 말했다. 묵묵히 테이블 곁에 서서 시가 지도와 서류들을 내려다보던 레미 아낙스는 가만히 입술을 깨물었다. 크림발츠식으로 틀어 올린 머리에 여전히 회색 원피스를 입고 있는 레미는 눈살을 찌푸린 얼굴로 좀처럼 입을 열지 않았다.

"발트하임의 군수권을 장악한 최초의 크림발츠 군주가 되셨음을 ~~축하드립니다.~~"

이언이 심드렁한 특유의 말투로 개인적인 감상을 덧붙이자 레미는 고개를 숙인 채 시선만 움직여 이언을 노려보았다. 물론 이언은 그녀의 싸늘한 시선을 받으면서도 히죽 웃었다. 그녀의 시선만큼이나 차가운 냉소였지만 딱히 비웃음을 담고 있지는 않았다.

"입 다물어! 그 따위 농담은 듣고 싶지 않으니까."

"네, 알겠습니다."

레미는 단어 하나하나가 끊어지는 딱딱한 말투로 경고하고는 다시 시선을 돌렸다. 그리고 리스트에서 지워지지 않은 장교 한 명의 이름을 손끝으로 쿡쿡 찔렀다.

"이자는 지금 어디에 있지?"

"격리 감금시켜 두었기 때문에 안전합니다만… 이 녀석 처리는 어떻게 할까요?"

레미는 입술을 깨물며 손가락 끝으로 테이블을 똑똑 두드렸다. 그리고 한참 만에 힘겹게 말했다. 말을 꺼내는 그녀의 표정은 결코 편치 않았고 불만스러움이 가득했다.

"내 편을 들어주겠다고 했으면… 제발 나를 놀리지 말아줘. 얼만큼 내가 괴로워하고 슬퍼해야지 당신의 그 가학적 취미가 만족스러워지지? 제발 다 알면서 나를 괴롭히지 말아줘."

"알겠습니다. 제 손으로 확실히 제거하겠습니다."

"……"

레미는 불만스러운 얼굴로 지도와 리스트를 번갈아 노려보면서 입술을 잘근잘근 깨물었다. 잔뜩 미간을 좁힌 그녀의 얼굴은 짜증과 히스테리로 가득했다.

이번에 벌어진 모든 사건의 배후에 있는 사람은 이언이 아니라 레미 아낙스였다. 그녀는 이언의 도움을 받아서 대부분의 군수권을 자신의 휘하로 편입시켰는데 여기서 고의적으로 파장과 반발을 최소화하는 방향을 택하지 않았다. 즉, 그녀는 고의적으로 보수적인 장교 세력을 자극하고 자신을 공격할 구실을 만들어준 것이다. 그녀는 그런 식으로 단시일 내에 노골적으로 병력을 흡수할 경우 병력 이동에 민감한 장교 세력이 극단적으로 반발할 것을 예상했고 바로 그것을 원했다.

장교 세력들은 그녀의 지시에 의하여 미리 깔아둔 스파이망 안에서 규합되어 구체화되기 시작했는데 그 결정적인 기폭제가 된 인물은 마티아스라는 젊고 혈기 넘치는 장교였다. 그리고 그 장교는 바로 레미와 이언에게 매수된 인물이었다. 그가 매수된 제5열이라는 사실을 모르는 장교들은 그가 극단주의론을 내세우며 선동하는 데 휩쓸려 함께 움직이기 시작했다. 튜멜 일행들이 장교들의 거사에 예민하게 반응할 수 있었던 원인은 장교들을 설득하고 선동하여 거사 계획을 처음 입안했던 장교가 레미에게 매수된 장교였다는 사실 때문이었다.

거사와 동시에 시작된 튜멜 일행들에 대한 일련의 습격들은 거사를 일으킨 장교들의 머리에서 나온 계획이 아니라 레미 아낙스 자신의 머리에서 나온 계획을 마티아스가 그대로 읊으며 자신의 계획인 것처럼 행동했던 결과였다. 장교들은 결국 레미 아낙스가 제시한 거사 계획에 맞춰 움직이다가 미리 대기하고 있던 튜멜 일행들에게 역습을 당한 것이다.

그 계획을 위해 매수된 마티아스라는 장교에게 약속된 것은 크림발츠의 자작 지위와 영지 분배, 그리고 크림발츠 중앙 기사단 장교 자리였다. 물론 레미는 그런 남자를 크림발츠에서 데리고 살 생각은 애초부터 없었다. 마티아스는 거사가 시작되기 직전에 이언으로부터 난을 피하기 위하여 모종의 장소에 은거하고 있으라는 지시를 받고는 희망찬 미래의 꿈에 젖은 채 그 자신을 파멸시키기 위한 함정 속으로 스스로 기어 들어갔다. 물론 그 즉시 그는 격리 감금되어 현재 그의 행방은 거사의 혼란 속에서 실종 처리되었다. 그리고 이제는 레미 아낙스의 암묵적 동의 아래 그의 신병을 제거하는 것으로 결정난 것이다.

레미 아낙스가 마티아스를 통하여 장교들에게 제시한 명분은 정말로 라이어른 인이라면 공감할 만큼 정당한 이유들이었고, 만약에 그것이 병사들에게 전해졌다면 병사들은 십중팔구 장교들의 손을 들어주었을 것이다. 그리고 역시 그녀가 제시한 거사 계획은 군사 작전으로 흠잡을 데 없을 만큼 완벽하여 다른 상황이었다면 그 거사는 확실히 성공했을 것이다.

하지만 장교들에게 불행한 사실은 레미 아낙스가 이미 그들 장교들이 기밀 유지를 위하여 병사들에게 그 명분을 강조하며 미리 자신들의 세력으로 끌어들이지 않을 거라는 심리를 꿰뚫어 보고 있었고 애초부터 거사 계획 자체가 그녀의 머리에서 나온 것인만큼 레미 아낙스의 지휘를 받은 튜멜 일행들은 절대적으로 유리한 입장에서 그 반격을 준비할 수 있었다는 점이다.

그녀가 이런 거창한 계획을 세워 고급 장교 세력들의 과반수를 척결한 이유는 간단했다. 그녀는 스스로가 밝혔듯이 이 전쟁을 끝내기 위하여 더 나쁜 방법을 사용하는 것도 마다하지 않을 것이라고 말했고, 실질적으로 그 대부분의 방법들은 현재 발트하임의 정세를 악화시키는 방향으로 갈 수밖에 없으며 그것은 나중에 내부에서의 불안 요인이 될 수 있다는 생각에서였다. 그녀가 말한 장작을 쌓아 불 지르기에 관한 이야기는 바로 이것을 의미했다.

레미 아낙스는 아주 효율적인 방법으로 차곡차곡 장작들을 쌓았고, 적당한 위치에 적당한 불쏘시개를 배치했으며 바람이 잘 통하게 세심하게 배려했다. 그리고 장작이 적당히 마른 순간에 일순간에 불을 당겨 버린 것이다. 그녀는 그것을 그녀의 남편 민트 J. 케언에게서 배웠다. 그리고 그녀가 훌륭한 학생이었다는 사실은 이번 작전으로 확실하게 증명되었다.

애초부터 제거할 장교들의 리스트는 만들어져 있었고 마티아스는 그 장교들을 중심으로 거사 계획을 알리고 그들을 포섭했다. 장교들은 자신들의 살생부가 존재하며 이 모든 일의 배후가 레미 아낙스라는 사실은 상상도 하지 못했다. 카라를 이용하여 중립적 성향이 강하던 성 요하누스 수호 기사단을 끌어들인 것도 물론 레미 아낙스의 계획에 포함되어 있었다. 또한 고지식한 성격인 튜멜 남작의 반응도 이미 레미 아낙스의 계산 끝에 나왔던 행동이었다.

"모든 것은 맨 처음이 가장 어렵고 힘든 법이야."

"뭐라고 하셨습니까?"

"나라는 여자도 결국 내가 증오하던 사람들과 뭐가 다를까? 나는 내 남편인 가시나무 공작이 벌이던 공포 정치를 견딜 수 없었어. 그래서 그를 혐오하고 그의 그늘에서 벗어나기 위해서 바둥거렸어. 그런데 이제는 나 스스로가 그에게서 배운 공포 정치를 능숙하게 사용하고 있어. 난 결국 꼭두각시에 불과한 걸까?"

"저에게 질문하신 겁니까?"

레미는 초조하게 테이블을 똑똑 두드리다가 짜증스러운 얼굴로 들고 있던 서류를 테이블에 던져 버렸다. 그리고 마음껏 조소했다.

"질문하는 대상이 틀렸다는 것은 나도 알고 있으니까 그 입이나 꾹 다물고 있어."

"네, 알겠습니다."

이언은 별로 공손하지 않은 말투로 히죽 웃으며 대꾸했다. 그 대답이 그녀의 신경을 더욱 날카롭게 긁어놓았지만 레미는 거기에 부지런히 이의를 제기할 기분도 생기지 않았다. 그래서 그녀는 마치 새로운 해답이 있을지도 모른다는 얼굴로 지도를 노려보았다.

"나머지 장교들의 명단은 이게 전부야?"

"네, 중립 또는 확실하게 우리 편이라고 파악된 장교들입니다."

"그럼 이걸 발표해."

레미는 어젯밤에 작성한 짧고 간결한 서류를 이언에게 내밀었다. 이언은 서류를 받아 들고는 빠르게 서류의 내용을 읽었다. 단정하고 깔끔한 필체로 작성된 서류의 활자 위를 달리던 이언의 입가로 한겨울 눈보라 같은 미소가 맺혔다. 레미는 우울한 얼굴로 창밖을 내다보았다. 가슴이 못내 답답했지만 이제 와 울면서 모든 것을 되돌릴 수는 없었다.

"좋은 군주가 되시겠습니다."

"부탁인데… 제발 닥치고 이죽거리지 마!"

"확실히 이걸로 이번 사건에 불만을 갖는 사람은 없겠습니다. 대단한 연설문이군요. 군 내부에서의 쿠데타 계획에 대한 원천 봉쇄와 앞으로의 목표라… 이걸로 사실상 세력 굳히기는 성공하겠습니다."

이언은 서류를 접어 주머니 속에 집어넣으며 웃었다.

그리고 바로 그날 오전 중으로 백인대 단위로 마지막 경계시부터 일조점호 시간에 벌어졌던 유혈극에 대한 지휘부의 공식적인 성명서가 발표되었다.

에른하르트 이하 장교 8명과 병사 112명의 내부 반란 사건은 익명의 밀고자에 의하여 사전 발각되었으며 지도부의 기민한 대처에 의하여 거사 직전에 강제 진압에 성공했다. 반란 세력은 국왕 폐하의 신병을 확보하려 했으나 마침 국왕의 경호를 담당하던 하메른 백인대의 투혼에 힘입어 국왕 폐하를 노리던 반도들은 제압당했다. 무기고를 비롯하여 주요 거점들을 강제 점거했던 병사들 또한 로젠 하우트 및 근위대 제1군의 정예 병력이 몸을 아끼지 않고 싸워준 덕분에 진압에 성공할 수 있었고, 이 과정에서 거사에 참가했던 반란 세력은 장교와 병사를 막론하고 전부 그 자리에서 사망했다.

갑작스러운 기습에 충격을 받은 국왕 폐하는 현재 건강 상태가 조금 악화되었지만 곧 완쾌될 것이며 최고의 의사들이 국왕 폐하의 치료에 주력하고 있다. 또한 뛰어난 애국심과 신앙심, 그리고 정의를 위한 공정한 저울을 가진 성 요하누스 수호 기사단의 전폭적인 지원이 없었다면 이번 진압 작전은 성공할 수 없었을 것이다. 그들의 고결함에 경의를 표한다.

이러한 식으로 요약되는 레미 아낙스의 성명서는 공식적으로 성 프락티누스 고행 수도원과 성 피에트로 수도원에서 병사들을 상대로 낭독되었고, 공식적인 서한으로 성 요하누스 수호 기사단 단장과 에펜도르프 영주에게 전달되었으며 백인대별로 아침 배식과 함께 전달되었다.

사실 이때 발표된 레미 아낙스의 성명서는 이미 몇 주 전부터 초안이 작성되어 있었고, 에른하르트와 장교들이 거사를 계획하기 전부터 결과가 명시되어 있었다. 단적으로 이번 사건이 철저하게 레미 아낙스에 의한 내부 위협 요소 제거를 목적으로 벌어졌다는 점을 증명하는 일이었다.

또한 이번 사건을 계기로 아메린 출신의 체스터 남작의 신병에 관한 문제가 좀 더 구체화되었다. 지금까지 논객이라는 애매한 위치─전쟁 중에 논객이 있다는 것 자체가 어불성설이었다─에서 확실히 아델만 국왕이 아닌 레미 아낙스의 손님으로 확정 지어진 것이다. 쉽게 말하자면 인질이었지만 보통 생각하는 개념의 인질은 아니었고 가장 가까운 개념은 정치적 목적의 인질이었다.

체스터 남작은 여전히 자유로이 국왕군 진영을 왕래할 수 있으며 원한다면 군사 회의에도 참가할 수 있었다. 그는 여전히 롱 소드로 무장하고 있는 것이 허용되었으며 실질적으로 신체적 자유를 구속하는 무엇도 없었다. 그에게 금지된 것은 아메린을 비롯한 외부로 서신을 보내는 것과 레미 아낙스의 곁을 임의로 이탈하는 것이었지만 도시가 왕비군에게 포위당한 현재 상황에서 그 두 가지 금지 사항은 사실상 아무런 의미도 없었다.

체스터 남작은 레미 아낙스가 개인적인 면담의 자리를 빌어 제시한 이 제안을 별다른 이의 없이 수락했다. 실질적으로 그를 구속하는 사항이 거의 없는 데다 이러한 구속 조항은 역설적으로 레미 아낙스 쪽에서 책임지고 그의 신병 안전을 책임져야 함을 의미했기 때문에 남작으로서는 손해보다 오히려 득이 많았다.

그리고 솔직히 말해서 체스터 남작은 자신의 조국 아메린과 크림발츠가 또 다른 전쟁을 벌이기를 원치 않았다. 그는 엄밀히 말해서 두 나라 간에 벌어졌던 분쟁의 희생자였고, 그 전쟁 때문에 크림발츠에 악감정이 남아 있었지만 그것을 핑계로 또 다른 전쟁을 요구할 만큼 어리석지는 않았다. 레미가 요구한 서신 발송 금지에 관한 조항은 사실상 그에게 의미가 없었다. 그는 애초부터 그것을 본국에 알리겠다는 생각조차 들지 않았다. 자신의 편지 한 장으로 라이어른에 진주한 아메린 국경 수비대와 크림발츠 군이 대규모 회전을 벌이는 광경 따위는 결코 바라지 않았다.

레미 아낙스는 그러한 체스터 남작의 의견을 전적으로 신뢰하지는 않았다. 누가 배신을 해도 이상하지 않은 현실 속에서 직선적이고 가식이 없는 아메린 인들 특유의 기질이라고 무한정 믿을 수 있는 것은 아니었다. 그러한 계산 속에서 레미 아낙스와 체스터 남작 간의 암묵적 우호 조약은 유효성을 인정받았다.

내부적 위험을 제거하는 데 성공한 레미 아낙스는 매일처럼 벌어지는 전투를 치러가면서도 전체적인 전황을 뒤집기 위한 작전을 수립하고 거기에 맞는 부대 체제를 정비하는 일을 위하며 밤을 새웠다. 레미 아낙스가 총지휘하는 국왕군은 파일런 디르거의 현장 지휘와 군사 고문 역할을 충실히 수행하는 하 이언의 도움을 받아 체질 개선에 들어갔다. 부대의 명령 체계는 근본적으로 재정비되었는데, 가장 큰 이유는 반란 사건으로 생긴 지휘부의 공백을 메우기 위함이었다.

레미 아낙스는 지휘부의 공백을 명령 체계 단순화라는 장점으로 전환시키기 위하여 노력을 기울였고, 덕분에 국왕군의 지휘 체계는 체계 자체만으로는 대륙의 어느 나라 군대보다 간결하고 명령과 보고의 상하 전달 속도가 빨라졌다.

레미 아낙스는 백인대장급에서 곧바로 독립대장으로 이어지는 지휘 체계를 만들었고, 그렇지 않아도 자주 지휘 누수가 생겼던 국왕군은 빠르게 이 체제에 적응해 갔다. 일선 병사로부터 레미 아낙스까지 보고가 올라오는 데 기존에는 최소 10명 이상의 체계를 밟아야 했지만 지금으로써는 최소 3명 내외라는 비약적인 개량이 이루어졌다.

이러한 개량은 당장에 결과가 보이지 않았지만 조금씩 체질 개선을 이루고 있다는 점에서 긍정적인 결과를 향해 꾸준히 움직였다. 에펜도르프 공방전의 전황이 근본적으로 변하기 시작한 것은 공방전이 벌어진 지 한 달 보름, 정확히 47일 만의 일이었다.
 물안개가 자욱한 아침을 배경으로 평소보다 이른 시간부터 시작된 이날의 공방전은 시작부터 전혀 다른 양상으로 전개되기 시작했다.

〈 9 〉

　날카로운 소리가 어수선한 하늘을 타고 찢겨 나갔다. 부서진 기와 지붕에 앉아 날개를 다듬던 새들이 그 소리에 놀라 일제히 날아올랐다. 날카로운 소리의 궤적을 남기며 포물선으로 날아오르는 화살 소리에 놀라 날아오른 새들은 저마다 뿔뿔이 흩어져 버렸다. 신호용 화살인 효시가 포물선을 긋는 소리는 전투의 혼란 속에서도 확실하게 들렸다.
　"부대에에! 후퇴!! 도망쳐!!"
　피와 땀으로 얼룩진 얼굴의 늙은 백인대장이 고함을 질렀다. 지금까지 필사적으로 교차로를 지키며 싸우던 국왕군 병사들은 그 명령에 일순간 무너지듯 방어진을 포기했다. 오히려 공격하던 왕비군 병사들이 더 당황할 정도로 전선은 시내 곳곳에서 붕괴되었다.
　이른 새벽 안개를 비집고 시작된 왕비군의 대공세는 에펜도르프 공방전이 시작된 이래로 그 유례가 없을 만큼 대규모 정공법으로 나왔다. 끝까지 전술에 대하여 미련을 버리지 못하던 페나 왕비는 마침내 모든 전술을 포기하기로 결정해 버렸다. 현장에서 그녀의 전술을 수행할 야전 지휘관들의 역량이 부족한 상황은 개선의 기미가 보이지 않았고, 페나 왕비는 이를 갈면서도 결국은 전술을 포기했다. 그녀가 전술을 포기하는 이유는 물론 또 다른 요인들이 작용했다. 우선 게일까지 왕복했던 장거리 강행군과 무리하여 병력을 기동하며 벌였던 전격전의 후유증이 서서히 드러나기 시작했다. 상당수의 병사들은 강행군과 전격전, 그리고 곧바로 시작된 치열한 시가전을 버티지 못하고 사기와 체력이 저하되었고, 그것은 조직력이 약화되는 결과로 현실화되었다. 그리고 기동력에 희생된 보급대가 미처 전열을 갖추기도 전에 이언이 이끄는 별동대에 의하여 괴멸된 상황에서 부대의 보급 사정은 극도로 악화되었고, 서서히 병사들은 굶주리기 시작했다.

 게다가 페나 왕비가 이끄는 붉은사자 친위대가 사용한 공포 지배는 지하 터널을 이용한 공방전이 실패하면서 그 효력을 잃었다. 원래부터 소수로 운영되던 친위대는 지하 터널의 전투에서 상당수의 병력을 잃었고, 그것은 바로 왕비군 전체에 대한 페나 왕비의 지배력 약화로 이어졌다. 친위대원들은 그러한 지배력 상실을 두려워하며 한층 엄격하고 잔혹한 공포로 병사들을 다스리려고 했지만 오히려 그러한 방식은 병사들 전체의 반감을 불러왔다. 굶주린 병사들이 친위대원들의 가혹한 탄압에 공포보다는 적개심을 느끼기 시작한 것이다.

 밤마다 부대를 이탈하여 도망쳐 버리는 탈영병들이 속출했고, 심지어는 밤사이에 백인대 전원이 함께 탈주하는 사태까지 벌어졌다. 그리고 추격 명령을 받아 탈영병들을 추격하던 추격대까지 돌아오지 않고 그대로 탈주해 버리는 희극까지 심심찮게 벌어질 정도였다. 이러한 사건의 배후에는 지하 터널 전투에서 이언이 보여주었던 악마적인 전술과 밤마다 해이해진 기강을 틈타 침입해 들어와 잠든 병사들을 몰살시키고 도주하는 하메른 백인대의 악명도 적지 않은 기여를 하고 있었다.

결국 페나 왕비는 사태가 더 악화되기 전에 에펜토르프 공방전의 끝을 보기로 결심했다. 그녀는 현재의 소모적인 교착 상태를 타개하기 위한 방법으로 물량전을 바탕으로 하는 정공법을 선택했다. 무너져 가는 기강과 명령 체계, 그리고 저하된 사기의 병사들을 데리고 싸울 수 있는 유일한 방법은 작전조차 없이 그저 인해 전술로 무조건 밀고 들어가는 물량전밖에 다른 대안이 없었다.

새벽 안개가 미처 걷히기도 전에 페나 왕비의 명령을 받은 왕비군의 대규모 돌격전이 시작되었다.

"파이젤 거리까지 후퇴한다!!"

"파이젤 거리까지 후퇴!"

"뛰어!! 파이젤 거리에서 집결한다!!"

국왕군 병사들은 삼삼오오 짝을 지어 지금까지 잘 버티고 있던 바리케이드를 포기하고 등을 돌려 도망쳤다. 당분간은 버틸 수 있을지 몰라도 거리 저편에서부터 끝도 없이 쏟아져 오는 왕비군의 거대한 인간파도를 버티기에는 국왕군이 치러야 하는 희생이 너무 컸다. 국왕군으로서는 누가 생각해도 손익 계산에서 해답이 나오지 않았고, 그들이 선택할 수 있는 선택 항목은 '후퇴', 그것 하나뿐이었다. 물론 그들은 곱게 방긋방긋 웃으며 후퇴하지 않았다.

"크아악!!"

전위 부대에 소속된 일단의 왕비군 병사들이 바리케이드의 정상을 넘어 반대 편 비탈로 내려가려는 순간 엄청난 불길이 치솟아오르며 30여 명의 병사들을 한입에 삼켜 버렸다. 목숨을 걸고 혼자 바리케이드 안쪽에 숨어 있던 국왕군 병사는 치솟아오르는 불길의 열기를 피해 목을 움츠리며 곧바로 가까운 골목길 안으로 도망쳐 버렸다. 갑자기 시내 도처에서 거대한 불길들이 치솟아올랐고, 기름이 타는 시커먼 연기들이 하늘을 어둡게 가렸다. 불길들은 바리케이드 근처의 집들까지 거침없이 태워 버리며 사방에서 거리를 따라 이어 붙었고, 대규모로 무조건 진군하던 왕비군 병사들은 그 불길을 고스란히 정면으로 받아야 했다. 폭 3미터 길이 150미터에 달하는 골목길 하나가 단숨에 불타올랐고, 어깨를 붙인 3열 종심 진형으로 골목길을 통과하던 병사들은 비명조차 질러보지 못하고 탐욕스러운 불길에 희생되었다.

"루엔 거리 남단부터 그뢰텔 교차로까지 발화! 불길이 큽니다!"
"슈트라델 거리에서 성 카탈리나 교회까지 발화! 교회는 불타지 않았습니다!"
"검은 흙 시장 광장 소화! 조기 진화되었습니다. 시장 광장 방면 방어선 돌파당했습니다!"
"얀스 거리도 조기 진화! 불길이 번지지 못했습니다. 방어선 돌파!"
투구산 정상의 성 요하누스 수호 교회 묘지에서 시내를 내려다보던 관측수들이 숨 가쁜 목소리로 시내의 상황을 복창했고, 어린 소년병들이 묘지 한복판에 설치된 테이블로 뛰어와 동명 복창했다. 서기들은 시내 지도를 펴놓고 소년병들이 알려오는 정보에 따라 붉은 잉크로 시가지에 붉은 줄을 그어 화재가 발생한 지역을 표시했다. 집들이 불타는 매캐한 냄새는 투구산 정상까지 바람을 타고 흘러왔고, 사방에서 치솟은 검은 연기들은 도시를 검은 안개처럼 뒤덮어버려 흉흉하게 보이게 만들었다.

레미 아낙스, 하이나 11세 크림발츠 여왕은 입술을 살짝 깨물며 손끝으로 이마를 지그시 눌렀다. 그녀의 잔뜩 좁혀진 미간이 파르르 떨렸다. 그녀는 최대한 빠르게 자신의 두뇌를 회전시키며 왕비군의 대공세를 주춤거리게 만들 방법을 강구했다. 그녀는 이미 페나 왕비가 조만간 대규모 총력전을 걸어올 것이라 짐작해 나름대로 대비하고 있었지만 왕비군의 압도적인 대병력이 갖는 위력은 그녀의 계산을 뛰어넘었다. 그녀는 만약에 자신이 페나 왕비의 대공세를 예측하고 거기에 대비하지 않았다면 얼마나 위험했을지 실감하며 진저리를 쳤지만 한가하게 거기에 매달리고 있을 여유가 없었다. 지금 그녀의 명령 하나하나에 목숨을 걸고 싸우는 병사들은 한두 명이 아니었다. 그녀는 스스로의 선택을 후회하지 않았고, 후회할 여유도 없었다.

"홀츠벡 거리에 발화!! 지금 즉시!"

"하, 하지만 거기에 불을 붙이면 방어선 안쪽으로 화재가 발생할지 모릅니다."

레미는 잠시 한숨을 쉬었다. 그녀는 시가지 지도를 노려보면서 짧고 간결하게 자신의 명령을 반복했다.

"홀츠벡 거리에 발화!!"

"네, 알겠습니다."

그녀의 곁에 서 있던 장교는 서둘러 등을 돌리고 뛰어가 대기하고 있던 병사에게 명령을 전달했다. 병사의 곁에 서 있던 서기가 재빠르게 명령서에 짧고 간결한 명령을 적었고, 잉크가 마르기도 전에 그것을 작게 접었다. 병사는 서기가 내민 명령서를 통신 화살의 전언통에 쑤셔 넣고는 활시위를 당기며 고함을 질렀다.

"명령서! 타종!!"

"명령서! 타종!! 타종하라!"

사수가 활시위를 최대한 당기기도 전에 명령을 받은 종치기가 곧바로 성 요하누스 수호 교회의 종을 짧게 세 번 울렸다. 사수는 종소리가 끝나기 무섭게 절벽 아래를 겨냥하고 시위를 놓았다. 화살은 무시무시한 소리를 내면서 까마득한 절벽 아래로 쏘아져 내려갔다.

"명령서다!!"

현장 지휘부가 설치된 고행 수도원의 지붕에 올라가 있던 병사들이 종소리를 듣기 무섭게 고함을 지르며 대형 방패를 뒤집어쓰고 지붕 위에 엎드렸다. 지붕 위에 올라가 있던 병사들이 고함을 지르자 안뜰을 가로지르며 오가던 병사들이 일제히 욕설을 내뱉으며 열주 회랑 안쪽으로 뛰어들었다. 절벽 위에서 발사된 화살은 단숨에 지면까지 돌격했고 기왓장을 박살 내며 멈췄다.

"저쪽 지붕이다!! 젠장, 멀리도 떨어진다!!"

지붕 위에 있던 병사 중 한 명이 고함을 지르며 방패를 내려놓더니 수도원 옆 건물의 지붕으로 위태로운 점프를 했다. 상당히 위험천만한 명령 전달 방식이었지만 투구산 정상에서부터 뛰어서 오르내리는 것보다는 확실히 편했고 속도도 빨랐다. 병사는 아직 잉크도 마르지 않은 명령서를 움켜쥐고 지붕 위를 뛰었다.

"이상한데?"

검을 단단히 움켜쥐고 좁은 골목길을 달리던 왕비군 병사가 숨을 헐떡이며 중얼거렸다. 곁에서 나란히 뛰고 있던 병사가 동료를 힐끔 거렸다.

"뭐가?"

"저 자식들… 숫자가 점점 줄어드는 느낌이 들지 않아?"

"에? 무슨 소리야?"

교차로에 이르자 두 명의 병사들이 포함된 전위 부대가 잠시 길을 멈췄다. 전위 부대의 후미에 서 있던 병사들이 검과 방패를 머리 위로 치켜들고는 서로 두드려 소리를 냈고, 그 신호를 받은 후위 부대의 병사들이 역시 전위 부대처럼 검과 방패를 머리 위에서 두드리며 발걸음 속도를 늦췄다. 사방에서 검과 방패가 부딪치는 쇳소리가 들리며 부대의 진군 속도가 줄어들었다. 시야가 좁은 시가지에서 대규모 병력이 운용되면 이러한 수신호의 중요성은 무엇보다 높아진다. 전위 부대 중앙에 위치하던 지휘 장교가 재빨리 교차로까지 병사들을 헤치며 뛰어왔다.

"생각해 봐. 놈들은 거의 피해를 입지 않고 후퇴했잖아? 방어선을 3개나 돌파했는데 난 아직 한 명도 죽이지 않았어."

의문을 제기한 병사가 자신의 검을 들어 보였다. 그의 검은 여전히 희고 날카롭게 빛났다.

"그래서?"

"그러면 다음 방어선에서는 놈들의 숫자가 2배로 늘어나야 하는 거 아니야? 그 다음에는 숫자가 3배로 늘어나야 하는 거고. 이건 단순한 산수 계산이야."

"어? 그러고 보니……."

동료 병사는 그제야 고개를 갸웃거리며 들고 있던 검의 폼멜로 턱을 긁었다. 그동안 전위의 선두까지 뛰어온 지휘 장교는 교차로 주변 상황을 빠르게 살피고는 왼쪽으로 진군하라는 명령을 내렸다. 부대의 기수가 왼쪽으로 전진 신호를 올렸고, 잡담을 나누던 두 명의 병사들이 포함된 전위 부대는 왼손에 들고 있던 방패를 머리 위로 치켜든 자세로 왼쪽으로 행군하기 시작했다. 후위에서 대기하던 병사들도 앞에 선 병사들을 따라 왼손의 방패를 치켜들었고, 그들보다 더 뒤에서 쫓아오던 병사들과 지휘 장교들은 전위 부대가 방패를 치켜든 자세로 움직이기 시작하는 것을 보고 다음 교차로에서 왼쪽으로 가야 한다는 것을 인지했다.

"그런데 어째서 이 자식들은 점점 숫자가 줄어들고 있는 거지? 다들 어디로 간 거야?"

"그러게… 여기가 숲이라면 혼란스럽게 후퇴하면서 탈영해 버렸다고나 하겠지만 우리한테 포위당한 도시 한가운데에서 어디로 간 거지?"

"뭔가 찜찜해……."

"입 다물어!! 전투 중에 잡담하지 말랬지?!"

두 명의 병사들은 등 뒤에서 터져 나온 장교의 호통 소리에 찔끔 입을 다물었다.


"어랏? 이건 뭐지?"

무거운 갑옷을 입고 묵직한 프레일을 들고 있던 왕비군 중장 보병 한 명은 못내 미심쩍은 눈으로 갸웃거리며 걸음을 멈췄다. 그가 걸음을 멈추자 곁을 지나던 백인대장이 그에게 뛰어왔다.

"뭐야? 전투 중 단독 행동은 즉결 처분이야. 알고 있나? 어디 소속이야?"

"데커 백인대 소속 하룬델입니다. 그런데 여기 좀 이상합니다."

"뭐가? 빨리 말해 봐. 대열이 흐트러지고 있잖아."

하룬델은 여전히 미심쩍은 눈으로 벽돌담을 가리켰다. 백인대장은 멍하니 그의 손이 가리키는 곳을 바라보았다. 그곳에는 그저 낡고 더러운 벽돌담이 세워져 있을 뿐이었다. 백인대장은 발끈한 얼굴로 중장 보병 병사를 노려보았다.

"그래서?"

"전쟁이 나기 전에 이 도시를 자주 다녀봐서 아는데… 이 거리에 이런 벽은 없었습니다."

"아이, 새끼야! 지금 장난치냐? 겨우 그것 때문에 멈춰 서서 대열을 개판으로 만드는 거냐? 이까짓 벽돌담이야 있다가도 없는 거고, 없다가도 있는 거 아냐?! 빨리 제자리로 돌아가!"

"하지만 제 기억으로 여기에는 원래 골목길이 있어야 한다구요. 그것도 사람들이 겁나게 많이 지나다니는 골목길인데요. 이렇게 벽돌담으로 막아버릴 턱이 없단 말입니다. 이 도시 놈들이 미쳐 버리지 않는 이상 멀쩡하던 길을 막아버릴 이유가 없습니다."

"눈알을 뽑아서 잘 닦아 쑤셔 넣고 한번 들여다 봐! 이건 그냥 낡고 더러운 벽이야. 니 말대로 이 벽이 새로 쌓은 거라면 이렇게 더러울 수 있을 거라고 생각해?! 장난치지 말고 빨리 제자리로 돌아가! 안 그러면 죽여 버릴 테다!"

백인대장은 흐트러지는 전열이 짜증스러워 검을 뽑아 들고 병사를 위협했다. 그 병사는 계속 웅얼거리며 무언가 이상하다고 주장했지만 결국 갑옷을 철그럭거리며 뛰어가 이미 저만큼 앞서 간 자신의 대열로 복귀해 버렸다. 백인대장은 병사가 뛰어가 버린 뒤에도 잠시 동안 벽을 노려보았다. 그것은 그저 낡고 더러운 벽돌들로 쌓여진 돌담이었다. 물론 구조를 보면 원래 골목길이 있던 자리에 들어선 벽돌담이라는 것쯤은 그도 구별할 줄 알았다. 하지만 그는 이 도시가 사람들의 상식을 혼란스럽게 만드는 데 소질이 있는 도시라고 배웠다. 다른 도시라면 멀쩡한 집의 1층을 뚫어 짐마차가 다니는 터널을 만들지 않는다. 그러나 에펜도르프에서는 아주 흔한 구조였다. 다른 도시라면 길 한복판에 집을 세워 길을 막아버리지는 않을 것이다. 그러니 이런 조잡한 벽돌담쯤은 어쩌면 당연할지 몰랐다.

"야! 거기! 네놈들은 행군 대열도 모르나?!"

결국 백인대장은 생각하는 것을 포기했다. 대신에 대열을 흐트러뜨리며 근처의 빈집으로 들어가 한몫을 챙기려고 기회를 노리는 병사를 혼내주기로 결심했다. 고함을 지르며 뛰어가는 백인대장의 머리 속에는 이미 벽돌담에 관한 사항은 깨끗하게 잊혀져 있었다.

"……"

레이드는 단단히 움켜쥐고 있던 검을 슬그머니 내려 아무런 소리도 나지 않도록 조심스럽게 움직여 검끝을 땅바닥에 내려놓았다. 하지만 그는 여전히 얇은 벽돌담에 귀를 바짝 붙이고 바깥에서 들려오는 왕비군 병사들의 행군 소리와 잡다한 말소리들을 듣고 있었다. 레이드의 곁에는 묵직한 해머를 든 병사들이 벽돌담을 허물어 버릴 준비를 갖추고 명령을 기다리고 있었고, 그 뒤에는 상당수의 병사들이 숨소리까지 죽인 채 꼼짝도 하지 않았다. 몇 번에 걸쳐 부주의하게 장비를 부딪쳐 소리를 내지 말라고 명령이 내려졌었고, 그것이 아니라도 병사들은 소리를 내면 자신들이 몰살당한다는 것을 알고 있었다.

벽돌담은 시내 여기저기서 낡은 벽돌들을 뽑아와 쌓았기 때문에 애초부터 낡아 있었다. 그리고 벽돌 사이사이에 집어넣는 회반죽에는 모래를 많이 넣어 강도를 약화시켰다. 겉보기에는 회반죽으로 쌓은 벽돌담이었지만 그 회반죽은 손만 대면 바스러졌다. 게다가 병사들을 동원해 벽돌담에 대고 소변을 보도록 시켰기 때문에 벽돌담에는 도시 특유의 퀴퀴한 냄새가 감돌고 있었다. 중앙의 둥근 광장을 포함하여 골목길 양끝을 벽돌 벽으로 막아버린 은폐된 공간에는 국왕군이 4열 밀착 대형으로 앉아 있었다.

레이드는 이마를 타고 흐르는 땀을 손끝으로 털어냈다. 그리고 들고 있던 투 핸드 소드의 검끝이 상하지 않도록 조심하면서 검을 기대고 가만히 한숨을 떨쳐 냈다. 그는 용병이었고 파일런 디르거에는 비할 바 아니지만 나름대로 지금까지 숱한 전장을 누비고 다녔다. 하지만 그로서도 이런 식의 매복은 상상하지 못했다. 도시의 구조 자체를 바꿔 버려 매복한다는 전술은 평생 동안 전장에서만 굴러다닌 인간의 머리 속에서는 나오기 힘들었다. 고작 폭 4미터에 높이 2미터짜리 돌담 너머로 수백 명의 적병들이 행군하고 있었다. 만약 지금 발각된다면 앞뒤로 막혀 있는 좁은 통로에 모여 있는 국왕군 병사들은 몰살을 피할 수 없었다.

이른 아침부터 시작된 왕비군의 대공세가 본격적으로 전투로 이어진 것은 정오가 가까울 무렵이었다. 전장은 투구산으로 올라가는 길목에 위치한 성 프락티누스 고행 수도원과 성 피에트로 수도원 주변으로 결정되었다. 이미 민간인들은 항구 쪽으로 소개되어 있었지만 항구 지역이 도시 인원 대부분을 수용할 수 없는 관계로 상당수의 민간인들은 투구산 주변의 중심가에 머물러야 했다. 왕비군과 국왕군, 그리고 민간인들이 뒤엉킨 최악의 전장이 연출되기 시작한 것이다. 그나마 민간인들에게 다행인 것은 코앞에 국왕군 병사들을 마주하고 있는 왕비군 병사들이 한가하게 민간인들을 학살하고 약탈할 여유 따위가 전혀 없다는 점이었다. 전투가 벌어지는 장소들 중에서 도로 좌우로 국왕군 야전 지휘부로 쓰이는 프락티누스 고행 수도원과 성 피에트로 수도원이 있고, 도로 아래쪽으로 성 일루신다 교회와 성 일루신다 묘지가 있는 뮌헨 거리, 일명 '수도원 거리'가 가장 전투가 치열한 장소가 되었다.

수도원 거리 끄트머리에 위치한 성 일루신다 교회와 묘지 주변에서 격돌한 것은 왕비군의 주력이자 가장 병력수가 많은 중장 1보병대와 국왕군 제2독립대와 시민병 부대인 휴젠 거리였다. 국왕군 제2독립대는 교회 건물과 그 주변의 좁은 광장에서 밀집 대형으로 왕비군을 맞이했고, 휴젠 거리는 묘지 쪽에서 왕비군의 반측면을 방어했다. 국왕군 제2독립대 쪽이 전투 경험과 기강 면에서 우수했지만 왕비군 중장 1 보병대 쪽은 압도적으로 우세한 병력을 갖고 있었다. 개활지에서 정면으로 맞붙었다면 국왕군은 간단히 포위 섬멸당할 수도 있었지만 레미는 그저 심심해서 이곳을 전장으로 택하지 않았다.

작전 계획이 수립되는 과정에서 레미 아낙스는 한 가지 대원칙을 세웠다. 그것은 정해진 지역 이외에서는 무조건 전투를 피하라는 지시였다. 방어선이 뚫려도 상관없으니 미리 규정된 지역이 아니면 적과 조우했을 때 즉시 퇴각하라는 명령이 하달되었을 때, 일선 지휘관들은 위경련에 시달리는 표정을 지어야 했다. 그녀의 지시에 의하여 전투 가능 지역에는 붉은 깃발이 세워졌고, 병사들에게 붉은 깃발이 보이지 않는 곳에서는 무조건 도망치란 명령이 떨어졌다. 붉은 깃발이 세워진 지역은 경우에 따라 다르지만 보편적인 공통점이 있었다. 그것은 대규모 병력이 충돌할 수 없는 좁은 전장으로 국한된다는 것이었다. 성 일루신다 교회의 종탑에는 피처럼 붉은 깃발이 검은 연기 속에서 펄럭거렸다.

개전 이래 최초로 정면 충돌하게 된 교회 주변은 1차 방어선 쪽에서 발생한 화재의 연기가 안개처럼 자욱했다. 건물이 불타는 검은 연기는 마치 저주의 안개처럼 거리 양편으로 자욱하게 깔렸고, 매캐한 냄새가 두통을 일으킬 정도로 무겁게 떠돌았다. 그 속에서 병사들은 서로의 존재를 확인하려 애쓰며 전투에 투입되었다. 주변 지형이 워낙 좁았기 때문에 실제로 전투를 벌이는 병사들의 숫자보다 뒤에서 검과 방패를 두드리며 앞쪽에서 싸우는 아군을 응원하는 병사들의 숫자가 더 많았다.

교회 건물과 그 앞의 광장에서 전투를 벌이는 왕비군 병사들은 그래도 사정이 나쁘지 않았지만, 교회 묘지 쪽에서 휴젠 거리 병사들을 상대해야 하는 왕비군 병사들은 교회 묘지라는 공간이 전장으로서는 최악의 환경을 완벽하게 갖추고 있음을 실감하며 치를 떨었다. 사방에 깔린 비석들과 십자가들은 탁 트인 시야에 비하여 수월찮은 장해물들이었다. 묘지 안으로 진입했던 병사들은 묘지 내부가 황망할 정도로 엄청난 숫자의 함정과 장해물들이 존재하는 복마전이라는 사실에 경악했다.

비석들 사이로 얽혀진 쇠사슬들은 상대적으로 무거운 갑옷을 걸친 왕비군 병사들에게 치명적이었다. 원래부터 빈약했던 시민병들의 가벼운 무장은 오히려 이곳에서 장점으로 변했다. 무거운 갑옷을 입고 거미줄처럼 복잡한 쇠사슬 사이로 헤집고 다니는 동안에 왕비군 병사들은 차근차근 시민병 병사들에게 도륙당했고, 조금만 불리해도 시민병 병사들은 가벼운 무장의 장점을 살려 쇠사슬 사이로 도망쳐 버렸다. 게다가 왕비군 병사들을 괴롭히는 것은 그것이 전부가 아니었다. 묘지 내부에 발목까지 자란 풀들 속에서는 날카로운 캘드롭들이 엄청난 숫자로 뿌려져 있었다. 쇼가 남기고 간 대량의 독약이 발라진 캘드롭들은 왕비군 병사들에게 치명타를 입혔다. 무심코 풀숲에 발을 디디면 날카로운 캘드롭들이 용서없이 왕비군 병사들의 부츠를 뚫고 들어갔고, 독약이 발라진 캘드롭에 찔린 병사들은 손도 써보지 못하고 죽었다.

그리고 휴젠 거리 병사들 틈 사이로는 적지 않은 숫자의 궁사대 소속 병사들이 배치되어 있었는데 그들은 50여 명이 배치되어 있음에도 불구하고 실제 전력은 적어도 150명 이상의 보병 값을 해냈다. 든든한 비석에 의지하여 묘지 안에서 수평사로 날리는 화살들은 하나하나가 곧바로 죽음의 화살들이었다. 근거리에서는 왕비군 병사들의 빈약한 방패를 관통하는 일도 심심찮게 벌어졌고, 비석들 틈 사이로 지면과 나란히 수평사로 날아오는 화살들을 눈으로 보고 피한다는 것 자체가 어불성설이었다.

쇠사슬을 타 넘던 병사 한 명이 20미터 거리에서 발사된 화살에 목을 맞고 넘어지는 순간, 그 뒤에 서 있던 병사는 또 다른 방향에서 날아온 화살에 투구를 관통당했다. 기사들의 판금갑옷도 뚫는 근거리 사격 앞에서 보병들의 체인메일 따위는 맨몸과 별로 다르지 않았다.

그러나 국왕군 제2독립대와 휴젠 거리의 분전에도 불구하고 결국 전황은 무조건 인해 전술로 나온 왕비군 쪽으로 돌아갔다. 때는 정오를 훨씬 넘긴 시간이었다. 가장 먼저 휴젠 거리가 성 프락티누스 수도원 방어선까지 포기해 버렸고, 그 뒤로 제2독립대가 왕비군과 치열한 접전을 벌이며 후퇴했다.

국왕군과 왕비군의 제2차 격전은 성 프락티누스 고행 수도원 안뜰에서 투구산으로 올라가는 폭 1.2미터짜리 참회의 문과 그 문을 지나서 투구산으로 올라가는 폭 2미터에 길이 50여 미터짜리 가파른 비탈길에서 벌어졌다. 이곳에서 왕비군 중장 1보병대와 국왕군 제2독립대가 서로 격돌했다. S 자를 납작하게 찌그러뜨려 놓은 구조의 지그재그식 비탈길에서 벌어지는 전투 역시 치열하고 어렵기로는 지금까지의 전투에 지지 않았다.

"기죽지 마라! 우리는 이긴다!!"

국왕군 소속 백인대장이 걸걸한 목소리로 고함을 지르며 비탈길을 올라오는 적병의 머리를 메이스로 두드렸다. 두툼한 철판으로 만들어진 적병의 투구는 메이스에 맞으며 종이처럼 구겨졌고, 그 속에 있던 적병의 머리는 질퍽하게 으깨졌다. 누군가 그 백인대장을 노리고 검을 뻗었지만 그 시도는 곁에서 서 있던 다른 병사의 방패에 막혀 버렸다. 폭 2미터짜리 도로가 직선 도로도 아니고 지그재그로 구부러진 지형인 데다 더군다나 왕비군은 말도 못하게 가파른 비탈을 올라가야 하는 불리함을 안고 있었다. 국왕군 병사 1명이 쓰러질 때마다 왕비군 병사들은 5명 이상이 쓰러졌고, 그들의 시체는 가뜩이나 비좁은 오르막길을 더욱 험난하게 만들었다. 시체로부터 흘러나온 피에 젖은 오르막길은 빙판처럼 미끄러웠다. 누군가 비명을 지르며 비탈에서 굴러 떨어졌고, 피 웅덩이에 미끄러져 휘청거린 병사는 그 보답으로 프레일에 맞아 목뼈가 부러졌다.

"국왕 폐하 만세!!"

"마녀에게 저주를!!"

"강대국 라이어른 건설을 위하여!!"

"조국의 미래를 세우자!!"

"저 개새끼들을 쳐 죽여!!"

"페나 여왕 폐하 만세!!"

"마녀의 엉덩이나 핥아라!!"

사방에서 병사들이 각자의 구호, 그리고 욕설과 저주를 퍼부으며 무기를 휘둘렀고, 그때마다 끔찍스러운 비명이 터져 나왔다. 더 많은 시체들이 비탈길을 메웠지만 왕비군 병사들은 그 끝이 보이지 않을 정도로 계속 올라왔다. 페나 왕비는 이날의 전투를 위하여 여러 차례 패전하여 전력이 줄어든—그리고 이번 대공세에서 전혀 쓸모가 없는—기병대를 전부 해체하고 보병대로 전환시켰다. 어제까지 말을 타던 기병들이 경장 보병과 중장 보병이 되어 골목길을 뛰며 전투에 참가했다. 거의 전군이라고 말할 수 있는 숫자의 병사들이 이 좁은 도시에 몰려들었고, 치열하게 격돌하고 있었다. 국왕군 병사들은 지형적인 이점과 갖가지 함정들을 이용하여 분전했지만 10명을 죽이면 100명이 몰려드는 싸움을 이겨낼 방법이 없었다. 암흑시대 이후로 거의 진리로 굳어버린 '숫자는 질을 능가한다'라는 격언이 이곳에서도 증명되고 있었다

"제2독립대의 예상 피해가 40%에 도달했습니다!! 괴멸 수준입니다!!"

레미 아낙스는 전투에 참가한 병사들의 10명 중 4명이 죽거나 다쳤다는 피해 보고를 받고 그늘진 얼굴로 입술을 깨물며 초조한 표정을 지었다. 성 요하누스 교회 묘지에 설치된 최고 지휘부를 지키는 병사들의 얼굴에는 짙은 절망이 드리워지기 시작했다. 절벽 아래에서 들려오는 비명 소리들이 전부 아군의 비명 소리처럼 들렸다. 물론 숫자로 본다면 왕비군 병사들의 비명 소리가 과반수를 차지할 터이지만 조만간 왕비군 병사들이 오갈 데 없는 이곳 바위산 정상까지 도달할지 모른다는 불안감은 이성적인 판단을 흐리게 만들었다.

"휴젠 거리는?"

"제7차 방어선까지 후퇴하여 전열 정비 중입니다."

"현재 6차 방어선이 뚫리기 전에 완료하라고 명령을 내려요."

"알겠습니다만… 시간적으로 불가능합니다."

"거듭 말하지만 명령은 한 번으로 족해요. 자꾸 반복하지 말아요. 이건 경고예요."

레미 아낙스는 짜증스럽게 히스테리를 부리며 가녀린 주먹으로 작전 테이블을 내려쳤다. 그 서슬에 놀란 장교는 어깨를 움츠렸다.

"국왕 폐하께서 오셨습니다!!"

묘지를 지키고 있던 병사들을 통솔하는 장교가 목청껏 구령을 붙였다. 레미 아낙스는 실눈을 뜨며 고개를 돌렸다. 절벽 쪽에서 불어온 바람이 그녀의 머리칼을 어지럽게 흐트러뜨렸다. 레미는 한 손으로 머리칼을 걷어내며 눈살을 찌푸렸다. 에펜도르프 집안의 시종들과 의사들이 아델만 국왕을 부축하고 있었고, 갑옷을 차려입은 에펜도르프 자작이 굳어진 얼굴로 아델만 국왕의 뒤를 따르고 있었다. 레미는 손가락으로 탁자를 똑똑 두드리며 아델만 국왕이 힘겹게 다가오는 모습을 지켜보았다.

"상황이 그리 유쾌하지 않다는 얼굴이군."

"네, 게다가 이제는 병자까지 돌봐야 하죠."

레미의 목소리는 가시가 잔뜩 돋쳐 있었고, 덕분에 에펜도르프 자작은 눈썹을 치켜뜨며 그녀에게 경고의 눈빛을 보냈다. 그나마 허둥거리고 불안해하는 병사들은 그녀의 낮은 목소리를 듣지 못했기 때문에 그의 눈빛은 경고로 끝났다. 하지만 지금의 레미는 긴장과 과중한 지휘 때문에 신경이 날카로워져 평상시의 모습을 유지할 여유가 없었다. 이곳은 어디로도 갈 수 없는 바위산 정상이었고, 사방을 둘러봐도 수직 암벽밖에는 아무것도 없었다. 왕비군이 정상까지 도달한다면 누구도 살아남을 수 없었다. 산 정상에 세워진 에펜도르프 자작의 성은 솔직히 성이라고 부르기도 민망했다.

"어떻게 할 건가?"

"아직 본격적인 싸움은 시작도 하지 않았습니다."

"그 본격적인 싸움을 하기도 전에 주력 부대의 절반 가까이가 괴멸되었는데 말인가?"

아델만 국왕과 레미 아낙스는 일단 겉보기에는 예전처럼 레미가 아델만 국왕에게 경어를 쓰는 형태를 유지하고 있었지만 둘 사이에는 노골적으로 불편한 기운이 감돌고 있었다. 레미는 이미 크림발츠의 여왕으로서의 입장을 확고하게 아델만 국왕에게 피력했고, 아델만 국왕은 병든 몸이지만 호락호락하게 크림발츠에게 고개를 숙이지 않았다. 제대로 된 치료를 받긴 이미 늦어버린 아델만 국왕은 누가 봐도 죽어가는 사람의 얼굴을 하고 있었다. 레미 아낙스와의 논쟁으로 받은 충격과 고민은 그를 더욱 병들게 만들었다.

"예상했던 것보다는 피해가 적다고 말씀드리고 싶습니다."

"결국 자네도 대의를 위한 소의 희생을 주장하게 되는군. 자네는 그렇게 하지 않을 거라고 생각했는데 말이야."

"철학 논쟁은 하고 싶지 않습니다. 저는 대의를 위한 소의 희생을 요구하는 것이 아닙니다."

"그러면? 지금까지 자네가 벌인 작전은 뭐라고 설명할 텐가?"

레미는 잠시 말을 끊고 바람에 흐트러지는 머리칼을 그러모으며 한숨을 쉬었다.

"전에도 말씀드렸듯이 저는 이 전쟁을 끝낼 것입니다. 그게 대의든 소의든 저는 관심이 없습니다. 제가 보기에 이 나라는 더 이상 대의를 주장할 자격이 없습니다."

"자기 합리화로군."

"평생 동안 자기 합리화만 하면서 살아왔고, 타인에게 책임을 떠넘기는 데 익숙하게 살아왔으니까요."

레미는 문득 자신의 말투가 이언과 닮아간다고 생각하면서 쓰게 웃었다. 그녀는 이언의 사고방식과 행동을 가장 싫어했다. 하지만 그녀는 다른 한편으로는 전보다 이언을 더 잘 이해할 수 있을 것 같았다. 그가 어떤 기분으로 사람들에게 상처를 주는 말을 해왔을지 그녀는 이제 알 것 같았다. 그리고 그것 때문에 더 이상 그를 미워할 수 없었다. 레미는 문득 이언의 임무가 자신의 호위만이 아닐지도 모른다고 생각했다. 어쩌면 그의 본질적인 임무는 다른 것에 있을지도 몰랐다. 그는 실천으로서 보여주었고, 그녀는 이제야 그의 의도를 이해했다. 그녀는 그의 배경을 대충 짐작하고 있었지만 어째서 그들이 자신에게 이런 관심을 보이는지는 이해하지 못했다. 하지만 그녀는 일단 그런 생각은 뒤로 미루기로 했다. 지금은 그럴 때가 아니었다.

바위산 중턱에 위치한 건축물들 가운데서 가장 아래쪽에 있는 성 프락타툼을 간신히 돌파한 왕비군은 좁은 안뜰을 지나서 순교의 교회 문을 부수고 난입했다. 그런 그들을 맞이한 것은 텅 빈 교회 내부와 스테인드글라스를 통해서 들어오는 황갈색 빛무리뿐이었다. 왕비군 병사들은 황량하게 비워진 교회 내부를 가로지르며 당황했다. 그들이 예상하고 있었던 것은 지금처럼 좁은 공간에서의 전투에 의존하려는 국왕군 병사들의 밀집 방어 대형이었다. 하지만 그들을 기다리는 것은 텅 빈 공간과 따스한 빛무리를 타고 떠도는 먼지 입자들뿐이었고 그 밖에는 아무것도 존재하지 않았다. 왕비군 병사들은 당황하며 교회 내부를 가로질러 반대 편 출구로 향했다. 그쪽 출입문을 열고 나가면 곧바로 기적의 예배당으로 연결될 터였다. 바로 그때 지금까지 모습을 감추고 있던 파일런 디르거가 모습을 드러냈다. 평생 동안 전장을 헤매던 이 늙은 사내는 조용한 눈빛으로 왕비군 병사들을 내려다보면서 짧게 명령을 내렸다.

"공격 개시!"

동시에 교회의 2층 아케이드와 성가대에서 일제히 궁사대가 모습을 드러냈다. 지금까지 대부분의 전력들이 이곳으로 돌려져 피해없이 병력을 유지하고 있던 궁사대였다. 화살과 쾨렐들이 일제히 쏟아져 내리기 시작했다. 엄폐물이 될 만한 모든 것들은 사전에 치워 버린 교회 내부에 밀집해 있던 왕비군들은 일방적으로 머리 위에서 쏟아지는 화살의 폭우 속에서 무력하게 무너지기 시작했다. 새벽에 전투가 시작된 이래로 처음으로 국왕군이 공세로 나선 것이다. 2층 성가대에서 미리 끓여놓았던 기름들이 폭포를 이루며 쏟아져 내렸고, 조준없이 발사된 화살들은 한 발도 빗나가지 않고 누군가의 몸에 명중했다. 시내 곳곳에서 전투를 치르며 필사적인 희생을 무릅쓰고 산중턱까지 올라오느라 지쳐 버린 왕비군 병사들은 지금까지 한 번도 전투에 참가하지 않아서 기력이 펄펄 남아도는 궁사대가 쏘아대는 일제 사격 속에서 무력했다. 휴젠 거리에 괜히 일부 궁사대가 배치된 것이 아니었다. 그들은 왕비군으로 하여금 궁사대들은 각기 소규모 부대로 나뉘어 시내 곳곳의 방어선에 배치되었다는 인상을 주기 위함이었다. 하지만 실제로 궁사대가 배치된 것은 휴젠 거리뿐이었고, 휴젠 거리에 궁사대가 배치된 이유도 애초부터 작전에 휴젠 거리가 이곳으로 후퇴하기로 예정되어 있었기 때문이다. 6차 방어선까지 뚫렸던 국왕군은 예정대로 7차 방어선에서 대반격을 시작했다. 이곳이야말로 국왕군에게는 진정한 방어선이었다.

왕비군 병사들은 교회 내부 사정도 모른 채 끝없이 쏟아져 올라오는 후방 부대에게 떠밀려 오도 가도 못하는 상황에서 궁사대의 사격 아래 한 녕씩 쓰러져 갔다. 왕비군의 궁사대가 함께 오지 않았다는 점이 치명적이었지만 설령 궁사대가 있었어도 머리 위에서 일방적으로 쏘아대는 일제 사격 속에서 별다른 힘을 발휘했을 가망이 없었다.

신앙을 위해 죽음을 받아들였던 순교자들을 기리기 위해 건축된 순교의 교회는 아이러니하게도 병사들에게 죽음을 강요하는 살육의 장소가 되었다. 그 속에서 병사들은 순교가 아닌 일방적인 학살을 강요당했다.

갑자기 순교의 교회 안쪽에 있던 반대 편 출입문—기적의 예배당으로 향하는 계단이 기다리고 있는—이 활짝 열렸다. 눈앞에 탈출구가 생겼다고 생각한 몇몇 성급한 병사들이 필사적인 얼굴로 그 출입문 쪽으로 몰려들었지만 그들을 기다리고 있던 것은 예리하게 세워진 캔들스틱의 창날이었다.

지금까지 전투에 참가하지 않았던 국왕군 제1독립대 병사들이 길고 날카로운 캔들스틱을 앞세우며 순교의 교회 내부로 쏟아져 들어왔다. 좁은 공간에서 캔들스틱같이 크고 무거운 무기는 불리하다는 것이 정설이었다면, 그런 무기도 전술에 따라서 유리하다는 사실을 증명이나 하듯 국왕군 병사들은 상류에서부터 쏟아져 내려오는 급류처럼 왕비군 병사들을 밀어붙였다. 쇠꼬챙이 하나 들어가지 않을 정도로 촘촘히 늘어선 창날의 숲이 병사들을 노리며 꾸준한 속도로 밀고 들어왔고, 그 창날에 찔리고 징을 댄 부츠에 밟히며 널브러진 병사들은 그 뒤에서 따라오는 소드맨들의 롱 소드에 맞아 비명을 지르며 죽어갔다. 후열의 병사들이 아직 순교의 교회 안으로 돌입하기도 전에 전열의 병사들은 이미 왕비군을 순교의 교회 아래쪽으로 밀어붙이는 데 성공했다.

파일런의 지시를 받은 궁사대들은 곧바로 순교의 교회 2층에서 철수했고, 그들은 곧바로 미리 지정된 통로를 이용하여 순교의 교회 지붕으로 올라갔다. 투구산 중턱에 밀집하여 세워진 교회와 석굴묘들의 특징은 건물들이 서로 계단을 이루며 세워졌다는 점이었다. 지붕에 자리를 잡은 궁사대는 곧바로 투구산을 기어오르는 왕비군 병사들의 측면을 노리고 일제히 사격을 시작했다. 앞만 보며 비탈길을 힘들게 올라오던 왕비군 병사들은 측면에서 어지럽게 날아들기 시작한 화살을 맞아 속수무책으로 피해를 입어야 했다. 비탈을 올라오던 왕비군 병사들은 방패를 쥔 왼쪽이 절벽과 맞닿아 있었기 때문에 무기를 든 오른쪽에서 일제히 쏟아지는 화살의 폭풍을 막아낼 방법이 없었다. 통상적으로 방패를 왼쪽에 장비하기 때문에 올라갈 때는 방패가 길 안쪽으로 향하고, 내려갈 때는 방패가 길 바깥쪽으로 향하는 지형을 간파한 파일런의 작전이었다. 좁은 비탈길을 올라오기 위해서 밀집 대형으로 올라오던 병사들이라 비좁은 간격 속에서 방패로 화살을 막기 위해서는 등을 돌리고 비탈을 내려가는 자세를 취해야 했다. 하지만 시퍼런 서슬로 탈주병을 감시하는 독전대들 앞에서 등을 돌릴 수 있는 병사들은 없었다. 궁사대는 넓은 지붕 위에 자리를 잡고서 날지도 못하는 뚱뚱한 오리들을 사냥하듯 화살을 날렸고, 그때마다 병사들은 비명을 지르며 절벽 아래로 떨어지거나 바닥으로 넘어져 뒤에서 올라오는 아군에게 밟혀 죽었다.

비탈 위쪽에서는 지형적으로 높다는 절대적으로 유리한 조건과 어깨를 붙이고 일제히 창끝을 내민 밀집 대형을 유지한 제1독립대 병사들이 발을 맞춰 구령을 붙이며 내려오고 있었다. 좁은 공간에서의 혼전을 예상하여 무거운 갑옷과 둔기류를 위주로 무장했던 왕비군 병사들은 압노석으로 긴 길이를 가진 창날의 숲이 비탈을 내려오는 동안에 무력하게 창끝에 찔리며 비명 속에서 죽어갔다. 전열을 정비한 휴젠 거리와 제2독립대 병사들은 전위에 선 제1독립대의 밀집도를 후방에서 높여주며 지원에 나섰고, 국왕군의 역공은 더욱 무게가 실렸다.

"으… 무, 물 좀……."

피에 젖은 붕대로 만신창이 된 얼굴을 감은 채 버려져 있던 병사가 떨리는 손으로 애원했다. 성 피에트로 수도원 내부에 매복한 적이 없는지 확인하고 나오던 일단의 병사들은 혀를 차며 수도원 안뜰에 버려진 부상병들을 바라보았다. 인해 전술로 밀어붙인 대공세를 이기지 못한 국왕군은 인간 장해물로 쓰기 위하여 부상병들을 그대로 버려두고 후퇴했다. 그들은 부상자들을 안전하게 데리고 후퇴할 여유가 없었고, 수도원에 가득 깔린 부상병들은 진주한 왕비군 병사들에게 거추장스러운 장해물이 되고 있었다. 왕비군으로서는 그들을 포로로 잡거나 죽이는 두 가지 선택권이 있었지만 눈앞에서 전투가 벌어지는 마당에 한가하게 적의 부상병들을 어찌할 여유는 없었다. 결국 그들은 존재하되 존재하지 않는 존재로 잊혀져 가고 있었다.

"잠깐만 기다려 봐, 물 좀 떠주고 가자구."

"시간없어. 백인대장이 우리를 죽이려고 들 거야."

"그래도 너무하잖아? 어차피 이대로 치료도 못 받고 죽을 놈인데 물 한 잔 정도는 줘야지."

나이가 지긋한 병사는 혀를 차면서 안뜰 구석에 있던 물 항아리에서 물을 가득 떠왔다. 그리고는 누워서 신음하는 병사에게 물을 건네주기 위하여 한쪽 무릎을 꿇고 앉았다. 그는 얼굴이 거의 보이지 않을 정도로 붕대와 피로 더럽혀진 병사를 내려다보면서 물이 담겨진 사발을 기울여 주었다.

순간, 그 늙은 병사는 자신의 옆구리가 뜨거워지는 느낌을 받았다. 뜨겁게 축축한 것이 허벅지를 적시며 바닥으로 흘러내렸다. 병사는 의아한 얼굴로 멀뚱한 표정을 지으며 주저앉았다. 피에 젖은 붕대를 감고 누워서 물을 구걸하던 병사는 히죽 웃으며 붕대를 잡아 뜯었다.

"자고로 전장에서는 옆구리 단속을 잘해야 무병장수하는 법이지."

거구의 사내는 히죽 웃으며 단검을 뽑아 들었다. 옆구리 급소를 찔린 인정 많은 노병은 부들부들 떨면서 피 거품을 뱉어내기 시작했다.

거구의 사내는 부상병들이 흘린 피와 오물로 더러워진 담요를 걷어내고는 안에서 자신의 검을 집어 들었다. 그는 검을 하늘 높이 치켜들면서 짐승처럼 포효했다.

"우오오!! 회색남풍의 투지를 보여라!!"

사방에서 진짜 부상병들 사이에 누워 있던 용병들이 피에 젖은 붕대를 걷어내며 무기를 잡고 일어섰다. 마치 묘지 한복판에서 무덤을 헤치고 일어서는 좀비 떼들 같은 정경이었다. 그 순간까지도 진짜 삶과 죽음의 기로에 서서 필사적으로 고통을 호소하던 진짜 중상자들을 배경으로 위장을 위해 피를 뒤집어쓴 회색남풍 소속의 중장 보병대 용병들이 유령이나 시체처럼 스멀스멀 일어나 자신의 무기를 챙겼다. 수도원 안뜰 한쪽에 마련된 시체 안치소에서도 덩치 큰 병사들이 죽어서 뻣뻣하게 굳어버린 시체들을 밀어내며 일어섰다. 누가 봐도 혀를 빼물고 주저앉아 버릴 만큼 끔찍한 광경들이었다.

"우와와!!"

수도원 안뜰을 점령해 버린 회색남풍 용병대 소속의 중장 보병 480여 명은 갑자기 머리 위에서 들려오는 함성 소리를 듣고 고개를 들었다. 제7방어선으로 지정된 순교의 교회에서부터 국왕군의 반격이 시작되었다는 신호였다.

"구호는 하나다!"

용병대장 드웨인은 검을 치켜들고 함성을 질렀다. 회색남풍 용병들은 그를 따라 함성을 지르며 그의 외침에 응했다.

"마음껏 죽이고! 약탈하고! 살아남는다! 바람은 회색남풍! 적들에게는 죽음의 풍향!"

"죽이고! 약탈하고! 살아남는다! 회색남풍!!"

"돌격! 앞으로!!"

에펜도르프 공방전에서 최초로 회색남풍이 전장에 투입되었다. 그들은 병력 수가 적었지만 돈을 위해서 스스로 전장을 찾아다니던 사내들의 집합이었고, 돈을 위해서 죽지 않고 살아남았던 자들이었다. 회색남풍 용병대는 일제히 성 피에트로 수도원의 정문과 담벼락을 넘어서 왕비군의 측면을 치고 들어갔다.

"하아압!!"

담벼락에서 뛰어내린 거구의 사내가 황소를 도살할 때 사용하는 도살용 해머를 휘두르자 단번에 두 명의 병사들이 척추가 부러지며 튕겨 나갔다. 회색남풍 용병대 소속의 용병들은 피에 젖은 얼굴로 마치 주술에 취한 야만족 병사들처럼 함성을 질렀고, 자신들의 파괴력을 유감없이 발휘해 보았다. 그들은 주술에 가까운 함성을 지르며 돌격했고, 왕비군의 측면에서 마음 내키는 대로 살육을 벌였다. 생각지도 못했던 방향에서 기습을 받은 왕비군은 전열이 종단되는 치명상을 입었고, 혼란의 와중에 중심 지휘관을 잃는 피해를 입었다.

레이드가 이끄는 로젠 하우트 거리 시민병 부대와 드웨인이 지휘하는 회색남풍 소속 중장 보병 용병대, 에펜도르프 자작 가문의 성 요하누스 수호 기사단, 에피가 지휘하는 클로티스 거리, 그리고 카라가 지휘하는 기병대—물론 그들도 왕비군처럼 말에서 내려 보병으로 싸웠다—들은 서로 적당한 거리를 유지한 지점에 매복했고, 투구산에서 파일런이 지휘하는 본대가 왕비군을 밀고 내려오는 시점을 계기로 일제히 왕비군의 전열을 토막 내며 각개 격파 전술로 나왔다. 서로 거리를 가까이 둔 것은 왕비군의 저항에 부딪혀 각 단위 부대들이 오히려 역공을 받아 각개 격파당하지 않기 위함이었다. 국왕군들은 서로 치밀하게 연계된 작전을 바탕으로 동시 다발적으로 각자가 서로 다른 방향에서 왕비군의 중심을 향하여 치고 들어왔다. 동시에 여러 곳에서 반격을 당하고 전열이 끊겨 버린 왕비군은 적절하게 대응할 기회를 자꾸만 잃어갔다.

"명심해라. 이 전투에서 전쟁의 승패가 갈린다. 그리고 그걸 결정하는 것이 바로 우리다. 알겠냐?"

하 이언은 조용하게 어둠 속에서 안광을 번득이며 낮게 으르렁거렸다. 어둠 속에서 인기척을 내지 않고 앉아 있던 병사들은 누구도 입을 열지 않았다. 어둠 속에서 유난스러운 안광들이 유령처럼 떠 있었다. 오래전에 와인을 저장하던 한 수도원의 지하실에 모여 있던 하메른 백인대 병사들은 지하실을 떠도는 퀴퀴하고 시큼한 냄새 때문에 괴로움을 당했지만 감히 내색하지는 못했다. 눈앞에서 히스테릭하고 서슬이 시퍼런 이언이 버티고 있기 때문이 아니었다. 그들은 이번 작전이 얼마나 위험한지 본능적으로 깨닫고 있었고, 이곳에 모여 있는 지신늘 중에서 과연 몇 명이나 살아서 돌아갈지 의심스러웠다. 그들은 의식적으로 동료들의 얼굴을 보려 하지 않았다. 곧 죽어버릴 동료들과 눈을 마주치는 것은 괴로운 경험이었다.

그때 갑자기 누군가 뛰어 들어왔다. 출입문 근처에 서 있던 이언은 재빨리 검을 뽑아 들었다. 그의 검이 어두운 지하실에서 번득이며 절반쯤 날아갔을 때, 지하실로 들어왔던 인물은 그 자리에 주저앉으며 다급하게 속삭였다.

"저, 접니다!"

이언의 검이 허공에서 멎었다. 바닥에 주저앉은 병사는 식은땀을 흘리며 가쁜 숨을 몰아쉬었다. 병사들은 잔뜩 긴장한 얼굴로 되돌아온 척후병의 보고를 기다렸다. 그의 보고에 의하여 하메른 백인대 전체의 삶과 죽음이 결정지어질 것이다. 솔직한 마음으로 그 척후병이 임무에 실패했기를 마음속으로 기도하는 병사들도 있었다.

"발견했습니다. 예상대로 슈테르델 묘지에 왕비군 지휘부가 있었습니다. 이곳에서 멀지 않습니다."

여기저기서 낮은 탄식이 흘러나왔다. 이언은 병사들의 사기가 떨어지기 전에 움직이기로 결정했다. 그는 낮고 음산한 목소리로 경고하듯 병사들에게 입을 열었다.

"이 근처 지형들은 숙지했을 것이라고 믿는다. 목표는 슈테르델 묘지. 전부 여기서 죽을 거니까 살아남을 궁리는 하지 않는 게 좋을 거야. 만약에 이 작전에서 살아남는 놈이 있다면 내가 친히 죽여주지. 나는 이번 작전에서 한 놈도 살려두지 않을 거야."

세상의 누가 죽을지도 모르는 작전에 앞서서 부하들에게 작전이 끝나고도 살아남는 부하들이 있다면 죽여 버리겠다는 소리를 하는가? 하지만 이언의 그런 협박이 나오자 병사들은 피식피식 웃기 시작했다. 당장이라도 긴장과 불안을 이기지 못하고 폭발해 버릴 듯하던 하메른 백인대 병사들은 이언의 말을 듣자 킥킥거렸다. 이언은 만족스럽게 입꼬리를 올리며 웃더니 짧게 명령을 내렸다.

"가자!"

"뭐? 뭐야, 이놈들은? 어, 어디서?"

상대적으로 무장이 빈약해서 후방에서 뒤늦게 전선에 투입되던 왕비군 경장 보병대는 측면 거리에서 쏟아져 나온 중무장 병사들을 발견하고는 기겁하며 비명을 질렀다. 갑옷과 방패, 그리고 예리하게 다듬어놓은 검들이 햇살을 받아 눈부시게 번쩍거렸다. 왕비군 경장 보병대는 비명을 지르며 들고 있던 스피어를 그들에게 겨누려 했다. 하지만 골목길에서 우르르 튀어나온 하메른 백인대가 더 빨랐다. 사방에서 검날이 병사들의 투구를 부수고 머리를 깨뜨렸다. 선혈이 수직으로 솟구치고 혈관이 터진 병사들이 사방으로 피를 분수처럼 뿌리며 버둥거렸다. 욕설과 함성, 비명 소리가 어지럽게 거리를 뒤흔들었다.

"멈추지 마! 뛰어!"

"젠장! 뛰어!!"

하메른 백인대는 수도에서 처음 조직될 당시부터 지금까지 지키던 전통, 즉 국왕군을 통틀어서 가장 많이, 가장 빠르게 멀리 뛰는 부대임을 증명하기라도 하듯 일직선으로 경장 보병대를 돌파하기 시작했다. 중거리 주파 실력만큼은 확실히 타의 추종을 불허할 만큼 단련된 부대가 하메른 백인대였다.

"타핫!!"

이언은 선두에서 두 손으로 롱 소드를 휘두르며 길을 뚫었다. 피에 젖은 검은 머리칼이 어지럽게 출렁거렸고, 희고 창백한 얼굴을 타고 흐르는 핏자국은 끔찍스러웠다. 이언은 또다시 어느 나라 언어인지 알아듣기 힘든 언어로 함성을 지르며 닥치는 대로 베어넘기고 징을 박은 부츠로 걷어찼다. 팔꿈치의 갑옷 부위로 내지르자 소년병 한 명이 부러진 이빨들을 뱉어내며 비명을 질렀다. 이언은 넘어지는 소년병의 목덜미를 발뒤꿈치로 찍었고, 롱 소드를 수직으로 세워 가슴 한복판에 구멍을 내버렸다. 그가 미처 검을 뽑기도 전에 누군가 그를 찔러 들어왔고, 이언은 허리를 틀면서 왼팔을 뻗었다. 어느 틈에 그의 손에 들려져 있던 단검이 단숨에 상대의 목젖을 수평으로 찢었다. 목울대가 찢겨 나간 병사는 쿨럭거리며 목에서 솟구치는 피를 누르면서 나뒹굴었다. 이언은 소년병의 시체에 박혀 있던 롱 소드를 뽑아 들었다. 그리고 다시 함성을 지르며 앞으로 덤벼들었다.

"돌파했다! 그대로 달려!!"

한참 동안 정신없이 검을 휘두르던 이언은 더 이상 자신의 앞에 적병이 없음을 발견하고는 함성을 지르며 거리를 달리기 시작했다.

"하메른 백인대! 돌격! 왕비의 목을 따라!!"

필사적인 사투를 벌이며 전열이 경장 보병대의 대열을 돌파하자 하메른 백인대의 돌파력은 급속도로 높아졌고 부대가 양단된 왕비군 보병대는 빠르게 좌우로 물러났다.

"큭!!"

미처 보지 못했던 스피어가 튀어나와 허벅지를 찌르자 하메른 백인대 병사는 낮게 비명을 지르며 한쪽 무릎을 꿇었다. 뒤따라 달려오던 병사는 검을 양손으로 쥐고는 젖 먹던 힘까지 동원하여 검을 수직으로 내리찍었다. 전우를 스피어로 찔렀던 왕비군 병사는 한 손 손목이 잘리자 짐승처럼 목구멍 소리를 냈다. 검을 내리찍었던 병사는 곧바로 검을 추스르며 검날을 눕혔고, 검을 다시 수평으로 휘둘렀다. 적병의 머리에 수평으로 작렬한 검은 적병의 관자놀이부터 수평으로 한 뼘이나 머리 속으로 박혀 버렸다.

"젠장!! 여기 남는다! 어서 가!"

"미안하다, 전우여!"

"어서 가! 개 같은 인생 여기서 죽어버릴 테다!"

허벅지를 찔린 병사는 검으로 지탱하여 일어선 뒤 덤벼드는 스피어를 검끝으로 쳐내고 보복이라도 하듯이 검을 휘둘렀다. 또다시 비명소리가 거리를 찢었다. 작전 시작 전에 부상당하는 전우를 포기하라고 명령을 받았던 병사는 욕설을 내뱉으며 다시 앞으로 달리기 시작했다. 그 뒤에 남겨진 부상당한 병사는 스피어에 찔린 허벅지에서 피를 흘리면서도 자신의 인생을 저주하며 검을 휘둘렀다.

"엿 같은 인생!! 살아봐야 개 같은 꼴만 당하지!! 개새끼들아! 죽여봐!!"

부상당한 병사는 표독스럽게 고함을 지르며 사방으로 미친 듯이 검을 휘둘렀다. 다시 한 명의 병사가 절반쯤 찢겨진 얼굴을 감싸며 나뒹굴었다. 바로 그 순간, 기회를 노리던 왕비군 병사가 재빨리 부상당한 하메른 백인대 병사의 등허리를 겨누고 스피어를 찔렀다.

"흑?!"

부상당한 하메른 백인대 병사는 자신의 가슴을 뚫고 나온 창끝을 물끄러미 내려다보았다. 갑자기 사방에서 수십 개의 스피어가 동시에 날아왔다. 그가 마지막으로 본 것은 자신의 목을 찌르는 스피어이 번득이는 칼날이었다.

"젠장!!"

무심코 고개를 돌리다 방금 전에 자신이 구해주려 했던 병사가 시체 위로 넘어지고 십여 명의 왕비군 병사들이 우르르 몰려서 그 병사의 시체를 난도질하는 장면을 목격한 하메른 백인대 병사는 세상을 저주했다. 왕비군 병사들은 분풀이를 하듯 이미 죽어서 너덜거리는 그의 육신을 스피어의 창날로 계속해서 난도질을 했다.

"신호를 올려!"

"네!!"

이언의 명령이 떨어지자 곁에서 달리던 병사가 걸음을 멈추고는 당겨두었던 석궁을 손에 들었다. 그리고 신호용 쾌렐을 장전하고는 불을 붙였다. 유황이 타 들어가면서 자욱한 연기를 뿜어내기 시작했다. 병사는 슈테르델 묘지 쪽으로 석궁을 겨냥하고 시위를 놓았다. 짙은 연기를 뿜어내며 쾌렐 한 발이 건물들 틈 사이로 솟아올랐다. 투구산 정상에서 감시하던 관측병들이 그 연기를 발견했고, 다시 투구산 정상에서 짙은 연기를 뿜으며 신호용 화살들이 일정한 시간적 간격을 두고 계속 발사되기 시작했다. 지속적으로 한 방향으로만 뻗어 나가는 신호용 화살들은 지상에서 싸우던 병사들의 눈에도 똑똑히 보였다.

"대장! 화살입니다!"

"방향이 어디야?!"

"여기서 남서 방향입니다!"

"신호를 올려! 우리가 간다고!"

가장 측면에서 싸우던 회색남풍 용병대 한가운데에서 수직으로 신호용 화살이 치솟아올랐다. 전장을 이탈하고 지시된 방향으로 진출하겠다는 신호였다. 거의 동시에 거리 저편에서도 신호가 솟아올랐다. 로젠 하우트 거리가 싸우고 있는 방향이었다. 투구산 정상에서는 아군 진영에서 솟아오른 두 개의 신호를 확인했고, 성 요하누스 수호 교회의 종탑에 있던 종들이 한꺼번에 울리기 시작했다. 종소리 신호가 울리자 거의 동시에 회색남풍 용병대와 로젠 하우트 거리가 전장을 이탈하고 방향을 남서쪽으로 잡았다. 그 공백을 메우기 위하여 나머지 부대들은 좀 더 부대끼리의 간격을 좁히는 방향으로 움직이기 시작했다. 잔뜩 뒤엉켜 싸우던 부대들은 마치 스스로 살아 움직이는 생물처럼 꾸물거리며 일제히 한쪽으로 움직였다.

"막아라!! 여기가 뚫리면 지휘부가 당한다!!"

장교는 거의 정신이 나간 상황에서 고함을 질러댔다. 하지만 교차로에서 대기하고 있던 병사들은 서로 다른 방향의 거리에서 동시에 돌격해 오는 병사들을 보고 전의를 잃었다. 국왕군의 측면과 후방을 치기 위해 우회하던 왕비군의 중장 2보병대 병사들은 잔뜩 움츠린 자세로 무기를 고쳐 잡았다. 고전하고 있는 중장 1보병대에 비하여 적은 인원으로 편성된 우회 부대였지만 동시에 두 방향에서 접근하는 회색남풍 용병대와 로젠 하우트 시민병 부대를 전부 합친 것보다는 많은 병력을 갖고 있었다.

"한 번에 한 놈씩 저지하고 각개 격파한다!!"

장교는 고래고래 악을 쓰면서 병사들을 독려했다. 한참을 앞서서 달려오던 회색남풍 용병대가 갑자기 왕비군 진영의 100여 미터 앞에서 멈춰 섰다. 그리고는 숨을 가다듬으며 무기를 타고 흐르는 핏자국을 털어냈다. 왕비군 장교는 갑작스러운 그들의 행동에 의아함을 감추지 못했다. 긴장 때문에 그의 머리는 좀처럼 빨리 돌아가지 않았다.

"지붕이다!"

누군가 안타까운 목소리로 고함을 질렀다. 장교는 고개를 들어 지붕을 올려다보았다. 쐐기 형의 각도를 이루며 갈라져 있는 길의 양편에서 진격해 오던 두 부대의 진격 속도가 큰 차이가 나자 지붕 위에서 관측하던 회색남풍 용병대의 관측병들이 깃발 신호로 본 대의 진격 속도를 늦춘 것이다. 각개 격파를 기대하던 왕비군 장교의 계획은 그렇게 무산되었다. 누군가 석궁을 가져와 지붕 위에 올라서 있는 관측수들을 저격하려는 순간 높고 날카로운 호각 소리가 다시 울렸고, 회색남풍 용병대와 로젠 하우트 시민병대는 거의 비슷한 속도로 왕비군 진영과의 거리를 지워 나갔다. 그리고 마침내 국왕군과 왕비군은 좁은 삼거리 광장에서 격돌했다. 검과 검이 교차하고 비명 소리가 어지럽게 광장을 메웠다. 상처에서 흘러나온 피가 작은 시내를 이루며 광장 모퉁이로 흘러가 배수로에 고였다. 두 겹 세 겹으로 쌓이기 시작한 시체들 때문에 병사들은 비틀거렸고, 그 와중에도 치열하게 검과 검을 교환했다.

〈 10 〉

　　왕비군은 압도적인 병력을 밀집시켜 국왕군의 얇은 방어선을 뚫기 위하여 종심으로 깊은 진형으로 병력을 배치했지만 오히려 그 점이 왕비군의 약점이 되었다. 국왕군은 처음부터 종심으로 깊은 왕비군의 진출을 예측했고, 불리한 병력을 애써 집중시켜 왕비군과 맞서지 않았다. 소수 병력인 국왕군은 투구산이라는 유리한 지형을 바탕으로 왕비군의 전위 부대가 갖는 돌파력을 무력화시켰고, 대다수의 부대들은 왕비군의 종심 진형이 지나가는 길목마다 산개되어 매복전으로 나가는 전술을 택했다. 결국 그 전술은 제대로 먹혀 들어가 왕비군은 좁고 복잡한 시내에서 각개의 병력들이 양단되었다. 그리고 이러한 병력의 양단은 왕비군 지휘 체계의 혼선을 가져왔다. 원래부터 지휘 체계가 엄격하지 못하여 대병력을 운용하는 데 애를 먹던 왕비군이었다. 병력이 양단된 상황에서도 지휘 체계 유지를 기대하기는 힘들었다. 왕비군은 우세한 병력을 갖고도 지휘 체계가 혼란에 빠져 동시 다발적인 지역별 매복에 적절하게 대응하지 못했다.

흘러내린 피가 목덜미를 차갑게 적셨다. 그리고 마음도 그렇게 얼어붙었다. 어지러운 함성과 비명 소리 속에서 고독은 형언할 수 없을 만큼 선명하게 다가왔다. 혼란과 공포 속에서 세상은 침묵했고, 상처의 아픔 속에서 감각은 무뎌졌다. 좁아진 시야 너머로 세상은 어지러이 회전하고 침잠했다.

"뛰어! 앞으로 뛰어! 뛰어!!"

하 이언은 격정에 빠진 사람처럼 흥분하여 소리쳤다. 하메른 백인대는 놀라운 주파력을 발휘하며 왕비군 최고 지휘부가 있는 슈테르델 묘지에서 200미터 떨어진 지점까지 접근했다. 통상적인 왕비군의 진형이라면 그러한 돌파가 불가능했을지 몰라도 주력을 종심 대형으로 최대한 전방을 향해 포진시키고 주력의 오른쪽 측후방에 위치하여 전장을 관측하던 왕비군이었다. 주력의 배후에서 나타나 강습한 하메른 백인대와 맞서기 위한 방비가 부족했다.

후방에 남아 있던 왕비군 병사들이 어깨를 붙이며 버텨 섰고, 미친 듯이 돌파해 오는 하메른 백인대를 맞이했다. 인간의 연약한 육체와 단련된 강철로 구성된 살아 있는 장벽이 거리를 막아섰고, 분노한 멧돼지처럼 무모하게 직선 돌파를 시도하던 하메른 백인대는 정면으로 그 장벽과 격돌했다. 검과 창날들이 기다렸다는 듯이 이를 갈면서 충돌했다.

죽음을 담보로 잡고서 화려한 검무가 난무했고, 그 한가운데에서 이언은 춤을 추듯 검을 사방으로 흩뿌렸다. 예리하게 다듬어진 검이 은빛으로 반짝이며 수평으로, 또는 수직으로 곡선을 그렸고 어지러운 직선으로 흩날렸다.

하메른 백인대를 맞이하여 정면으로 맞붙은 것은 왕비군 경장 보병 1개 독립대였다. 하메른 백인대는 일반적인 백인대 정원의 두 배가 넘는 인원을 갖고 있었기 때문에 사실상 백인대라고 부르기 힘들었지만 1개 독립대를 상대로 하기에는 확실히 병력이 부족했다. 하지만 하메른 백인대 병사들은 압도적인 병력의 적들과 전투를 치르는 게 이번이 처음은 아니었다. 새삼 상대의 숫자가 많다고 위축될 병사들이 아니었다.

"크핫!"

무릎과 허리를 굽히고 단단히 대비하고 있던 왕비군 병사에게 묵직한 몸통 박치기를 선사한 하메른 백인대 병사가 기합을 내질렀다. 무거운 갑옷을 껴입고 있던 병사들은 서로의 몸을 짓누르며 마치 개구쟁이 사내아이들처럼 바닥을 굴렀다. 공포에 질린 눈동자가 시선을 가누지 못하고 흔들렸다. 날카로운 단검이 겁에 질린 왕비군 병사의 빗장뼈 사이로 파고들었다. 왕비군 병사를 무거운 체중으로 짓누르며 단검을 쑤셔 넣던 하메른 백인대 병사는 갑자기 척추를 타고 흐르는 고통을 느끼며 비명을 질렀다. 또 다른 왕비군 병사가 바닥을 뒹굴던 그의 등허리에 검을 찔러 넣은 것이다. 하메른 백인대 병사는 고통스럽게 비명을 지르며 팔을 허공으로 휘저었다. 하메른 백인대 병사의 등을 찌르던 왕비군 병사는 측면에서 덤벼든 또 다른 하메른 백인대 병사에게 목젖이 뚫리며 즉사했다. 사방에서 이런 전투가 벌어지고 있었다.

부러진 검신이 허공으로 핑그르 날아올랐다. 하메른 백인대의 지휘관 하메른 만호프는 반사적으로 고개를 꺾었다. 부러진 검신이 튕겨

오르며 그의 뺨에 세로로 길게 상처를 남겼다. 하메른 백인대장은 살점이 찢겨 나가 너덜거리는 뺨을 손등으로 꾸욱 눌렀다. 피에 젖어 있던 건틀렛의 차갑고 거친 촉감이 느껴지지 않았다. 뺨은 뜨거운 인두로 지진 것처럼 아무런 감각도 없었다. 4년 동안 얼굴 한번 보지 못했던 아들 얀스와 허드렛일을 하며 살아가던 도망친 아내 루젤린의 얼굴이 짧게 상념으로 스쳐 갔다. 그는 한 아이의 아버지이자 한 여자의 남편이기를 예전에 포기했다. 쓸모없는 인생과 쓸모없는 남자의 전형. 그리고 지금은 국왕군 유격대 하메른 백인대의 지휘관인 남자. 사랑하는 아내에게 사랑한다고 말하지 못한 쓰레기 같은 남자가 전장 한가운데서 피를 흘리고 있었다. 하메른 만호프는 희게 웃었다. 한때 검이 먼저 부러질지 자신이 먼저 죽을지 생각해 본 적이 있었다. 하지만 이제 그런 것은 아무래도 좋았다.

"덤벼, 이 새끼들아!"

하메른 백인대장은 부러진 롱 소드를 던져 버리며 허리춤에서 단검을 꺼내 양손에 하나씩 쥐었다. 곰처럼 덩치 큰 왕비군 병사가 고함을 지르며 그에게 덤벼들었다. 그는 부러진 검에 찢겨 너덜거리는 상처 따위는 신경도 쓰지 않았다. 단지 찰나의 순간에 어린 얀스가 아버지의 얼굴을 못 알아볼 흉터가 생긴 건 아닌가 고민했다.

"깃발은 건재하다! 하메른 백인대 만세!!"

귀부인을 칼로 협박하여 백인대 깃발을 만든 장본인이었던 틸로이츠는 세 겹으로 쌓인 왕비군의 시체를 발로 밟고 올라서면서 깃발을 휘둘렀다. 시내 도처에서 발생한 화재에서 뿜어져 나온 검은 연기는 하늘을 온통 가려 버렸고, 검은 연기가 가득한 하늘을 배경으로 피에 젖은 깃발이 힘겹게 펄럭거렸다. 매캐한 냄새가 거리를 가득 메웠고,

흐르는 피가 발목까지 질퍽거리는 상황에서 양측의 병사들은 필사적으로 싸웠다. 누군가 검을 휘두르며 틸로이츠에게 덤벼들었다. 틸로이츠는 양손으로 깃대를 단단히 움켜잡았고, 상대가 자신을 찌르려는 순간 깃대로 쓰는 스피어의 창대를 올려 쳤다. 턱이 부러진 병사가 고개를 꺾으며 넘어졌다. 하지만 적병의 검에 옆구리를 찔린 틸로이츠는 한쪽 무릎을 꿇으며 헐떡거렸다. 그는 등 뒤로 쏟아지는 전우들의 시선과 함성을 들으며 필사적으로 일어섰다. 그리고 방금 쓰러뜨린 병사의 가슴팍을 밟으며 고함을 질렀다.

"깃발은 쿨럭! 건재하다! 크흑!"

옆구리에서 피가 쏟아지는 상황에서도 고함을 지르는 틸로이츠의 모습은 하메른 백인대 병사들의 적개심과 투지를 아낌없이 불태웠다.

"괜찮아?!"

하인켈이 틸로이츠의 어깨를 부축해 주면서 물었다. 언젠가 만신창이가 된 몸으로 그를 지켜주었던 동료이다. 그를 부축해 주는 하인켈의 어깨는 피에 흠뻑 젖어 있었다. 그리고 하인켈의 한쪽 귓바퀴가 잘려 나간 상처에서 계속해서 피가 흘러나왔다. 하이켈은 귀가 잘려 나간 상처도 무릅쓰고 숏 소드를 쥐고 전방을 노려보았다. 틸로이츠는 친구의 어깨를 적신 핏자국과 귀가 잘려 나간 상처를 물끄러미 바라보았다. 울컥 뜨거운 분노가 틸로이츠의 혈관을 타고 흘렀다.

"자네, 상처는……."

"깃발은 건재하다! 싸워라!"

"고맙다, 하인켈."

"축제는 지금부터야. 아무래도 우린 살아남지 못하겠군."

"뭐?"

"저 친구들과는 구면이지 싶은데……."

하인켈은 입술을 실룩이며 비웃듯 말했다. 틸로이츠는 고개를 돌려 전방을 바라보았다. 하메른 백인대는 이제 슈테르델 묘지를 불과 80미터 정도 남겨두고 있었고, 묘지로 올라가는 완만한 비탈길만 남겨두고 있었다. 왕비군 경장 보병대는 하메른 백인대에게 밀려 120미터나 후퇴했지만 격퇴당하지는 않았다. 그리고 언덕 위에서 지금까지 전투에 참가하지 않았던 부대가 모습을 드러냈다. 페나 왕비의 친위대인 붉은사자 친위대였다. 핏빛 서코트가 펄럭이는 붉은사자 친위대원들은 밀랍처럼 딱딱한 얼굴로 언덕 아래를 내려다보았다.

"젠장!! 그래도 깃발은 선두에 선다!"

"이봐, 틸로이츠."

"왜?"

"사랑해, 자기야."

"닥쳐! 이 개자식아!"

틸로이츠는 하인켈의 시니컬한 농담을 듣고는 버럭 화를 냈다. 하인켈은 히죽 웃으며 틸로이츠와 함께 앞으로 전진하기 시작했다.

"그 따위 농담 할 시간 있으면 저 새끼들이나 한 명이라도 더 후벼 파버려!!"

"미친 2의 원페어를 기억해 줄 인간들이 있을까?"

하인켈은 스스로에게 질문하듯 중얼거렸다. 그리고 다시 한 번 고함을 질렀다. 언제 후속 부대가 도달할는지는 아무도 몰랐다. 이런 혼전 속에서 연락수들은 아무런 의미도 없었다. 하메른 백인대 병사들은 적들의 바다에 고립된 난파선의 선원 같은 심정으로 사방에서 몰려드는 왕비군 병사들의 파도를 헤쳐 나갔다. 당장이라도 침몰할 것만 같은 분위기 속에서 하메른 백인대 병사들은 투쟁심에 취해 싸웠다. 완만한 언덕길을 사이에 두고 왕비군과 국왕군은 마력에 취한 듯이 처참함을 잊고 전투에 몰입했다. 왕비군의 경장 보병대와 붉은사자 친위대, 국왕군 측에서는 하메른 백인대가 투입된 이 전투는 투입된 양측의 병력으로 볼 때 에펜도르프 시내에서 벌어진 공방전 전체를 통틀어 가장 규모가 작았지만, 가장 치열하고 참혹한 전투가 되었다. 아니, 페나 왕비가 반란을 일으켜 발생한 전투를 모두 돌아봐도 이만큼 잔인하고 뜨거운 전투는 전례가 없었다.

하메른 백인대 병사들은 전력의 약세에도 불구하고 쉴 틈 없이 왕비군을 언덕 너머로 밀어붙였고, 전의를 거의 잃어버린 경장 보병대와는 달리 붉은사자 친위대는 흔들림없는 얼굴로 굳건히 그들을 막아냈다. 실질적인 전투는 비슷한 전력을 가진 붉은사자 친위대와 하메른 백인대 사이에서 벌어졌다. 선혈처럼 붉은 친위대 제복과 기능성을 고려하여 검정 계통으로 입었지만 딱히 통일된 제복이 없던 하메른 백인대 병사들의 복장이 어지러이 뒤엉켜 기묘한 무늬를 만들어냈다. 혼을 쑥 빼놓기에 충분할 정도로 정신없는 혼전 속에서 양측의 병사들은 각자의 무기를 휘두르는 것만으로는 부족하여 주먹을 날리고, 상대의 얼굴에 침을 뱉었다.

"싸워라!! 조국의 미래가 기다린다!!"

페나 왕비의 정부이자 붉은사자 친위대의 친위대장인 하일리버는 피를 토하는 심정으로 고함을 질렀다. 왕비가 보고 있다는 생각이 그를 지배했다. 보여주고 싶었다. 자신의 능력을, 자신이 얼마나 멋진 남자이고 능력있는 남자인가를 보여주고 싶었다. 하일리버는 병사들 사이에 서서 피를 토하듯 친위대원들을 독려했다. 그의 독전이 유효했던 것은 아니지만 붉은사자 친위대원들은 함성을 지르며 기세를 올렸다.

격돌의 시간이 길어지면서 하메른 백인대와 붉은사자 친위대원들 사이에는 공통적인 분위기가 흐르기 시작했다. 그들은 각자의 진영에서 가장 정예화된 전투 집단이라는 무언의 자부심이 있었다. 그리고 그들은 지금 싸우고 있는 상대가 적에게 있어서 가장 정예일 거라는 추측을 했다. 죽음을 담보로 목숨을 판돈으로 건 도박을 벌이고 있던 양측 병사들은 점차 호승심과 경쟁심에 취했다. 그것은 달콤한 유혹이었다.

전투는 점차 격렬해졌다. 시가지 어디에선가 지원 부대—하메른 백인대 병사들은 후속 부대가 회색남풍과 로젠 하우트 거리라는 사실을 몰랐다—가 오고 있을 것이라는 희망 따위는 시체 더미 사이에 깡그리 던져 버렸다. 물론 그것은 붉은사자 친위대원들도 마찬가지였다. 그들은 주변을 채우고 있던 아군 병력의 밀도가 급격히 감소하는 것을 몸으로 느꼈다. 친위대가 하메른 백인대에 의하여 묶여 있는 동안에 병사들의 극단적인 전선 이탈이 늘어난 것이다. 그것은 시내 중심부에서 벌어지는 양측의 주력 병력들이 치닫는 전투에서도 마찬가지 현상이었지만 붉은사자 친위대원들은 당장 눈앞에서 사라져 가는 병사들의 더욱 절실한 고통이었다. 전투의 승패가 좀처럼 가늠하기 힘들어진 데다 붉은사자 친위대의 방식에 넌더리를 내고, 무엇보다 굶주리고 있던 왕비군 병사들은 슬금슬금 전선을 이탈했다. 압도적으로 이기고 있다면 한 가닥의 무모한 희망에 의지하여 남아 있을지도 모르지만 전투의 향방은 누구도 점칠 수 없는 상황이었다.

"케엑!!"

투구의 슬릿 사이로 용케 단검이 들어가자 짐승 같은 비명 소리가 들렸고, 슬릿 사이로 끈적이는 선혈이 솟구쳐 나왔다. 단검을 손에 쥔 백인대 병사는 히죽 웃었다. 전쟁과 폭력, 살인이 가져다 준 광기는 평범했던 사내의 이성을 날려 버렸다. 그는 자신의 내장이 무릎으로 흘러내리고 있다는 사실도 잊은 채 살인의 쾌감에 취해 미친 듯이 웃었다. 투구의 슬릿 사이로 단검에 찔린 친위대원이 사지를 버둥거렸고, 내장이 흘러내리는 지옥 같은 모습으로 살인의 쾌감에 취해 있던 백인대 병사는 나란히 무릎을 꿇었다. 그리고 누구도 두 번 다시 일어서지 못했다. 적병의 시체 위에 뺨을 기대고 누운 하메른 백인대 병사는 검은 연기가 가득 메워진 어두운 하늘을 보면서 헤죽 웃었다.

"이거 정말 좋지 않군……."

틸로이츠는 무릎을 꿇으며 중얼거렸다. 그의 앞에서 숏 소드를 휘두르던 하인켈은 친구의 중얼거림을 듣지 못했다. 틸로이츠는 천 근처럼 무거워진 자신의 두 다리를 내려다보았다. 피에 흠뻑 젖은 다리는 우스꽝스러운 모습으로 접혀져 있었다. 틸로이츠는 좀 더 멋있는 자세로 앉아보려고 했지만 두 다리는 이미 그의 제어를 벗어났다. 틸로이츠는 으슬으슬 추워진다고 생각하며 창대에 뺨을 기댔다. 그리고 물끄러미 앞에서 싸우는 친구의 등을 올려다보았다. 친구는 피에 젖은 지친 몸을 이끌고 필사적으로 친위대원들을 밀어냈다. 틸로이츠는 문득 자신이 저 친구를 맨 처음 어디서 만났는지 기억해 보았다. 도무지 기억이 나지 않는다고 틸로이츠는 생각했다. 친구를 바라보는 그의 시선은 빠르게 식어버렸다.

"이 자식아! 일어나! 앞으로 가자! 묘지가 보인다!"

겨우 한숨을 돌린 하인켈은 고개를 돌리며 틸로이츠를 바라보았다.

틸로이츠는 지친 얼굴로 옅은 미소를 머금고 자신을 올려다보았다. 하지만 그는 눈을 깜박이지 않았다. 하인켈은 입술을 깨물었다. 그리고 친구의 멱살을 움켜잡았다. 그의 손에 쥐어져 있던 하메른 백인대의 깃발이 기우뚱 쓰러졌다. 하인켈은 재빨리 한 손으로 깃대를 움켜잡았다. 그것보다 빠르게 틸로이츠의 몸이 옆으로 넘어졌다. 틸로이츠는 웃는 얼굴로 허공을 바라보며 숨을 거두었다. 하인켈은 건틀렛을 끼운 손으로 눈매를 눌렀다. 피에 젖은 건틀렛은 거칠었지만 개의치 않았다. 그는 어금니를 으득 깨물었다. 그리고 피에 젖어 초라해진 하메른 백인대 깃발을 쳐들었다.

"깃발은 건재하다!! 빌어먹을. 썅!"

하인켈은 눈물을 흘리며 친구가 죽는 순간까지 쥐고 있던 깃발을 흔들었다. 빼앗기지 않으리라. 친구가 죽는 순간까지 지켜내던 깃발을 지키겠다. 그가 눈물에 젖은 눈으로 등을 돌려 다시 전방을 바라보았을 때 눈앞으로 날카로운 것이 쏟아져 내렸다. 하인켈은 반사적으로 오른손을 앞으로 뻗었다. 뜨거운 고통이 그의 신경을 하얗게 태웠다. 그는 휘청거리며 한쪽 무릎을 꿇었다. 그리고 보았다. 낯익은 자신의 오른팔이 어깨부터 잘려 바닥에 떨어져 있었다. 잘려진 어깨에서 피가 수평으로 솟구쳤다. 하인켈은 눈물을 흘리는 얼굴로 고개를 들었다. 핏발 선 눈을 가진 친위대원이 부러진 롱 소드를 버리고 단검을 뽑아 들었다. 그때 누군가 그 친위대원의 가슴에 검을 찔러 넣었다.

"괘, 괜찮으세요?!"

하얗게 질린 소년병이 창백하게 그를 내려다보았다. 소년병은 여전히 피가 울컥거리며 쏟아지는 하인켈에게 다가서지 못했다. 하인켈은 눈물을 흘리면서도 차갑게 냉소 지었다.

"몇 살이냐?"

"16살입니다……."

"얼굴을 보니 보충병이군… 받아."

하인켈은 틸로이츠가 지키던 깃대를 내밀었다. 소년병은 그것을 받아 들었다. 16살이라… 내가 처음 여자와 잠자리를 했던 나이로군. 개죽음당하기엔 좀 아까운 나이 같아. 하인켈은 히죽히죽 웃었다. 술에 취한 듯 의식이 희미해졌다. 하인켈은 여전히 한쪽 어깨에서 피가 쏟아지는 모습으로 무릎을 꿇고 있었고, 성한 왼팔을 들어 전방을 가리켰다. 그리고 메마른 입술로 입을 열려고 했다. 하지만 그의 입술이 미처 단어를 뱉어내기 전에 그의 심장은 고단한 삶을 마감했다. 허공으로 뻗어 있던 그의 팔이 스르륵 무릎으로 떨어졌다. 하인켈은 한쪽 팔이 잘린 모습으로 전장 한가운데 무릎을 꿇고 기도하듯 고개를 숙였고, 성한 팔을 무릎에 올려둔 자세로 죽었다. 잠시 동안 머뭇거리며 서 있던 소년병은 깃발을 높이 쳐들었다. 그리고 앞으로 떠나갔다.

"젠장!!"

하 이언은 욕설을 내뱉으며 고개를 숙였다. 아슬아슬하게 스친 롱 소드는 묘지의 비석에 맞아 노란 불꽃을 튀겼다. 하 이언은 몸을 빼려 했지만 고개를 숙이다 비석 모퉁이에 발이 걸려 넘어졌다. 이언은 거의 본능적으로 몸을 옆으로 굴렸다. 무덤의 돌뚜껑에 맞은 허리가 욱씬거렸다. 그가 누워 있던 곳으로 롱 소드가 떨어졌다. 하 이언은 마침 손에 잡힌 벽돌을 상대의 머리로 집어 던졌다. 투구 위로 벽돌을 맞은 친위대원은 크게 휘청거렸다. 투구 아래로 드러난 하얀 얼굴을 타고 붉은 피가 흘러내렸다. 이언은 차가운 얼굴로 검을 쳐들며 일어섰다. 그리고 싸늘하게 물었다.

"네놈이 지휘관이냐?"

"그렇다."

하일리버는 눈가로 흐르는 피를 털어내며 말했다. 그 틈을 노리고 곧바로 이언의 롱 소드가 날아들었다. 하일리버는 몸을 돌리며 롱 소드를 움직여 이언의 검을 비스듬히 걷어냈다. 그리고 이언의 검끝이 바깥쪽으로 밀려나는 순간, 돌리던 몸을 앞으로 뻗으며 검을 찔러 넣었다. 이언은 움켜쥐고 있던 단검을 허리춤에서 뽑아내며 곧바로 위로 쳐올렸다. 욱씬거리는 통증과 함께 하일리버의 롱 소드가 아슬아슬하게 수직으로 튕겨 올라갔다. 곧바로 이언의 검이 하일리버의 목을 노리고 날아 들어갔다. 하일리버는 유능한 지휘관이나 유능한 정치가로서의 자질은 부족했지만 검술 실력은 결코 무능하지 않았다. 이언은 낭패한 얼굴로 양손에 롱 소드와 단검을 쥐고서 하일리버를 노려보았다.

"하메른, 그 녀석을 날려 버려."

"뭐?"

하일리버는 아차 싶은 얼굴로 몸을 옆으로 피했다. 하지만 그의 등 뒤에는 아무도 없었다. 그리고 그 틈을 노린 이언의 검이 하일리버의 옆구리를 관통했다. 하일리버는 옆구리를 찔리는 순간 혼신의 힘을 다해 검을 뿌렸다. 이언은 롱 소드를 놓치며 바닥을 뒹굴었다. 이언의 어깨에서 선혈이 뿜어져 나왔다. 이언은 오른쪽 어깨를 누르며 이를 갈았다. 하일리버는 옆구리에 검을 매단 채 이언에게 덤벼들었다. 롱 소드의 검신이 하일리버의 오른쪽 옆구리로 들어가 왼쪽 옆구리로 튀어나온 상황인데도 하일리버는 고함을 지르며 이언에게 덤벼들었다. 이언은 지친 얼굴을 한 채 다치지 않은 왼손으로 단검을 잡았다. 순간 하메른 만호프가 이언과 하일리버의 사이로 끼어들었다. 그는 단단한 부츠 끝으로 하일리버의 무릎 뼈를 박살 내면서 어디선가 주운 롱 소드로 하일리버의 가슴을 찔렀다. 하일리버는 기괴한 비명을 지르며 피를 왈칵 토했다. 그리고 고개와 두 팔을 축 늘어뜨렸다.

"무사하셨군요."

"시끄러! 젠장할!"

이언은 고통을 참으며 비틀 일어섰고, 바닥에 떨어진 누군가의 롱 소드를 집어 들었다. 하메른 만호프는 지친 얼굴로 곁에 있던 십자가에 등을 기대고 섰다. 이언은 의아한 얼굴로 그를 바라보았다. 하메른은 옆구리와 허벅지에서 피를 흘리고 있었다. 그리고 그의 얼굴 중 절반은 피가 엉겨 붙어 알아볼 수 없었다. 한쪽 고막이 터졌는지 귓구멍에서 피가 흘러내렸다. 이언은 자신의 귀를 가리켜 보였다. 하메른 만호프는 지친 얼굴로 웃었다.

"한쪽 귀는 무사하니까 들립니다. 그것보다는 이 얼굴이 욱씬거리는군요."

"거의 날아가 버렸군. 엄청난 흉터가 남겠어."

"살아남는 것도 고마워할 겁니다."

"갈 수 있겠나?"

"당신보다는 상황이 나을 겁니다."

하메른 만호프는 살점이 너덜거리는 얼굴 반쪽을 찡그린 기묘한 얼굴로 웃었다. 이언은 피가 흐르는 어깨를 누르며 고개를 돌렸다. 무덤 저 너머에 화려한 금실로 장식된 천막이 보였다. 페나 왕비가 보이지 않았지만 그 천막에서 멀지 않은 곳에 있을 것이다. 이언과 하메른 백인대장은 서로를 부축하며 앞으로 전진했다.

 드웨인이 지휘하는 회색남풍 용병대가 저돌적인 파괴력을 과시하며 정면으로 왕비군의 전력을 돌파하는 동안에 레이드가 이끄는 로젠 하우트 거리는 측면 우회를 시도했다. 하지만 재수없게 로젠 하우트 거리는 막다른 거리로 길을 잘못 들었고, 막다른 거리를 벗어나는 동안 대열이 흐트러지기 무섭게 왕비군 중장 보병대가 나타났다. 제대로 된 왕비군의 주력과 조우한 로젠 하우트 거리는 개전 이래 이곳에서 가장 많은 피해를 입었다. 레이드는 필사적으로 병력을 통제하려고 했지만 무너진 대열은 좀처럼 수습되지 않았고, 로젠 하우트 거리는 심각한 타격을 입었다. 하지만 회색남풍이 노련하게 왕비군의 측면으로 강행 돌파를 시도했고, 그 틈을 타서 로젠 하우트는 일단 전장 이탈을 시도했다. 대열을 간신히 추슬렀을 땐 레이드조차도 얼굴을 잔뜩 찡그려야 했다. 병력 손실이 치명적이라고 해도 좋을 정도로 심각했다. 그나마 회색남풍의 도움으로 괴멸하지 않은 것을 감사해야 했다. 결국 로젠 하우트 거리는 불필요하게 병력 손실을 입었고, 그만큼 돌격이 지체되었다.
 레이드는 겨우 60% 남짓하게 남아버린 병력을 이끌고 다시 전진을 시작했다. 그들은 곧 하메른 백인대와 왕비군이 최초로 조우하여 전투를 벌였던 거리에 도달했고, 묘지 안쪽에서 싸우는 함성 소리를 들을 수 있었다. 사실 함성과 비명 소리는 사방에서 들려왔기 때문에 소리만 가지고 전장을 판단하는 것은 불가능했다. 단지 묘지 쪽에서 일단의 왕비군 병사들이 탈주하는 모습을 보고 방향을 잡은 것이다. 시내는 이제 단위 부대별로 흩어진 채 전멸전 상황으로 악화되고 있었다. 사방에서 병사들이 독립대나 백인대, 혹은 그 이하 규모의 단위 부대로 흩어졌고, 그들은 미로처럼 복잡한 에펜도르프 시가지를 누비며 서로를 사냥하고 사냥당했다.

"친구들을 버려두지 말자! 우리가 가서 돕는다!"

레이드는 투 핸드 소드를 어깨에 걸친 자세로 시체로 가득한 비탈길을 올라가며 고함을 질렀다. 회색남풍들이 사실상의 왕비군 주력을 방어하고 있는 상황이라 레이드가 이끄는 로젠 하우트 시민병들이 이 공방전의 핵심인 왕비 제거 또는 왕비의 신병 확보를 위한 전투를 치러야 했다. 하메른 백인대가 먼저 개척을 했지만 지금까지 돌파한 거리와 길가에 버려진 시체의 숫자를 봐서 하메른 백인대가 전멸하는 것도 이제 시간문제였다.

200명으로 충원된 하메른 백인대 전체 병력 중에서 단순히 거리에 버려진 시체의 숫자를 가늠해 봐도 현재 살아 있는 병사들은 40명을 넘지 않아 보였다. 200명 중에서 40명 이하가 생존해 있다는 것은 단순히 괴멸이라는 단어로 표현할 수 없는 상황이었다. 하메른 백인대 병사들은 매복 지점부터 왕비가 머물고 있는 묘지까지 말 그대로 시체로 만들어진 핏빛 양탄자를 깔면서 전진해 온 것이다. 언덕길을 올라가는 병사들의 마음은 늘어가는 아군의 시체를 볼 때마다 조급해졌다. 로젠 하우트 거리 소속의 시민병들은 저 언덕 너머에 위치한 슈테르델 묘지 위로 올라섰을 때 전멸당한 하메른 백인대를 보는 것은 아닌지 불안감에 치를 떨었다.

개전 이래로 국왕군의 근간을 이루는 것은 잔존 근위대원들로 편성된 제1독립대와 제2독립대였다. 그리고 3개 거리의 시민병과 궁사대,

소수의 기병대원들은 국왕군의 체중을 늘려주었다. 하지만 무엇보다 국왕군의 자존심을 꼽으라고 한다면 누구나 하메른 백인대를 지목하는 데 주저하지 않았다. 그들은 정찰, 유격, 수색, 그리고 목숨을 건 기습 작전까지 국왕군을 위한 임무라면 무엇이든 맡았고, 항상 부족한 병력에도 불구하고 최선을 다해 싸웠다. 그런 병사들의 시체가 가득한 거리를 돌파하며 로젠 하우트의 시민병들은 분노했다. 전장의 공포 따위는 전우들의 비참한 죽음 앞에서 깡그리 잊혀졌다. 여기저기서 로젠 하우트 시민병들의 욕설이 터져 나왔다. 개중에는 이미 죽어버린 왕비군 붉은사자 친위대원의 시체에 침을 뱉거나 부상을 입고 죽어가는 병사의 숨통을 끊어버리는 보복 행위에 열을 올리는 병사도 있었다.

"……."

로젠 하우트 거리의 백인대장 부관이 된 힉스는 차가워진 머리로, 복수의 열기에 뜨거운 병사들의 한가운데에 머물러 있었다. 그는 더 이상 사랑하는 야스민을 그리워하지 않았다. 힉스는 이마에 지저분한 붕대를 감고 있었다. 며칠 전의 전투에서 적의 화살이 아슬아슬하게 그의 이마를 찢으며 스친 상처였다. 힉스는 상처에서 흘러나온 피가 말라붙은 뺨을 손등으로 스윽 문지르며 차가운 시선으로 전방을 노려보았다. 전쟁을 치르는 동안 그는 변했다. 이제는 더 이상 수도에서의 힉스가 아니었다. 애인의 존재가 상념의 한구석에서 희미해져 가는 만큼 그는 군인이 되고 있었다.

"젠장!!"

누군가 욕설을 내뱉었다. 묘지 한복판에서는 전투가 벌어지고 있었다. 하메른 백인대 병사 1인당 최소한 3명에서 많으면 10명을 상대하고 있었고, 로젠 하우트의 병사들이 보는 앞에서만 4명의 백인대 병사들이 처참하게 죽었다. 로젠 하우트 병사들은 분노했다. 그리고 그 분노보다 빠르게 레이드가 반응했다. 레이드는 부하들에게 돌격 명령을 내리지 않았다. 정확히 말하면 그럴 겨를이 없었다. 병사들이 분노한 얼굴로 혀를 빼물고 있는 동안에 레이드는 그 엄청난 거구를 움직여 달리고 있었다. 미친 회색곰이라는 별명에 걸맞은 거대한 체구가 단숨에 반쯤 부서진 비석을 밟고 허공을 날았다. 레이드는 투 핸드 소드를 어깨 뒤로 넘긴 채 지면을 박차고 달렸다. 전투가 벌어지는 현장에서 20미터 떨어진 지점까지 접근하는 동안에도 그의 존재를 눈치 챈 왕비군 병사들이 없었다. 레이드는 거추장스러운 시체와 묘비들 사이를 타 넘으며 갑자기 벼락같은 고함을 질렀다.

"쿠와와와!!"

그건 정말 미친 회색곰이나 낼 것 같은 괴성이었다. 그 엄청난 괴성에 한 병사가 흠칫 놀라며 돌아섰다. 레이드는 비석을 밟고 몸을 날리며 자신의 투 핸드 소드를 휘둘렀다. 전력 질주해 와 몸을 날리는 가속이 실린 투 핸드 소드는 한마디로 재앙이었다. 하얀 뇌수가 수직으로 솟아올랐다.


"큭! 제기랄!"

이언은 씹어 뱉듯이 욕지기를 내뱉었다. 페나 왕비는 실눈을 뜨고 입꼬리를 치켜 올리며 웃었다. 이언은 꿈틀꿈틀 피가 솟구치는 허벅지를 누르며 우둑우둑 씹어 먹을 듯이 페나 왕비를 노려보았다. 페나 왕비는 검신이 얇고 단단한 레이피어를 쥐고 조용히 웃었다. 그녀의 곁에는 사자성의 왕성 관리들이 핼쑥한 얼굴로 도망갈 궁리만 하고 있었다. 이언의 등 뒤에는 하메른 만호프 백인대장이 옆구리를 누른 채 주저앉아 있었다. 그는 지친 얼굴로 하늘을 올려다보았다. 전쟁도 삶과 죽음도 초월한 듯한 표정이었다. 이언은 허벅지를 축축이 적시는 피의 뜨거운 감촉을 느끼며 진저리를 쳤다.

"왜? 내가 검을 갖고 있는 것이 신기한가?"

"천만에, 살아가면서 두 번씩이나 여자에게 칼을 맞을 줄 몰랐을 뿐이야."

페나 왕비의 가늘고 고운 눈썹이 살짝 치켜 올라갔다. 마치 격리된 것처럼 두 사람 사이에 냉랭한 침묵이 흘렀다.

"첫 번째 여자는 누구였지?"

"내 첫사랑이었던 여자. 등 뒤에서 그녀에게 비수로 찔렸고 꼬박 두 달 동안 생사를 오락가락했지."

"험난한 인생이군."

"여왕 폐하, 어서 탈출을……."

페나 왕비는 차가운 얼굴로 고개를 돌렸다. 이언은 문득 저 순간만큼은 그녀가 레미 아낙스처럼 보인다고 생각했다. 반란에 가담한 사자성의 관리들은 전부 이곳에 모여 있었다. 페나 왕비는 싸늘한 목소리로 말했다.

"우리는 지고 있지 않아. 어디를 간다는 말이냐?"

"하지만 이기고 있지도 않지. 그리고 네가 죽으면 우리가 이기지. 커헉! 젠장!"

이죽거리던 이언은 신음을 내지르며 한쪽 무릎을 꿇었다. 페나 왕비는 이언의 어깨를 찌른 레이피어를 회수했다. 붉은 피가 이언의 가슴을 적시기 시작했다. 이언은 땀과 피로 얼룩진 얼굴로 씨익 웃었다.

고통 때문에 가늘어진 눈매는 여전히 비웃음을 담고 있었다.
"손버릇이 나쁜 왕비라는 소리를 듣지 않았나?"
페나 왕비는 빠르게 검끝을 움직였다. 레이피어의 단단하고 예리한 검끝이 이언의 이마를 스쳤다. 이언은 기어코 바닥에 주저앉으며 한쪽 눈으로 들어간 피를 닦아냈다. 피에 젖어 바라보는 세상은 붉게 충혈되어 있었다.
"어차피 죽을 목숨, 뭐 하러 명을 재촉하는 거지?"
"의미없는 바람으로 불어와 여전히 의미를 갖지 못하도다."
"무슨 소린가?"
"내 묘비명은 그걸로 해줬으면 하는데……. 크훗훗!"
"아직도 정신을 못 차렸군."
이언은 이마에서 미간을 타고 흘러내린 피가 입가를 타고 흐르자 혀로 핥으며 웃었다. 어깨와 허벅지의 상처는 제법 깊었기 때문에 여유를 부릴 상황은 아니었다. 하지만 이언은 특유의 말투와 성격을 포기하지는 않았다. 페나 왕비는 가볍게 입술을 깨물며 검은 머리에 차가운 얼굴을 가신 이 기묘한 사내를 내려다보았다. 죽이는 것은 어렵지 않았다. 하지만 그녀는 그의 묘한 표정이 마음에 걸렸다. 바로 그때 묘지 저편에서 함성이 터져 나왔다. 페나 왕비는 눈살을 찌푸리며 고개를 들었다. 묘지 입구를 가득 메우며 로젠 하우트의 시민병들이 돌격하고 있었다. 전장에 남아 있던 왕비군 보병들과 붉은사자 친위대원들은 단번에 동요하기 시작했다. 페나 왕비는 눈살을 찌푸린 표정을 유지한 채 이언을 바라보았다.
"저걸 믿고 있었군? 꼬질꼬질한 시민병 나부랭이들을 말이야. 비참해 보이는군."

"조금만 지나면 바로 당신이 비참해질 거야."
"무기도 없는 맨몸으로 나를 이겨보겠다는 건가? 아니면 저들이 여기까지 도달하는 동안 내가 멍청히 기다릴 거라고 생각하는 건가?"
"전투란 끝나기 전에는 모르는 법이니까."
"자넨 무모하군."
"무모하지 않다면 이렇게 전쟁터에서 굴러먹는 머저리 짓은 안 하지……."

이언은 아예 편하게 주저앉으며 웃었다. 그는 무심코 어깨를 으쓱하다가 어깨의 상처가 벌어져 혼자서 욕설을 내뱉으며 헐떡거렸다. 피가 섞인 땀방울이 그의 좁은 턱 선을 따라 흘러내렸다.

"여왕 폐하, 작전상 후퇴해야 합니다. 명령을 내려주십시오."

페나 왕비의 신변 경호를 맡고 있었던 20여 명의 병사들을 통솔하던 장교가 갈라진 목소리로 끼어들었다. 페나 왕비는 한숨을 쉬면서 고개를 돌렸다. 슈테르델 묘지에서는 시내가 한눈에 내려다보였다. 사방에서 불길과 검은 연기가 치솟고 있었고, 병사들은 도시를 어지럽게 맴돌았다. 페나는 실눈을 뜨고 투구산 정상에 있는 에펜도르프 성을 바라보았다. 그곳에 그가 있을 것이다. 처음이자 마지막까지 사랑했던 자신의 남편. 자신과는 다른 곳을 바라보았던 남자. 부부로서 헤어지고 적으로 재회했다. 하지만 그녀가 그의 얼굴을 다시 볼 기회는 주어지지 않았다.

"그는… 잘 있는가?"
"누구? 아아! 혹시 아델만 국왕을 말하는가?"
"그대의 국왕에게 말투가 불손하군."
"미안하지만 나의 군주는 아니거든. 뭐 썩 좋지는 않아. 당신이 먹였던 독 때문에 죽어가고 있거든. 솔직히 말해서 그냥 놔둬도 죽을 거야. 왜? 갑자기 울면서 후회하고 싶은가?"

"조국을 위한 길이었다. 라이어른의 통일을 위하여. 내가 평생을 바쳐 여기까지 쌓아 올렸던 탑이었다. 어째서 내가 제시한 미래를 믿지 못하는가?"

"강력한 라이어른이 대륙에 탄생하는 것을 원하지 않거든."

이언은 엉덩이를 움직여 고쳐 앉으며 대꾸했다. 페나 왕비의 가느다란 눈썹이 분노로 물들어 파르르 떨렸다. 레이피어의 검끝이 이언의 목젖을 눌렀다. 이언은 피에 젖은 손가락 끝으로 레이피어의 검끝을 살짝 옆으로 밀어내며 웃었다.

"무슨 소리냐?"

"내 조국은 대륙에 또 다른 강대국이 생겨나는 것을 원하지 않는다. 그리고 크림발츠가 여전히 대륙의 강국으로 머물며 현재의 3강 체제를 유지하기를 원한다. 그것이 내 조국이 원하는 것이지. 따라서 당신에게는 유감이지만 절대로 라이어른이 강대국이 되는 일은 없을 거야. 무엇보다 이해 당사국인 이메린과 크림발츠, 폴리안이 호락호락하게 라이어른이 통일되도록 내버려 두지 않을 테지."

"넌 어디의 개냐?"

"질문할 시간에 그냥 죽이지 그래? 어차피 대답하지 않을 거니까 피차 피곤할 거야."

이언은 한 손으로 피가 엉겨 붙은 앞머리를 쓸어 올렸다. 언젠가 레미가 어째서 크림발츠의 여왕인 자신을 돕는 것인지 물었을 때, 이언은 대답하지 않았다. 그의 조국이 원하는 것은 행여라도 크림발츠가 현재의 지배력을 잃지 않는 것이었다. 그들은 크림발츠가 강해지기를 원하지도 않았지만 크림발츠의 세력이 약화되기를 원하지도 않았다. 그들은 그저 현상 유지를 원했다.

"여왕 폐하!!"

얼마 남지 않은 붉은사자 친위장교의 목소리가 한 옥타브쯤 높아졌다. 페나 왕비는 그제야 희미하게 한숨을 쉬었다. 이렇게 물러서야 하나? 이렇게 물러서면 어디로 가야 하나? 앞으로 어디에서 어떻게 해야 하나? 페나 왕비는 스스로의 질문에 대답하지 않았다. 자신에게 몇 명의 인재만 더 있었다면, 더도 말고 몇 명의 인재만 더 자신의 곁에 둘 수 있었다면. 페나 왕비는 안타까운 얼굴로 투구산과 묘지 안으로 돌격해 들어오는 시민군 병사들을 지켜보았다. 저들은 그저 시민이었다. 무엇이 저들을 저리도 용감한 병사로 만들었는가? 조국에 대한 충성심? 무엇일까? 무엇이 한 아이의 아버지, 혹은 한 여자의 애인이었던 남자들을 저리도 강하게 담금질해 주었을까? 페나 왕비는 그 질문에 대한 대답을 찾지 못했다.

"라이어른 만세!!"

붉은 제복을 입은 친위대원이 피를 토하며 외쳤다. 로젠 하우트 시민병은 눈살을 찌푸리며 부상당한 친위대원의 가슴을 걷어찼다. 묘비의 석판 위로 넘어진 친위대원을 노리고 악의적인 검날들이 날아들었다. 라이어른을 외치던 친위대원은 마지막까지 두 눈을 부릅뜨고 고함을 지르다 죽었다. 로젠 하우트 시민병들은 죽은 친위대원의 피 묻은 얼굴에 침을 뱉었다. 사방에서 광란의 카니발이 벌어지고 있었다. 왕비군은 처음으로 자신보다 많은 숫자의 국왕군들을 상대하며 무력하게 죽어갔다. 정확히 23명이 살아남았고, 그중 8명은 생명이 위태로운 중상자였던 하메른 백인대의 참상은 로젠 하우트 시민병들을 분노하게 만들었다. 하메른 백인대 병사들은 최후까지 저마다 놀랄 만한 투혼을 발휘하며 분전했고, 왕비군 지휘부와 그 엄호 병력들을 묘지에 묶어두는 데 성공하는 것으로 자신들의 임무를 마쳤다. 로젠 하우트의 병사들은 이를 바득바득 갈면서 저항 의사를 잃어버린 왕비군 병사들을 학살했다. 무기를 버리고 항복하는 병사들까지 난도질하며 죽이는 광경은 더 이상 전투라고 부를 수 없었다. 무릎을 꿇고 자비를 구걸하는 왕비군 병사의 얼굴에 벽돌이 작렬했다. 몇몇의 시민병들은 한 손에 무기를 든 채로 묘지 안에 굴러다니던 벽돌을 집어 들어 항복한 왕비군 병사들을 쳐 죽였다. 한 손에 롱 소드를 들고 있는데도 굳이 벽돌을 들어 무기력한 병사를 때려죽이는 광경은 음울했다.

"이 개새끼들은 전부 돌로 쳐 죽여!! 지옥 같은 고통 속에서 죽게 만들어!!"

피 묻은 벽돌을 왼손에 들고 또 다른 희생 양을 찾던 병사들이 섬뜩한 목소리로 외치고 다녔다. 누군가 시민병의 발목을 붙잡고 애원했고, 그 시민병은 주저없이 자신의 발목을 잡고 애걸하는 왕비군 병사의 목덜미를 벽돌로 찍었다. 사방에서 왕비군 병사들을 돌로 쳐 죽이는 끔찍한 비명 소리가 가득 찼다.

"크악!!"

왕비를 방어하던 붉은사자 친위대원이 고통스럽게 비명을 질렀다. 레이드는 미친 사람의 눈으로 친위대원을 노려보며 한 걸음 물러섰고, 투 핸드 소드를 사용하기에 가장 적당한 거리에 이르자 미련없이 한쪽 무릎을 꿇은 친위대원의 어깨를 내려쳤다. 베어진다기보다는 부러지고 찢겨 나가는 형태로 친위대원의 어깨가 떨어져 나갔다. 하지만 그 친위대원은 잔뜩 붉어진 눈으로 레이드를 노려보며 단검을 뽑았다. 그는 최후까지 저항을 포기하지 않았지만 한쪽 어깨가 잘려 나가고 무릎을 꿇은 상태에서 단검을 들고 있어봐야 키가 2미터에 육박하는 레이드 앞에서는 별 의미가 없었다. 레이드의 거센 발길질이 그의 턱뼈를 날려 버렸다. 친위대원은 바동거리면서도 다시 바닥에 떨어진 단검 쪽으로 기어갔다. 레이드는 질린 눈으로 그 친위대원의 목을 밟았다. 우두둑 소리가 나면서 그는 더 이상 움직이지 못했다.

한 팔을 축 늘어뜨린 이언은 그런 몸 상태로도 용케 몸을 비틀어 자신에게 날아오는 롱 소드를 피했고, 상대의 턱밑에 수직으로 단검을 쑤셔 넣었다. 소수의 친위대원들이 거의 끌고 가다시피 페나 왕비를 탈출시키려 시도했고, 남겨진 친위대원들은 자신들이 죽을 것이라는 것을 알면서도 시간을 벌기 위해 싸웠다. 그들은 자신이 한 치라도 오래 버틴다면 그만큼 페나 왕비가 한 걸음이라도 멀리 도망칠 수 있다는 사실에 모든 희망을 걸고 절망과 싸웠다. 하지만 상황은 무조건 이언들에게 유리한 것은 아니었다. 친위대원과 싸우다 중상을 입은 하메른 만호프는 사실상 죽은 것과 다름없었고, 역시 심각한 상처를 입은 이언과 싸움에 지친 레이드까지 두 사람이서 10명이 넘는 친위대원들을 상대하는 것은 무리였다. 지휘관이 부재중인 로젠 하우트 거리는 단순한 폭도에 가까운 광기를 보여주고 있었다. 결국 이언과 레이드, 그리고 남겨진 10여 명의 친위대원들은 모든 것을 걸고 사투를 벌였다. 묘비와 십자가들을 사이에 두고 양측은 모든 것들을 걸고 싸웠다.

"젠장! 여기서 왕비를 놓치면 모든 게 끝이야!"

"나도 알고 있어!!"

"내가 남는다! 뚫어!"

이언은 이를 악물고 십자가에 어깨를 기대며 검을 뺄었다. 십자가의 그늘이 이언을 부드럽게 감싸주었고, 그의 피는 십자가의 낡은 표면을 타고 흘러내렸다. 그리고 이언의 검은 또다시 친위대원의 목숨을 앗아갔다.

레이드는 이언의 말이 떨어지기 무섭게 함성을 지르며 다시 돌파를 시도했다. 앞을 가로막으며 검을 뺄는 친위대원의 가슴팍을 걷어찬 레이드는 몸을 날렸고, 그 병사의 뒤에 세워진 묘비를 도약대로 삼아 다시 몸을 날렸다. 2미터짜리 거구의 사내가 사람들의 머리 위로 날아가는 광경은 별로 유쾌하지 않았다. 친위대원 중 누군가 레이드를 겨누고 검을 뺄었다. 레이드는 자신의 종아리를 스치고 지나간 고통 때문에 이를 악물었다. 하지만 그는 자신을 공격한 친위대원과 싸우기를 포기하고 곧바로 저만치 도망치는 페나 왕비를 쫓아 달렸다.

"죽어랏!!"

친위대원 중 한 명이 이언의 미간을 노리고 롱 소드를 후려쳤다. 이언은 필사적으로 주저앉으며 이번에는 틀렸다고 생각했다. 순간 그림자가 그를 막아섰고 날카로운 소리가 났다. 이언은 고개를 들었다.

"헉! 헉! 헉!"

힉스는 세차게 숨을 헐떡이며 간신히 롱 소드를 막았던 누군가의 투구를 버렸다. 투구는 심하게 우그러져 있었다. 선두에서 전투를 치르던 그는 아군의 위험을 발견했고, 다급한 김에 굴러다니던 누군가의 투구로 적의 롱 소드를 막았다. 자신이 생각해도 눈이 휘둥그레질 놀랄 만한 묘기였다. 물론 힉스는 두 번 다시 그런 짓을 하고 싶지는 않았다.

"우와와!!"

"머, 멈춰! 너한테는……."

이언이 소리치는 순간 힉스는 이미 정면의 친위대원에게 덤벼들었다. 하지만 일개 시민병이 정예 친위대원과 전투력이 같을 수는 없었다. 친위대원은 가볍게 몸을 틀면서 단검을 허리에서 뽑아 힉스의 옆구리에 찔러 넣었다. 울컥, 뜨거운 선혈이 바닥으로 쏟아지며 요란한 소리를 냈다. 시민병 힉스는 낮게 신음하며 무릎을 꿇었고, 가까이 있던 비석에 얼굴을 처박았다. 옆구리를 움켜진 손가락 사이로 피가 흘러내렸다.

"젠장!!"

이언은 욕설을 내뱉으며 몸을 튕겨 일으켰고, 그 반동을 이용해 검을 날렸다. 힉스의 숨통을 확실하게 끊어놓으려던 친위대원은 어깻죽지에 롱 소드를 맞고는 피를 흘리며 넘어졌다. 힉스는 비석에 얼굴을 처박고 무릎을 꿇은 자세로 흠칫흠칫 떨었다. 그때마다 그의 옆구리에서 피가 울컥 쏟아졌다. 흐릿한 의식 사이로 야스민의 미소가 스쳐갔다. 힉스는 피에 젖은 얼굴로 미소를 지었다. 야스민. 그는 애인의 이름을 불러보았다. 그녀와 결혼하고 싶었다. 그녀와 소박한 저녁을 맞이하고 싶었다. 그녀가 웃는 얼굴을 보고 싶었다. 그녀가 차려주는 아침 식사를 먹어보고 싶었다. 그녀가…….

"…야, 스민… 야스민… 야스민… 야스민… 야스민!!"

힉스는 비석을 타고 흐르는 자신의 핏줄기를 내려다보며 술에 취한 듯 중얼거렸다. 그의 등 뒤에서 이언이 만신창이가 되어 필사적으로 사투를 벌이는 것도 의식하지 못했다. 하지만 힉스는 야스민의 얼굴을 떠올리는 순간 거짓말처럼 의식이 돌아왔다. 그는 심호흡을 했고, 옆구리를 누르며 검을 들고 일어섰다. 일어서는 자세가 휘청거렸지만 넘어지지 않았다. 힉스는 피가 흐르는 입술로 미소를 그렸다.
"죽지 않아! 살아서 돌아갈 거야!"
힉스는 비석에 등을 기대며 검을 치켜들었다. 그리고 자신에게 다가오는 친위대원을 바라보며 씨익 웃었다. 옆구리를 누르고 있는 그의 손가락 사이로 여전히 피가 쏟아졌다. 하지만 힉스가 가진 삶에 대한 집착은 그 모든 고통과 출혈을 잊게 만들었다.

레이드는 묘지 끄트머리에서 간신히 왕비 일행을 따라잡는 데 성공했다. 그는 왕비를 보호하기 위하여 뛰기를 멈추고 돌아선 친위대원들을 상대하기 위하여 시간을 낭비하지 않았다. 그는 미처 뒤돌아서지 못한 친위대원의 얼굴을 밟고 몸을 날렸다. 그리고 100킬로에 육박하는 체중을 실어 어떤 관리의 등허리 위로 떨어졌다. 전력으로 질주해 와 부딪힌 키 2미터, 체중 100킬로에 육박하는 거구에 깔린 늙은 관리는 단번에 척추가 부러졌다. 흔치 않은 거구인 레이드는 그 거구 자체로도 이미 충분한 흉기였다. 레이드는 척추가 부러진 늙은 관리의 몸 위에서 빙글 몸을 굴려 일어섰다. 미친 듯이 흔들리는 시야 속에서 페나 왕비의 얼굴만은 똑똑히 보였다. 레이드는 어지럽게 휘청이는 시야에 잡힌 모든 것들을 무시하고 페나 왕비에게 덤벼들었다. 그의 입에서 미친 회색곰의 괴성이 터져 나왔다. 순간, 페나 왕비의 얼굴과 죽은 아내의 얼굴이 겹쳐졌다. 레이드는 단숨에 이성이 날아갈 정도로 분노했다.
"에파인을 죽일 셈이야?!"

에피가 아직 갓난아기이던 시절, 열에 들떠 괴롭게 울어대는 에파인, 아니, 에피를 냉랭하게 쏘아보던 아내에게 외쳤던 고함이었다. 아들이 죽은 책임을 자신에게서 찾았던 여자. 그리고 그가 사막 한가운데서 죽을 고비를 넘기는 동안 자신의 남동생과 침대 안에서 뒹굴던 여자. 에피는 불륜으로 태어난 저주받은 핏줄이었다. 레이드는 지금까지 결코 에피에게 그 사실을 말해 주지 못했다. 자신에게 버림받을까 봐 용병대 천막 구석에서 훌쩍이던 여자 아이. 에피는 누구의 딸도 아니었다. 레이드 자신의 친딸이었다. 피가 한 방울도 섞이지 않은 건 중요하지 않았다. 레이드는 에피에게서 무엇을 원했는지 알지 못했다. 중요한 것은 그것이 아니었다.

"에피는 내 딸이다!! 건들지 마!!"

레이드는 경악에 찬 얼굴로 자신을 올려다보는 아내의 미간을 겨누고 검을 내리쩍었다. 날카로운 소리가 들리고 친위대원 한 명이 페나 왕비와 레이드 사이로 자신의 몸을 끼워 넣는 데 성공했다. 친위대원의 검은 단번에 부러졌고, 투 핸드 소드는 그 충성스러운 병사의 최후를 결정지었다. 또 다른 친위대원이 페나 왕비의 팔뚝을 잡아 뒤로 밀어냈고, 죽어버린 전우의 뒤에 서서 레이드를 노렸다. 레이드가 투 핸드 소드를 미처 회수하기도 전에 롱 소드가 그의 목덜미를 스쳤다. 뜨거운 피가 솟구쳤다. 레이드는 상처의 고통을 느끼지 못했다.

"너만 죽으면 모든 게 괜찮아! 너만 죽으면 누구도 에피가 내 친딸이라는 것을 의심하지 않아! 그러니까 죽어버렷!!"

오래전 분노해서 친동생을 죽이고 아내를 죽이던 순간에 외쳤던 말이 레이드의 목구멍을 비집고 넘어왔다. 무슨 일이 있어도 죽여야 하는 여자. 레이드의 눈에는 페나 왕비의 얼굴은 죽은 아내의 얼굴로 보였다. 전투의 한가운데에서 결코 자신을 돌보지 않음으로써 자신의 죄를 속죄하려 했고 스스로를 자학했던 사내는 필사적으로 페나 왕비를 노렸다. 하지만 노련한 친위대원들은 번번이 그의 의도를 좌절시켰고, 그의 몸에는 치명상들이 늘어났다.

"아빠?!"

에피는 척추를 타고 흐르는 섬뜩한 느낌에 흠칫 몸을 떨었다. 클로티스 거리를 이끌고 항구 쪽으로 이어지는 길목을 방어하던 에피는 가슴속에서 울컥 솟아오르는 슬픔 때문에 당황했다. 갑자기 눈물이 왈칵 쏟아졌다. 에피는 당황하며 손등으로 눈물을 털어냈고, 한 걸음 물러섰다. 가슴 한복판을 인두로 지지는 듯한 고통이 슬픔이 되어 에피의 가슴속에서 역류했다. 에피는 갑작스러운 슬픔을 주체하지 못하고 한 걸음 물러섰다.

"아빠?! 아빠인 거야?!"

에피의 입술 사이로 그녀 자신도 의미를 이해할 수 없는 아빠라는 단어가 흐느끼듯 흘러나왔다. 어째서 슬픈 것일까? 에피는 뺨을 타고 흐르는 눈물에 당황하면서도 흐느낌을 멈추지 못했다. 에피는 검자루를 단단히 움켜쥐며 뿌옇게 흐려진 시야 너머로 전방을 노려보았다.

순간 날카로운 휘파람 소리가 났고, 작고 단단한 것이 그녀의 가슴을 파고들었다. 에피는 격렬한 충격을 받으며 뒤로 나뒹굴었다. 어딘가 허리를 부딪힌 에피는 신음하며 기침을 했다. 그녀의 가슴에 박힌 화살은 여전히 부르르 떨렸다. 에피는 길 한복판에 옆으로 누운 채 떨리는 손으로 자신의 갑옷을 뚫고 가슴에 박힌 화살을 움켜잡았다. 뜨겁고 축축한 것이 한 움큼 손바닥 위로 쏟아졌다. 화살에 맞은 충격에 빠진 에피의 춤추는 시선 사이로 클로티스 거리의 시민병들이 뛰어오는 모습이 느리게 비춰졌다. 마치 물속에서 허우적거리는 것처럼 느렸다. 시민병들은 몽유병 환자처럼 느린 동작으로 보병용 방패로 에피의 정면을 막아섰고, 몇 개의 손길이 그녀를 똑바로 눕혔다. 에피는 시민병들이 자신을 내려다보며 느리게 입술을 벙긋거리는 모양을 볼 수 있었지만 아무런 소리도 들리지 않았다. 에피는 갑자기 좀 전까지 들리던 함성과 비명 소리가 들리지 않는다는 사실을 발견했다. 그것은 완벽하게 소리가 제거된 세상이었다. 에피는 자기 자신의 목소리도 들을 수 없었다. 무언가 뜨거운 것이 목구멍을 타고 올라왔다.

"콜록!"

에피는 고개를 옆으로 돌리곤 검게 죽은 핏덩이를 뱉어내며 기침을 했다. 갑자기 청각이 원상태로 되돌아왔고, 사방에서 쏟아지는 전장의 소음이 그녀의 부상당한 육체를 잠식했다.

"대장이 맞았다!! 방패를 더 가져와!!"

"몸으로 막아!!"

"누가 붕대 없어?!!"

"화살을 뽑아! 어서!!"

"쌍!! 방패 가져와, 이 병신들아! 대장이 맞았단 말이야!!"

"누가 저 개새끼들을 죽여 버려!!"

"클로티스 거리 돌격 앞으로!!"

"돌격! 돌격! 돌격 앞으로!! 대장의 복수를!!"

"지혈제 가져와!! 출혈이 심해!!"

"상처를 눌러!! 피가 쏟아지잖아!!"

"의식을 잃지 않게 말을 걸어! 의식을 잃으면 끝장이야!!"

"상처를 눌러! 병신 새끼야!!"

"제기랄!! 방패는 어디 있는 거야?!"

에피는 눈앞에서 솟구치는 핏방울과 자신의 갑옷을 벗겨 옷을 찢고 화살의 상처를 누르는 손길을 물끄러미 바라보며 사방에서 외쳐 대는 녀석에게 귀를 기울였다. 마치 먼 나라에서 들려오는 희미한 속삭임처럼 느껴졌다. 에피는 무거운 눈꺼풀을 애써 치켜뜨면서 입술을 달싹였다. 또다시 검게 죽은 피가 넘어왔다. 에피는 격하게 기침을 했지만 가슴의 고통은 느끼지 못했다.

"아빠……."

에피는 기침을 하면서 간신히 그렇게 중얼거렸고, 눈물을 흘렸다.

갑자기 시간이 정지한 것처럼 느껴졌다. 레이드는 신기한 마법이라도 경험한 듯한 표정을 지었다. 마치 세상이 그대로 멈춰 버린 느낌이었다. 그것도 나쁘지 않겠지. 이 악몽이 끝난다면. 레이드는 피식 웃었다. 주사위 도박을 더 이상 하지 못하는 것은 유감이지만 이대로 시간이 멈춰 버린다면 그것도 좋을 것 같았다. 죽은 아들의 기억에서 이제는 벗어나고 싶었다. 자신이 죽여 버린 동생과 아내의 얼굴에서 이제는 벗어나고 싶었다. 그래서 레이드는 웃었다.

오래전 기억 속에서 그는 행복했다. 단란한 가정과 어리광 부리는 아들과 자신을 사랑해 주는 아내가 있었다. 좁은 산비탈 너머에서 바람이 불어왔고, 중앙산맥의 여름은 시원했다. 그 산비탈에 세워진 저택은 그가 태어난 곳이고, 그가 자란 곳이다. 그리고 그의 아들이 아장거리며 걷고 있는 곳이다. 세월의 침식 속에서 저택은 언제나 그 자리에 있어왔고, 다양한 성격을 가진 렌사스 가문 사람들의 삶을 지켜주었다.

　하지만 그는 좀 더 행복해지고 싶었다. 그리고 렌사스 가문 남자로서의 의무를 저버리고 싶지 않았다. 그는 죽을지도 모르는 전장으로 출전했고, 아내의 눈물에 젖은 손수건이 못내 가슴 아팠다. 그리고 아무것도 모른 채 마냥 그의 목에 매달려 좋아하는 어린 아들의 웃음소리가 가슴을 아련하게 만들었다. 그렇지만 그는 전장으로 나갔고, 렌사스 가문의 용맹과 충성심을 증명해 보였다. 떠나기 전 그의 목에 매달렸던 아들은 장차 그에게서 렌사스 가문의 용맹과 충성심을 배울 것이다. 그리고 기꺼이 전장에서 목숨을 걸고 싸우는 것을 두려워하지 않을 것이다. 의기양양하게 저택으로 돌아왔을 때 그를 기다리는 것은 죽은 아들의 작은 무덤이었다. 그리고 위태로웠던 그의 행복은 단숨에 무너졌다.

　"…우습군."

　레이드는 입술을 미묘하게 비틀며 웃었다. 그는 고개를 숙였다. 붉게 물든 검신이 자신의 복부 한가운데에서 불쑥 솟아 있었다. 레이드는 자신의 갑옷을 뚫고 한 뼘이나 튀어나온 검신을 내려다보면서 희미하게 웃었다. 등 뒤에서 레이드의 등허리를 찌른 친위대원은 힘주어 검 손잡이를 비틀었다. 레이드는 흠칫 몸을 떨었다. 몸속에서 우둑거리며 뼈가 부러지는 소리가 들려왔다. 복부를 관통당한 레이드는 천천히 무릎을 꿇고 상체를 묘비에 기댔다. 마치 죽은 이의 묘비에 기대 기도를 올리는 모습처럼 보였다. 그의 복부를 관통한 검신을 타고 붉은 선혈이 점점이 떨어졌다. 레이드는 물끄러미 그 광경을 내려다보았다. 희고 예리한 검신을 타고 흘러내린 핏방울들은 점점이 묘비 위로 떨어졌다. 마치 막 피어난 붉디붉은 꽃잎처럼 붉은 피가 묘비를 차분하게 적셨다. 레이드는 고개를 숙인 채 낡은 묘비 위에서 피어나는 그 꽃잎들을 신기하게 내려다보았다. 고통은 없었다. 아무런 고통도 느껴지지 않았다. 레이드는 천천히 고개를 들었다.

페나 왕비는 싸늘한 시선으로 레이드를 노려보고 있었다. 한줄기 선혈이 페나 왕비의 입가에서 흘러나왔다. 평생 동안 레이드가 갖고 다니던 투 핸드 소드는 페나 왕비의 골반에서 늑골 방향으로 절반쯤 박혀 있었다. 페나 왕비는 믿을 수 없다는 얼굴로 레이드를 싸늘하게 노려보았다. 하지만 그녀의 눈동자에는 이미 초점이 없었고, 그녀의 몸은 뻣뻣하게 굳어갔다. 레이피어를 쥐고 있던 그녀의 오른팔은 팔꿈치에서 잘려 저만큼 떨어진 풀밭에 뒹굴고 있었고 그녀는 십자가에 등을 기대고 구겨지듯 앉아서 싸늘하게 식어갔다.

라이어른을 통일하여 분열된 조국을 하나로 만들고, 대륙의 어느 국가에게도 고개를 숙이지 않는 힘을 가진 국가로 키우려 했던 페나 왕비는 결국 어느 이름없는 용병의 투 핸드 소드에 최후를 맞이했다. 그녀는 어느 도시의 외곽에 위치한 무덤 구석에서 죽었고, 그것으로 아델만 국왕과 페나 왕비 사이에 벌어진 전쟁은 끝을 맺었다.

페나 왕비는 평생 동안 자신의 모든 것을 소진하며 라이어른 통일에 몰두했지만 그녀의 꿈은 결국 현실의 벽을 넘지 못하고 좌절되었다. 그녀가 진정으로 무엇을 어떻게 하려고 했는지는 누구도 알 수 없었다. 타인을 신뢰하지 않았던 그녀는 결코 그런 계획에 대한 구체적인 기록을 남기지 않았다. 단지 그녀의 소지품에서 나왔던 몇 장의 긴 메모와 서류들을 바탕으로 대략적인 추측만이 가능할 뿐이다.

"…딸에게 돌아가야 하는데……."

페나 왕비의 시신을 바라보던 레이드는 지친 목소리로 짧게 중얼거렸다. 그는 딸아이의 화난 모습을 상상하며 웃었다. 에피는 틀림없이 그를 씹어 먹으려 들 것이다. 레이드는 피식 웃으며 눈을 감았다. 바람이 불어왔다.

〈 10권으로 이어집니다 〉

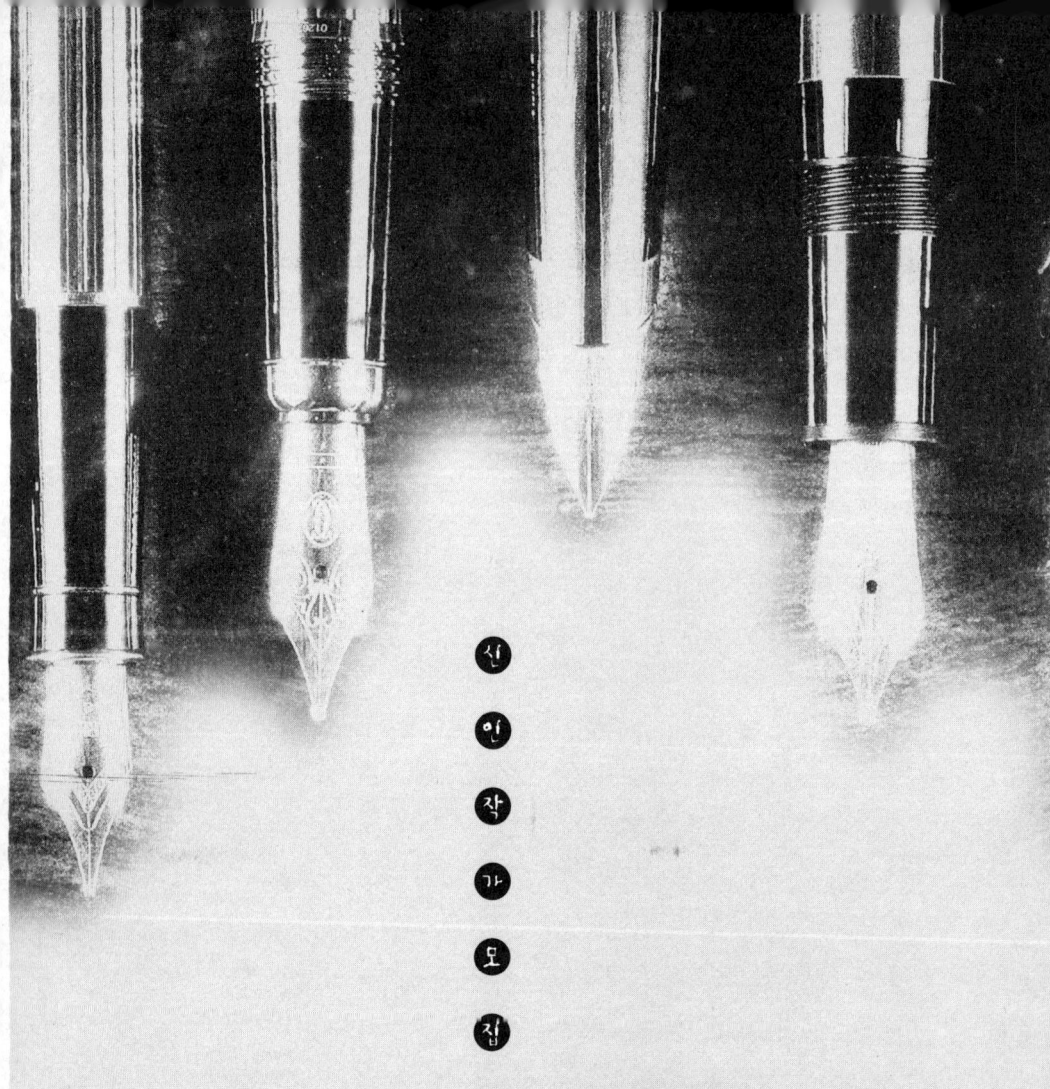

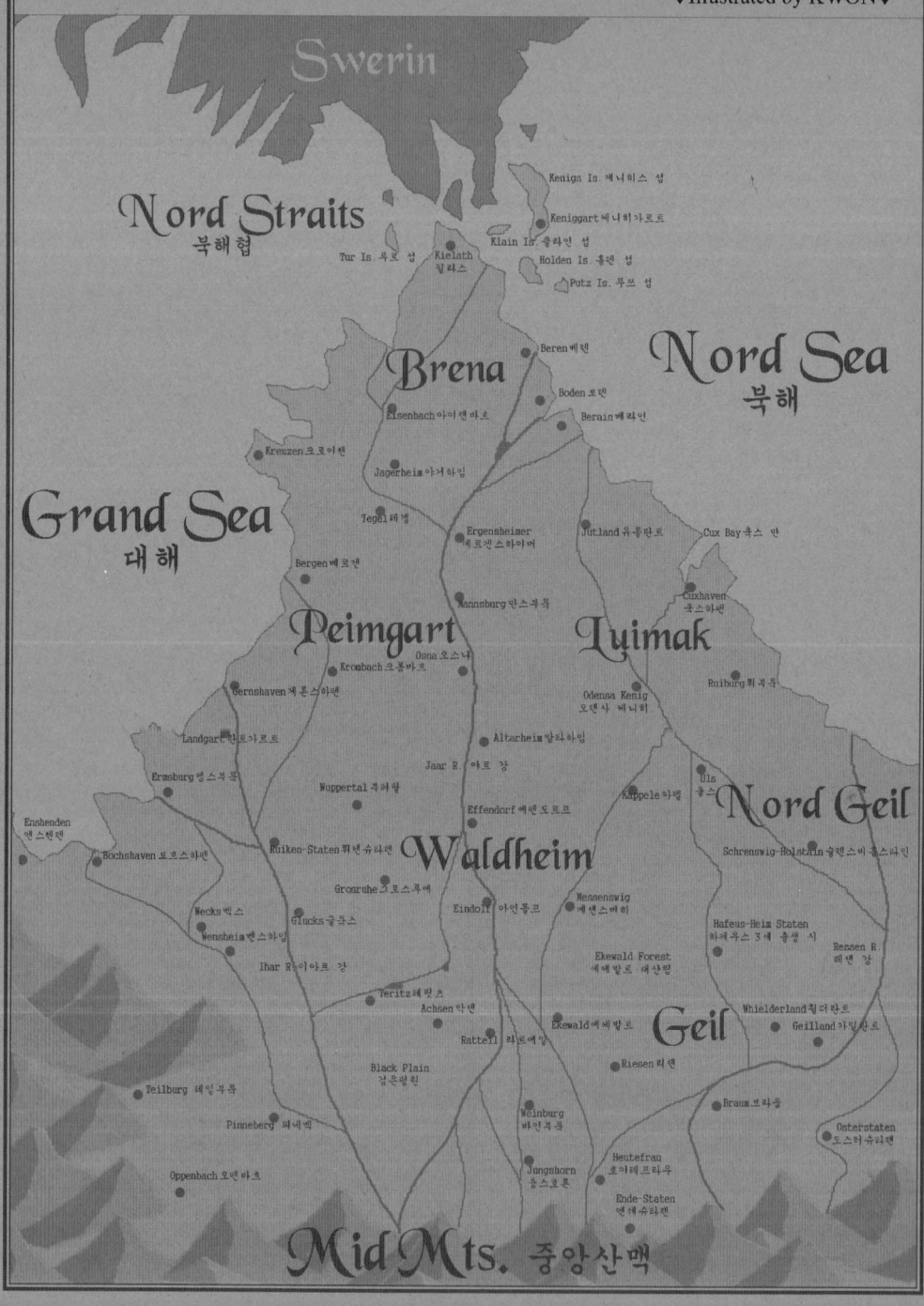

# Krimwaltz 크림발츠

## Chauant

## Loire

## Krimwaltz Highlands

## Plain Des Midde

## TooAng

## Queens Bay 퀸즈 만

## Green Sea 녹해

◆ Illustrated by KWON ◆

- Dijot 디죵도
- Ryucion 루시옹
- Geudins 고딩스
- Reims 램스
- Chaberr 샹베르
- Tullrouse R. 탈루즈 강
- Margaux 마르고
- Arrc-de Eate R. 아르 드 방떼 강
- Axi-sant-Ceate 악상-꽁뜨
- Loire 후아르
- Chaberrnac 샤베르낙
- Il de Ratian V. 일 드 라티앙
- Revoue 비쥬
- Roche 롱
- France R. 프랑스 강
- Meuloire 뫼루아르
- Joxe 조쉬
- Axi-Lee-Basin 악시-레 바쌍
- Axi-effr. frunse 악시-오브-프룬세
- Xenoh 세뉴
- S'Sternit 셰르닛 (셰르뉘쁘르스뜨)
- Kuriyama 쿠리야마
- Wheat Plain 밀평원
- Jeromi 제로미
- Montpestin 몽페스땅
- La Loenge 라 루엔즈
- Le 루르드
- Dardoen 도르도뉴
- Berrny 베르니
- Saat Dogne 상드뉴
- Arderren 아르덴
- La Ohuse 라 루즈
- Ahue 오쿠에
- Sauce-Sant 소스-상
- Fehtrin 패헌
- Wydhirren 위드랭
- Laval 라팔
- Quentin 낭씨
- Toolnt 투른
- Clesuant 클레랑
- ChanMonnant 섀몽-낭트
- Cslais 칼레
- Regionmbour 바시옹부르 (화싱부르그)
- Miro R. 미로 강
- Lenloa 레 솜므
- Ruel 녤
- Quimper R. 낑빼르 강
- Del-rom 덜-무만 (장미 및 꽃의)
- Marc 아베
- El Adelut 엘 아쥴
- Worster 우스터
- Saut Mont 생몽
- Quimper 낑빼르
- Clertal 클레르방
- Fraquin R. 프라켕 강 (즐거운 이레인 군사도시)
- Saat Ruel 상 녤
- Bloor 글로어 (이세명투-풀롱 경제무역지)
- Baskin 바스킨